图解

人间词话

（清）王国维　著

吴顺鸣　主编

北京联合出版公司
Beijing United Publishing Co.,Ltd.

图书在版编目（CIP）数据

图解人间词话 /（清）王国维著；吴顺鸣主编 . — 北京：北京联合出版公司 , 2016.8
（2019.5 重印）

ISBN 978-7-5502-8214-8

Ⅰ . ①图… Ⅱ . ①王… ②吴… Ⅲ . ①词（文学）—诗词研究—中国—古代②《人间词话》—图解 Ⅳ . ① I207.23-64

中国版本图书馆 CIP 数据核字（2016）第 167865 号

图解人间词话

著　　者：（清）王国维

主　　编：吴顺鸣

责任编辑：孙志文

封面设计：韩立强

责任校对：黎　娜

美术编辑：潘　松

插图绘制：孔文鹏等

北京联合出版公司出版

（北京市西城区德外大街83号楼9层　100088）

北京市松源印刷有限公司印刷　新华书店经销

字数673千字　　720毫米×1020毫米　1/16　29印张

2019年5月第2版　2019年5月第2次印刷

ISBN　978-7-5502-8214-8

定价：68.00元

前言

思静则心安

王国维（1877~1927），字静安，浙江海宁人。近代中国最早试图以西方哲学、美学、文学理论评鉴中国古典文学的杰出学者，中国人心中耀眼的国学巨匠。其笔下文字如莲花般纯净，恰似思想若嫩荷之抽枝。

对王国维的感觉，在我眼中所见，他更像一个纯粹的艺术家，他对文学的感情更像是对待毕生的爱物，对于文字的精细，恰似他与生俱来的秉性。他的身上无一不散发出一种干净、高贵的气息，他是应该为了这些而存在的，他并不存在于人间，人间烟火之熏染，会教他的容颜黯淡，人间生活之俗世，会折损他的灵性自然。

他是静的，他敏锐的思想恰似一条阔大却默默流动的河流，具备了狂风暴雨的能力，但更多时候，是温柔以对。

温柔以对的是他的生。他的生平是极其简单的，除却正常的娶妻生子，我没有读到过关于他的任何绯闻。狂风暴雨的是他的死。他平心静气地生活了许久，在五十岁时，采取大风呼啸、大海奔腾般的超乎平常的死法——自沉。他的死虽是悄无声息地沉于塘底，对于世人却犹如一石激起千层浪。

异乎寻常的事情，总是被人以口舌纷之。于是很多人对他的死津津乐道、说三道四。

由于他与清室的关系，以及辫子的原因，很多人说他的死是殉清。与他相关的政治是清室，但是对于清室，他在少年之时参加科举就显得很不乐意，却还是在科场坚持参加了考试。虽说为清朝之民，却不赞成清朝之政，辛亥革命之后，王国维便随罗振玉去了日本。

罗振玉和王国维的私交甚好，可惜王国维交友不慎。罗振玉精于政治、腐朽虚荣，但是在学术上却是非常支持王国维的，也可见王国维给人深刻印象的也正是他在学术上的天赋。这也是王国维和罗振玉交往的唯一吸引力。王国维的儿子曾经娶罗振玉的女儿为妻，但是王国维后期家里极其贫困，罗振玉的女儿居然回家居住，再不回王家，由此也能看出罗振玉的为人之庸俗势利。

回国之后再和清室有关系已经是四十七岁之时了。他奉溥仪之诏入值南书房，做了溥仪的师傅。本就看不惯清室之政，心里更不愿意从政，也不具备从政能力与野心的王国维为何会入值南书房，成为溥仪的师傅呢？

除了罗振玉的关系之外，王国维是十分同情清室后来的遭遇的。更何况那时候的溥仪仅仅是一个十七八岁的少年，对王国维颇为尊重，这也是王国维安心于此的原因。

不少人立足于此，便认为王国维是清室的遗老。若是遗老便应时刻追随溥仪，但是王国维后来并没有随溥仪去天津，而是接受了清华的聘书，专心于自己的学问。

他反对科举，一生治学可以用"弃中亲西——中西合璧——皈依中学——中西合璧"的四段式简单说明。有此见识，又怎会迂腐地殉清？

1927 年 6 月的那天，已经成为一个永不可改变的、悲伤的日子，王国维先生投颐和园昆明湖自尽。那个时候颐和园的门票已经很贵，要一块大洋，正是因为门票贵，所以在此地的人少，等到先生被人救起，早已断气。昆明湖的水其实是很浅的，薄薄的水铺在上面，下面更多的是污泥和烂草，他竟是被烂草和污泥堵住了呼吸而亡。一个在自己的学术生涯中沉浸了漫长岁月的人，何以要用这种窝囊悲凉的方式结束自己的生命？

殉清、怕死、怕穷，还有很多很多各种各样的说法，那些口水犹如漫天黄沙，阵势虽空洞却慑人。一个学贯中西、精心于学问之人，怎会为了这些凡尘俗事想不开，又怎会为这些世俗之事而自杀？

此正所谓以小人之心度君子之腹。压制他人之后，才能凸显出自己的存在；或者压制他人之后，才能安慰自己的无能；抑或污蔑他人之后，才能满足自己的卑下。

王国维在其遗书中说：

> 五十之年，只欠一死，经此世变，义无再辱。我死后，当草草棺敛，即行稿葬于清华茔地，汝等不能南归，亦可暂于城内居住。汝兄亦不必奔丧，因道路不通，渠又不曾出门故也。书籍可托陈、吴二先生处理。家人自有人料理，必不至不能南归。我虽无财产分文遗汝等，然苟谨慎勤俭，亦必不至饿死也。

五月初二日父字

"五十之年，只欠一死。"何为五十之年，只欠一死？难不成所有的彻悟要以死明生？还是太钟情于一件事情，执着一种情感，偏执一片纯净，死对于这样的纯粹恰恰是殊荣与归宿？

在众说纷纭的死因中，王国维先生的朋友陈寅恪的说法似乎更合情理，于众多功利世俗的猜测之中，我更愿意赞成陈寅恪的。

陈寅恪先生是王国维先生的同事及朋友，他认为王国维是死于自己的学术信仰。人生之苦聚，"无欲"以求"解脱"，如此死法，似乎更合乎他在《人间词话》中的"壮美"一说。王国维先生"死于文化"的提法更叫我心安些，以至于在想到先生死的惨景时不会太过悲哀。

遗书之中的"经此世变，义无再辱"又是什么意思呢？静安先生所害怕的应该是时局的变化，这些变化对自己的精神会有所侮辱，这样的感觉是世人不曾有的。

生存中，活着的状态，更多是大众本能的反应。

而王国维之精神世界，是唯美的，倾近于完美主义。他的情感总是因为温情而细腻，他在清华任教的时候，还时常担心着溥仪的生死，也仅仅就是老师对自己学生的关心，再无其他。

静安先生之情真，情真乃出，情真乃为。

王国维深受叔本华哲学的影响，加上骨子里的悲观主义，似乎他更懂得人性中的原罪，这些懂得，叫他在精神中步步退让。

叔本华就曾说过："人是自食的狼。"恰似中国有句老话："自作孽，不可活。"

王国维的步步退让，是让自己完全地站在利益纷争之外，他的学术研究便是他精神的栖息地。

他曾说过："我们自己消失在空无之中，如同水珠消失在大海里。"

人生繁杂，应以静观之。

人是无法脱离人自身这个特殊的身份的。

不管你再超脱，再大彻大悟，人的欲望总是叫你逃不出这样的桎梏。

不管如何，最终都是空无——黑暗。

静安先生醉心于自身纯洁、内心的干净，所以受不了世道变迁的侮辱。

清室被推翻，新政府一样教王国维失望，"义无再辱"就是不愿意再改变自己的原则，不愿意再受到精神上的羞辱。

他的坚持，正是他脱离苦海的方式，而殊不知，他的方式也恰是他的苦海。

他的纯粹正是促成他自沉的主观原因。

这个世界上有纯粹的人，但很少。何为纯粹的人？总是坚持自己，在很多事情上脱离于世人之人，脱离于禁锢所有人的传统道德的人，也就是总是按照自己的方式来活，完全活在自己世界中的人，它和自私毫无关系，它完全是凭着自己感情来的。

他生活在我们的周围，却又似乎和很多人撇清了关系，但是他这撇清的关系也是存在于这众人的基础之上的，周围明明是成就了他，可是却硬生生地成了他特殊的背景。纯粹的人其实并非是不敏感无欲望，生于浊世，却有着一颗七窍玲珑心，这样的心怎么又会是不敏感的呢？多少本是纯粹的人过于注重他人的看法，害怕标新立异，害怕成为滔滔口水污蔑的对象，唯恐成为大众暴力的戕杀对象。

纯粹的人在这世间往往会在世俗的沼泽里，渐渐被黑色的污泥淹没，活着最终变成了在臭泥巴里缓慢腐烂。

而真正拥有了纯粹人生的人，对俗世从不低头，成就了自身作为的人，有了不凡的人生，才能在存活的岁月中有不凡的人生经验。用高贵去生活一生与用不断妥协去生活一生的人，我想这样的人生总是有区别的：一个人内心肮脏，双眼总是怀着不可告人的欲望；一个人心净而貌安，眼睛清亮，恰若一片莲花之盛开。

再读先生之遗书：五十之年，只欠一死，经此世变，义无再辱。我死后，当草草棺敛，即行槁葬于清华茔地，汝等不能南归，亦可暂于城内居住。汝兄亦不必奔丧，因道路不通，渠又不曾出门故也。书籍可托陈、吴二先生处理。家人自有人料理，必不至不能南归。我虽无财产分文遗汝等，然苟谨慎勤俭，亦必不至饿死也。

无论怎么读遗书中之内容，都看不出这是一位将死之人要留下来的话。语气沉着冷静，并无悲戚之意。

似乎这死对他来说是顺其自然、心安理得之事情。

思自静之，生又何惧，死又何憾？

是由：王国维先生，思静而心安。

王国维先生的《人间词话》是中国古典文艺美学史上的扛鼎之作，具有里程碑式的重要意义，自1908年在《国粹学报》上公开发表以来，颇受众人的青睐与关注。为此，我们重新编辑了这部书，希望从中可以让更多的人欣赏到先生的经典词学理论。在编辑此书过程中，我们选用了最完备的手稿本内容，以重现其真容。此外，我们还精选了数百幅精美插图，以图释文，用直观、形象的方式，帮助读者理解词章意境。与经典同行，与大师对话，怡情养性、开发性灵、提升品位。

目录

上篇

下篇

上 篇

　　经过王国维亲手删改的64则《人间词话》内容精神明辨、细致具体，在他的文字中，你会看见一个纯净并且可以谓之为人生寄托与信仰的文学世界，这个世界正为你缓缓地打开了一扇精致的大门。

王国维其人

王国维小档案

姓名：王国维，字静安，初号礼堂，晚号观堂。

生卒：1877 年 12 月 3 日～1927 年 6 月 2 日。

职业：史学家、文学家、美学家、考古学家、词学家、金石学家和翻译理论家于一身的学者。

作品：著述 62 种，代表作《人间词话》《宋元戏曲史》《曲录》等；批校古籍 200 多种。

所处时代：清朝、民国。

主要成就：近代中国最早运用西方哲学、美学、文学观点和方法剖析、评论中国古典文学的开风气者；中国史学史上将历史学与考古学相结合的开创者。

王氏家族 —— 远祖

四世均以战功显赫

王圭 —— 死于国难。

父子

王光祖

父子

王禀 —— 靖康元年在太原抵抗金兵，守城御敌而殉国。宋高宗建炎四年（1130 年）追封王禀为安化郡王，谥忠壮。

父子

王荀 —— 死于国难。

父子

王沆 —— 随宋高宗南渡，袭安化王爵，赐第盐官。

王国维之父王乃誉 —— 宋安化郡王三十二世裔孙。

读书

乡试

校对

王国维 4 岁时母亲去世，日常生活主要由叔祖母照顾，读书生活主要受父亲王乃誉的影响。王乃誉攻书画、篆刻、诗古文辞，博涉多才。7 岁，王国维入私塾，接受启蒙教育，并在父亲的指导下博览群书。

王国维 16 岁入州学，参加海宁州岁试，以第二十一名中秀才。与陈守谦、叶宜春、诸嘉猷被誉为"海宁四才子"。1894 年甲午战争以后，大量的西方文化科学向中国输入，王国维接触到新的文化和思想，产生了追求新学的强烈愿望。

19 岁时王国维与莫氏成婚。王、莫两家早就定了亲。王国维以"海宁四才子"之首名震乡里，岳父对未来的女婿赞不绝口。老泰山不会想到，女儿出嫁之后，女婿却因"家贫不能以资供游学，居恒怏怏"，两年后就去上海《时务报》打工。

奔波

从此，王国维与莫氏过了 10 年的"牛郎织女"生活。22 岁的王国维离开家乡后，便奔走东西，辗转南北，回海宁的时候很少。在家待的最长一次是为亡父"守制"——从 1906 年 8 月到 1907 年 4 月，总共 8 个月的时间。

为亡父"守制"期间，家乡父老曾联名邀请王国维出任海宁州劝学所学务总董，他坚决地推辞了。谁知他回到北京才 3 个月，便得到莫氏病危的消息，又匆匆赶回，十天后，莫氏去世。

王国维的第二任妻子姓潘，是前妻莫氏的远房表亲。王国维一生不问家务，家中事无巨细，全归潘氏料理。从王国维致罗振玉的信中可以看出，潘氏在王家实在是个顶梁柱。有一次她害牙疼，疼得要命，可当孩子们一个接一个地发烧时，她的牙病竟"霍然而愈"！

伉俪情深

有境格自高

词以境界为最上。有境界则自成高格，自有名句。五代北宋之词所以独绝者在此。

王国维用"境界"评词本是来源于唐朝王昌龄论诗"物境"、"情境"、"意境"之说。他将其"意境"理解为"境界"。按我的理解，这"境界"一说所谈的应该是一个人在其词作中所表现出来的人生境界，它不仅仅是艺术，还是哲学。

正如一个人要是心术不正，那写出来的必定成不了大气候，因为文字总是不知不觉地透露一个人的内心世界，不管你所写的是坦荡之词，还是要用文字来遮掩你的内心。你写的是坦荡之词，显露的就是你坦荡的心；你要靠文字来粉饰自己或者遮掩内心，那文字最终显露的就是你的虚荣之心或遮掩的自卑。不仅仅在词中如此，在任何人的文字中都是这样。

"意境"，仅是一种外露的氛围，"境界"则是无处不在，且深藏、潜行于作品之中的个人精神境界与纯粹，袒露作者的性情世界与内心独白。

真正有人生境界的人才能写出震撼人心的作品。这样的作品，并不是要世人抬头仰视，心里默念着：这是多么高尚，我是多么卑贱。

和一个人接触久了，你会渐渐摸清他的性格，而一个人的文字也恰似他性格的流露，不管你如何改变，文字都如影随形，如同一面时时反照你的镜子。

王国维先生是早就明白了文字与人的关系的。所谓文学即人学。他所提出的"境界"之说比"意境"更开阔更准确，"意境"仅仅是词所营造的氛围，所表达的情感，而"境界"则是从词里铺展开来的个人活在人生中的大智慧！

有境界是人生中的一种纯粹。纯粹不是如平常人所说的单一，或者用简单就可以概括的去伪存真，纯粹指的是精神世界里的干净，这样的干净才能够散发出真正的智慧，博大之境界。

真正好的作品是可以跟人的心灵对话的，是能够提升人心境界的。这种作品必定是在生活中获得了大智慧，自我获得了救赎，才能够影响他人，先自救才能够救人。

有境格自高，有境乃是文字中真正的高贵之气。

真假无须辨

有造境，有写境，此理想与写实二派之所由分。

然二者颇难分别。因大诗人所造之境，必合乎自然，所写之境，亦必邻于理想故也。

"有造境，有写境，此理想与写实二派之所由分。"由这句话观之，"造境"与"写境"分别对应的是西方的"理想派"和"写实派"，我更乐意将其称为浪漫和现实。

不明文学之人，当他不能明了之时，总是喜欢将文学称为是"假的"，殊不知只是他的生活经验或者修养水平尚未达到这样的一个高度。如果仅仅以"真假"评定文学，那是对我们所听到的"谣言"的评定。

其实，文学都是假的，但文学又都是真的。

我们看文学作品，它仅仅是一个人的表达，即使是个真实的事件在被转述之后，也会蒙上转述人的个人色彩在里面，哪怕是微弱的。所以，在我上第一堂新闻课的时候，我的老师就告诉我这个世界不存在真相。真相和绝对的真理一样，注定是悖论。

不管是现实的"写境"还是浪漫的"造境"，它都是虚构和幻想的。不过它的本质是我们现实人生的表达和述说。这样的表达和述说都是真诚的，我们觉得它其实是我们心灵的再现。

物我需两忘

　　有有我之境，有无我之境。"泪眼问花花不语，乱红飞过秋千去"、"可堪孤馆闭春寒，杜鹃声里斜阳暮"，有我之境也。"采菊东篱下，悠然见南山"、"寒波澹澹起，白鸟悠悠下"，无我之境也。有我之境，以我观物，故物皆著我之色彩。无我之境，以物观物，故不知何者为我，何者为物。古人为词，写有我之境者为多，然未始不能写无我之境，此在豪杰之士能自树立耳。

　　"古人为词，写有我之境者为多，然未始不能写无我之境，此在豪杰之士能自树立耳。"从此则评论当中，可以看出王国维先生最崇尚的乃是自然、朴素之美，莫与之争。"自然"和我当初最欣赏王国维的纯粹是如出一辙的，人性之美，也是莫如自然。人的心总是被各种欲望争夺着，当它不健康、不平衡的时候，它就会亢奋、狂躁、峻急……甚至走进黑暗。可是它也能够犹如一条潺潺流出的溪流，发出悦耳自然的声响。

王国维在这一则评论中最欣赏陶渊明的"采菊东篱下，悠然见南山"。心远地自偏，心融于南山，眼见菊花，鼻嗅花香，不骄不躁，不慌不忙，此是人生自在悠闲的大境界。似乎人就是这自然景物散发出来的气质，不需要浓墨重彩，好似一个人高兴便要狂叫，一个人悲伤便要号啕，

一个人在心智成熟后绝不会如此简单地表达情感。"无我之境，以物观物，故不知何者为我，何者为物。"因为早已物我两忘。

"有我之境，以我观物，故物皆著我之色彩。无我之境，以物观物，故不知何者为我，何者为物。古人为词，写有我之境者为多，然未始不能写无我之境，此在豪杰之士能自树立耳。"

其中最后一句就很明显地点出了他的喜好，古人的词，有我之境的写法是很多的，那么写无我之境的就显得稀少了，而正是写这些无我之境的才是写词中的真豪杰。

"有我之境，以我观物，故物皆著我之色彩。"在我看来，不仅仅是对词的理解如此，在任何文章中都是这样的。哪怕一个人在说话，讲故事，甚至写日记的时候，都可以从他的话语和文字中感受到他的个人气息。更何况，文字和语言在人们的运用中，除却交流，更多的还是表现自己的方式。既然是表现自己，又怎么不着上自己的色彩呢。"泪眼问花花不语，乱红飞过秋千去。"此句正是作者强烈感情的流露，并且对于自己的感受附着在他物上非常明显，眼睛是泪眼，可见其伤心，伤心极了去问花，花本就是不说话的，这个时候却因为自己的伤心而去怪罪于植物的本性。"可堪孤馆闭春寒，杜鹃声里斜阳暮。"此句也是作者的心情不佳，所见皆是阴冷萧条之境。这些文字所传递的都是些大悲大喜之情，是我们平常生活之中的喜怒哀乐最简单自然的流露，而词人却用他漂亮的表达方式将我们的这些情感传递得更准确，更容易引起我们的共鸣，这些共鸣往往是对作者当时遭遇的同情，或是对作者心情的理解，读后便会觉得原来这样的心情，我们都是如此真切地体验过，而词人将这样的感情最准确

地倾吐出来，好的文字起到一种帮助我们表达的作用。

像这样的文字只要多加演练，那么只要具备一定文字功底的人是很容易达到这个水平的。很明显的例子就是《红楼梦》中的一个情节——香菱学诗，一个没有上过几天学的香菱，在熟读了一些诗歌，在林黛玉的指点下，从不会作诗的她也能像模像样地开始写诗了，而且还不乏精彩得令林黛玉欣赏的诗句。

但我认为这些都是匠心，正是王国维先生所说的："有我之境，以我观物，故物皆著我之色彩。"你读它，你会跟着它悲伤甚至自怨自艾以至消沉，你会跟它欢喜甚至心跳激动以至亢奋。这样的文字，太多的个人情感在里面，也就是相当于太多的人间烟火在里面，它再生动，再能点触到你的情感，可是它也是躁动的、变化的，不能给你安静，不能给你人生的祥和与心灵的平静。

物我两忘的境界是暗含哲理的人生大智慧，一个悟透生活的人才能够真正融入生活，才能够真实地享受、把握生活。我所说的悟透并非就是那种所谓的把"看淡了"、"看透了"天天挂在嘴边，可是稍稍一遇到点事情便觉得自己的人生堕入万劫不复深渊之人。这样的人是假天真、伪智慧。

真正懂得生活的人，是珍惜自己、珍惜他人、珍惜时光的人，他的活，少了功名利禄的计较，多了清心寡欲的悠闲。

贵在静中得

> 无我之境，人惟于静中得之。有我之境，于由动之静时得之。故一优美，一宏壮也。

此则评论看似没有王国维先生的喜好在里面，其实在上一则里已经有所暗示，正如王国维先生所提："无我之境，人惟于静中得之。有我之境，于由动之静时得之。故一优美，一宏壮也。"

这一则，粗看起来，好似王国维先生对于自己先前提到的有我之境和无我之境的喜好又将其态度模糊化。实质上是没有，此则后两句："有我之境，于由动之静时得之。故一优美，一宏壮也。"所说的有我之境也是在由动到静的时候才能够得到的。人被欲望逼到一定的极限，那么这时的情感表达必定是对之前激动的状态以静的方式使其得到，于是我们才能得到这样一种用静的方式来表达人生悲喜的动。

写字本身就是思。

人生若是挣扎于欲望，必定是动的，虽说宏壮，却也揪心折磨，有着人生悲欢离合的复杂；而静就是一种优美了，超越了欲望折磨之后的平静，这样的静不是麻木，而是成熟与超脱，自由静穆的面容，不管那容颜有多苍老，他都充满着典雅和高贵。

道法缘自然

　　自然中之物，互相关系，互相限制。然其写之于文学及美术中也，必遗其关系、限制之处，故虽写实家，亦理想家也。又虽如何虚构之境，其材料必求之于自然，而其构造，亦必从自然之法则。故虽理想家，亦写实家也。

　　"问君能有几多愁，恰似一江春水向东流。"这是国破山河的李煜[1]身为赵光义虏臣的昔日君王的哀愁。只要轻吟此句，便是无限的哀愁抽心而来，恰若滚滚春水，蜿蜒不绝，磅礴浓烈。

　　"花明月暗笼轻雾，今宵好向郎边去。刬袜步香阶，手提金缕鞋。画堂南畔见，一向偎人颤。奴为出来难，教君恣意怜。"这是小周后见到李煜后情窦初开，晚上悄悄地跑出来和他幽会，因为害怕走路弄出声响被人发现，于是手提着鞋子，光着脚丫，奔向约会地点，突然四周出现了一点动静，不由得惊吓了她。这般小女子在情爱中的天真娇态叫李煜见了不由得心中更生怜惜。

　　每每读到这首《菩萨蛮》的时候总是被小周后的娇嗔之态所打动，要是自己是男子的话，也会无限爱怜这位女子的吧。这首词很多人喜欢，因为词中真实准确地传达出了一位女子年轻娇羞的爱情，尽管这个时候小周后和李煜的约会是在大周后病重的时候，小周后乃是大周后的妹妹，当时得宠的是大周后，偏巧大周后病重，小周后入宫照料陪伴，

　　①李煜，字重光，南唐后主，词人。

与李煜产生情愫。按照常理来说，此时的小周后和李煜偷情，是有点不近人情的，但是很多人在读这首词的时候就将其大周后病重的背景忽略了。可见准确传达出的人性之美是能够对读者起着引导作用的，精确精美的作品能够引导读者感受人间的至情至性。

因此作品中最自然的情感便是最真实的情感。这样的自然发自内心的情感不需要强势的诉说。它不同于偶像剧和琼瑶剧，它是人心中最自然的表达，一个姿势，一个眼神，眼角眉梢间别样的韵味显露于其中，就犹如真实的自然地活以及表演般地活。这样的活又犹如女子的悲伤，有的悲伤一哭二闹三上吊，而有的悲伤只是一弯微笑，一滴眼泪。

如果细细体会，便会发现其真诚往往是不需要夸张的。这道理就是王国维的"自然中之物，互相关系，互相限制。然其写之于文学及美术中也，必遗其关系、限制之处，故虽写实家，亦理想家也。又虽如何虚构之境，其材料必求之于自然，而其构造，亦必从自然之法则。故虽理想家，亦写实家也。"不管是写实家还是理想家，这些东西都是从自然真实的生活中得到的。

也就是说，现实生活中的一些琐碎，一些规律，往往限制着文学作品和美术作品的创作。所以在创作的时候往往会将这些限制、阻碍创作的地方忽略，将素材按照自己想要表达的情感集中来组织，剔除掉生活中粗糙的地方，这样方称其为文艺作品。所以，采用这样的方式，虽说你写的是生活，但是由于你在收集编排素材的时候，按照你所想表达的意愿去粗存精，这就说明了你所创造的东西，更多地赋予了你自身的情感。

所以王国维说，即使是写实家，表达的还是理想的东西。但是后面的东西又有意思了，"又虽如何虚构之境，其材料必求之于自然，而其构造，亦必从自然之法则。故虽理想家，亦写实家也"。

创作者尽管想表达自己想要表达的理想的

东西,但是为求自己的情感真实感人,受到大众的认可,又必须从自然中求取真实素材,在之后的写作和组织中也是要按照自然生活的规律去编写创作的,所以即便是理想家,也是一个写实家。这真可谓是《红楼梦》中的"假作真时真亦假,无为有处有还无"。

此节开头所举后主李煜词中的例子,正是想诠释出王国维先生的意思。真诚的情感会穿过重重岁月,在你真正懂得的时候抚慰你的心,引起你的共鸣;而那些虚张声势的表演,为吸引眼球、追求流行的偶像剧和情感剧,干瘪的表白,尽管是声泪俱下,但是做作得叫人不自在。在每一次我看琼瑶的电视剧,禁不住全身发冷,这些矫揉造作的作品,犹如餐巾纸,一页撕去后便再也不会翻回来。人的真实情感是任何作品的灵魂,文字色彩只是外在的框架,无论你想表达什么,我们都需要从中看到一颗真诚地描绘自然的心。

实情虚景乃境

境非独谓景物也。喜怒哀乐，亦人心中之一境界。故能写真景物、真感情者，谓之有境界。否则谓之无境界。

王国维强调过境界分为两种："有我之境，以我观物，故物皆著我之色彩。无我之境，以物观物，故不知何者为我，何者为物。"王国维非常强调自己提出的境界的说法，这段话的意思是说，境并非就是单纯的景物。境界存于人的心中，那就是人的喜怒哀乐。何为真景物，就是在作者笔下饱含了作者情感的景物，这样的景物才可以说它是有境界的，否则就是没有境界。

这一节还是在强调作者写作时候的真情实感问题。在我的拙见里，境的意思，还是一个"活"字，活乃活灵活现之意。情境情境，"境"虽说是偏于物，但是这里更侧重于情的注入，有情的注入，才能有境，也就是境界之成，乃是情景交融，物我融合，也是一个"真"字。人的感情在创作中更起着重要作用，一个麻木冷漠、对生活缺乏感情的人，是无法使笔下的文字生动的。

对于演员何赛飞，大家应该不陌生。她曾经是一名越剧演员，有一次，我在电视上看到她表演《十八相送》，她扮演的是祝英台，茅威涛扮演的是梁山伯，最后的台词，一般都是这样唱的：

男：贤弟替我来做媒，

　　但未知千金是哪一位？

女：就是我家小九妹，

　　未知你梁兄可喜爱？

　　但是何赛飞在唱的时候，回答梁山伯："哎呀，就是我——哎呀就是我家小九妹，未知你梁兄可喜爱？"她比一般的唱法中，多唱了一句"就是我"，仅仅就这一句，将祝英台想要对梁山伯表明身份的心迹演绎得淋漓尽致。这一句将其娇嗔的，急欲表白却又要掩饰的复杂情感真实地呈现在观众面前。这才是真情感、真景物，事物有天性，人有天真，这便是创造出的真境界。

　　所以这样的真，不仅仅是事物表面现象的真，更是一种情感的真诚，合乎自然，发自内心。喜怒哀乐，情以物迁，既是现实主义，却又是浪漫主义。寄托情感的物是现实主义的，而情感是浪漫主义的。景随情动，情迁景移。

境于一字中

　　"红杏枝头春意闹"，著一"闹"字，而境界全出。"云破月来花弄影"，著一"弄"字，而境界全出矣。

　　提起宋祁的《玉楼春》，可能很多人不知道，但是一提到这句："红杏枝头春意闹"，便是大街小巷之人都耳熟能详的。可见诗歌不仅仅是高雅之人能够欣赏的，只要是动人之语便能打动人心。这句"红杏枝头春意闹"前面几句都是平淡无奇的，只凭后面一个"闹"字就充足了它散布开去的魅力。

玉楼春

宋祁

东城渐觉风光好，縠皱波纹迎客棹。绿杨烟外晓寒轻，红杏枝头春意闹。

浮生长恨欢娱少，肯爱千金轻一笑。为君持酒劝斜阳，且向花间留晚照。

春天悄然而来，东城的景色也越来越美丽，清风拂过湖面，湖面起了一片波纹，好像女子清脆的笑颜在迎接踏春而来的客人。这便是"东城渐觉风光好，縠皱波纹迎客棹"的意境了。从整首词来看，头两句只是全词的铺垫。

"绿杨烟外晓寒轻"这一句紧接而来，"绿杨烟外"指的是刚刚抽出新芽的杨柳，只有初春的杨柳才能给人如烟之感，浅浅地展在枝条上是淡淡的青黄，如云消、如雾散，其实此句中的"晓寒轻"读起来也是分外美丽的，"晓寒轻"指的是虽是初春了还有轻微的寒意，可一用白话将它解释清楚便失去了它原有的美感，"晓寒轻"音韵上就给人轻柔温爽之感，好像深闺的少女，给你偶然一瞥的惊喜，这惊喜又是只可在心里暗自欢欣的、不可告人的快乐。正所谓有"年少一段风流事，只许佳人独自知"的味道。这是春天的气息渐渐扑来，冬天的寒意渐渐退去带来的清新感受。既是众所周知的，却又是个人极其敏感的细致。

"红杏枝头春意闹"，刚才是杨柳青黄，紧接着就是红杏枝头，如烟杨柳给人的感觉是静的，红杏枝头给人的感觉就是动的；如果杨柳青黄给人的感觉是清淡素静的，而红杏枝头给人的感觉就是浓烈欢快的。这浓浓的春意虽然并没有完全地打破冬天的寒意，但是有些地方毕竟是春意浓厚起来了，看着一片红杏灿烂，正是热烈的春天在此显现。但如果仅仅就写"红杏枝头"其表达肯定是薄弱的，所有妙趣全在一个"闹"，"闹"字写出了花开得热烈，阳光下的灼灼其华。所谓只是一字，便尽显风流。

后面的词就更好理解了。"浮生长恨欢娱少，肯爱千金轻一笑。为君持酒劝斜阳，且向花间留晚照。"我们的这一生常常为自己在生命中得到的快乐太少感到遗憾，其实哪里是这样，不过太过于看重利益得失，自己的心也就失去了微笑的能力。我端着酒杯在夕阳中规劝你，让我们在这繁花吐艳的春意中尽情享受这美丽的夕阳吧！全词本是先景后情，点睛的"闹"字便将一切蕴含其中，一个字用得精准，后面的文字虽好，但也好似给一个天生丽质的女子扑粉描红，做了不必要的事情。

宋祁的"闹"字用得好，而张先的"弄"字用得更好。

天仙子

张先

《水调》数声持酒听，午醉醒来愁未醒。送春春去几时回？临晚镜，伤流景，往事后期空记省。

沙上并禽池上暝，云破月来花弄影。重重帘幕密遮灯，风不定，人初静，明日落红应满径。

　　这首词是张先在年迈之时所作。临老伤春，借酒浇愁，宿醉之后，酒已醒，愁又添。"送春春去几时回？"每一年的春天都会如约到来，可是自己已是白发之年，自己的青春如时光的流逝，消逝在每一个春天里。"临晚镜，伤流景，往事后期空记省。"两句反用杜牧诗句："自悲临晓镜，谁与惜流年？"缠绵寂寞惆怅之情难以排遣，看到镜中自己憔悴苍老，更添伤感。

　　"沙上并禽池上暝，云破月来花弄影。重重帘幕密遮灯，风不定，人初静，明日落红应满径。"下阕的景实质是作者外出排遣愁情的过程。淡淡哀愁却在"云破月来花弄影"一句中得到一点欣悦。天即将灰暗下来，水禽在池边沙岸上并眠。作者在留意到水禽并眠的同时也暗示了此刻心灵的孤寂，正是留意水禽并眠，才更加体会到自己的形单影只。夜晚降临，并没有提到月亮。忽如而至的月亮出来得有惊喜之感，好像是云层破裂，月亮才得以显现，花在微风中微微颤动，这月光下颤动的花影，就像是花朵自己抚弄影子一样。这哀愁之中出现这样的美感，是非常自然的。下阕的词，本身就带着作者出去寻找的意思。

　　不过这样的喜悦是转瞬即逝的。"重重帘幕密遮灯，风不定，人初静，明日落红应满径。"作者进了屋子，因为风的关系，着急遮住灯焰，这样的春风，叫作者担心的不只是灯，而是这风起后，那么今天在花园看到刚刚盛放的花恐怕明早就将是片片落红了。

　　整首词中，不知不觉就叫人记挂的还是那句："云破月来花弄影。"此句中的"破"是用得极其妙的，云层破裂，月亮显现，不知道是云层自己薄了淡了，还是月亮的光亮扯破了它。而后面的一个"弄"字更妙。弄这个动作是花发出的，好似柔情倾泻，浑然天成，这样的美为我们讲述得极其自然。

大小非优劣

境界有大小，不以是而分优劣。"细雨鱼儿出，微风燕子斜"，何遽不若"落日照大旗，马鸣风萧萧。""宝帘闲挂小银钩"，何遽不若"雾失楼台，月迷津渡"也。

词里的境界是有区别的，有的境界是宏大的，壮怀激烈，比如"大江东去，浪淘尽，千古风流人物"；有的境界是精细的，委婉缠绵，比如"寻寻觅觅，冷冷清清，凄凄惨惨戚戚"。这些都是不同类型的境界。而很多人在读词的时候，很喜欢以自己的偏好去评价一首词的优劣，大丈夫往往喜欢豪迈之词，而小女子往往喜欢情浓之词。其实，这样的争论是没有必要的，犹如百花各有其美，而你却非要评出哪一朵花是最美的。王国维认为境界没有高低之分，因为只要是美，就没有贵贱。美只是一种境界，很多时候只是个人的感受。

王国维在举出的例子中，特别地举出了同一位作者不同风格蕴含着不同意境的作品，我们若去细细品读这样的作品，能不能凭借其中营造的意境去评价哪篇要优秀些呢？

水槛遣心二首·其一

杜甫

去郭轩楹敞，无村眺望赊。

澄江平少岸，幽树晚多花。

细雨鱼儿出，微风燕子斜。

城中十万户，此地两三家。

"去郭轩楹敞，无村眺望赊。"开头两句写的是我们非常熟悉的杜甫草堂的环境，当时杜甫的居住地远离县城，远离了市井的喧嚣，并且这一路望去，旁边并没有村庄房屋阻挡视线，于是眼界就极为开阔。

正是因为开篇已经点明眼界开阔，之后的四句集中写的就是开阔所见之境。其中

"澄江平少岸"是很好理解的，这句写江，古来长江的意象总是给人以苏轼的"大江东去，浪淘尽，千古风流人物"的豪气，但是此句读起来并没有多少波澜壮阔之感，相反却有一种温婉之感，清亮的江水，浩浩荡荡，溢满平川，远远望去，似乎已经和江岸融为一体。这景是远望的结果，我们在远望江河的时候，江河在我们的视线中是平的，好似长在平地之中，眼中漫涨着这浩荡的江水，真实自然犹如清新的空气扑面而来。远景如此，那么近景有远景的铺垫，就更好理解了。"幽树晚多花"即是杜甫草堂，那周围有着青翠的树木站立在黄昏之中，姹紫嫣红的花朵繁盛一片。

其中最叫人称赞的是接下来的两句，读完之后便会觉得原来杜甫竟是这样一个有着生活小情调的人。那种对生活精细的体会，真诚地表露无遗。"细雨鱼儿出，微风燕子斜。"五六句的字面意思极好理解：毛毛的细雨如丝，对着大地情意绵绵而来，惊起水面的涟漪，鱼儿却因这惊扰悄悄地出来了。微微的风儿中有着燕子倾斜的身影飞过。可是，要怎样一个细致、敏感的人才能写出这样再朴实不过，却又再亲切、再真实不过的句子呢？"细雨鱼儿出"，鱼儿是因为细雨的滴落才出来的，而燕子倾斜的身影却是因为这轻柔的风儿吹着的缘故。我们知道如果下大雨，鱼儿便沉底不出；如果刮大风，燕儿便承受不了。细雨的召唤，鱼儿才出来，鱼儿舔舐着细雨，更见温柔；而尽管燕子被风吹斜了身姿，却是不愿离去的，因这是撩人之风，而燕儿的身姿娇小，在风中斜着，犹如女人扭动着腰肢，更见玲珑俊俏。而细雨、微风，都是些平常的物事，不比金银权贵，我们是极其容易感受到的，可这样的轻柔的感觉却不易得到。那么从这样的句子里，其实也可以读出杜甫当时的心情，当时杜甫刚刚定居杜甫草堂，长期的颠沛流离，而今刚获安身之所，心情大好，那么文字中流露出的，自然也是一些对生活满足的情感。杜甫常怀一颗忧国忧民之心，而对自己的生活，只要是细雨和微风就满足了，闲适之意，悠然而现。

"城中十万户，此地两三家。"尾联实质是对比，讲出自己住得僻静，还有一丝得意之情，正是因为我住得离城远，才能享受到这"细雨鱼儿出，微风燕子斜"的闲适安静。

这是王国维举出的杜甫作品中的其一：闲适境界。

而提出了下面的与之相对比的另一首诗：

后出塞五首·其二

杜甫

朝进东门营，暮上河阳桥。

落日照大旗，马鸣风萧萧。

平沙列万幕，部伍各见招。

中天悬明月，令严夜寂寥。

悲笳数声动，壮士惨不骄。

借问大将谁，恐是霍嫖姚。

这首诗歌理解起来是非常容易的，从一个新兵的感受角度来写。"朝进东门营，暮上河阳桥。"早晨到军营报到，晚上就已随军出征到了河阳桥。有些新兵刚到军营，初生不适应的感慨，这样的感慨是人之常情。"落日照大旗，马鸣风萧萧"写的是傍晚还在行军，天色已暮，落日西沉，马鸣风萧，自然该是宿营的时候了。"平沙列万幕，部伍各见招。"两句便描写了队伍在沙地宿营，写出了军队的纪律和军风。"中天悬明月，令严夜寂寥。悲笳数声动，壮士惨不骄。"军队在月夜宿营，明月高悬于墨黑的天空，军队里悄无声息，越是在荒漠之边，越是想念家乡，宿营的军队死寂一般，突然传出的笳声显得格外悲戚，这笳声里的哀切其实就是行军士兵的心声，于是凄惨之氛围便出来了。其中新兵在这样军纪严明的队伍中，很想知道自己的统帅究竟是谁呢？但是碍于这样严明的纪律，又不敢问，于是在心中回答自己，统帅恐怕应该是像霍去病那样的将领吧。

整首诗中最有力量的话乃是："落日照大旗，马鸣风萧萧。"仅此一句，全诗的气场就出来了。诗句中采取的意象"落日"放在此处，正增添了一丝苍凉之情，这苍凉的落日和大漠的萧条是相吻合的，很熟悉的诗句还有："大漠孤烟直，长河落日圆。"这都是意象传达的固定情感，落日照在大旗之上，有了落日的映照，大旗给人的感觉不再是威风凛凛，而是分外的伤感，这代表着征战的旗帜仿佛象征一条不归路。此时的马鸣声飘荡风中，更有壮阔之感，但这壮阔是悲壮。杜甫还有诗云："无边落木萧萧下，不尽长江滚滚来。"《诗经·小雅·车攻》也有"萧萧马鸣，悠悠旆旌"。

这是王国维举出的杜甫作品中的其二：悲壮境界。

闲适境界和悲壮境界，这两种风格迥异的境界，都是出自杜甫的笔下，而有些人却偏偏认为悲壮境界是出征为国，站在这样的高度看轻个人闲适心境的境界。其实两种境界从美的欣赏角度来说，都是人为再现的美感，从纯享受、纯审美的角度来说的话，这样的美感能够一分高下吗？

浣溪沙

秦观

漠漠轻寒上小楼，晓阴无赖似穷秋，淡烟流水画屏幽。

自在飞花轻似梦，无边丝雨细如愁，宝帘闲挂小银钩。

"漠漠轻寒上小楼，晓阴无赖似穷秋，淡烟流水画屏幽。"词的上阕并没有具体的人物出现，只是写一个女子在轻寒漠漠之时独上小楼，哀叹这没有尽头的秋天总是阴沉天气，画屏上的淡烟流水越发显得幽暗深远。

"自在飞花轻似梦，无边丝雨细如愁，宝帘闲挂小银钩。"梦就是飞花，因此在梦中总是自在轻盈的，愁如这细雨无边绵长。用挂钩将窗帘挂起，不过是一个闲致无聊的动作，然而就是这一个"闲"准确写出了女子的闺情，她或许是悠闲的，或许是慵懒的，或许还有着淡淡的哀愁。心不在焉的时候，很多事情总是做得没来由，即使是做了，或许也没有意识。深闺中春心萌动，却深陷情感秋天的少女又何尝不是如此呢？虽没有具体的人物出现，但是读起来却有着仿佛眼前就有一位深闺之中的少女的感觉，这正是抓住了典型的情感，加上细腻的描写而有的传神之笔。

踏莎行

秦观

雾失楼台，月迷津渡，桃源望断无寻处。可堪孤馆闭春寒，杜鹃声里斜阳暮。

驿寄梅花，鱼传尺素，砌成此恨无重数。郴江幸自绕郴山，为谁流下潇湘去！

此首也是秦观的绝唱，"雾失楼台，月迷津渡。"雾色浓重使眼睛看不见楼台，月色迷蒙使渡口迷离恍惚，开头营造出迷茫之氛围，而最后两句："郴江幸自绕郴山，为谁流下潇湘去！"集中体现的幽怨之情完全可以和"问君能有几多愁，恰似一江春水向东流"相媲美。都是以水喻愁，"问君能有几多愁，恰似一江春水向东流"的情感是外在的，直接表露出来的浓重得解不开的愁情，而秦词的愁情也多，却是含蓄的，而这含蓄里更见曲折。真是借着追问这流水，包含了自己的万里不尽之情。

秦观的两首词都是写愁，一是闺怨之愁，一是失意之愁。能说哪种愁不好，哪种愁要胜一筹吗？各有其态罢了。

境界为本也

严沧浪[①]《诗话》谓："盛唐诸公，唯在兴趣。羚羊挂角，无迹可求。故其妙处，透彻玲珑，不可凑泊。如空中之音、相中之色、水中之月、镜中之象，言有尽而意无穷。"余谓：北宋以前之词，亦复如是。然沧浪所谓兴趣，阮亭[②]所谓神韵，犹不过道其面目，不若鄙人拈出"境界"二字，为探其本也。

"诗者，吟咏情性也。"这是宋严羽在《沧浪诗话》中提出的主张，人写诗作词全是一时兴起，强调的是创作乃是兴趣之说。阮亭则强调的是诗词的神韵。

王国维谈到这两人的提法的时候，沾沾自喜道："这两人所说的兴趣和神韵之说，只不过说到事情的表面，而我的境界一说却是说到事情的本质。"

其实，如果细品一下，王国维的沾沾自喜还是相当有底气的。严沧浪强调兴趣，而王阮亭强调的是神韵。

写诗之前需要兴趣，诗歌写成之后乃看神韵。兴趣乃是诗前，神韵乃是诗后。不管是强调兴趣还是强调神韵，都是片面的。其实更多的，严王二人不过是各执一面。

如若谈到创作只强调兴趣性情之说，那么诗歌成品之后的神韵就空虚了；若是只强调神韵，那作品就显得轻浮了。更何况，兴趣和神韵更多的都是个人主观的感受，若是片面强调，则格调就不高了。

王国维所谓的"境界"之说，将诗词的种种融合为一个整体，或者说，本身就是从整体去感知的，抓到的东西更全面。

他的"境界"学说是"全"，却又是一个整体上的"虚"，因为它是具体的，说它是具体的却又是虚幻的，而这虚幻却又是可以感知的，而它却又只能感知，它跟下节的"气象"有一定的关联之处。这样的感受也只有"境界"这两个字能够概括，用"兴趣"来概括嫌太粗太糙，用"神韵"来概括的话又太薄，唯有"境界"二字最恰当。

---

①严羽，自号沧浪逋客，南宋诗人，著有《沧浪诗话》。
②王士禛，号阮亭，别号渔洋山人，清代诗人，著有《衍波词》及词话《花草蒙拾》。

气象乃诗品

太白纯以气象胜。"西风残照，汉家陵阙"，寥寥八字，遂关千古登临之口。后世唯范文正之《渔家傲》，夏英公之《喜迁莺》，差足继武，然气象已不逮矣。

诗词有气象，就犹如人有气场，一首诗词读完之后它会在你的脑海立刻营造一种情感氛围，周围浮腾起诗词的情感境界，犹如舌之尝味，酸甜苦辣之分明。王国维欣赏李白的诗歌就是欣赏他诗歌的气象。他列举了李白、范仲淹和夏竦三人诗歌中的气象来比较，认为李白诗歌中的气象是后人所不能比的。所以，他称赞李白的诗歌是纯粹的凭借"气象"胜出。

或许这和人的个性是有关系的，李白诗歌中的豪情和浪漫是他性情的一一体现，他是"仰天大笑出门去，我辈岂是蓬蒿人"的自负之人，渴望受到重视，却又不愿受一丁点的委屈和束缚，于是他才能在诗歌中极力抒发自己内心的豪情壮志以及那些倜傥风流。

先来看这一节中王国维提到的李白以气象胜的诗。

忆秦娥

李白

箫声咽，秦娥梦断秦楼月。秦楼月，年年柳色，灞陵伤别。

乐游原上清秋节，咸阳古道音尘绝。音尘绝，西风残照，汉家陵阙。

箫声幽咽，惊醒梦中的秦娥，秦娥是谁呢？秦娥本指的是古代秦国的女子弄玉，好吹箫，在词中，这里应该就是一位平常的女子了，或许是一名秦姓的女子。秦楼上，挂着一弦月亮，这月亮年年照着路边的柳树，看着这世人的悲伤，朝夕重复。乐游原上，早已冷落了清秋节，咸阳古道上，荒芜了你的归路，如今音讯全无。只剩这冷冷西风吹拂，落阳残照，还有那些汉朝就遗留了下来的宫阙和坟墓。

本词先是伤情，之后悲国，前面出现的意象"箫声"、"柳色"、"月影"都是凄凄之物，但是后面出现的"咸阳古道"、"西风残照"、"汉家陵阙"一下就将境界衬托得开阔起来，由悲而壮，仅是一句："西风残照，汉家陵阙。"真是言有尽而意无穷，风月不惊，道出所有的感受，但是却又不动声色，无限感慨。王国维称其"寥寥八字，遂关千古登临之口"。在李白的诗歌里，这一胜出的气象，已成绝唱，让后来之人望尘莫及，难以超越。

描写这一方面的词，后来叫王国维看重的是范仲淹和夏竦，但是王国维依旧认为范和夏难以超越李白词中的气象，不过是"差足继武"。

渔家傲·秋思

范仲淹

塞下秋来风景异，衡阳雁去无留意。四面边声连角起。千嶂里，长烟落日孤城闭。

浊酒一杯家万里，燕然未勒归无计。羌管悠悠霜满地。人不寐，将军白发征夫泪！

秋来的塞下，风景已经改变，衡阳之雁挥翅离去，毫无眷留之意。四面哀声阵阵，落日如烟，孤城关闭。离家万里，浊酒一杯，回家的打算是不可能的。白发若霜，羌声悠悠，倍增凄凉。哪里能够安然睡去呢？充盈眼中的是将军的白发和征夫的眼泪。

相比起李白词中的意象来说，范仲淹词中的意象也算得上都是开阔的，也能算得上是气象浑茫了。但是细品其意象：塞下秋来、千嶂、长烟落日、家万里等，虽是悲戚开阔，却总是嫌放开得宽了些，感觉这是些堆砌的意象，并且这些意象比较松散，没有一个方向感，仅仅是悲戚，更多的还是个人情怀的抒发。

从意象的取向来说，"四面边声"没有"西风残照"来得壮阔，"四面边声"更多的是悲凉。最后的一句"将军白发征夫泪"相比起"西风残照，汉家陵阙"来，前句略嫌得拘谨，好像仅仅局限于一种情怀，而后句完全打开了一个新的局面，开拓了一个广阔的境界，雄浑苍茫。

喜迁莺

夏竦

　　霞散绮，月沉钩。帘卷未央楼。夜凉河汉截天流，宫阙锁清秋。

　　瑶阶曙，金盘露。凤髓香和烟雾。三千珠翠拥宸游，水殿按凉州。

霞光似绮般散去，月若钩沉，悄然隐现于晴空。这一"散"字，一"沉"字，将月亮破空而出的氛围描绘出来了。这样的黄昏必是太阳刚刚降落，天空中的晚霞将散未散，月亮就犹如雪亮的弯刀挤破云霞而出了。后句"帘卷未央楼"很快就转移到了自己要说的话题上，这首词讲的是皇帝的私生活。"夜凉河汉截天流"中的"截"字写出了夜色的壮美，银河之中，素月流天，虽是描写皇宫私生活的诗歌，但是难掩横绝一陈的豪迈。"宫阙锁清秋"点出皇宫之地。"瑶阶曙，金盘露。凤髓香和烟雾。"读起来已是清香软玉，以为此词就此罢了。谁知后面的："三千珠翠拥宸游，水殿按凉州。"读起来可以叫人感受到汪洋浩荡的十足霸气，在这个良辰佳日，后宫佳丽三千，簇拥着皇帝，这刻画的虽说是艳情的镜头，但皇帝可不就是摆这谱吗？这不就是皇帝的气势吗？这也是大手笔的描写啊，也就是有气场的诗词。

但是这三首诗词，从气象来说的话，王国维觉得相比起来，范仲淹和夏竦的词是赶不上李白的，而夏竦的词又比不上范仲淹的。大概是夏竦的"三千珠翠"的脂粉香太重，比不上"四面边声"来得宏大，而"四面边声"又比不上"西风残照"的苍茫壮阔。但是单纯以气象来相比三首词，朝代的影响也在里面吧，唐诗宋词，诗庄词媚，有着这样一个环境的影响在里面，气象毕竟是不同的。

一池春水皱

张皋文①谓："飞卿②之词，深美闳约。"余谓：此四字唯冯正中③足以当之。刘融斋谓："飞卿精妙绝人"④，差近之耳。

文字大约要靠心去触摸，才能够触其肌肤，触其肌肤之后才能贯透其表里。"深美闳约"是指辞章美丽并有深意，文字简约却又有宏大的境界。此节王国维认为温庭筠比不上冯延巳就在这四字上面。温庭筠担不上"深美闳约"，倒是刘熙载的"精妙绝人"这四字适合温庭筠。

我感悟于王国维对文字的体会之细，能够有如此之细致体会的人物，也只有这样一个如此执着，如此敏感，如此精细之人才能触到的。

"精妙绝人"和"深美闳约"，拈这两词把温庭筠和冯延巳来比较，会感受这两个词与此二人的贴切之处。

怀才不遇总是和那些有名的诗人相关，温庭筠就是这样一位诗人，年少聪慧，善鼓琴吹笛，尤长于诗词。《旧唐书》本传中说他："士行尘杂，不修边幅，能逐弦吹之音，为侧艳之词。"《北梦琐言》说温庭筠："才思艳丽，工于小赋，每入试，押

---

①张惠言，字皋文，清词人。编有《词选》，其《词选·序》："唐之词人，温庭筠最高，其言深美闳约。"
②温庭筠，字飞卿，晚唐词人。
③冯延巳，字正中，南唐词人。
④刘熙载，字融斋，清代学者，其《艺概》卷四《词曲概》："温飞卿词精妙绝人，然类不出乎绮怨。"

官韵作赋，凡八叉手而八韵成。"这才华能够和那个生死之间七步成诗的曹植的才华相媲美了。

温庭筠虽说有才华，却是屡试不中，这人似乎一生都在做着老好人的事情，常常参加考试的时候，帮助他人作弊。传闻，有一次考试，他曾经帮助了八个人作弊。好像是因为帮人作弊，断了自己的官运，五十五岁之后，他也就再不参加考试。后来，也就做了一个小官，清高孤傲，不愿巴结，后来潦倒致死，死前也是极为凄凉。因穷迫行乞，深夜被巡逻的兵丁抽打耳光，将牙齿都打掉了。年轻时候仗着才华横溢，清高孤傲，老时竟无一人帮忙，穷困潦倒，声名狼藉。

在情感方面，他也是个老好人，很多人说到温庭筠，一定会联想到鱼玄机。鱼玄机是温庭筠的学生，温庭筠得意之时，不仅教授鱼玄机作诗，还时常救济她和她母亲的生活。待到鱼玄机对温庭筠表达思慕之情，温庭筠却觉得自己年龄大，并且相貌丑陋，鱼玄机却是一个花样女子，应该有自己的幸福，便擅自做媒，将鱼玄机嫁与李亿。说是嫁与李亿，也是与李亿做妾，后来鱼玄机被李亿的妻子打得头破血流，赶出李家。后来鱼玄机进了道观，也就破罐子破摔，将道观变成一个风流场，年龄大了之后，嫉妒自己的侍女年轻，而将其打死，后来事情被揭露出来，不得善终。这样的故事，凡是女性读到的话，大多是要怪罪温庭筠的，鱼玄机的悲剧，都怪这个不解风情、不明情爱之人。

荣格说过性格决定命运，说得一点都不错，这样一个外表魁梧，除却骨子里的清高孤傲，也就是个柔弱之人，怎能担当人生的大气魄。而除去了诗词中的才华，也就是外在"精妙绝人"，难有"深美闳约"之味了。

虽说冯延巳的词是受到温庭筠花间派的影响，但是却被王国维定义为"深美闳约"，虽说他的词也是男女之情较多，但是情感更加真挚，不像以浓妆艳辞来吸引人，虽说有着闺怨诗词的哀伤，但是这哀伤中有生长出来的一股新生的力量，散发着清新自然的味道。

并非在以地位来评论词人的才华，只是在某些时候，一个人的地位还是能够影响到他的修为。

冯延巳在年少之时就多才多艺，先皇让他陪伴太子李璟。后来李璟掌权，冯延巳也得到了重用，李璟称帝，冯延巳爬到了宰相的位置，在政海沉浮，宰相之位几上几下。他的人品总是受人非议，他的为政之才的确不好叫人恭维。据说他曾说过这样一段话："先主李昪丧师数千人，就吃不下饭，叹息十天半月，一个地道的田舍翁，怎能成就天下的大事。当今主上（李璟），数万军队在外打仗，也不放在心上，照样不停地宴乐击鞠，这才是真正的英雄主。"（据马令《南唐书·冯延巳传》）如此荒唐之言，可堪某帝说的老百姓没饭吃，怎么不吃肉呢？

但是不能不说，这样一个总是处于高位的环境，给予了冯延巳更宽广的眼界，我不是肯定或者宣扬词人需要一个很好的地位，只是在相比起温庭筠的风格成就的区别时，隐然觉得有一些影响。

并且似乎这个朝代的人，文学才华总是悬浮在政治能力之上。李璟就喜欢他的多才多艺，这点连他的政敌都十分佩服，可见他的才华的确是技压群雄。并且这个人很幽默，能言善辩，相比起一味地清高孤傲来说，对自身的创作应该是更有灵感的。所以他的词承于花间词，和温庭筠所写的一样，都是男欢女爱，但是读起来有一股清丽的委婉。

当读到他所写的"风乍起，吹皱一池春水"的时候，便觉得的确和温庭筠是不同的，似乎一种暧昧不明的忧伤，轻存雨中，却又难以明了，渐渐如烟雾散了，却又时刻有股轻微的弦在承受某一刻的到来。而在温词里面，我读不出来这样一种淤积心中，却又有能够舒展的空间，温词里的情感似乎更紧致一些，好似早已描摹好了的精致，只是欣赏，却有发散的柔情，可以深入人心。

《人间词话》其书

王国维的《人间词话》最初发表于《国粹学报》。《人间词话》是王国维接受西方美学思想洗礼后，以崭新的眼光对中国旧文学所做的评论。在词论界，许多人把它奉为圭臬，把它的论点作为词学、美学的根据。

晚清以来最有影响的著作之一。

清朝词派

常州派

常州词论始于张惠言编辑的《词选》

浙派

浙派词创始人——朱彝尊

致力纠正浙派的流弊，提倡深美闳约，沉着醇厚，以立意为本。发挥意内言外之旨，主张应有寄托，推崇周邦彦而轻薄姜夔、张炎。

致力纠正明末词流迂缓淫曼的毛病，崇尚清灵，学习南宋姜夔、张炎的词。主清空而流于浮薄，主柔婉而流于纤巧。

王国维的《人间词话》突破浙派、常州派的樊篱，克服两者之弊，有更进一步的发展。浙派词主清空柔婉，结果导致浮薄纤巧，不真切，王国维说提倡不隔，以纠正浙派词的流弊。对于常州派，他反对所有词都必须有寄托的说法，认为并不是有寄托的词才是好词。

王国维论词，主张要写得真切自然，并且有格调、气象、感情、韵味，无疑以境界突破了浙派词和常州派词的框框，去除了他们的偏弊，论词较为全面。

　　《人间词话》受到词学界和广大读者的瞩目，并逐渐成为一个阅读、讨论和研究的"热点"，与俞平伯有很大关系。

　　俞平伯（1900～1990年），现代诗人、作家、红学家，与胡适并称"新红学派"的创始人。俞平伯积极参加五四新文化运动，精研中国古典文学，执教于著名学府。

　　王国维从1908年夏秋之际撰写《人间词话》一百二十六则，到1908～1909年之交因《国粹学报》之邀约刊发其中的六十四则。1915年，王国维在手稿和《国粹学报》本《人间词话》基础上斟酌删订为三十一则，再度刊发于《盛京时报》。但一直未被关注。

　　1926年，俞平伯将《国粹学报》的六十四则标点并撰序交由北京朴社出版后，《人间词话》才开始以著作的方式而逐渐为学界所关注。俞平伯在《重印人间词话序》中，最早对《人间词话》进行了学术定位，不仅提出了境界说的核心地位，而且对其丰厚的理论意蕴表示了关注。

俞平伯作《重印人间词话序》

　　在此后的八十多年里，《人间词话》受关注的程度，远远超过了历史上的任何一部词话。人们对它的解读，也远远超出了词学的范围。

深致乃优美

"画屏金鹧鸪",飞卿语也,其词品似之。"弦上黄莺语",端己语也,其词品亦似之。正中词品,若欲于其词句中求之,则"和泪试严妆",殆近之欤?

"画屏金鹧鸪"、"弦上黄莺语"、"和泪试严妆"这三句词细细读来,便会觉得三句其实有着深意蕴含在里面。"画屏金鹧鸪",画屏上的用金丝银线绣的鹧鸪,极尽华美,却是难以展翅而飞,犹如一枝塑料花,外表好看,却是早已失去生命才换得的美丽,尽管美丽,它却是没有生机的。

"弦上黄莺语",鸟语花香的俏丽,声声入耳,清新自然,每一声鸣叫,都是来自生活的歌声,它是鲜活的生命。

"和泪试严妆",强颜欢笑,尽管外在极尽华美,却是内心凄苦磅礴,这样的情感又来得深重得多了,它不仅具有生命,还有浓重的情怀于此,欲笑实哀,欲舒实郁。

"画屏金鹧鸪"是温庭筠词里的一句，王国维觉得这句话适合用来形容温词的风格；"弦上黄莺语"是韦庄[1]诗词里的一句，王国维觉得这句话最适合来形容韦庄诗词的风格；"和泪试严妆"恰恰适合来形容冯延巳词的风格。

辞藻运用以率性、堆砌的方式，将大量精美绝伦的意象呈现在人们面前，没有一丝生命的流露与绽放，正如画屏上精致的鹧鸪一般，极尽华美，却难有展翅而飞的灵动。

不得不佩服王国维的功力，他的眼睛似乎总是能够明察秋毫地发现这些风格相似的词人不同的地方。他好像一位经验丰富、老道的鉴宝大师，对每首词都能一语中的点出它的贵气。

我之前在读这三位词人的作品之时，从来没有去这样细细比较过。在读到这一章《人间词话》的时候，也就是仅仅从这三首诗词的角度去评析感受，就能略微明其细微的差异。

更漏子

温庭筠

柳丝长，春雨细。花外漏声迢递。惊塞雁，起城乌。画屏金鹧鸪。

香雾薄，透帘幕。惆怅谢家池阁。红烛背，绣帘垂。梦长君不知。

纤柳细长，情丝万缕，春雨如婆，细细密密。花外的更漏声一声重过一声。雁起，

---

①韦庄，字端己，五代前蜀词人。

城乌，这画屏上的金线所织成的金鹧鸪。燃起这熏室之香，薄薄的烟雾缭绕，透过了帘幕，青烟袅袅。这满满重重的惆怅啊，这谢家池阁啊。红烛啊，尽情地燃烧吧，而这绣帘轻轻地垂下，似乎已经在说夜已深沉，人快睡去。长长的梦中，对你的思念，君能否知晓呢？

这首词写的是女子对郎君深沉的思念。在我初读这首词，尝试着用散文诗般的语言将它的美复制的时候，觉得里面的东西都是断的。

我没有办法找到一条主要的线索来用我的文字编织出词的华美。其实词里面的意象：塞雁、城乌、画屏金鹧鸪。这三个意象的出现，是非常突兀的，也是有着巨大的跳跃性。

温词所选用的意象没有按照女子的情感流露来写，反而它是率性的、堆砌的，一大堆精美绝伦的意象在你眼前，没有明确的感情的线索在其左右。他没有对情感细腻描绘，他就用一些意象，让你从这样的意象里客观地明了一个事实，那就是这个女子在哀伤。他没办法叫你去身临其境地体味悲伤，只是隔靴搔痒地看见悲伤。

这也是花间词的风格，华美浓丽却少真性情，温词是里面最具代表性的之一。造就温词特色的还有一个很显著的原因就是，温庭筠写词之时，正是词初起之时，那时候的词不过就是歌姬酒女的唱曲，而且作为一个外表粗犷，实质上又不愿在外人面前流露情感的人，他所写的词有这样的风格也是很正常的。

温庭筠也写过感情外露的词，但是读起来还是觉得温词将情感隐藏起来，我们读起来感觉自然些。比如那首很受世人争议的《忆江南》：梳洗罢，独倚望江楼，过尽千帆皆不是，斜晖脉脉水悠悠，肠断白蘋洲。

朱光潜曾批评过此首温词写情过于显。也就是说，诗词一般写景要更多地贯穿自己的情感，而如果是单独的抒情，那么情感不可过于外露，要让读者自己在字里行间细细品读出。那么温词的这首《忆江南》的最后一句"肠断白蘋洲"就将其情感表达得过于明显，给人弄巧成拙之感。读起这首词来，前面的"过尽千帆皆不是"中的"过尽"已有惆怅之意，后面的一句点实的句子"肠断白蘋洲。"的确有将其悲伤之韵味嚼尽之意，也确实觉得温庭筠将情感表达得过于实在，觉得失去了美感。读起来的感觉就如同一个沉默冷峻之人，突然热烈，教人回不过神来，没有感动，只是尴尬，所以温词中的抒情，还不如他的始终站在词外做一个冷眼看客般写"画屏金鹧鸪"来得自然。

菩萨蛮
韦庄

红楼别夜堪惆怅，香灯半卷流苏帐。残月出门时，美人和泪辞。

琵琶金翠羽，弦上黄莺语。劝我早归家，绿窗人似花。

红楼的告别之夜哪里能够忍受这惆怅，香灯尽管点燃，半卷诗书兀自读着，这装饰着流苏的睡帘之帐也轻挽着。残月照着我的恋人出门，那么月圆的时候他便会回来了么？美人满眼斟泪，却还要向他辞行。"琵琶金翠羽，弦上黄莺语。"昔日这美色美音，一声声地催促着这远离之人早日归家，绿窗下的等待的人儿似花。

说实话，将这两首词对比起来读，读过温庭筠的，之后再读韦庄的，我突然觉得脑海灵动一闪，灵光一现，有种清新纯粹小女人的情怀迎面而来。并非就是说温庭筠写的就不是小女人的情怀，而是我在读韦庄词的时候，觉得这样的一个形象生动、丰满了起来，她好像变成了一个俏皮的姑娘，有血有肉地站在我的面前，我更能自然地接受她，读这首词，就好像听到一个闺中女子对着你诉其心怀。

"琵琶金翠羽，弦上黄莺语。"这句与"画屏金鹧鸪"其实读起来都微微有华美之感，但还是觉得前句灵动自然，清新之气教此句活了起来。

金翠羽是琵琶的装饰物，后面跟着的弦上黄莺语，或许可以理解为，离别之际，美人手执琵琶，清歌一曲，如黄莺之语般地歌未完，却早已双泪垂。也或许，这柄琵琶就是两人曾经花前月下的常用之物，所以后面的"劝我早归家，绿窗人似花"也是接得极其自然。君需怜我似怜花，王国维就有诗云："阅尽天涯离别苦，不道归来，零落花如许。"

再来比较"画屏金鹧鸪"也就是一句华美，一个姿势摆在那里，只得其外，不知其内，好像一件奢侈品，只能观赏，无法感受，因为它的美犹如展示厅里的摆设，只是词人外在的客观描绘。所以对比起来，我更喜欢前句："琵琶金翠羽，弦上黄莺语。"轻轻读一下前句便是极有感觉的，如初发芙蓉，明亮纯净，它是自然的，不做作的。

分析了温词和韦词，我们再来细细地分析冯延巳。因为在王国维的《人间词话》中，对于三者的比较，对冯延巳似乎更多赞誉。

菩萨蛮

冯延巳

娇鬟堆枕钗横凤，溶溶春水杨花梦。红烛泪阑干，翠屏烟浪寒。

锦壶催画箭，玉佩天涯远。和泪试严妆，落梅飞晓霜。

娇媚的发鬟只是堆积在枕上，无心梳理，凤钗横陈。杨花一梦，溶溶春水，芳心流沛。红烛流泪，眼中难掩悲伤，看着翠屏上一片晓寒烟波。锦壶空催画箭，那个佩戴着玉佩的人远在天涯。涂上艳妆，愿能掩饰这怕人看穿的哀愁。轻落之梅恰若是纷飞的晓霜。

读完韦词，再看冯词，似乎觉得更进一步。韦词写的是一个男女之情的别离故事，我们可以从中读出些许情节。但是冯词，只是一读，你便知道是女子在思念男子。若说韦词是带有情节的故事，而冯词就是一个十分生动的细节刻画。冯词就是抓住这一点，女子闺怨的"怨"字。

我们读韦庄的《菩萨蛮》，可以知道讲的是男女分别了，女子思念男子，并且盼望男子回去，男子回忆此前两人的恩爱，于是想到离别之时，女子对男子的叮咛，你一定要早点回来啊，等待你的人正如花一样，期待你的欣赏。而冯词里面的情节全无，就是一个内容，全是思念，由思及怨，怨而至哀，已是哀怨断肠，却还要遮掩，抚泪强欢。

所以冯词和韦词相比起从客观的角度来抒写情感的温词来，冯词和韦词更多的是从主观的角度来抒写闺怨题材，抒写情感。所以冯词比韦词更生动，情感充沛，是活的。不像温词，虽然辞藻华丽，却无情感滋润，是干瘪的。

同是从情感的主观角度抒写，韦词宽阔，冯词比之韦词，又更细腻，更精致，外在浓丽，却是极尽哀愁。

然而这是王国维读这三人词后，在这三人的词中拈出一句做这三人词风格的概括。大致可以这样理解：温词华美却客观无个性；韦词清丽较为主观重写情；冯词主观外浓丽内哀愁。

尽管他所推崇的是冯词，实质上，在我看来，我读冯词，更多的是读出了冯词的氛围。这里暂且不多谈，后文会详细分解。

此时对于韦词，我却是偏爱一首，这一首韦词，我觉得针对冯词的外浓丽内哀愁，却是有胜之而无不及。而明白了这一首，也就明白了韦词的境界，也就能够明白为何韦词会偏居冯词下位的原因了。

本质上词还是跟写词人的心境是一样的，也就是跟前文的王国维先生的境界之说有着关联之处。

菩萨蛮

韦庄

劝君今夜须沉醉，樽前莫话明朝事。珍重主人心，酒深
情亦深。

须愁春漏短，莫诉金杯满。遇酒且呵呵，人生能几何。

此首词意思浅显，不过是喝酒的时候，主客之间劝来劝去。但是最后一句"遇酒
且呵呵，人生能几何"细细一读，也还能读出几分"和泪试严妆"之感，两句都是遮
掩自己情感的意思。

"遇酒且呵呵"就是在觥筹交错之时，也是自己情感的强颜欢笑之际。"和泪试
严妆"也是用浓丽的妆饰来掩饰自己的悲伤。可是"遇酒且呵呵，人生能几何"中的
"呵呵"二字，读起来十分的口语化，更无辞藻上的精致，却是叫人心中不胜悲凉之
意。整句表达的就是俗世喧嚣、内心寂寞、人生苦短、强颜欢笑。所以，此首韦词，
我觉得是能够胜却冯词的。

"遇酒且呵呵，人生能几何"中朴素的字眼，正是冯词的浓丽，即便是浓丽中
的哀愁也是无法企及的。正所谓："朴素之美，莫之与争。"而所谓的境界也是由
此而出。

人正不易得

南唐中主[①]词："菡萏香销翠叶残，西风愁起绿波间"，大有众芳芜秽，美人迟暮之感。乃古今独赏其"细雨梦回鸡塞远，小楼吹彻玉笙寒。"故知解人正不易得。

提到南唐中主李璟，其实并不陌生，他和冯延巳的关系非常密切，冯延巳就是李璟的臣子。李璟做太子时，冯延巳就已跟随其左右。而李璟的这首被王国维摘句而评的《山花子》也与冯延巳的"风乍起，吹皱一池春水"有着一个小故事：

有一次，君臣二人出游。冯延巳写道："风乍起，吹皱一池春水。"李璟戏弄冯延巳道："吹皱一池春水，干卿何事？"冯延巳连忙低下头讨好道："臣的句子不如陛下的句子：'小楼吹彻玉笙寒'。"李璟听后便很高兴。

通过这则故事，很多人觉得冯延巳对李璟的"小楼吹彻玉笙寒"的赞美完全是出于对皇帝的溜须拍马。但是，从后人对李璟的《山花子》的评价，最后一句"细雨梦回鸡塞远，小楼吹彻玉笙寒"的喜欢与赞同，可见冯延巳的眼光还是比较独到的。除却其中的君臣关系，冯延巳也算是识货之人，懂得李璟词中美妙的地方。

然而，王国维的《人间词话》中此节并没有延循古人的思路，他并不欣赏向来为众人所津津乐道的："细雨梦回鸡塞远，小楼吹彻玉笙寒。"此句有着似隐却明的愁情，似真似幻的愁情，身心不仅随着此句沉寂，即使沉陷其中，却也是很容易拉回现

---

①李璟，字伯玉，南唐中主，词人。

实，一种如梦的真实的切肤体验。这种说不清道不明的美感，也是世人历来欣赏此句的原因。

而王国维欣赏的却是前句"菡萏香销翠叶残，西风愁起绿波间。"他对此句的评价是"大有众芳芜秽，美人迟暮之感。"也就是说，他从此句里面感受到了众芳的香消玉殒，美人的悲秋幽怨。

山花子

李璟

菡萏香销翠叶残，西风愁起绿波间。还与韶光共憔悴，
不堪看。

细雨梦回鸡塞远，小楼吹彻玉笙寒。多少泪珠无限恨，
倚阑干。

起句"菡萏香销翠叶残，西风愁起绿波间"中的"菡萏"是荷花，荷又名"芙蕖"，其花名"菡萏"，果实称为"莲子"，根为"藕"。整句的意思是：秋风过后，荷花已经褪去盛夏的明媚，枯萎凋零到一片荒芜，花已销，绿叶已残。只是在西风轻起的湖面，翻起阵阵涟漪。这就是一幅秋季残荷图。

为何王国维对此句情有独钟，我觉得大概是对于自己身世的共鸣。荷花本就是出淤泥而不染的，王国维本质上是一个精神和生活上都非常干净之人，越是固执于一种生活方式，他是越不能接受周遭的变故的。所以，王国维至死也没有剪掉脑后的那一条辫子。这种事情后来成为很多人攻击他是"清朝遗老"的凭据。

李璟词中的荷花已残，如此纯洁明净之物，也不过是如此下场，在夏天烈日里灼灼其芳华，低调之中难以掩盖着自身的热烈和贞节。可是在秋风萧瑟之中，也难免落得叶枯花销的下场，只剩下这秋风吹起湖中绿波阵阵。

其实，《红楼梦》中的林妹妹也是有着这样的体会的，她在评价李商隐的诗歌时，说到自己并不太喜欢李商隐的诗，但是唯独对一句"留得残荷听雨声"深有体会。"留得残荷听雨声"既表现了林妹妹晚上总是失眠，才听到雨打残荷的声音，再次，在雨打残荷的声音中，还有着对自己的悲悯，荷已残，雨打在枯荷上有声，这枯荷早已丧失自己的容颜却还要经受着雨打风吹，而自己这早就无依无靠的一生，又要遭受怎样的吹打呢？

这也是极其敏感之人才能够感受到的。王国维觉得此句"大有众芳芜秽，美人迟暮之感"，道出对美好事物消逝的无限哀愁惋惜之感。读到这点评不仅让人黯然神伤，一点淡愁即出，更是万千哀怨遗憾蕴于其中。

屈原在《离骚》中也说过："惟草木之零落兮，恐美人之迟暮。"这样的辛酸苦楚，我觉得很符合王国维的心境。王国维的怀才不遇以及生不逢时，都在这句子里有所体现。

一个人思想纯净，也难免会多经受命运的挫折，或许这样的挫折在王国维的眼中已经算不上挫折，怀才不遇又有何干系，他总是能够在思想上超越俗世的利害关系，专心致志地完成自己的学术，实际上这又是一个人行为干净的体现。而这样的行为方式，却是看透世事行情之后所做的一种选择，这样兀自的穿透世事孤独之后的抉择，很难说里面没有经受过孤独考验之后的辛酸和放弃之后的遗憾。而后的人生观里受到西方哲学家叔本华的影响，越发地显现出骨子里的悲观主义思想，所以对此句的感受才会如此深刻。

所以越是超越，越是悲悯。

越是超越俗世，对人间美好的消逝就越是悲悯。

那么这样看来，王国维对此句的欣赏胜于对世人常赞的句子的欣赏也就不足为奇了。不过，对于诗词的鉴赏，也本就是仁者见仁、智者见智的事情，不过个人的情感经历对此句引起的反应不一而已。

接着来看下一句："还与韶光共憔悴，不堪看。"荷已残，人又何尝不是呢？韶光易逝，早已与残荷一般憔悴，风烛残年对此秋风残荷，情何以堪？

下一句："细雨梦回鸡塞远，小楼吹彻玉笙寒。"其"细雨梦回鸡塞远"中的"鸡塞"到底是何地，已经无法考据清楚，其实，分析诗词若是将其变成考古学，也就索然无味了。姑且就当作它是一个地方好了。

在这句话里，最关键的是"细雨梦回"，指的是细雨惊醒了睡梦，相比起荷残来说，夜也残，梦也残。"小楼吹彻玉笙寒"，小楼上的笙声也是愈加的清寒，也或许是吹曲人的心意凄凉，不免使得曲声清寒。

"多少泪珠无限恨，倚阑干。"这才是词人道明心情的句子，人生之中多少的悲欢多少的遗憾，也只能一人依凭着栏杆，独对残年。

将这首词整体分析下来，我也越发地喜欢这句"菡萏香销翠叶残，西风愁起绿波间"了。词的魂魄真是文字和所读之人的心灵感应所得。

神秀出国色

温飞卿之词,句秀也。韦端己之词,骨秀也。李重光之词,神秀也。

王国维说:"温飞卿之词,句秀也。"也就是说,温庭筠的词是"画屏金鹧鸪"为代表的"精艳绝人",凭借的是以辞藻华美取胜。

菩萨蛮·其一

温庭筠

小山重叠金明灭,鬓云欲度香腮雪。懒起画蛾眉,弄妆
梳洗迟。

照花前后镜,花面交相映。新帖绣罗襦,双双金鹧鸪。

重重叠叠的山上日光明灭,如云的发鬓、似雪的香腮。慵懒的女子懒得画蛾眉,早妆梳洗迟。鲜花前、明镜后,人面花面交相映。穿的是绣花的罗襦,上面有着一对金鹧鸪。

里面的意象:鬓云、香腮、绣罗襦、金鹧鸪。这些意象从字面上看,都犹如一张张华美的锦卷,极尽艳丽。然后,一系列的意象铺陈下来,只是意象的堆砌,并没有一条情感的主线索在里面,只有眼前之物,并无脉络分明。

菩萨蛮·其二

温庭筠

水晶帘里玻璃枕,暖香惹梦鸳鸯锦。江山柳如烟,雁飞
残月天。

藕丝秋色浅,人胜参差剪。双鬓隔香红,玉钗头上凤。

水晶帘里的玻璃枕,暖香惹梦的鸳鸯锦。江山上绿柳如烟,大雁飞过残月天。藕丝犹如浅浅的秋色,人胜参差若剪。双鬓隔着香红,玉钗头上的金凤。

依旧是意象的堆砌，水晶帘、玻璃枕、鸳鸯锦、柳、雁、残月天等，和前首一样，也没有主观上的明确的情感脉络。

菩萨蛮·其三

温庭筠

夜来皓月才当午，重帘悄悄无人语。深处麝烟长，卧时留薄妆。

当年还自惜，往事那堪忆。花露月明残，锦衾知晓寒。

至午夜，才月圆若皓。重重帘帐层层放，墨夜悄悄无人语。帘幕深处麝香长长地燃烧，睡觉之时依旧留着微薄的妆。当年的青春年华，谁不珍惜呢？只是往事却不堪回首。花上渐渐沾满露水，锦绣的衾被不敌晓寒的夜。

第三首似乎有一句表达情感："当年还自惜，往事那堪忆。"对往事的追忆和遗憾以及后句的"花露月明残，锦衾知晓寒"里面隐约有着形单影只，个人之力不敌孤单寒冷之感。可情感依旧表达得不太明显，似乎是景物的陪衬性暗示。也就是说，这些情感是从景物中摸索出来的，也就是客观的景物依旧是主要的线索，而不是个人的情感作为文章的主要层次。

所以，王国维说："温飞卿之词，句秀也。"全词都是实打实的描写，尽是实景，很难理会里面的情感，或者说里面的情感实在是太含蓄隐晦了。

王国维说："韦端己之词，骨秀也。"骨骼俊秀，不仅仅是语言美丽，并且深情款款，发自内心，宛如"弦上黄莺语"般的清丽。

端己的词比起飞卿的词，靠的是喷涌于胸的情感取胜。飞卿的词里，总好像压抑般地把情感扣得死死的，而端己的词恰恰是将情感释放出来，读起来叫人觉得情真意切，情真字秀。

我们将温飞卿的词《更漏子》与韦端己的《菩萨蛮》来比较就可清楚二者风格的差别。

更漏子

温庭筠

柳丝长，春雨细。花外漏声迢递。惊塞雁，起城乌。画屏金鹧鸪。

香雾薄，透帘幕。惆怅谢家池阁。红烛背，绣帘垂。梦长君不知。

这首词，我在前面已经分析过，之所以将其提出来与端己的词作比较，是因为飞卿的这首《更漏子》的最后一句已经化白描为抒情，虽说是一个简短的抒情，也不失为一句对情感的表达。"梦长君不知"，长长的夜，做着长长的梦，这么长的梦都是对你的相思，而你到底知道不知道呢？其实这个句子写的是非常幽怨缠绵的，为什么说是长梦呢，因为睡不着觉，那么梦就显得长了，梦长也就显得夜长了。而夜长了，那这么长的夜，整夜的都是对你的思念，这思念也显得长了。

可是这一句在温飞卿的《更漏子》里面并不显得特别出众，因为前面的意象，像柳丝、春雨、雁、金鹧鸪、红烛等堆得太满，并没有对末句情感的铺垫之笔，叫人一下子接受这样一句情感的直接抒发，显得太突兀。

而在端己的词里面，你是绝不会有如此之感的。我选择了韦端己的《菩萨蛮》五首之一，其中末句"忆君君不知"和温词的"梦长君不知"有相似之处。先看整首词：

菩萨蛮

韦庄

洛阳城里风光好，洛阳才子他乡老。柳暗魏王堤，此时心转迷。

桃花春水渌，水上鸳鸯浴。凝恨对残辉，忆君君不知。

洛阳城里风光无限，洛阳的才子却年老他乡。连用两个"洛阳"，强调对洛阳的特殊情感，既然是对洛阳如此眷念，就应该长居洛阳，然而年老他乡，其中的遗憾之情呼之欲出。

昔日洛阳魏王堤上春柳明暗，此时心思满怀凄迷。眼前可爱的深红、浅红的桃花，红艳春水渌，水上鸳鸯成双浴。此句恰有由眼前之景，想到了思念之人。眼前是如此可人的桃花以及羡煞旁人的双双对对的鸳鸯，正在享受这大好春色，想必是洛阳的春色更加迷人吧，而这洛阳的才子却是身在他乡，佳人不能相伴。所以结尾的"凝恨对残辉，忆君君不知"乃是由上之情景情感的遗憾而来，"凝恨"本就是这些遗憾啊。"对残辉"表示遗憾无人相诉，这样的愁情，除了那个思念对象，远在洛阳一样独自一人面对春色的佳人之外，又有何人能够相诉呢？在这样的春色里，只能将这遗憾空对残辉。

"忆君君不知"，想念你的时候，你知道不知道呢？如此曲折回复的情感，在最后一句表现得淋漓尽致，也是前面情感铺垫之后，后面才得来的厚重。

同样的句式，但是不同的人表达出来便是别样的情怀。这也是温庭筠和韦庄之"句秀"与"骨秀"的区别。

下面我们再来理解王国维评价李后主的："李重光之词，神秀也。"神秀，从字面意义上理解，神采飞扬，秀美异常。我觉得李后主是一位纯情若贾宝玉的人物，比如亡国之前，完全地沉迷于欢乐，亡国后却又有如此多的悲哀，虽说平时和大周后的感情甚佳，但在大周后病重之时，却也和小周后暗生情愫，并且还瞒着病重的大周后和小周后频频约会，还有对小周后的"奴为出来难，叫郎恣意怜"。这句话就是说小周后啊，你瞒着众人出来和我约会，你的惊慌失措全被我看到了，你越是这样越是叫人想放纵任性地怜爱你呀。

多么真实的偷情之语。从李后主的词里，完全能够感受到他的内心，所以，他写的词都是真的，是人真实的情感，比如后来亡国之后，身为赵光义的囚臣，他却还要写出"故国不堪回首月明中。雕栏玉砌应犹在，只是朱颜改"这样一些怀念的词句，引来杀身之祸。

可这样的东西，却是李后主心里想表达的情感，这个人是任性的，并且行为处事总是跟随着自己的内心，不加掩饰地表达在词里，尽管是率性，却是非常真实的。真的东西才会叫人不厌恶，真的东西才会叫人只是知会地笑而不语。越是读李后主的词，就越能感知到一颗任性却是纯真的心。

从三人的抒情中可以看出"句秀"、"骨秀"、"神秀"的区别。温庭筠的一句干瘪瘪的"梦长君不知"不置可否，姑且算为抒情。韦端己的"忆君君不知"情真意切，比起温词来说，情感的闸门已经打开，情感的奔流也若绵绵之江水拥有力量。但是李后主的抒情，随便拈一句"自是人生长恨水长东"出来便具有惊人的力量，比起"忆君君不知"以及其他篇章里的"未老莫还乡，还乡须断肠"不知道要胜出多少。若说韦端己是"开"，那么李后主就是"阔"。

如果说温庭筠的词是理性的现实主义，那么韦端己的词就是现实与浪漫的结合，而到了李后主这里就是完全地率性而作了，词里全是自己纯真的情感，丝毫无造作，神采飞扬，感慨深，气象远，写尽世间之爱欢情怨。

后主之情调

　　词至李后主而眼界始大，感慨遂深，遂变伶工之词而为士大夫之词。周介存置诸温、韦之下，可为颠倒黑白矣。"自是人生长恨水长东"、"流水落花春去也，天上人间。"《金荃》、《浣花》能有此气象耶？

　　王国维认为词到李后主的手中才真正变得灵性起来，真情实感，却毫不虚伪，感慨深切。词本是乐工们弹唱的曲子，李后主写词，却是将只具娱乐性质的词变成了士大夫文人抒情达意的文体。可以说后主为北宋词繁荣时代的到来奠定了基础。

　　王国维在此节里提到了周介存，还说到了周介存对温飞卿、韦端己和李后主的评价。

　　周介存是晚清的词人，他在《介存斋论词杂著》里有此叙述："毛嫱、西施，天下美妇人也。严妆佳，淡妆亦佳，粗服乱头，不掩国色。飞卿，严妆也。端己，淡妆也。后主，则粗服乱头矣。"这段话的意思是说：温飞卿的词就是严妆，虽然好看，但是妆饰过重，无法给人亲近之感，更何况妆饰过多过重，还会给人虚假之感。韦端己的词则是淡妆，依旧是有所掩饰，无法纯真。而李后主的词则是粗服乱头，尽管是粗服乱头，却是不掩国色。也就是李后主的词毫无修饰，却愈发显出它的端庄秀美，这样的美丽是天然的，那些外在的修饰反而起到不好的作用，毫不做作，毫无虚伪，越是无加修饰的朴素，越是真诚，越是美得惊人。

然而王国维在此节中说周介存的这段话是颠倒黑白。不过，按照王国维对李后主的评价，再看周介存的评价，可以知道他们的想法其实是一致的。王国维在对周介存此段话的理解上有误会之处，大概是对"粗服乱头"之词的误会。其实，周介存说得很清楚，李后主的词是"粗服乱头，难掩国色"。也就是承认李后主的词美即便是粗服乱头也不能遮掩的美。

王国维在此节的最后一处说到李后主的词，其中的两句，"自是人生长恨水长东"，"流水落花春去也，天上人间。"这两句词的气象是《金荃》、《浣花》望尘莫及的。《金荃》乃是温庭筠（字飞卿）的词集，也做《金荃集》。《浣花》是韦庄（字端己）的词集，也叫《浣花集》。

值得注意的是，王国维此时又提出了用"气象"这个标准来评判词。"气象"用"境界"来解释的话，也就是境界雄阔、宏大、浑茫。也就是说，李后主的词已经和温韦的词大不一样了。如果说温词和韦词还是局限于花间词的写法，也就是一直局限在伶工乐人的唱词艳曲之中，哪怕韦词和冯词后来的意境也逐渐凸现，仍然不及李后主的发自身心的词。当然，后主的词感慨之深，或许和他的身世遭遇有关，但是历经人世苦难的人，古往今来多了，可是李后主却能发人之绝唱，也和个人的天赋是分不开的。当然，这和他的性情也是分不开的。读后主的词，总是声情并茂、表里如一，一首词也是一支泣血的歌。

相见欢

李煜

林花谢了春红，太匆匆，无奈朝来寒雨晚来风。

胭脂泪，留人醉，几时重？自是人生长恨水长东！

林花凋谢，春日之艳红不见。时光飞逝太匆匆。早上的寒雨，晚上的凉风。花若胭脂集露珠，人面似花沾满泪，留人醉，而这样的日子不会再重来。人生长长的遗憾犹如江水之东流。

李后主的词是要细细品味的。

第一句"林花谢了春红"。"谢"是凋谢之意，而"了"是全，完，尽。"春"是最美好的季节，"红"是花最娇贵漂亮的色彩。春红的完全凋谢，读起来叫人觉得心中顿有所失，头句情感的丝缕已随景致牵引出来了。

因此，李后主的词，景与情水乳交融，真乃是"一切景语皆情语"。但是读来之后，又会觉得，这词里的意境岂是一个简单的"情"可以概括。表面上写的是林花凋谢，实质上又何尝不是在感叹人生的短暂呢，相比到自身，昔日帝王的繁华早已不再，只落得为他朝囚臣的身份，又是何等悲凉凄惨。这是由此句的自然之境，推及至自身。那么，我们还可以从自身推及至世间万物，生生灭灭之道理，亦是一样。从词的首句便具有气象，也就是开阔的境界，丝毫不再局限于花间词的小打小闹。

接下来的一句"太匆匆"，其

实也就是一句对时间之快的感叹，然后接在"林花谢了春红"之后，是再真挚自然不过了。是因为感叹美好消逝，心中哀伤，才会有对这时间消逝之快的惋惜。"太匆匆"是何其口语化、日常化的句子，而在李后主这里却能化腐朽为神奇。一句"太匆匆"将时光流逝变化的叹惋表达得真实而传神。

并且"林花谢了春红，太匆匆"都是极其朴素、没有修饰的句子，但是李后主词的妙处在"谢了"的"了"字和"春红"等字。"太匆匆"的口语化，更是肺腑之言。

"无奈朝来寒雨晚来风"其实是相对于前面的林花之凋零来说的。好花易受到风雨的摧残，生命中更是充满了无常的变数。

"胭脂泪，留人醉，几时重？"悲苦愁情紧接而来。曾经的美好，人面桃花，互留相醉的日子什么时候会再回来呢？作者在追忆往事的时候，自己其实已经清楚明白生命的无常，所以尽管对往事极其沉醉，却是"几时重"，点明迷途之人，花落难再开，往事难再返。

而最后一句，完全是神来之笔，具有奔腾万里的气势，顺畅勃发。往事的美好，叫人沉醉痴迷，这样的愁情难解，却又无可奈何，人生中有多少的时光如此呢？自是人生长恨水长东啊。

全词气贯如一、声情合一。这首词不仅仅是亡国之君的感叹，更多地上升到了人生哲学的境界。

浪淘沙

李煜

帘外雨潺潺，春意阑珊，罗衾不耐五更寒。梦里不知身是客，一晌贪欢。

独自莫凭阑，无限江山，别时容易见时难。流水落花春去也，天上人间。

窗外就是春天，潇潇小雨尽显得这新生的却又有着惊寒的气息。锦被耐不住这五更的寒冷。一切又回到了梦中，回到了从前，不在当下，不在屈辱里，纵情贪欢。

梦醒却是他人之客，孤身一人，面对这无限江山。悠悠往事，别时容易见时难。一切都已经不再一样，永远都回不去了。悲欢荣辱，短暂若瞬的天上人间。

依旧是亡国之君的辛酸血泪，赤子之心的字字真言。

难为赤子心

词人者，不失其赤子之心者也。故生于深宫之中，长于妇人之手，是后主为人君所短处，亦即为词人所长处。

它是纯粹的。

它的纯粹发乎情感，情感表现在词中。

这感动着世人的后主之词，他所有的词，王国维认为都饱含着一颗赤子之心。

赤子之心，就是童心。

"绝假纯真，最初一念之本心。"这是李卓吾的《童心说》中对童心的定义。只说真话，童言无忌，坦露自我，这是王国维为词人所定义的赤子之心。

作为国君，本是一切权力利益的中心，应该熟知权术，但由于李煜生于深宫之中，长于妇人之手，涉世不深，正是这样的成长环境，才使李煜没有被世俗所熏染，能够在词中尽显自己性情中的纯真华美。

所以生于深宫之中，长于妇人之手，是他当国君的短处，却恰恰成就了他作为一名好词人的长处。

生于深宫，必定是荣华富贵，应有尽有，想什么便能得到什么。帝王之家的繁华教他的生活不识忧患，根本不需要涉及世事，也不需要涉及利益艰辛，一切都是顺其自然的，一切都是他的，尽管如此，也是恰恰如此，恰若贾宝玉，他的心是极其干净的，深刻地体验自我，体验着周遭，他直言不讳地在词里倾诉着自己的悲喜和纯粹。而在亡国之后，作为他朝的阶下囚，他的情感也就随着命运的转变，变得激流磅礴，而这样的情感更多的是一种自然的状态。这也是李后主词中的震撼之处，也是有着赤子之心的缘故。

赤子之心的纯真，其中的"真"其实在王国维的身上也是有所体现的，大概这也是他看重李煜的原因之一吧。他在评论《红楼梦》时就曾说过："唯美之为物，不与吾人之利益相关系；而吾人观美时，亦不知有一己之利害。"这段引文的意思是：美丽的东西，不会跟我们的利益相关联；我们欣赏美的时候，也不会是因为这些东西与自身利害相关。强调不管是审美，还是创作，都是纯粹真性情的东西。叔本华就说过诗人都是大孩子，天才与儿童的共同点"主要表现在天真和崇高的单纯上"。

赤子之心是以自然之眼观物，用直观感受世界，之后再用文学的方式表达出来。正所谓："妙手造文，能使其纷沓之情思，为极自然之表现，望之不啻为真实之暴露。"我们可以汉古诗十九首之二《青青河畔草》来看：

古诗十九首·青青河畔草

青青河畔草，郁郁园中柳。

盈盈楼上女，皎皎当窗牖。

娥娥红粉妆，纤纤出素手。

昔为倡家女，今为荡子妇。

荡子行不归，空床难独守。

从词的本义上来看，这是一首极其淫亵之诗，但是却深得多人喜欢，因为里面怀着一颗赤子之心，乃"真"性情。

"青青河畔草，郁郁园中柳。"开句就是一片春色的气息，河畔之青草，园中之绿柳。不知道为何很多诗歌写春天的时候，都爱用到"青草"、"绿柳"这个意象，或许"青草"经春天而发出，本身就是含情而出，随着季节由寒转暖而来，名曰"青草"，"青"和"情"又是谐音。而"绿柳"也是随着春天就会发出嫩芽的植物，而"柳"和"留"字也是谐音的。其中之意，不言而喻。

"盈盈楼上女，皎皎当窗牖。"在这样的一个春日里，有着一位妙龄女子，步履轻盈，有着雪白的皮肤，却因为思念被困于阁楼之上，依靠在窗户前，望眼欲穿。

"蛾蛾红粉妆，纤纤出素手。"精心修饰的妆容，宛若红粉新娘，素手纤纤伸出窗外，这双手里似乎在招觅着什么。招觅着什么呢？这无限的柔情。一个思春之女子已经勾勒出来了。

"昔为倡家女，今为荡子妇。"从此句可以看出，这名倚窗等待的女子曾经是一个烟花女子，而今已经是嫁作他人妇。

"荡子行不归，空床难独守。"此句彻底解答了前句"蛾蛾红粉妆，纤纤出素手"的出素手的答案了。因为所嫁之人迟迟不归家，难耐寂寞，空空床帏，一人不易独守。

从这样一首诗中，这开着的窗户，这蛾蛾的红妆，这双伸出窗外的纤细白嫩的手，还有这张空空已久的床。

似乎这字里行间，我们可以读出来一种危险气息，这位女子的等待以及撞见这位女子等待的男子，一路行色匆匆却又抬头一瞥即见春色的路人等等，可是作者并没有直接告诉我们，这里即将要发生怎样的事情。是一场偷情呢？还是这位从良后嫁作他人妇的女子的继续望穿秋水恨断肠的等待呢？

一片春色，一张粉脸，一双素手，一张空床，能给人更多的答案和暗示以及一片桃花湿地的幻想。

然而这样的答案和暗示似乎是不需要明示的，因为这样的欲望又是何其的真实。

越是这样的真实，我们才越感觉到了一个充满了自我的人的存在，存其自我，才能现其真情。

李后主的词也是如此，尽管他的题材比较狭窄，这也是他一直为人诟病的把柄。那些批评之人总是觉得李后主的词毫无男人之气，还说亡国后李后主的词中无一不流露出对从前奢靡生活的向往，这其实也是没有读懂之人的粗浅评论。李后主词的题材的确狭窄，但是在这方面，他的词却是开拓得最深，后来还有李清照和纳兰容若可以与之媲美，他在这样的生活中的感受是最深的，所以才有后来的表达之深之真。

在政治上的失败造就了在词的创作上的纯真，杜绝了政治上的复杂，简练了词中的纯粹，所以，生于深宫之中，长于妇人之手，使李后主将从政的短处变成了作词的长处。

后主性情真

> 客观之诗人，不可不多阅世。阅世愈深，则材料愈丰富，愈变化，《水浒》、《红楼梦》之作者是也。主观之诗人，不必多阅世。阅世愈浅，则性情愈真，李后主是也。

对王国维先生的这一则，古往今来所阅之人，可谓是争论颇多。

王国维先生在第十三则曾说过：故知解人正不易得。

其实，这句话呢，放在此处真正是再合适不过了。似乎在此时，也明白了一个人在高处的寂寞。高处的寂寞是一种叫人不得不坚守的情操。而坚守的这份情操却又在现实生活之中被按到了极低之处，那便是无人理解之苦楚。无人理解之苦楚，正是思想上高处不胜寒的代价。既然如此，那也就懒得申辩了，若如此，也是自身的选择，便缄默吧，越是缄默，其实越是了解自身。《人间词话》中的文字，既是随性之说，也是肺腑之说，只是无法细说，细说似乎无味，而这般随性之说，却又有如此多的人不求甚解。

这则文字的遭遇，似乎也是王国维先生在现实之中的遭遇。

这则文字是说：《水浒传》和《红楼梦》的作者是客观诗人的代表，阅世颇深，世间人情世故的材料收集丰富，方成其大作。而主观诗人就不同了，大可不必涉世过深，更不必经受过多世事，阅世愈浅，在性情上就越真，最具代表性的人物，就是李后主。

不少人认为王国维先生此节的结论是错误的，那就是诗人哪里需要有主观和客观之分，认为过分强调主观和客观，那么主观的诗人就割断了和现实生活的联系，既然已经割断了和现实生活的联系，哪里还会表达真情实感呢？这是我在查阅资料后总结出的第一种否定王国维先生此节的观点。

还有不少人认为，王国维所推出的主观诗人的代表李煜，明明在人生的后面就经历了亡国之痛，沦为宋朝之囚臣的命运。这样的经历还不叫涉世之深吗？况且，王国维你在下节就写了李后主是以血书者。所谓以血书者，试问"不多阅世"的"主观诗人"，怎能有这样深切的感情？你王国维这不是自相矛盾吗？这是第二种否定王国维先生此节的观点。

当然，以上这两种观点都是比较老的观点，想要读懂王国维不容易啊，资料都翻烂了。

下面这种观点，尽管是当今的牛人所写的，但我还是不太认同，此观点是袁行霈提出来的，我读大学时中文系的教材就是他组织编写的。

袁行霈先生在1980年第四期上的《文学评论》上的文章《论意境》是这么说的：其实，不论"客观"或是"主观"之诗人，没有丰富的生活阅历，都不可能写出优秀的作品。文学创作当然要出自真情，但这真情是在社会实践中培育的，并不是天生就有的。而性情的真伪则取决于诗人的写作态度，诗人忠实于生活、忠实于艺术、忠实于读者，就有真性情的表现，这同阅世深浅并无关系。

明白了他人对王国维先生的观点，对比于这样的观点，似乎总有些骨鲠在喉的感觉。遭受误会般的，不解释不痛快地堵着，那么，我们来仔细鉴赏这一节吧。

此节，有一个非常重要的定义，那就是王国维将诗人划分为主观诗人和客观诗人两种类型。

按理说，这里既是将诗人归类的话，以下就应该全举诗人的例子，但是王国维所举的客观诗人的代表却是《水浒传》和《红楼梦》的作者施耐庵和曹雪芹。众所周知，施耐庵和曹雪芹是小说作者，却被王国维先生归到了诗人的行列。而后面所举的主观诗人的代表却是李后主，严格地说，李后主是写词的，顶多算得上是主观词人，也不能说是主观诗人。尽管有着"词乃诗之余也"，那么通过这条可以讲通主观诗人的定义，但是对于前面的两位小说家也定义为诗人，王国维岂不是犯了文体不分的大错了？

在王国维的《文学小言》中有一段话："文学中有二原质焉：曰景，曰情。前者以描写自然及人生之事实为主，后者则吾人对此种事实之精神的态度也。故前者客观的，后者主观的也；前者知识的，后者感情的也。"

我们从这段话，可以看出王国维区分"主观"和"客观"的前提是，他并非仅仅是从诗人这个文学作者的类别来分的。他的前提是整个"文学"。他已经说得很清楚了："文学中有二原质焉：曰景，曰情。"所以，这里的诗人乃是所有的进行文学创作的文人们。

假设我们从王国维先生的《文学小言》中的摘录是正确的，那么我们就继续做如下的理解。

客观诗人是以描写社会现实为主的，而主观诗人是以抒发主体自身情感为主的。

他们的区别就是描写的角度不一样而已。

那么根据自身所擅长表达的方向，对于社会阅历的要求也不一样，因为客观诗人要表现现实，要熟悉民情，要洞幽察微，他笔下的世界才越和真实世界接近。而主观诗人呢，强调个人情感的抒发，过多的阅世是对于自身澎湃不可束缚之情感的牵绊，主观诗人笔下全是个人情绪、情感，靠着文学载体和文学功底将它上升到审美的高度。

其实，话说到这个地方，似乎还是不甚明了。的确，这样的解释，极尽鄙人在课堂上之功力，好似在跟学生讲课传授知识般言说，还不能批驳我们刚才所列举出的专家学者们对王国维先生此节观点的否定。

他们说王国维先生将客观和主观割裂开来，殊不知凡是创作之人不可能是纯粹主观，必受到客观现实的影响；更不可能纯客观，必是以主观思想来表达。

这个世界上纯粹的东西是没有的，社会就是一个大染缸，所谓的纯粹的主客观，犹如绝对的真理一样，犹如一个纯粹的干净的道德上毫无斑点的人一样，那样的真理是谬论，那样的人是石头造的无欲无求的佛像，完全是无稽之谈。王国维所说的主观和客观，并非是纯粹意义上的主客观，而是表达方式上的主客观。

也就是说此文人笔下的世界，更多的是现实主义的呢，还是浪漫主义（或许在此说浪漫主义不恰当，但是这样说更容易明白）的呢？如果更多的是现实主义的，那么这位文人的表达方式就是客观诗人式的，比如杜甫之类的。如果更多的是情感倾泻式的，好像浪漫主义的，那么这位文人的表达方式就是主观诗人式的。其实，我们当代有一位非常成功的主观诗人，引领了网络小说表达方式，她就是安妮宝贝。她的小说情节非常少，但是每一段文字似乎都是由情而生，字字含泪、句句含怨，字里行间透着卿本集才华与美貌于一身的绝代佳人，却是无知心之人待见、心疼的那份凄美，不知道安慰了多少美少女青春期的忧伤，引起了多少美少男发育期的苦闷，这位"主观诗人"打败了多少的纯文学创作者啊！

他们说王国维先生所列举出的主观代表诗人李后主，之所以情真，正是因为阅世浅。那么李后主亡国后的词更是感人，这不是经历人世苦难所得吗？不正是阅世更深吗？

粗看这样的理解似乎没有什么错啊，但是这么理解的人，其实犯了一个逻辑错误。就是一个人的阅世之深和一个人的经历不是一回事。所谓的阅世之深是深谙世间的人情世故，当然一个人经历越丰富，对一个人的阅世也是有影响的，但是不等于一个人经历了人间荣辱贵贱，就说这个人就是一个阅世很深，深深懂得"世事洞明皆学问，人情练达即文章"的境界了。那么李后主就是这样的一个代表，为什么王国维要一再地强调词人"生于深宫之中，长于妇人之手"呢？那是因为这样的成长环境对于他的单纯性格有着很深的影响，正是因为没有接触社会，所以他的帝业一击即溃，正是因为他涉世不深，即便是成为他朝之囚臣，也还是在词中毫不避讳地倾吐自己的真情实感，他的词真，在他亡国之后的词，情感更真，和下一节的"血书者"没有丝毫的矛盾。正是因为涉世不深，成为他朝囚徒之后的字字血言、情真意切，那句"故国不堪回首月明中"被赵光义读后，觉得他还在怀念过去的国君生活，赐他毒酒一杯。也就是在词中表达的情感毫不掩饰，才为他招来了杀身之祸啊。所以阅世愈浅是指李后主尽管经历了人世的变幻，却还是保持着一颗真挚的心，丝毫不被这样的世事变幻改变了自己的性情。所以，主观诗人越是涉世不深，阅世愈浅，客观世界没有破坏他的至情至性，那么对于自己主观之表达越是纯真。

而《红楼梦》的作者如果不是自身对于社会的生活规则有着自己的一番研究，有着对这人间厚黑学的一番阅历，怎会为我们描绘出那么一个精细精微、研究不尽、百读不厌的《红楼梦》？哪里会总结出"世事洞明皆学问，人情练达即文章"。若不是对人间一出出悲喜剧洞悉在心，又有所超越的话，哪里会在《红楼梦》中写出"满纸荒唐言，一把辛酸泪"的总结呢？所以一再强调，客观诗人越是阅世深，所写越是生活的精致摹本。

而袁行霈先生的这段话：其实，不论"客观"或是"主观"之诗人，没有丰富的生活阅历，都不可能写出优秀的作品。文学创作当然要出自真情，但这真情是在社会实践中培育的，并不是天生就有的。而性情的真伪则取决于诗人的写作态度，诗人忠实于生活、忠实于艺术、忠实于读者，就有真性情的表现，这同阅世深浅并无关系。

其中前半段的"其实，不论'客观'或是'主观'之诗人，没有丰富的生活阅历，都不可能写出优秀的作品。文学创作当然要出自真情，但这真情是在社会实践中培育的，并不是天生就有的"，我们在界定王国维先生的"主观"和"客观"之定义的时候就已经说得很清楚了。

后半段的："而性情的真伪则取决于诗人的写作态度，诗人忠实于生活、忠实于艺术、忠实于读者，就有真性情的表现，这同阅世深浅并无关系。"我觉得，袁行霈先生没有读懂王国维先生此节真正的意思，颇有些在王国维先生面前班门弄斧的味道了。

《人间词话》的创作背景

王国维生活的时代，外族入侵，清政府没落崩溃，社会失控，价值体系紊乱，人们的思想观念经历着剧烈动荡，个体生命在精神上处于迷茫和苦痛。

人生问题的困扰使王国维走向了哲学

研究哲学

1900 年底，王国维在罗振玉的资助下，东渡日本东京物理学校习数理。1902 年，26 岁的王国维因病从日本回国。他说，"人生之问题，日往复于胸臆，自是始决计从事于哲学的研究"，希望通过哲学摆脱人生的痛苦与无奈。

"可爱"与"可信"的矛盾使王国维放弃哲学

可信者不可爱，
可爱者不可信。

王国维本以为研究哲学可以解决人生之问题，从中寻觅人生解脱之途。但事与愿违，在 1907 年，他又感叹："哲学上之说，大都可爱者不可信，可信者不可爱。"对于王国维来说，追求的是"可爱"与"可信"的统一。这使王国维放弃了哲学的研究，另寻解脱之路。

研究文学

由哲学转向文学

王国维的学术注意力由哲学移于文学，以期在文学中能够寻觅到人生痛苦的慰藉，找到自己的人生境界与目标。在文学研究中，文学本身的非功利给他带来了审美的愉悦，于是在 1906～1908 年他撰写了《人间词话》（初稿）。

通常认为，《人间诗话》是王国维关于诗学的著作，这话只说对了一半。王国维其实是以评词的方式，在言说一种人生态度与生活方式。

爱以血书者

尼采谓："一切文学，余爱以血书者。"后主之词，真所谓以血书者也。宋道君皇帝《燕山亭》词亦略似之。然道君不过自道生世之感，后主则俨有释迦、基督担荷人类罪恶之意，其大小固不同矣。

万水千山去也，知故国他梦何处？

赵佶和李煜，同是亡国之君，《燕山亭》和《虞美人》同是亡国之词。然而，两词的境界却是大不一样。

王国维认为只有李后主的词才是真正的泣血之作，而同是亡国之君命运的赵佶的词，不过是感叹自身命运的悲苦之词，达不到李煜的境界。

李后主的词，不仅仅是以血书言，王国维还认为，李后主在词中关注的不再是个人所经历的疾苦，而是天下苍生所承受的所有苦楚。

在自己的词中，李煜把自己变成了一个终生受难自己承受的对象，年少之时便尝人间之欢，中年之后才透彻人间之悲。之后，才能大彻大悟，不再仅仅局限于自身的患难，而是退到了众生的角度，感叹世事变幻，人间无常，众生皆苦。这也是血的经历写成的血写之书。

靖康之耻，宋朝的两个皇帝——宋徽宗赵佶和儿子宋钦宗皆被金人俘虏。赵佶在金人那里，受尽了屈辱折磨，被封为"昏德公"。在被金人北掳的途中，宋徽宗看见路旁的杏花繁盛，不仅触景生情，悲从中来，写下了《燕山亭》，此词之后，宋徽宗不久就死于五国城。

人说，人之将死，其言也善。不管他是君王，还是老百姓。

昔日权倾天下的君王，谁料一日沦为阶下囚，悲戚之情和任何人一样。一出悲喜而已，英雄美人交替，杏花泪落，泪落洗菩提。

燕山亭

赵佶

裁翦冰绡，轻叠数重，冷淡胭脂匀注。新样靓妆，艳溢香融，羞杀蕊珠宫女。易得凋零，更多少无情风雨。愁苦。闲院落凄凉，几番春暮。

凭寄离恨重重，这双燕，何曾会人言语。天遥地远，万水千山，知他故宫何处。怎不思量？除梦里有时曾去。无据。和梦也、新来不做。

上阕，杏花艳丽，层层叠叠，浓浓淡淡，别样靓妆，香气融融，叫美丽的宫女都觉得羞愧。

赵佶在描写杏花之美的时候，又写到了杏花生存的一个环境，杏花固然美丽，却没有一个惜花之人，更何况杏花本就是娇弱之花，无情之风雨摧残得过快，这风残雨横的庭院，能够留得几番好春色。言外之意，也就是说我那昔日当皇帝的好日子，真是犹如这风雨之中杏花之命运，经不起几番风雨，看我如今的遭遇，堂堂的一国之皇帝，也竟成了阶下之囚。

"凭寄离恨重重，这双燕，何曾会人言语。天遥地远，万水千山，知他故宫何处。怎不思量？除梦里有时曾去。无据。和梦也、有时不做。"

下阕，空空地凭寄这愁情啊，这飞去的成双成对的燕子，又哪里会与人说话，知人心事呢？千里迢迢，万水千山，昔日故国佳梦又在何处？叫人如何不去思念以往的日子呢？

只是在梦中，才能见到曾经的华丽生活。而眼下这情景，是一点重回往昔的希望都没有了，只有这无穷无尽的愁苦，这愁苦啊！浓重啊！无法化解啊！曾经还能梦回故国获取安慰，而今的状况，毫无方向可去，连梦都将自己抛弃了，接纳自己、包容自己的，只是这无边的也无人知晓的愁情。

但从这首词的感情上来分析，这的确是一首绝命之词。做皇帝做到了这个份上，也的确算得上是够悲哀的。但是此词之中，皇帝并没有对自己的政治行为作任何忏悔，只是在感叹自己的命运之悲，而这悲也倒是真正的凄苦无奈，好似一人将死之时的呜咽与哀号。

这呜咽与哀号之中，他的情是真的，也是悲的，但是比起李后主的词，缺少了一些气势。

也就是说，赵佶的呜咽与哀号之言，只是为自己的皇帝命运，好像在抱怨老天爷将自己在芸芸众生之中点为皇帝，却又叫自己成为金人之囚不满一样。似乎在说，老天爷，你任命我为真龙天子，却又把我变成他人之囚，你也忒刻薄了点吧？你这不是在故意戏弄我吗？所以，赵佶的呜咽与哀号，看起来凄凄惨惨戚戚，其实只是在为自己此时的境地悲哀。

我们再来仔细品读李煜的《虞美人》：

虞美人

李煜

春花秋月何时了，往事知多少？小楼昨夜又东风，故国不堪回首月明中。

雕栏玉砌应犹在，只是朱颜改。问君能有几多愁，恰似一江春水向东流。

上阕开篇之句，俞平伯就说过此句乃是："奇语劈空而下，以传诵久，视若恒言也。"我们仔细品味第一句话，就能够明白俞平伯所说的"视若恒言也"的意思。"春花"与"秋月"，你会发现这是词中经常用到的意象，这样常用的意象，似乎包含的恰恰是宇宙万物之意。

年年春至，岁岁花开，月月有圆，长存之，互消之，无尽也，无穷也。仅仅是一句"春花秋月"就写出了时间之永恒，而万物之无常，而这无常却恰恰是这永恒的组成。这生于深宫之中，长于妇人之手的李煜，不过就是轻吟词一句，就写出

了此等风范，更何况这些词全是自身的直观感受，正所谓的浑然天成也。

而"何时了"，正是写出了作为一个普通之人，面对这万物之无常、时间之永恒的无奈之情。春花秋月无穷无尽，无尽无休，而人呢？人的年华却是："年年岁岁花相似，岁岁年年人不同。"

"往事知多少"这一句，已经将自身的悲苦之情全牵了出来，去日苦多，长逝不返，这里既可以看作是自己的苦悲，又何尝不是芸芸众生之苦悲，也是传承上句"何时了"之意了。

"小楼昨夜又东风"，又写出了"东风"，点明此时之季正是春。而"东风"之前的"又"再一次突出了时光之变幻。紧接着的"故国不堪回首月明中"，鲜明地强调了亡国之君的遭遇。也正是源于自身之遭遇，而道破世间变幻之真谛。这是赵佶的单纯的个人之悲所赶不上李煜的地方。

后主的写己即是写世，写世源自写己。前文之"春花秋月"对应后文之"小楼昨夜又东风，故国不堪回首月明中"，又平添了一份凄苦哀愁。

"雕栏玉砌应犹在，只是朱颜改。"昔日之欢娱，也只有雕栏玉砌能够验证，而今朱颜已改，时境已迁，和前面的"不堪回首"其实又是照应的。而故国的雕栏玉砌在，只是人的容颜改变，地位也改变了。这里又何尝不是在悲叹，世事变幻无常，人生美好总是短暂易逝。

哀叹自身之苦，恰是芸芸众生之苦，所以才有后面的大气磅礴之语："问君能有几多愁，恰似一江春水向东流。"

人生的悲愁几许，这本身就是无法言说的，说得太实，称斤论两就显得假。而这一江的春水，不舍昼夜，滚滚东流，恰似后主的满腔悲情，也是短暂的人生，面对这不舍昼夜世事变幻的无奈之痛啊。

这样的感受，又岂不是带血之书呢？这样的悲情，又岂不是承载了芸芸众生之无奈悲苦呢？

开北宋风气

冯正中词虽不失五代风格而堂庑特大[1]，开北宋一代风气。与中、后二主词皆在《花间》范围之外，宜《花间集》中不登其只字也。

《花间集》为五代后蜀赵崇祚编，收录晚唐、五代词人温庭筠、皇甫松、韦庄等十八家词四百九十八首，无冯延巳及李璟、李煜词。

龙沐勋《唐宋名家词选》："案《花间集》多西蜀词人，不采二主及正中词，当由道里隔绝，又年岁不相及有以致然。非因流派不同，遂尔遗置也。王说非是。"

一种捕捉，乃是全心灵之感受。

一种感受，集生命之经历与情怀。

那么，这一种境界，才不是一事一物可局限。

这才是宋词最开始的样貌，也是最先从唐诗里站立起来的风貌。

①堂庑特大，指境界开阔，气势恢宏。

在王国维的眼中，冯延巳、李璟与李煜是这方面的代表，而且王国维认为，正是因为冯延巳的词中已经渐渐消减了艳丽之气，所以才开了北宋之词的意境，境界宏大，气势恢宏。

此节又转到了冯延巳的身上，王国维在前面就对冯词下了"深美闳约"的定论，这里又一次强调冯延巳的词开了北宋之风气。

花间词出现得比较早，是唐五代的作品，也就是最开始写词的时候，那个时候的词更多的还是歌伶们演唱的曲目，所以艳丽之气非常浓重。

在冯延巳的作品中，已经渐渐在浓丽中略见俊朗高远的句子。正是因为冯词与之后的李璟、李煜的词，在词的风格中，都去除了那些艳丽之气，而有了清新爽朗之感，也才有了不将这三人之词，加入《花间集》的理由。

冯词的清丽和俊秀，从我们耳熟能详的"吹皱一池春水"可知。我们再从冯词的代表作《鹊踏枝》来分析，捋一捋冯词中的清丽俊朗之气。

鹊踏枝

冯延巳

谁道闲情抛掷久？每到春来，惆怅还依旧。日日花前长病酒，不辞镜里朱颜瘦。

河畔青芜堤上柳，为问新愁，何事年年有？独立小桥风满袖，平林新月人归后。

"谁道闲情抛掷久？"首句读起来，似乎有一种字面上的意义，顿时使整首词鲜活起来。这一句写出了一种百转千回，一种柔肠寸断，对闲情处处挣扎试图遗忘，却又是时时将其心思折磨之挣扎。而这情却又是别有意味的，是闲情，不少人将这"闲情"定义为作者的相思之情，其实，结合下文的词句看，似乎强烈的相思之情又不是很明显，这是一种可有可无，时隐时现，本以为早已忘却，却又时时环绕周围，莫须有、没来由的淡淡愁情，是文人的一股莫名的惆怅。而句末的"久"字，也写出了作者在意识到自己被这样的愁情折磨时，其实自己已经被折磨了很久，或者说，以前一直无意识地在这样一种闲情的折磨之下。而句首的"谁道"有点明了，这样的闲情，似乎是一般人都不在乎，而实质上却是自己无可摆脱的。

"每到春来，惆怅还依旧。"春来之时，正是闲情引起惆怅之时。春来万物复苏，正是情感随着生命疯长之时。很多人在此，因为"惆怅"二字，以及前句的"闲情"，

便将这样的惆怅理解为一股相思之意。其实，这恰恰是按照艳词的方式来理解冯词的方法。这里的惆怅，恰恰是一种随着春来，说不清、道不明的迷惘，一种随身而存的相思，只是这相思之物既可以是某人，却又是任何一人都不可能带来的安慰，一种从生命中抽丝而出的，淡淡的发着幽香，却又抹着罂粟的孤独。

"日日花前长病酒，不辞镜里朱颜瘦。"正是因为这样的愁情无法排遣，所以日日站在花前，这美丽的花，是何其的艳丽，却还是无法安慰，就像是佳人明艳的脸庞，却也无法洞悉我的心事。那么这心事也就全全交付与酒来解忧愁吧。正是这日日病酒，才会菱花镜里朱颜瘦。可是在这个地方的"不辞"二字，在此时确切地回答了前文的"抛弃闲情"的犹豫。

"河畔青芜堤上柳"，春来绿柳青芽，河畔遍接，无限柔情。后面的"为问新愁，何事年年有"才是河畔青芜的真正意思。河畔之青柳，是每一年春天的标志，而自己此时随着春天而来的愁情，哪里又是新的呢？前文已经说到"谁道闲情抛掷久"了，真是旧愁未消，又添新愁。还是这愁不过就是每年都尾随春天如期而至的愁呢？

"独立小桥风满袖"，既然愁情如许，那么作为这愁情的载体，作者又是如何做的呢？"独立"的他是一个人，无人分担，其实也是找不到分担，我们很多时候其实也是这样，有些忧伤就是属于纯粹个人的独特感觉，没有任何人可以帮你分担。独立于小桥之上，桥本是过往之路，却也曾载着离别之情。满袖的寒风，也正如这被寂寞孤单侵蚀的心。

"平林新月人归后"，何样的寂寞，会叫人独立寒桥，直至新月之后呢？

这种情怀已经脱离温庭筠艳词之中的男女之情了，而冯词粗看起来恰似是男女之情，然而细细读来，却又有一股道不清说不明的情感，难以解脱，长久存在的惆怅，将这样的惆怅细细剥离的话，似乎是一个人站立于人群中，尽管是熙熙攘攘、喧嚣热闹，却又有一份无人可解之寂寞孤独消散开来。

池边梅自早

正中词除《鹊踏枝》、《菩萨蛮》十数阕最煊赫外，如《醉花间》之"高树鹊衔巢，斜月明寒草"，余谓：韦苏州之"流萤渡高阁"、孟襄阳之"疏雨滴梧桐"，不能过也。

清新爽朗，脱离词最初的艳气。

这样的气质，似乎总是被王国维认同的。

词，乃是诗之余也。而冯延巳《醉花间》中的这两句："高树鹊衔巢，斜月明寒草。"王国维认为其中的俊朗清爽之气，和韦苏州之"流萤渡高阁"及孟襄阳之"疏雨滴梧桐"，这三句中的清雅风骨是可以媲美的。

王国维在前面就已经说过了，冯词虽说也是常写男女之情，却有一种心灵上的迷茫孤寂之感，往往能够从浓词艳曲中，抽出一丝清丽之气，流露出一股俊朗高远的神韵。

醉花间

冯延巳

晴雪小园春未到。池边梅自早。高树鹊衔巢，斜月明寒草。

山川风景好，自古金陵道。少年看却老。相逢莫厌醉金杯，别离多，欢会少。

雪在晴天是亮的，春天还未到，而池边的梅花星点开放，暗示这清寒却早春的萌迹。高树上鹊衔泥做巢，斜月里明光中草带寒。

山川风景姣好，自古金陵道别离。等待的人从少年到人老。相逢之时不要厌倦金杯之醉，请尽情地畅饮吧。别离之后，欢聚不知是何时。

这首《醉花间》的确算得上是词里面的清丽之作了。其中的"高树鹊衔巢，斜月明寒草"配合着整首词来看，给人一种寒日里的隐隐忧患，却又是境界深广的。

寺居独夜寄崔主簿

韦应物

幽人寂无寐，木叶纷纷落。
寒雨暗深更，流萤度高阁。
坐使青灯晓，还伤夏衣薄。
宁知岁方晏，离居更萧索。

睡不着的夜，似乎总是清幽的。这清幽中，似乎又踩着万千人的梦。梦外的木叶纷纷随树而落。

夏末的寒雨深更而落，飞舞的萤火虫到了阁楼高处。青灯相伴，夏衣夜深显得单薄了。明知一个年岁季度变更度过，离居更添萧瑟之意。

这一诗一词，王国维觉得可以相提并论的是"高树鹊衔巢"和"流萤度高阁"。高树上的鹊衔泥做巢，生孤寒之意。胡乱飞舞的萤火虫飞到了高高的楼阁，在这细雨之夜，或许是这萤火虫才使得这阁楼的高度更叫人看得清吧。这高高之阁楼，风雨飘摇之中，楼中之人情何以堪。这两句都是清爽俊秀之笔。冯词的这句可以和韦诗媲美。

孟浩然的这句"微云淡河汉，疏雨滴梧桐"本为联诗之句。就是很多诗人在一起凑热闹的时候，相互要玩一个卖弄文采的游戏，赋诗作会，一个人说了一句之后，下一个人就接下一句。当孟浩然接了"微云淡河汉，疏雨滴梧桐"时，满座都叫好，觉得这句诗真是清丽风格中的绝句，听了孟浩然的句子之后，都搁置下毛笔不写了，因为最好的句子孟浩然已经摆出来了，自己再写如果写不了这么好，那不就是丢人吗？

孟浩然的"疏雨滴梧桐"和冯延巳的"斜月明寒草"，都是外景描写，在这外景描写中，透出明致清远的意境。

微微云朵清淡了河汉之间，本是不知道雨来的，而这滴在梧桐树上的重重水滴声，一声声，道明了这雨的疏重程度。

一弯斜月下的簇簇芳草，在明月的白光照射下，好似打了一层霜，显得更加的凄冷冰凉，深带寒意了，隐藏了春天的气息。

三句都呈现清新爽朗的气息，体现了诗词是完全可以相通相融的。

"出"字何人道

　　欧九《浣溪沙》词："绿杨楼外出秋千。"晁补之谓：只一"出"字，便后人所不能道。余谓：此本于正中《上行杯》词"柳外秋千出画墙"，但欧语尤工耳。

　　红杏枝头春意闹。此句仅一"闹"字，便风流自出。

　　云破月来花弄影。此句仅一"弄"字，便柔情自现。

　　绿杨楼外出秋千。此句仅一"出"字，便劲健神旺。而这个"出"便是王国维此节的重点观照的字眼。

浣溪沙

欧阳修

　　堤上游人逐画船，拍堤春水四垂天。绿杨楼外出秋千。

　　白发戴花君莫笑，《六幺》催拍盏频传。人生何处似樽前。

"堤上游人逐画船，拍堤春水四垂天。"一派春天的景色，游人纷纷逐船游江，春水一遍又一遍地拍打着堤岸，春水周围就是四面的天，蔚蓝之天，碧绿之水，蔚蓝之天是四面的墙壁，碧绿之水是底，四面的天就好像垂直在水面上一样。这里的比喻真是新奇瑰丽，并且有着恢宏的气势。

"绿杨楼外出秋千"这句乃是千古绝句。长满了绿杨的阁楼突然飘出了一弯秋千。这一弯秋千却是万种柔情，千般风韵。在这样的春日

里，阁楼深处并非寂寞，也有人在赏玩着春色，在秋千上荡得欢畅，给这春天又增添了一丝风情。这秋千恰恰是春色的掩露。

"白发戴花君莫笑，《六幺》催拍盏频传。人生何处似樽前。"在这样的春色之下，词人纵情欢乐，发白却戴红花，不惧他人笑话，船上依旧是音乐阵阵，觥筹交错，人生哪一刻的欢乐比得上现在呢？也就是珍惜眼前，尽享春色之意了。这里是欧阳修的旷达和乐观于此的心境。

北宋的文学家晁补之谓：只一"出"字，便后人所不能道。就是说欧阳修这首词里的"出"字厉害啊，后人没有能比得上的。

王国维找到冯延巳的《上行杯》，里面也有一句含"出"字的词，但是这两句词，他更喜欢的是欧阳修写的。

上行杯

冯延巳

落梅著雨消残粉，云重烟轻寒食近。罗幕遮香，柳外秋
千出画墙。

春山颠倒钗横凤，飞絮入帘春睡重。梦里佳期，只许庭
花与月知。

雨打梅落，落梅似雨，消退了最后的胭脂粉气。云雾渐重，而余烟袅袅轻起，寒食节（清明节前一二日，有吃冷食的风俗）将近。也是春天即将到来了，似乎这楼阁中的罗幕并没有遮挡住温香软玉般的女子，看着垂柳之下的秋千飞得如此之高，都荡到了这画墙之外了。

"春山颠倒钗横凤，飞絮入帘春睡重。"读起来似乎是刚才那位秋千飞到画墙外的女子，玩耍得累了，并且玩得太疯，导致云鬟散乱、凤钗横插，微风吹进柳树的微

絮，这女子的睡意被春风勾了起来。表面看起来是春天渐渐到了，这春意带给人无限的倦意，但是在这倦意中下句马上就点出了相思之情。

"梦里佳期，只许庭花与月知。"表面上是春日嗜睡，实质却是暗藏相思。这梦里的佳期，只能寄托在这庭前之花和皎皎之月中了。而似乎，这相思也只能是庭前之花和皎皎之月能明白的。

冯延巳的词，表面上是写男女之欢，而实质上细读起来，又好像不完全是男女相思之苦。这词里还包含着他自身顿挫纠结的情怀，总有一种自我之煎熬，莫名之忧伤，无解之愁情。

或许词里这样似舒实郁的情感，正是冯延巳为政境遇的写照。当时的冯延巳身居朝廷高位，却又遭到他人

的非议，而自己对于朝廷政事也不是那么的在行，可当时，身高位重的他却又偏偏成了一个国家的希望。似乎这词中已经对他对生活的迷乱抑郁有所表达。

"绿杨楼外出秋千"和"柳外秋千出画墙"，这分别来自两首词中的句子，都有一个"出"字，并且意思都是秋千飞得很高。王国维觉得"绿柳楼外出秋千"更工整，是何意思呢？

"绿杨楼外出秋千"这句，我们看到它的动点在"秋千"上，"绿杨"和"楼"是这秋千的背景，动的是秋千，这就叫这只秋千飘荡灵动，好似破空而来，这种劲健之力完全地随着这春意给释放了出来。这样一只飘来荡去自由的秋千，和春天带给人的兴奋是一样的。

所以，在词末，欧阳修还说："人生何处似樽前。"这秋千的气质和整首词都是吻合的。

"柳外秋千出画墙"这句，最后的动点是"画墙"，就是说秋千荡到了画墙上，这样一句话，读起来，觉得有把秋千的动感点死了的感觉。似乎觉得这秋千并没有完全地荡开，并没有自由地飞起来，就停留在画墙上了，也就是好似末尾的画墙将秋千飞荡起来的气势遮蔽了。这般的郁结，似乎舒展不开的词句，和冯延巳的性格和词风以及和下文的词句都是一致的。

但冯词比较起欧阳词来，在论意境的灵动和飞跃上面，王国维还是认为欧阳修的来得更精妙。诗词比较中，对这些细微、细致地方的发现，也是王国维读词细于常人、精于常人的地方。

情多无处足

梅圣俞《苏幕遮》词："落尽梨花春又了。满地残阳，翠色和烟老。"刘融斋谓：少游一生似专学此种。余谓：冯正中《玉楼春》词"芳菲次第长相续，自是情多无处足。尊前百计得春归，莫为伤春眉黛蹙"。永叔一生似专学此种。

"落尽梨花春又了。满地残阳，翠色和烟老。"这是梅尧臣在《苏幕遮》里所写的词句。

一树的梨花落尽之时，便是春天消尽之际。

后面紧接着又写到了残阳，这也是一天将尽之时，在这黄昏残阳的傍晚，一片青葱之色也随着这如烟如雾的黄昏，即将逝去。

词句将春逝和黄昏联系起来，更显得春逝的凄凉之意。

从这句词出发，刘融斋觉得秦观作词的风格和梅尧臣的很相似。

秦观写情，往往凄婉动人。

比如《满庭芳》中："斜阳外，寒鸦数点，流水绕孤村。"

此句中的意象"斜阳"、"寒鸦"、"流水"、"孤村"，都是一些灰色调的景物，斜阳之外，数点的寒鸦，寒鸦本就是凄冷之物，却在斜阳之中，以数点飞过，更增添了萧索孤寂之感。流水围绕着孤村，依旧是孤独寂寞自解愁之意。

再比如《踏莎行》中："可堪孤馆闭春寒，杜鹃声里斜阳暮。"

意象又是"孤馆"、"杜鹃声"、"斜阳暮",这等景物同样的冷。已是孤馆,这孤馆却是没有生气的地方,因为没有人来,所以大门紧闭,无人问津,门可罗雀,这般的死寂,好像连春天在这里都被封闭了,只是一片寒意,毫无春之起色。杜鹃声声叫响在斜阳之暮里,更是一片凄凉之意。

这三句:

> 落尽梨花春又了。满地残阳,翠色和烟老。
>
> ——梅尧臣《苏幕遮》
>
> 斜阳外,寒鸦数点,流水绕孤村。
>
> ——秦观《满庭芳》
>
> 可堪孤馆闭春寒,杜鹃声里斜阳暮。
>
> ——秦观《踏莎行》

仔细看这三句,里面都选取了一个相同的意象"残阳",三句似乎有着相同韵味,都是凄冷沧迷之色。

这样风格中,在后两句中,除了有秦观自己的本色之外,还可以感受到梅尧臣对秦观词创作的影响。

这是刘融斋的说法,王国维在写此节的时候,特意将刘融斋的观点抛出来,是想提出自己的观点,他觉得欧阳修的词,其实也受到了他人的影响,那就是前面多次提到过的一个人,那个开了北宋一代风气的冯延巳。

冯延巳的词洗刷了词的脂粉之气,使词变得清爽高俊。而欧阳修的词风和冯延巳的词风一脉相承,也极为相近。

玉楼春

冯延巳

雪云乍变春云簇,渐觉年华堪纵目。北枝梅蕊犯寒开,南浦波纹如酒绿。

芳菲次第长相续,自是情多无处足。尊前百计得春归,莫为伤春眉黛蹙。

"雪云乍变春云簇"，雪厚如云，已渐渐消散，春云簇簇，漂浮天空。这里写的是冬去春来，雪消云开，春来好景。

"渐觉年华堪纵目"，这无边春色，美好年华，极尽纵目，忘我欣赏。

"北枝梅蕊犯寒开，南浦波纹如酒绿。"梅花还在冒着严寒而开放，南浦之波纹好像美酒般碧绿。"北枝梅蕊犯寒开"，这里的春天还是早春，早春之寒，尚有梅枝。

"芳菲次第长相续，自是情多无处足。"年年的芳菲次第而来，而这多情之人哪里能够把每一处应该流连的美景一一看到呢？

"尊前百计得春归，莫为伤春眉黛蹙。"不如纵情地喝酒享乐吧，一切的快乐都在这归来的春天之中，一切的快乐都在这美酒之中，一切的快乐都在这纵情欢乐之中。不要因为春天的到来或者逝去而感伤遍怀，年年岁岁春去春来，别因为怜惜春天而紧蹙这如黛眉头。

王国维认为这首冯词，成了欧阳修处处学习的范本。

但是后来在对这一节的研究中，反而出现了一个很不解的事情。就是在冯延巳的词集中有这首词，而在欧阳修的词集中也出现了这首词。只是个别字不同而已，意思是一样的。

或许后人在选词的时候，有时候会把两人的词搞混。比如：朱彝尊的《词综》，选冯延巳的词二十首，其中有八首是欧阳修所作。《玉楼春》这首词在冯延巳的《阳春集》里并未见到，而在《尊前集》中把它作为冯延巳的词。而在《欧阳文忠公近体乐府》卷二也刊载了此词。

如此看来，这首《玉楼春》到底是谁所创作倒真成了谜了。

那么从词的整体风格来分析，似乎两人也的确都有可能是其作者。

从"雪云乍变春云簇，渐觉年华堪纵目。北枝梅蕊犯寒开，南浦波纹如酒绿"这几句来看，尽管是伤春惜春，句子中却透露出一股豪迈之气，似乎是欧阳修的风格，没错的。

而"芳菲次第长相续，自是情多无处足"这两句，却又颇似冯延巳的风格，里面有一种不明的忧伤情愫，幽微之袅袅。这样的细腻，断不是欧阳修的风格，恰是冯延巳的缠绵郁结。

这句："尊前百计得春归，莫为伤春眉黛蹙。"要人抛弃愁情，尽享眼前之欢娱，又再一次有了欧阳修抑扬唱叹的大气之感。

欧阳修的《浣溪沙》里也有这种情感类似的句子："《六幺》催拍盏频传。人生何处似樽前。"从这里，似乎可以再一次佐证这《玉楼春》是欧阳修的作品。

但是，不管这首词到底是谁写的，后人总是混淆地把它的作者混淆，那么就可以理解王国维此节的意思了。

冯延巳的词开北宋一代风气，去浓艳脂粉之气，开清隽高远之风，影响着后来的词人，而欧阳修恰是最受冯词风格影响之人。

细雨湿流光

> 人知和靖《点绛唇》、圣俞《苏幕遮》、永叔《少年游》三阕为咏春草绝调。不知先有正中"细雨湿流光"五字，皆能摄春草之魂者也。

少女多思春，文人多悲秋。

随着王国维品读这些诗词之后，人们发现文人也并非就是悲秋，春天对于他们来说也是悲戚的。

越是美好的东西，越是叫他们无限怜惜，由这无限的怜惜而生出无限的悲伤，在这如花似锦的春天里，他们更多的是伤春。

那么春草呢？依旧是的。

伤春亦伤草。春来芳草，杂乱。

北宋诗人林逋，此人似乎有着庄子的仙风道骨，他一生不仕，终身未娶，平日里只是养鹤赏梅，这些爱好成了他的终身伴侣，素有梅妻鹤子之誉。尽管好似一个得道成仙的人物，林逋《点绛唇》中的春草也透着一股沁凉之意。

点绛唇

林逋

金谷年年，乱生春色谁为主？余花落处，满地和烟雨。

又是离歌，一阕长亭暮。王孙去。萋萋无数，南北东西路。

金谷园原是指西晋富豪石崇在洛阳的一座奢华别墅。因征西将军祭酒王诩回长安时，石崇曾在此为其饯行，后来就渐渐成了送别、饯行的代称。

开头便是送别的场景。这送别的地方，"乱生春色"乃是指的春天一到，杂草乱发，芜的乱草丛生，更增添离别的凄楚之意。而"谁为主"也说明这送别的地方，这曾经的园子，想来已是荒芜许久的。

"余花落处，满地和烟雨。"一场烟雨便将园子里的花摧残殆尽，更是烘托出送别的氛围。

"又是离歌，一阕长亭暮。"依旧是告别之时的歌声，长亭也是告别的场地，十里长亭送别，一直到日暮，何等的依依不舍。

"王孙去。萋萋无数，南北东西路。"王孙指的是出门远游之人。目送出门远游之人而去，满目的荒草萋萋，渐渐淹没这眼中之人，淹没他在这南北东西的路途。

这首《点绛唇》中，林逋所写之草是乱草，春来疯长之乱草，是淹没离人的萋萋芳草。林逋所抓草之灵魂乃是乱。

圣俞就是梅尧臣，他的《苏幕遮·草》在第二十二则出现过。

苏幕遮·草

梅尧臣

露堤平，烟墅杳。乱碧萋萋，雨后江天晓。独有庾郎年最少。窣地春袍，嫩色宜相照。

接长亭，迷远道。堪怨王孙，不记归期早。落尽梨花春又了。满地残阳，翠色和烟老。

其中写草的妙句："乱碧萋萋，雨后江天晓。"这里的草也是乱碧萋萋，大雨之后，更能显其翠色，却也更见其萋乱。

"窣地春袍，嫩色宜相照。"整体看这春草，在这光线之下，嫩色却相宜。

最后一句"满地残阳，翠色和烟老。"残阳中的草色如烟，似乎表现得还是芳草萋萋之意。

欧阳修《少年游》也乃是咏草之词：

少年游

欧阳修

阑干十二独凭春，晴碧远连云。千里万里，二月三月，
行色苦愁人。

谢家池上，江淹浦畔，吟魄与离魂。那堪疏雨滴黄昏，
更特地、忆王孙。

"阑干十二独凭春"，开头之句，点明季节就是"春天"，而"独"字写出了孤身一人。春日来临，却是独身一人。独身一人，却还登上高阁。"阑干十二"和"凭"字，表示为觅春色，凭遍了十二阑干。辛弃疾有词云："阑干拍遍，无人会，登临意。"——凭遍十二阑干，何等焦急之心思，不知道是在寻觅春色呢，还是在等待良人呢？

"晴碧远连云"是词人登上栏杆之后所见之春色，"晴碧"正是所见草之颜色。江淹《别赋》云："春草碧色。"碧之晴色，当时天气也是十分好的，看起来草色更艳。"远连云"，碧草连天，也是登高看远所致。杜牧《江上偶见绝句》就有："草色连云人去住。"

"千里万里，二月三月，行色苦愁人。"这里的"千里万里"是紧接着"晴碧远连云"而来的，也就是草的碧色千里万里。这碧草万里，却尽是二三月里行色苦愁之人。二月三月恰恰是这早春之景，和开头的"独凭春"是相应的。幽幽碧草，恰恰给苦行之人更增添了一分离别的哀愁。

下阕："谢家池上，江淹浦畔，吟魄与离魂。"这里是用典，"谢家池上"指谢灵运《登池上楼》中的名句"池塘生春草"，借他人之诗，而生自己之情，所以才说是叫"吟魄"。"江淹浦畔"指江淹作《别赋》描摹各种类型的离别情态，里面又有直接描写春草的"春草碧色，春水渌波，

93

送君南浦，伤如之何"的句子。赋中还有："知离梦之踟蹰，意别魂之飞扬。"所以欧词中出现"离魂"正与"江淹浦"相应。

"那堪疏雨滴黄昏，更特地、忆王孙。""那堪"是不能忍受，不能忍受什么呢？黄昏之中的疏雨，更是将人的离愁之苦，重重地加上了一个砝码。那么在这样的雨天之中，越是忧伤，就越是思念那个远行在外的人。"忆王孙"来自《楚辞·招隐士》："王孙游兮不归，春草生兮萋萋。"

此首词中所写之人，因为一个思念，不管是"晴碧远连云"，还是"行色苦愁人"，都愁眉不展，皆因游人不能归。

在欧阳修的词里，芳草是"晴碧远连云"，写出了芳草之宽广，春色正碧，表现的还是远游之愁。

最后，细读冯延巳《南乡子》之草：

南乡子

冯延巳

细雨湿流光，芳草年年与恨长。烟锁凤楼无限事，茫茫。
鸳镜鸳衾两断肠。

魂梦任悠扬，睡起杨花满绣床。薄幸不来门半掩，斜阳。
负你残春泪几行！

微雨润草色，年年芳草流光飞舞，这遗憾也年年随草而绿。雨雾若烟锁凤楼，凤楼之中茫茫无限心事。鸳鸯鸳镜，越是这些成双成对的东西，看在眼中，越叫人断肠。相思之人，魂梦悠扬。睡醒之时，枕边点点滴滴杨花泪。薄幸之人迟迟不归，空将这留门半掩。等待以至斜阳归，辜负这春泪几行。

怪不得王国维说冯延巳的"细雨湿流光"，仅仅五字，便能摄春草之魂呢。

"流光"似乎指的是草，但是又点出了草经过细雨洗刷之后的形态，宛若流光，它是乱的，光就是不定的，它是亮的，雨后的草色更加鲜亮。

"细雨"即连绵之雨，似乎透着忧思之情。"细雨湿流光"中的"湿"字，表明细雨湿润着流光，"湿"显得又是何等轻柔，而这"湿"的动作的发出者却又是"细雨"，"细雨"往往是催打红花者，温情的同时，又有了一丝幽怨之意。

此节，王国维点出的例子，均是春草，均是清冷凄楚之际，均是黄昏思归之时，均是春草无边，伤春惜春，若春草蔓延，幽幽袅袅，一片碧翠，一片深婉。

《人间词话》的版本

手稿本

手稿本代表了王国维撰述《人间词话》的最初学术理念而受研究者的关注。

《国粹学报》本（学报本）

《国粹学报》本最早刊行于世，1926年俞平伯将之从《国粹学报》抽出标点由朴社单行出版后，由此引发了八十余年的研究热潮。

《盛京时报》本（时报本）

1915年1月9日至1月21日，王国维从《人间词话》手稿和《国粹学报》本摘录三十一则词话分七期，刊于1915年1月13日～21日的《盛京时报》。

从时间上来说，《盛京时报》本《人间词话》代表了王国维词学的终极形态。

王国维生前先后有过三次明确的删订、压缩和调整《人间词话》的想法。

第一次，从手稿本一百二十五则择录六十四则（含补写一则），刊发于1908～1909年之交的《国粹学报》。

第二次，从手稿本和《国粹学报》本中再次删订、合并成三十一则（含从《宋元戏曲考》中迻录一则），刊发于1915年初的《盛京时报》。

第三次，1926年8、9月间，因为陈乃乾致信商谈《国粹学报》本的标点单行问题，王国维在回信中计划"或有所删定"，但这次删定没有实施。

手稿本对词学理论及自身填词创作的自信洋溢于笔端，而时报本中则将这种略带意气的笔墨删削殆尽。时报本的理论内涵是经过一个比较长的时期沉淀、过滤而成，更具经典的意味，因此更能代表王国维词学的终极意义。

望尽天涯路

　　《诗·蒹葭》一篇，最得风人深致。晏同叔之"昨夜西风凋碧树。独上高楼，望尽天涯路"意颇近之。但一洒落，一悲壮耳。

思念，是因为饱含着没有对象可以倾诉，也没有办法可以倾诉的情感。

只为良人不曾在。

这样的思念，如落花婉转一般，总是发生在秋日。

文人将这样的思念化作诗词，便有了《蒹葭》、《蝶恋花》。

萧索如秋日的怀念，一样的思念，却又是不同方式的。

有时候，思念是一片翠绿持久的叶子，静水流深的爱意，满腔真情，含蓄矜持。

有时候，思念是一朵娇艳鲜红的玫瑰，情真意切浓若滴血，一夜思念，满地花瓣。

诗经·秦风·蒹葭

蒹葭苍苍，白露为霜。
所谓伊人，在水一方。溯
洄从之，道阻且长。溯游
从之，宛在水中央。

蒹葭凄凄，白露未晞。
所谓伊人，在水之湄。溯
洄从之，道阻且跻。溯游
从之，宛在水中坻。

蒹葭采采，白露未已。
所谓伊人，在水之涘。溯
洄从之，道阻且右。溯游
从之，宛在水中沚。

苍苍之草，白露成霜。我思念的美人，
在水的另一方。我想逆流而上，寻她而去。
道路如此艰难漫长。我想渡水而游，寻她而去。
她却好像在水中央。

凄凄之草，白露滴落。我思念的佳人，
在水的另一边。我想逆流而上，寻她而去。
道路如此艰难漫长。我想渡水而游，寻她而去。
她却好像站在水中央的石头上。

采采之草，白露未干。我思念的良人，
在水的最边上。我想逆流而上，寻她而去。
道路如此艰难漫长。我想渡水而游，寻她而去。
她却好像站在水最遥远的边上。

品味《蒹葭》，似乎看到的是男子对梦
中情人热切的思念，然而男子虽然情感深切，
却是并不亢奋激动。这样的忧伤，保持着尊
敬的矜持，是君子之优雅。

　　诗中对女子的思念，是男子忧伤哀怨的主要原因。从这首诗一唱三叹中，他一遍又一遍地看着这荒芜的野草，而这苍苍萋萋之草也一遍又一遍地引起他的思念。草是外在对情感的客观触发，那是因为内在情意的怀思向往。

　　这样的情感，也是王国维此节开头所说的："《诗·蒹葭》一篇，最得风人深致。"就是说，这首《蒹葭》是最情真意切的。

　　既然是如此之思念，思念中又是如此之忧伤，那为何不采取行为，只是在这里干着急呢。

　　《蒹葭》中告诉我们的第一个理由是："道阻且长""道阻且跻""道阻且右"。就是说我想来找你啊，可是你看这烂路，漫长又艰难。怎么来找你呢？

　　《蒹葭》中告诉我们的第二个理由是："宛在水中央"、"宛在水中坻"、"宛在水中沚"。就是说佳人啊，我想来找你啊，可是你在哪里呢？你的住所是如此的变幻莫测，你一会在茫茫之水的中央，一会在水之天际，一会站立在水中的石头上，让我无处可寻。

　　从这两个理由，我们明显看出这是托词。道路再漫长，抵不过情感的力量。不是路烂，也不是男子的情感不真，而是男子的情真却不愿意太过于表露，他是含蓄的，他是故意找的托词，他的感情珍藏在自己心中，他根本就不会去打扰她。

　　第二个理由就更说不过去了，一会说自己心爱的人在水中央，一会说自己心爱的人在水之天际，一会说自己心爱的人站在水中的一块石头上。如果是真的那么思念一个人，怎么会不知道她在哪里呢？或许，那么一个佳人，想必是此生不能属于自己了，既然情感所寄托之人已经无法追寻，那么如何的思念都是空，她已经纯粹地变成了他空空的情感，永远无法对她诉说了。又或许，男子其实根本就不想对她诉说呢，他对她的思念，就是一场无关风月的思念，一股纯粹属于自己干净的情感。那么是这样的话，这样的一位佳人，又何须必在眼前。

一位日夜思念之佳人，一道迷蒙烟锁秋水之隔，终是可望而不可即，远远而望，遥遥之思，谨谨之心，谦谦之情。

情深意真，却又是如此洒脱。

这样的洒脱，既成全了自己这样思念之情的美好，却也不因为对佳人的倾心，就随意将自己交了出去。自己有这样的一份矜持，有这样的一份从容不迫，保存着自身情感的尊严。

此乃王国维对《蒹葭》的评价："但一洒落。"

再来品味晏殊的《蝶恋花》：

蝶恋花

晏殊

槛菊愁烟兰泣露，罗幕轻寒，燕子双飞去。明月不谙离恨苦，斜光到晓穿朱户。

昨夜西风凋碧树。独上高楼，望尽天涯路。欲寄彩笺兼尺素，山长水阔知何处！

围栏菊花不明朗地开放，烟雾缭绕若愁云，兰上之露珠仿佛在哭泣。衣衫叠被已不敌轻寒，燕子已双双离去。

明月之圆本应映照花好之人，朗朗月光，撕破这漆黑之夜，阁楼明亮。形单影只之恨，却也由着朗朗月光勾起，孤单得心慌慌。

这月光下任何之物都是可见的。看着被昨夜西风吹得碧叶凋零的树，孤树难敌狂风，何况人呢？

在此月光之夜，登上高楼，望不尽的恰是这天涯之路。若是能望尽天涯之路，必定也能望见想望之人。想写信给他，可这山长水阔，知道他又在哪里呢？

晏殊的《蝶恋花》里写的是女子思念男子。

也许是性格的问题，男人和女人表达思念的情感差异比较大。

《蝶恋花》里的情感，一口气读下来，真是叫人泪眼婆娑、肝肠寸断。

词首所选取的意象"槛菊"、"愁烟"以及涕泪之兰，均是痛苦之心所看到之物。由于自身的痛苦，感觉到衣衫轻薄，到底是沉迷于思念，连天冷都不知道呢，还是因为心已经冷了呢？

燕子双双却不愿留在此地，明朗的月光不知道女子的思念，这个时候却来殷勤相伴，却是更加叫女子想起花好月圆，不由得涕泪涟涟。

上阕的悲情真是随着所选意象，一层又一层地传达着女子沉迷于思念的痛苦。

女子看见被西风摧残的树，于是登上高楼眺望。其实她知道是望不见的，却责怪他们之间相隔的路途太漫长。多么哀怨的悲伤，多么深沉的思念，层层叠叠、牵牵绊绊。

最后一句"山长水阔知何处"简直是泣血之言，梦中之人，所思之人，唯求一见，只为深诉衷肠，悲咽之情，已到了不见不行、不诉不休的地步。真乃是"问世间，情是何物，直教生死相许"。

此等情致，乃是此节王国维的评论："一悲壮耳。"

一诗一词，同为远慕之思，一洒落，一悲壮。

王国维说过，境界有"有我之境"与"无我之境"。

"有我之境"多为"悲壮"。

"无我之境"则多为"优美"。

比较这一诗一词便得之。

《蒹葭》中用词处处轻柔，苍苍萋萋采采之草，均是隐隐约约深深沉沉朦朦胧胧之情。寄情于蒹葭，漫心于秋水。将一份感情轻吟慢唱，幽忧之心在万水千山，万水千山尽是优美轻盈，深情厚谊已经尽消于盈盈秋水之中，这恰是无我之境。

晏殊的《蝶恋花》中用词处处悲壮，极具力道。"泣"、"苦"、"愁"、"恨"、"凋"字等都是带着个人情感极其重的字词，内心悲苦，所见之物都是悲苦之色。这里恰恰是有我之境。

相比这一诗一词，高举远蹈之情虽纯真，但还是觉得"洒落"之风乃是思人之道，幽幽之思，遥遥之意，不摧五脏，何乐不得？

忧生亦忧世

"我瞻四方，蹙蹙靡所骋"，诗人之忧生也。"昨夜西风凋碧树。独上高楼，望尽天涯路"似之。"终日驰车走，不见所问津"，诗人之忧世也。"百草千花寒食路，香车系在谁家树"似之。

万千世界，始终是自己一人兀自站立，空旷若海。

芸芸众生，造就的却是只身寂寞；千万人之中的千万人，好似漫天黄沙，自己只剩走投无路的孤独。这便是："我瞻四方，蹙蹙靡所骋。"意思是我于马上望四方啊，四处祸患，狭小之态，何处才是我驰骋的地方。

"昨夜西风凋碧树。独上高楼，望尽天涯路。"前路茫茫，不知哪一条路才是属于自己的，和上句"我瞻四方，蹙蹙靡所骋"的迷茫是一样的。

生命不知道向何处去，前途、方向、理想，一切都成为一条淤积的河流。

人生漫长似又短暂，活在当下，却又总是担忧于未知之未来。

莫名忧郁之于莫名之时光。

人生荏苒，我独悯之。王国维说类似这样意思的句子乃忧生也。

"终日驰车走，不见所问津。"这里写的是一种世事之现象，一位老翁，孤身无靠，每天奔忙于衣食温饱，身边没有一个问寒问暖之人。

"百草千花寒食路，香车系在谁家树。"在这百花盛开的寒食之节，他的香车又停留在谁家之前呢？冯延巳《鹊踏枝》中的这句讲的是女子担心迟迟不归的情人，这里隐含着幽怨之意。寒食节日，春天即将到来，良人早应归来，但不见音讯，他的香车到底拴在谁家门前的树上，该不会是被哪位女子绊住了回家的脚步吧？

忧世是对人世的忧患，众多人的苦难，写人情世态，展人间百相。

鹊踏枝
冯延巳

几日行云何处去，忘却归来，不道春将暮！百草千花寒食路，香车系在谁家树？

泪眼倚楼频独语。双燕来时，陌上相逢否？撩乱春愁如柳絮，悠悠梦里无寻处。

饮酒

陶渊明

羲农去我久，举世少复真。

汲汲鲁中叟，弥缝使其淳。

凤鸟虽不至，礼乐暂得新。

洙泗辍微响，漂流逮狂秦。

诗书复何罪，一朝成灰尘。

区区诸老翁，为事诚殷勤。

如何绝世下，六籍无一亲。

终日驰车走，不见所问津。

若复不快饮，空负头上巾。

但恨多谬误，君当恕醉人。

"终日驰车走，不见所问津"和"百草千花寒食路，香车系在谁家树"这样意思类似的句子，王国维称为忧世。

对于写忧世还是忧生的诗词，哪一种更胜，王国维并没有做出明显的判断。之前，他就说过，其实境界是没有优劣之分的，那么忧世还是忧生，也是应该没有明显的高低之分别。

忧生，忧世，其中的"忧"乃是主要的。

忧生，有时候是因为世事如此，叫人忧伤。

忧世，有时候是因为置身愁海，叫人忧伤。

不管如何，"忧"都是主体自身发出的。

我们读"我瞻四方，蹙蹙靡所骋"此句时，先是第一时间感觉到作者是忧生的，担忧自己前路渺茫。

这句话选自《诗经·小雅·节南山》的第七章，全诗是：

诗经·小雅·节南山

节彼南山，维石岩岩。赫赫师尹，民具尔瞻。忧心如惔，不敢戏谈。国既卒斩，何用不监！

节彼南山，有实其猗。赫赫师尹，不平谓何。天方荐瘥，丧乱弘多。民言无嘉，憯莫惩嗟。

尹氏大师，维周之氐；秉国之钧，四方是维。天子是毗，俾民不迷。不吊昊天，不宜空我师。

弗躬弗亲，庶民弗信。弗问弗仕，勿罔君子。式夷式已，无小人殆。琐琐姻亚，则无膴仕。

昊天不佣，降此鞫讻。昊天不惠，降此大戾。君子如届，俾民心阕。君子如夷，恶怒是违。

不吊昊天，乱靡有定。式月斯生，俾民不宁。忧心如酲，谁秉国成？不自为政，卒劳百姓。

驾彼四牡，四牡项领。我瞻四方，蹙蹙靡所骋。

方茂尔恶，相尔矛矣。既夷既怿，如相酬矣。

昊天不平，我王不宁。不惩其心，覆怨其正。

家父作诵，以究王訩。式讹尔心，以畜万邦。

整首诗的意思就是：

巍巍终南山啊，高耸的巨石巍峨屹立。位高权重的太师史尹啊，顺从你的民众啊。担忧国家之心如烈火焚烧，谁都是有口不敢言。国脉已被斩断，为何平时为政不勤！

巍巍终南山啊，广阔的丘陵地连绵。权势显赫的太师史尹，为何你执政徇私？饥荒和瘟疫从天而降，死丧祸乱遍布国家。民众都在暗地批评你们，你们怎能如此心安理得？

太师史尹，你们的站立是国家的柱石。掌握权力、调配诸侯、辅佐天子、稳定民心，老天不长眼教人民生活苦难。

此等行为处事，叫百姓对你们不信任。你们不能公平地任用人才，亲近小人、任人唯亲。

这是老天爷为我们挑选了错误的领导者。这是老天爷降下的大灾难。君子执政如临渊履冰，才能使民众心安。君子执政如碗水持平，憎恶愤怒才能被弃捐。

月月的祸乱，百姓生活不宁。忧忧之心如醉酒，只为国家命运。

驾上我的马儿，马儿的颈项肥大。举目四望无宁地，祸患之地难驰骋。

当你觉得受到威胁，就对百姓使用刀枪。当你怒气消除，就相互对饮酒浆。

天降灾祸，已示不平，我王天子同样不得康宁。太师史尹难以自省，反而怨恨他人的规劝。

家父作此诗诵，用来追究王朝祸乱的罪臣贼子。用德执政，安抚四方！

诗中在忧生的同时，也是在忧世。忧生是因为世道不济。

"昨夜西风凋碧树。独上高楼，望尽天涯路。"忧虑民生的感觉要强很多，但是前面的"昨夜西风凋碧树"也恰恰是忧生的原因了。

之所以忧虑民生，也是出于对时下的状况不满意。个人的小状况往往是世道的大状况所造成的。

而"终日驰车走，不见所问津"和"百草千花寒食路，香车系在谁家树"，似乎前句忧世之感更为突出。这个后句，在我读来，却还觉得忧生的感觉更重一些，女子担心情人不归，不正是自己内心的一种真实写照吗？而联系冯延巳的政治背景，当朝宰相来说的话，这词里的担忧不正是自己对于国家的期待吗？这既是忧生，却又是忧世。明是忧虑民生，暗是忧世。

我读《人间词话》这一则的时候，个人觉得王国维所举例子中的忧生和忧世有相交之处。

或许，王国维的内心本身就隐藏着深深的忧虑民生情结。

王国维的《人间词》里，就有很多忧虑的诗词：

自是浮生无可说，人间第一耽离别。

——《蝶恋花》

几度烛花开又落，人间须信思量错。

——《蝶恋花》

拼取一生肠断，消他几度回眸。

——《清平乐》

一霎幽欢，不似人间世。

——《苏幕遮》

自是思量渠不与，人间总被思量误。

——《蝶恋花》

《人间词》是收集王国维亲手所书之词的总集。诗词评论叫《人间词话》，自己的诗词总集叫《人间词》。两部书相同的是都有一个"人间"，在《人间词》中的诗词句子中，也大量地出现了"人间"之词。而这些"人间"之词，大多是忧虑民生之言。何况这一节中，王国维也没有具体地流露出对于"忧虑民生"和"忧世"太多的见解。

　　然而,虽说都是忧自内心,但是忧虑民生和忧世毕竟还是有区别的。似乎类似于"小我"和"大我"之区别。

　　忧虑民生是对生命的忧患,这跟王国维受到西方学说的影响有关,忧虑民生更多的是关注人存在的哲学问题,人从何处来?又从何处去?人为什么会快乐悲伤?人为什么内心中有一种无法安抚的孤独感?人为什么要活在群体之中?

　　……

　　忧世是对社会的忧患。它接触的层面更多的是现实世界,整个民众生活的困顿,大多数人的痛苦,一些不公平的社会现象。比较明显的忧世之作,比如杜甫的"三吏"、"三别"。

　　很多时候,心怀天下,有责任有担当的诗人,他在忧虑民生,其实也就是忧世,比如屈原的《离骚》。自身的患难,也就是国家的忧患,字里行间,壮怀激烈,既是自己现实的忧患,也是国家社会永恒的忧患。

灯火阑珊处

　　古今之成大事业、大学问者，必经过三种之境界："昨夜西风凋碧树。独上高楼，望尽天涯路"，此第一境也。"衣带渐宽终不悔，为伊消得人憔悴"，此第二境也。"众里寻他千百度，蓦然回首，那人却在，灯火阑珊处"，此第三境也。此等语皆非大词人不能道。然遽以此意解释诸词，恐为晏、欧诸公所不许也。

　　你的人生是否总是在奔忙之中？

　　而即便你如此奔忙，却还是生活颠沛流离。

　　即便你的奔忙，为你换取了大笔的财富，解脱了你操劳的双手，释放了你匆忙的双脚，可是你的思想却总是如陷牢笼。

　　怀疑一切，害怕失去一切，如同一切都不是你的，你的一切即便是深拥在手，却又如同没有，幸福转瞬即逝，感觉不到真实的快乐，内心只有欲望的满足。

　　奔忙、焦虑、急躁、患得患失，这样的人生，你还没有入境。

　　而此节所讲恰是人生之境界。

　　从此入，也由此出。词之境界若人生。

　　王国维似乎总是能从词里找到验证自己学说的佳句，犹如他拿康德的哲学评论《红楼梦》是一样的。

从三首词中各拈出一句，连接在一起，就赋予了深厚的哲学思想，词的深意，也是人生的慧言。

王国维所说：此等语皆非大词人不能道。然遽以此意解释诸词，恐为晏、欧诸公所不许也。

也就是说，自己将这三位词人在三首词中的不同句子，分别拈出来，连接一起解释其意，用这种方式解释人生，提升词的哲学，这是三位大词人词的本义中所没有的。然而自己也是知道的，这样的解释，如果三位还在

世的话，犹如被别人所误解一般，也必定是不允许自己这样解释的。

从此节词话来看，王国维的确没有按照词的原意来理解。我们在第二十四节的时候，就分析过晏殊的《蝶恋花》，写的是女子对男子极致的思念之情，这里被王国维化用为人生的初期阶段表现出来的思想迷茫。

王国维的确没有按照词的原意来理解，只不过自己读词之后，自作主张地将自己的发现与其连接在一起，却又有了新的妙处。所谓的"仁者见仁，智者见智"，也是这个意思。

人奔走于凡尘俗世之间，生活的重负总让人忧虑、多疑，幸福每每转瞬即逝，思想的自我禁锢让多数人身陷桎梏。词的境界宛若人生，换一个角度总能让人发现更多。

能够引发人的无限联想，并且从此联想中有所长进，这也是文艺启迪人细想的精妙之处。

更何况，静安先生在理解诗词的时候，自己并没有受到词所写的具体状况的局限，而在诗词理解中，大大地灌输了自己的学术和哲学。

三句词话，乃是三种人生境界，这样的人生境界乃是一节比一节有所提高，一节比一节有所深入。

能够体味这三种境界的人，此节开头就说得非常清楚，乃是古今之成大事业、大学问者。

能有此境界的，往往是智慧之人，是有所成就之人。

在繁杂的生活中，凡是能够体悟出这三种境界，能够过此三种境界，那么就能够宽容豁达地面对生活。

当你不惧生活，便是生活属于你的时候到了。

蝶恋花

晏殊

槛菊愁烟兰泣露，罗幕轻寒，燕子双飞去。明月不谙离恨苦，斜光到晓穿朱户。

昨夜西风凋碧树。独上高楼，望尽天涯路。欲寄彩笺兼尺素，山长水阔知何处！

第一种境界：昨夜西风凋碧树，独上高楼，望尽天涯路。

"昨夜西风凋碧树"往往是说生活中的烦躁，这些烦躁，将你的生活一扫而光，满树希望的碧叶，被一系列的不如意扫得一片不留。

生活对你来说，是充满了艰难苦楚的。但心比天高，因为这内心总是向往着"独上高楼"，其实这里预示着，自身对于平庸生活以及周围生活环境的不满，还表明希望独上高楼，尽早地脱离出平庸，或者从周围大多数生活平凡的人们中剥离出来。

"望尽天涯路"暗含着内心其实早就对于自己的人生树立了较高的目标，自己是可以登高一望，望尽天涯之路的，也就是内心已经拥有了一个极大的目标，可是这目标仅仅是存于内心，也就是天涯之路在眼中，而不是在脚下。

第一种境界乃是一种自视颇高却又局限于生活牢笼的心态，好似无尽烦恼皆来自

欲望，这欲望却又被自己洗刷得有些纯净了，这样的纯净存于本身不纯净之生活中，却又更是苦恼。暂时的独上高楼是不能够解决的，或许还会更困惑。犹如任何一个生活于平庸生活之中，却又对生活充满了理想的小人物一样，这样的小人物或许会成功，更或许会平淡下去，渐渐泯灭消逝于众人之中。更或许，这样的人一辈子都不会入人生之境。

凤栖梧

柳永

伫倚危楼风细细。望极春愁，黯黯生天际。草色烟光残照里。无言谁会凭栏意。

拟把疏狂图一醉，对酒当歌，强乐还无味。衣带渐宽终不悔，为伊消得人憔悴。

第二种境界：衣带渐宽终不悔，为伊消得人憔悴。

柳永之词多是写风花雪月，这与他本身时常流连于烟花场所有很大的关系。柳永在歌妓楼的名声是非常大的，当时的歌妓要是被柳永赠词一首的话，那就身价倍增了。那个时候的风流场可流行着这样一句话："宁愿柳郎叫，不愿皇帝召。"柳永死后，身无分文，还是妓女们凑钱将其埋葬的。"衣带渐宽终不悔，为伊消得人憔悴。"本是相思之语，而这里，王国维将其理解成为一个人的成长之艰辛，奋斗之艰辛。为着一个目标，逐渐从第一境界的脆弱迷茫中坚强、坚定起来，衣带渐宽，身消形瘦都不后悔。为一个目标，人儿憔悴，这是执着，执着之付出。

若是上升为一种精神，这第二个阶段便是生活中的所学阶段，精神上的所悟阶段。坚持固然是好的，但是太过于执着，那么便是思想上的折磨，自然也就是人憔悴了。执着乃迷，太迷乃固。

青玉案

辛弃疾

东风夜放花千树。更吹落，星如雨。宝马雕车香满路，凤箫声动，玉壶光转，一夜鱼龙舞。

　　蛾儿雪柳黄金缕。笑语盈盈暗香去。众里寻他千百度，

蓦然回首，那人却在、灯火阑珊处。

　　第三个境界是：众里寻他千百度，蓦然回首，那人却在、灯火阑珊处。

　　辛弃疾《青玉案》中的此句，其实也代表着辛弃疾的执着和雄阔。辛弃疾是宋代词人之中少有的纯爷们。一身好武艺，一颗忠君爱国心，满溢着才华。似乎，宋词的柔媚给整个宋朝都蒙上了一成娘娘腔的色彩，但是读他的词，很少有思想上的惆怅迷茫，更没有如女人一样的自怨自艾。

　　这句乃是人生中的大境界。

　　"众里寻他千百度"是执迷，"蓦然回首，那人却在、灯火阑珊处"是悟。

　　"众里寻他千百度"是入，"蓦然回首，那人却在、灯火阑珊处"是出。

　　"众里寻他千百度"是寻找快乐，是寻找寄托，是实现目标。

　　"蓦然回首，那人却在、灯火阑珊处"恰恰是无欲无求，无有才是有，无忧无喜才是人生的清澈澄明。

　　"众里寻他千百度"是悟的艰辛。

"蓦然回首，那人却在、灯火阑珊处"是得的快乐，是人生的大彻大悟，是通体的愉悦，是物质的解脱，是功名利禄的解脱，那么也就没有了执着的痛苦了，也就消解了欲望的烦恼。明白了这些，人生只剩下你去享受快乐了。

　　其实，转了一大圈，这人生的快乐本来就是存在的，只是你南辕北辙，寻找的方向错了罢了。

　　这样的寻找，心灵无依的困惑，王国维必定是体会过的，他曾在《欲觅》中写过："欲觅吾心已自难，更从何处把心安。"

　　这样的困惑，这在世之人，又有谁没有过呢？

　　所以平庸之人生，而真正能得其快乐之人又有何许呢？

看尽洛阳花

　　永叔"人生自是有情痴，此恨不关风与月"、"直须看尽洛城花，始共春风容易别"，于豪放之中有沉著之致，所以尤高。

　　张爱玲有句话："因为懂得，所以慈悲。"

　　外在的豪放之洒脱，皆因内在的情深义重。豪放却深沉含蓄，这是王国维对欧阳修《玉楼春》的感受。

　　先感受一下欧阳修的《玉楼春》：

玉楼春

欧阳修

　　尊前拟把归期说，未语春容先惨咽。人生自是有情痴，此恨不关风与月。

　　离歌且莫翻新阕，一曲能教肠寸结。直须看尽洛城花，始共春风容易别。

"尊前拟把归期说，未语春容先惨咽。"开场便是一个离别的场景。喝酒送别，端起酒杯，人还未动身离开，便想问其何时归来。可是一说话就牵动了别离的伤悲，为了送别叫人记住而精心打扮的妆容被这无法抑制的泪珠打湿了。真是欲语泪先流。

这一开头的送别之景，就明显带有了深重的离别之伤，这离别之时恰是春归之际，因为下文所写的环境是洛阳城满城是花。春归之际正是大好时光，却又偏逢离别之时，离别之伤，正是春归之怅。

"人生自是有情痴，此恨不关风与月。"这一句虽是在感叹离别之际的情深义重，感叹人生自是有痴情之人的，这样的遗憾似乎与风月是无关的。可是又似乎这样一句话突然出现在刚才如此悲戚的场景，有点像转移了观众的视角。似乎观众还没有被悲伤渲染够，就被拉了出来。

而这样的一句评论，却又是极其懂得这样的离别之苦恨，才推心置腹发出的。表面看起来，好像是阅尽风月后的顿悟，遣玩之至后的飞扬，其中又隐含着对人世中悲欢离合的一种无奈，对人生有种沉着的悲慨。感觉是时时在阅红尘之事，却又是早已置身世外。

"离歌且莫翻新阕，一曲能教肠寸结。"评论之后，又立马回到了送别场景中来。离别抚琴赠歌，就不要再翻新的曲子了吧，这一首歌已经唱得叫人肝肠寸断了。

这样的写法，又回到了歌咏风月词的小情调之中。但是尾句又有惊喜之处，犹如峰回路转，大浪淘沙。

"直须看尽洛城花，始共春风容易别。"定要将这洛城花之美丽繁盛欣赏遍尽，皆因这开始于春风之花的一片锦华终不长久。词到这里，情感上就由前面的肝肠寸断转到这里的豁达和解脱了。

离愁别绪在宋词的题材之中，往往是愁容惨淡，凄惨之声不绝于耳。但是欧阳修的《玉楼春》在最后将整体的风格摆脱了以前固定的套路，教人为之一振。

　　而王国维所说的"于豪放之中有沉着之致"恰恰在此表现最明显。

　　从词句的用词来说也可以看出，整个句子表现的洒脱豪放之情，其中"直须"一词的运用却道出了内里蕴含的情意，"直须"就是"一定要"，这情意是深厚固执的。因为这"洛城花"尽管美丽，却始终是要"尽"的，花共"春风"却要别。两人的情意再深厚，可天下无不散之筵席。所以越是豪放洒脱，也越是悲伤沉重。

　　懂得爱之情深、悲之沉重，才会在挣脱的豪放中产生一种外刚内柔的力量。

　　这样的情感，是懂得。欧词尤高在此。

　　读之，洒脱豪放、风流潇洒，却又情意绵绵，叫人唏嘘长叹。

《人间词话》境界说

宋代是词的黄金时代，而词的理论评述却盛于清代。《人间词话》一方面仍采取了"词话"这一传统体裁，另一方面王国维将中西方美学和文艺思想结合起来，不被传统的词学理论所束缚，自成一家。

王国维的境界说，在不排斥善和美，即内美和修能的前提下，把"真"放在第一位，强调写真景物和真感情，这对传统的、伦理至上的、功利主义的词学批评模式是一个很大的超越，开创了一代风气。

朱颜辞镜花辞树，最是人间留不住

"词以境界为最上。有境界则自成高格，自有名句。五代北宋之词所以独绝者在此。"王国维不仅把境界视为创作原则，也把境界当作批评标准，论断诗词的演变，评价词人的得失、作品的优劣、词品的高低。

境界说是《人间词话》的核心

能写真景物……

何谓境界？

什么是境界？王国维解释说："能写真景物、真感情者，谓之有境界。否则谓之无境界。"可见，境界说的核心价值，在一"真"字。

境界

| 从创作流派划分 | 从物我关系划分 | 从描写对象划分 | 从境界大小划分 |

造境：重在虚构，有所凭借，必须『合乎自然』。

写境：重在写实，有所选择，必须『邻于理想』。

有我之境：以我观物，故物皆著我之色彩。

无我之境：以物观物，故不知何者为我，何者为物。

物境：境非独谓景物也，喜怒哀乐，亦人心中之一境界。

情境：包含作者的审美选择和判断、主观感情的『物境』。

大境：指那种『有气』象作品。乃是一种雄浑阔大的境界。

小境：『摹写物态，曲尽其妙』并深得事物之『神理』的境界。

核心

真

何谓真？王国维说："纳兰容若以自然之眼观物，以自然之舌言情。此由初入中原，未染汉人风气，故能真切如此。北宋以来，一人而已。"以自然之眼观物，就是写真景物；以自然之舌言情，就是言真感情。真的内涵就是自然，自然的内涵就是真。王国维以境界论词，其实质就是以真实或自然论词。

古之伤心人

　　冯梦华①《宋六十一家词选·序例》谓："淮海、小山，古之伤心人也。其淡语皆有味，浅语皆有致。"余谓此唯淮海足以当之。小山②矜贵有余，但可方驾子野③、方回④，未足抗衡淮海也。

　　精细是王国维评论诗词的一把尺子。

　　极其微小的区别，只要是属于词人的特征，总是能够被王国维找到，如要说七窍玲珑心的话，我觉得这样的心，王国维一定有一颗。

　　秦观、晏几道及张先、贺铸，在宋词的写作中，都属于婉约派的代表。我曾经都喜欢过他们的词。

　　清代评论家冯梦华认为：秦观和晏几道的词，都是些伤心之词，他们也都是古来的伤心之人。

　　淡语有味，浅语有致。

　　王国维将冯梦华的这句话提出来，说到里面的评论"其淡语皆有味，浅语皆有致"只能用在秦观的身上。

　　秦观的词，往往是些凄离婉曲，伤心人之伤心语，不加雕琢，却是用语自然，感慨自身境遇不遂，却别有一番韵味。

　　晏几道是晏殊的儿子，二人史称"二晏"。在晏几道长大后家道中落，晏几道个性桀骜不驯，在现实生活中处处碰壁，在生活的苦难中，总是追忆以前的奢华生活，对以前的生活有无限的迷恋。为抚慰伤心，总是沉浸在以前的生活之中。

　　太多的追忆过去，便又失掉了现在。这样的词，似乎总有一些放不开的束缚，表达的情感便有伪假矫情的成分。一个不能真正面对自己的人，那么他的情感也一定有着娇弱和逃避的地方。这便是王国维所说晏几道的词"矜贵有余"。

---

　　①冯煦，字梦华，号蒿庵，清代词人，著有《蒙香室词集》。
　　②晏几道，字叔原，号小山，北宋词人。
　　③张先，字子野，北宋词人。
　　④贺铸，字方回，北宋词人。

王国维觉得秦观胜出晏几道，而晏几道不过和张先、贺铸是一个水平的。

我之前读晏几道的词，现在还有印象的是《临江仙》：

临江仙

晏几道

梦后楼台高锁，酒醒帘幕低垂。去年春恨却来时，落花
人独立，微雨燕双飞。

记得小蘋初见，两重心字罗衣。琵琶弦上说相思，当时
明月在，曾照彩云归。

这首词初读之时是很打动我的。这首满含思念的男女之情的艳词，吟起来真是别样清丽婉转在心头，似乎内心也长出了一双如诗人般温润如玉的手。

读到"落花人独立，微雨燕双飞"之时，顿觉温润飘逸。漫天落花，玉人独立，只为等待。微微细雨，惊起燕子双飞，更添心中之愁怨。这时的意境用《传奇》里的歌词归纳最恰当不过："想你时你在天边，想你时你在眼前。"何等诗意的凄美，何等凄美的等待。

读到"当时明月在，曾照彩云归"时，心中又动了一下。浓重相思，表达得如此婉转真切，却又是极其含蓄。这样的情感，即便是把自己交出去了，她也是被视若珍宝的。

当时的明月，曾经的彩云。因为明月在，所以彩云才归。既是思念，也是等待。既是等待，也是坚守。既是坚守，也是追忆。既是追忆，也是美好。是的，最后剩下的就是这样一种供人怀念的美好。

或许这样的表达方式，和晏几道的家道中落有关，和他

的孤傲有关。

这样的词，已经是很美丽了，也怪不得冯梦华要说"淡语有味，浅语有致"。

但是王国维不愿意这样评价晏几道。他觉得晏几道和秦观比起来，缺少一份精致和自然。

我们从秦观的《千秋岁》来看：

千秋岁

秦观

水边沙外，城郭春寒退。花影乱，莺声碎。飘零疏酒盏，
离别宽衣带。人不见，碧云暮合空相对。

忆昔西池会，鹓鹭同飞盖。携手处，今谁在？日边清梦断，镜里朱颜改。春去也，飞红万点愁如海。

上阕的渲染，依旧是别离之际。花影凌乱，本是好听婉转的黄莺声，此刻却叫得细细碎碎的，全是因这离别扰了人的心情。临别依旧赠酒一杯，不舍离别身形消瘦。离别一曲，人已不见，徒留天边碧云空相对。

下阕是离别之后的追忆。回想起以前在西池的相会，如同鹓鹭同飞，和你情投意合之时，而今安在呢？清梦已断，朱颜已改。春天已去，万点飞红愁如海。

其实相比晏几道和秦观的这两首词，对于里面的小情趣，我个人更喜欢的是晏几道词里的味道，虽然他的题材狭窄，但是他细致敏感，透着那么一种温婉的清高。

晏几道的词写的是小伤心，对昔日歌舞欢乐生活的追忆，这样的追忆都还是带着矜持的追忆。但是从意境的开阔，词义的深刻来说的话，晏几道是比不上秦观的。

秦观的词，不仅仅是写男女之爱情，他的词里面更多透露的是对整个人生的感慨，"飞红万点愁如海"这里囊括的已经不再是个人之情感，而是将人的生活整个都蒙上了一层悲剧之色彩，对人的整个生存状态都产生一种悲悯之心。

这就是秦观胜出晏几道的地方。

南唐后主李煜的词，里面的悲天悯人情怀，也是让他的词为王国维情有独钟的原因。

心怀悲悯之心的伤心之语，正是真正摧心断肝的悲哀。

少游境凄婉

　　少游词境，最为凄婉。至"可堪孤馆闭春寒，杜鹃声里斜阳暮"，则变而凄厉矣。东坡赏其后二语，犹为皮相。

　　上一节王国维说秦观的词：淡语有味，浅语有致。

　　是因为秦观的词深厚细致，境界却又是舒远的。

　　一样是婉约派的代表，闲适里，我喜欢读晏几道，晏几道辞藻华丽，读起来内心轻松。相比起秦观，我害怕读秦观，在大学中文系学习古典诗词的时候，就害怕读秦观的《踏莎行》。

　　同是离别的忧伤，晏几道的伤，会叫你微笑，犹如恋爱之中的女子玩的娇嗔小把戏，读过之后，笑笑他的假清高、笑笑他的小心眼，却还装得如此正儿八经。

而读秦观是不一样的，在读的时候，总是小心翼翼，揪着心、攥着书，有种生怕把某一个东西碰碎的紧张。

　　秦观、李煜、柳永等都是婉约派的词人。

　　读李煜，他的悲伤是气势磅礴蕴含无尽之哲理，"问君能有几多愁，恰似一江春水向东流。""流水落花春去也，天上人间。"

　　读柳永，他的悲伤是情意绵绵包含无尽之男女欢爱，"此去经年，应是良辰好景虚设。便纵有千种风情，更与何人说？"

　　读秦观的词，他的悲伤仅仅是凄婉还不够，伤心流血，似乎这个人从来没有快乐过，内心总是有无限的愁情，压得他喘不过气来。

　　秦观的词表现出来的痛苦已到极致，这样的痛苦，和李清照的痛苦又是不一样的，李清照的痛苦，全在生活之愁苦、生活之辛苦、生活之艰苦、知己消逝、落魄凄清……

　　而秦观的痛苦，恰恰是在痛里。觉得他的心早已经千疮百孔，发出这一声声凄厉的却又不能痛快而出的隐忍的哀号。

　　我们先看王国维指明的秦观的代表作：

踏莎行

秦观

雾失楼台，月迷津渡，桃源望断无寻处。可堪孤馆闭春寒，杜鹃声里斜阳暮。驿寄梅花，鱼传尺素，砌成此恨无重数。郴江幸自绕郴山，为谁流下潇湘去！①

上阕写景，楼台已被浓雾所迷，那么月亮也渐渐的模糊不清，望断桃源无处寻。孤馆里不能忍受这春寒，杜鹃凄啼残阳时暮。

其中"可堪孤馆闭春寒，杜鹃声里斜阳暮"一句是王国维津津乐道的凄厉之语。他的理由是"孤馆"、"春寒"、"杜鹃之声"、"斜阳之暮"都已经营造了悲苦之境了。而"孤馆"又是"关闭"，"春寒"才更寒。本已经是斜阳暮下，杜鹃又泣血啼叫。真是悲不胜悲，凄厉得叫人心惶惶。

或许王国维欣赏此句的理由，还因为王国维由于受到叔本华哲学的影响，本身就是一个有着浓重悲观情绪的人。

下阕以记事为主。驿站有梅花送来，鱼雁有托书信。这些被牵挂牵扯起来的愁恨重重叠叠无法细数。郴江悠然自得地绕着郴山，又为了谁流下潇湘去呢？

"郴江幸自绕郴山，为谁流下潇湘去"是苏轼颇为欣赏的句子。而苏轼欣赏的句子却被王国维讥笑，认为苏轼不过只是懂得皮相。

对苏轼欣赏此句的态度，我并不赞成王国维的观点。秦观的这句，表面上似乎流露出了对自己被贬谪的不满，似乎这句话又隐含着人生的无常，人生中总是充满变数。郴江本是愿意绕着郴山流淌的，可是怎么又改变了初衷，为什么要流下潇湘去呢？这样的追问，或许自己的内心是知道答案的，但是又似乎明知如此，却又不愿意面对，表面上看隐含着浅淡的不甘心，但是读起来又是明白的，期望自己应有面对人生的豁达之感慨。是悲苦，也是一种期许，期许解脱。

不少人认为苏轼喜欢这句，大概是因为同秦观一样，遭受了贬谪之苦。苏轼的经历和他乐观旷达的心境，使他更懂得秦观最后一句的意味深长的暗示。

---

①胡仔《苕溪渔隐丛话》前集卷五十引：东坡绝爱"郴江幸自绕郴山，为谁流下潇湘去"，自书于扇曰："少游已矣，虽万人何赎。"

秦词存《诗经》

"风雨如晦，鸡鸣不已"、"山峻高以蔽日兮，下幽晦以多雨。霰雪纷其无垠兮，云霏霏而承宇"、"树树皆秋色，山山唯落晖"、"可堪孤馆闭春寒，杜鹃声里斜阳暮"，气象皆相似。

"气象"是王国维除去"境界"之后，最喜欢用来评价诗词的一个标准。

"气象"从字面直言之就是诗词意思的风貌。我更喜欢把它解释成好像是一个人的气场。此节依旧是循着上节对秦观之词的评价而来，王国维对秦观的这句"可堪孤馆闭春寒，杜鹃声里斜阳暮"特别有感触。

这次，王国维将其作比较的是《诗经》中的《诗经·郑风·风雨》，屈原的《楚辞·九章·涉江》以及王绩的《野望》。

《诗经》早就有"思无邪"之说。就是说，《诗经》中的诗，表达真切，思想纯净。

我们先读《诗经·郑风·风雨》：

诗经·郑风·风雨

风雨凄凄，鸡鸣喈喈。既见君子，云胡不夷。

风雨潇潇，鸡鸣胶胶。既见君子，云胡不瘳。

风雨如晦，鸡鸣不已。既见君子，云胡不喜。

女子在风雨交加的晚上等待她的君子，杂乱不止的鸡叫声更叫得人烦心。结果，她的君子不久就来了，她觉得所有的烦恼都不存在了。欣喜之情好似病重痊愈，刚才的心情和这狂暴的风雨一样，现在风平浪静。

这里讲到了一个环境和人物心情的关系，当一个人心情顺的时候，那么环境如何都无所谓了，都可以视若无睹。可是当一个人心情烦闷的时候，周围的环境皆是眼中之气与恨。那么这也应了王国维的："以我观物，故物皆著我之色彩。"

全诗以回环往复的手法，一遍一遍地渲染自己的心情和此时的环境。

风雨凄凄，风雨潇潇，风雨如晦，都渲染出了一个凄切、晦暗的外在环境。

那么留意这样的外在环境，不断渲染这外在环境，也就是在渲染人物的内心。

再仔细读，就会发现这恶劣的天气之所以叫人如此烦心，就是因为此时女子等待君子到来的心情是备受折磨。

不过，这样的诗也可以理解为，我们对自己内心欲望追求的迫切和煎熬。

不管怎样的等待都是内心的风雨如晦。

屈原《离骚》里的句子："山峻高以蔽日兮，下幽晦以多雨。霰雪纷其无垠兮，云霏霏而承宇。"

山太高遮住了太阳，天气阴暗淫雨霏霏，似雪花纷纷扬扬，落之不尽，厚厚的云层似乎暗示着隐晦的无穷无尽。

依旧是一段环境描写，外在的环境描写，表现的还是内心对自己所遭受境遇的不满。

野望

王绩

东皋薄暮望，徙倚欲何依。

树树皆秋色，山山唯落晖。

牧人驱犊返，猎马带禽归。

相顾无相识，长歌怀采薇。

"东皋薄暮望"，归隐于东皋，在薄暮之中放眼望。

"徙倚欲何依"，徘徊踟蹰往何处？徘徊本就是消解苦闷之意了，却连徘徊都是叫人无处可去，其中的迷茫可想而知。

"树树皆秋色，山山唯落晖。"由上面的心情，所以眼中看到的尽是悲凉之色，满树秋色，落晖满山。静谧的山林之中，浸透秋色的树显得更加的萧瑟，满是落晖的群山更叫人觉得有萋萋之意。

"牧人驱犊返，猎马带禽归。相顾无相识，长歌怀采薇。"尽管心情总是如此落寞，但是诗人依旧能够找到排遣自己内心愁情的办法，打猎，骑马，追怀古代的伯夷、叔齐一样的隐士生活。

整首诗歌用语都是相当的朴素，但是一句"树树皆秋色，山山唯落晖"点明了诗人的心理状态和这毫无喜庆的秋色是一样的，叫人沮丧。

"可堪孤馆闭春寒，杜鹃声里斜阳暮"亦是如此，前面几个小节已经分析过很多次了。

王国维所举的例子都是平淡之表达，却丝毫不掩激烈之愁情。

当人追求而不得的时候，不管是谁，他的心情都是极端压抑的，那么自然也就凄苦、悲凉了。

往往诗词中，作者将自己的真情实感藏在所写景物之中，感受笔下的景物，也就是感受到诗词的一个整体风貌，其实也是置身于作者的心理情绪之中，一切景语皆情语，摸清了气象，也就明白了其中之味。

词中诗气象

　　昭明太子[①]称，陶渊明诗"跌宕昭彰，独超众类。抑扬爽朗，莫之与京"，王无功称，薛收赋"韵趣高奇，词义晦远。嵯峨萧瑟，真不可言"[②]，词中惜少此二种气象，前者唯东坡，后者唯白石[③]略得一二耳。

　　然而，不管你将诗词比作谁，都只是个人印象式的评判。

　　然而，不管你将诗词的风格如何归纳，都只是个人的感受。

　　它或许在某一个时刻，受到大众的认可，但只要是个人的看法，它就是片面的。

　　不置可否，诗词各有其美。

　　读诗犹如见庄重的文人，读词犹如见柔媚的女子。

　　读诗犹如见娟秀的文字，它一目了然，历历在目；读词犹如听跌宕的音乐，它轻敲慢打，冷暖自知。

　　读诗犹如走一马平川之路，直直地对你倾吐心意；读词犹如行蜿蜒崎岖之羊肠小路，走在上面耳畔尽是吴侬软语之委婉。

　　读诗犹如大鹏展翅般畅快，扶摇直上；读词犹如徐徐饮酒，微醺乃意起。

---

　　①萧统，南朝梁武帝太子，未即位即去世，谥昭明，世称昭明太子，编有《文选》、《陶渊明集》等。
　　②王无功语见《王无功集》卷下《答冯子华处士书》，所指薛收赋，系《白牛溪赋》。薛收，薛道衡子，唐初文学家。
　　③姜夔，号白石道人，又号石帚，南宋词人。

诗比词要直白大气，往往是开阔宏伟之言。

词比诗要低回委婉，往往是隐晦深致之言。

又说，词乃诗之余也。

诗歌所剩下的，就是词。

也就是说诗歌的另外一半，就是词。

似乎这样说更有趣一些，诗歌像男人，词就像女人。

读到此节，似乎对于王国维的观点有点迷惑了。

此节依旧是以"气象"来评词。

此节阐明词中很难有像诗歌、赋那样的气象。只有苏轼的词，才有陶渊明诗"跌宕昭彰，独超众类。抑扬爽朗，莫之与京"般的气象。只有姜夔的词有薛收赋"韵趣高奇，词义晦远。嵯峨萧瑟，真不可言"的气象。

此节以"气象"评词，但是王国维在此处评词的标准却是用诗歌和赋中绝佳气象的标准来对词进行要求。

犹如要求女子去和男子比肌肉雄伟，阳刚之气谁足一样，岂不是有些僵化吗？

王国维的《人间词话》六十四节，每节文字短小，却节节是精辟之语，若不细品细读，便会失其精华，废己时间。

再仔细思索，便是恍然大悟。

诗词之别，本就是后人通读鉴赏之后，将其特点归纳的。

如若把诗词放在一个大众固定的看法里面，比如固执地认为诗就是庄，词就是媚。那才恰是思想之僵化了，看法之短浅了。

诗可以写出词的感觉，而词亦可以达到诗的境界。

在《人间词话》的开篇，王国维就提到"词以境界为上"、"有境界则自成高格"、"境界有大小，不以是而分优劣"。

词凭借境界取胜。而诗也是用境界来评价的。

比如，从王国维前面所说的"太白唯以气象胜"，就是用气象来评判李白的诗，同时也用气象来评判词。

比如前一节的"风雨如晦，鸡鸣不已"、"山峻高以蔽日兮，下幽晦以多雨。霰雪纷其无垠兮，云霏霏而承宇"、"树树皆秋色，山山唯落晖"、"可堪孤馆闭春寒，杜鹃声里斜阳暮"，气象皆相似。

气象、境界这些评判标准，其实是放在诗词亦可的。

因为诗词虽说文体不同，但是二者却是可以交融的。虽各有其明显的独特性，但是融通之后，互能阔其气象，达其高度。

在我看来，词在苏轼、辛弃疾、姜夔之时，不仅能够达到诗歌的高度，在吸收了诗歌优势的同时，词还同时有着自己迂回婉转的一面，却又是乐观旷达、豪迈壮阔、刚柔相济的。

仅苏轼的一句词就可以说明上诉观点，读苏轼的《赤壁怀古》其中的"大江东去，浪淘尽，千古风流人物"，如果将这句词改成诗的格式就是：大江东去人也逝，千古风流浪淘尽。

虽说将其改成诗歌的形式，亦是豪放之言，然而比起原词来说的话，诗的形式只是减少了停顿，却少了一些婉转，读起来呆板、无情致。

"大江东去"之停留，似一感叹，似一看尽山高水阔之悲壮，满目辛酸，却是脸上写满坚毅。仅仅这一停顿，就是心理上的千回百转。

"浪淘尽"之停留，好似之前心情的抑郁的一声抒发，一根紧绷的弦，有渐渐放松之趋势。

"千古风流人物"最后独成一句，乃是最后之爆发，这爆发，是前面积累深致的内蕴而出。这样的情感就比诗歌的形式来得更加深厚，也显得更加逼真，更有高远的气息，言长情乃真。

这才是词之大美。

我虽同意王国维先生《人间词话》打破疆界的评价方式，但是在这节所说的：昭明太子称，陶渊明诗"跌宕昭彰，独超众类。抑扬爽朗，莫之与京"。王无功称，薛收赋"韵趣高奇，词义晦远。嵯峨萧瑟，真不可言"，词中惜少此二种气象，前者唯东坡，后者唯白石略得一二耳。最后的"略得一二耳"似乎是略贬苏轼和姜夔之词的意思。

诗词各有其美，各有其态。苏轼的词更是宋词之美的登峰造极，焉能因气象之不同，以"略得一二"简言之？

在《人间词话·未刊手稿》十三中："词之为体，要眇宜修能言诗之所不能言，而不能尽言诗之所能言。诗之境阔，词之言长。"

苏轼之词，不正是言了诗之所不能言的吗？也正是符合王国维《人间词话·未刊手稿》十三中的观点的。

《人间词话·未刊手稿》十三中则最后说道："诗之境阔，词之言长。"这表明诗侧重于境界开阔，词更是言之情长。那么苏轼之词和陶渊明之诗的对比，不正是这样吗？

在神不在貌

　　词之雅郑[1]，在神不在貌。永叔、少游虽作艳语，终有品格。方之美成[2]，便有淑女与倡伎之别。

　　记得电影《霸王别姬》中有一片段，袁四爷在看完程蝶衣和段小楼表演的《霸王别姬》之后，指责段小楼在演绎西楚霸王兵败回营的时候走的步子少了两步。本应该走七步才回到营中，段小楼表演的西楚霸王走了五步就走回了营中。

　　这七步和五步究竟有什么区别呢？

　　兵败走五步回营，步子急促，明显就是狼狈，含逃窜之貌。

　　走七步，便显得从容，即便是兵败，依旧有西楚霸王的王者之气。

　　这与王国维此节所讲的"词之雅郑，在神不在貌"有类似之处。也就是说，词应有其品格，和前面王国维的观点"有境界自成高格"是一致的。

　　词之雅郑，源于《乐记》中的故事。

　　孔子曾在《论语》中说过"郑声淫"，就是说郑声是低级趣味的音乐。

　　孔子极力维护古乐《韶》、《武》，古乐是品格高尚、合乎道德传统的音乐。

　　而作为新音乐的郑声，连当时最喜好古乐的魏文侯在听郑

――――――
①郑，指与"雅"相对的靡丽低俗的文风。
②周邦彦，字美成，号清真居士，北宋词人，有《片玉词》。

声的时候都大呼过瘾，犹如现在的摇滚带给人的激情。

而孔子却觉得郑声淫乱了雅乐，主张"恶郑声之乱雅乐"。

后来，人们就用雅郑作为品评诗词的一个标准，郑往往是以色情内容为中心的淫乱之调，雅声才是发乎情而止乎礼仪的高格之乐。

词本是来源于青楼歌伎之唱曲，本就有极其浓艳之色彩，几涉猥亵之意。后来的大家写词，词中之浓艳并非就是没有了，而艳词之中，却是真情之底，也就艳而不腻，丽而不俗，格调上就高雅了起来。

这和艳而无品的郑声无法相比。

作品之至情至性，恰是阅读者最能接受之境界。

作品贵真，最是自然真实的作品，才能永远地欺骗观众。

自古风流才子多与风流韵事牵绊不清，却又每每被世人所宽容，甚至还颇为少数人所欣赏。其间写尽了风花雪月，洞悉了世间男女之情，至情至性，皆以"真"字动人。

《人间词话·未刊手稿》第四十四则中：艳词可作，唯万不可作偎薄之语。

偎薄就是轻浮。

王国维在强调词的境界之时，似乎更在乎的是作词之人的人品人格。

欧阳修和秦观的作品也是偶有艳词，却是有真情在其中，便脱其俗意。

而周邦彦之词，似乎更多的是簇拥花丛的放浪和肆意，在华丽外衣之下，依旧是

一颗纵情享乐的心，这在王国维看来无疑是郑卫之音。

似乎古来的风流才子总是和风流韵事有所牵连。而风流韵事之于才子，似乎总是被世人所宽容，甚至还颇为一些人所欣赏，似乎才子不风流，不是品格高尚，而或许是他出现了某种生理问题。

比如，秦观就在一场宴会之中，和一名吹箜篌的女子四目交会，便心仪神和，促成一夜风流，女子还对秦观情语绵绵道："今夜之情，为君身瘦一半。"

才子的风流韵事总是被世人所接受，是因为这些风流写尽了风花雪月，洞悉了世间男女之情。

比如汤显祖的《牡丹亭》，其中写杜丽娘在梦中和柳梦梅亲热的场景："这一霎天留人便，草藉花眠，则把云鬟点，红松翠偏。见了你紧相偎，慢厮连，恨不得肉儿般和你团成片也。逗的个日下胭脂雨上鲜。我欲去还留恋，相看俨然，早难道好处相逢无一言，行来春色三分雨。睡去巫山一片云。"

那些段子写得比较露骨，却是人之性情，至情至性，真真实实的美好。

看来无论何种形式，一首词的精神高贵，远比一首词的外貌要重要得多。

犹似一美女，外表虽美，却是蛇蝎，那再怎么美丽，也总是令人胆战心惊的。

这种对词的要求，其实和王国维的个人品行是一致的。王国维本就是一个极其干净之人，只不过干净得有些固执了。

他对清朝的忠诚，不少人嘲笑其愚昧，其实，他是不愿意被侮辱，是对自己内心一种固执的干净的贵族般思想的坚守。

他只能保留最真实的自己，所以愿意以静守的姿态来抵挡。

唯言情体物

美成深远之致不及欧、秦，唯言情体物，穷极工巧，故不失为第一流之作者。但恨创调之才多，创意之才少耳。

王国维认为周邦彦深远之致比不上欧阳修和秦观。上一节王国维就说周邦彦的词过于轻浮。

可是在宋代的词人之中，周邦彦的名气又是极其大的。王国维在《人间词话》中没有忽略掉周邦彦的缺点。他觉得周邦彦是个一流的词人。"唯言情体物，穷极工巧。"指的是周邦彦作词在技巧上的高超。

这里的赞美其实就是批评。

指的是周邦彦不过是一个在作词上的能工巧匠，写的词辞藻华美，可是却毫无思想，更无境界。

周邦彦的才能在于创造曲调样式，而不在创造境界思想。

这便是王国维称其为第一流作家之原因。

犹如现在娱乐圈里，那些能够模仿一个或者多个明星的模仿秀者，不管你模仿这个明星模仿得多么像，你都是山寨版，你都是个赝品。

周邦彦在词的造诣上，便是这样的一名模仿秀者。

他可以将词的文字，编织得极其精致，在写景咏物时，对词语精挑细选，并且熟读诗书，善于将古人的华文美句融入自己的诗词之中，为其增色不少，在叙述之中，讲究词意之曲折变化，使之富有故事之轻重缓急，在创作之中，使尽了浑身解数以求精细入微。

模仿秀者，其实是没有自己的表演灵魂的，那么像这样的一位一流作家，好似不能称一名剪裁手艺高超的裁缝为时装设计师一样。

周邦彦的词思想格调不高，意境不开，和他所写的内容有着相当大的联系。周邦彦的词更多的是非常私人化的情感，哪怕是拈酸吃醋的东西都包含在内，并且写得精美异常。

能够典型说明王国维此观点的，有周邦彦所写的《少年游》。

这首词是写得有来头的，周邦彦和名妓李师师是相好。可是李师师的相好也并不比周邦彦少，当朝天子就是其中一个。

某晚，周邦彦正和李师师情意缠绵，谁知突然天子在外叩门。李师师慌乱之中就将周邦彦藏在了床下。天子和李师师温存之后，李师师体贴地为天子剥一个橙子。天子来不及吃橙子了，准备即刻摆驾回宫。

李师师客气地挽留说："城上已传三更，马滑霜浓，陛下圣躯不愈，岂可再冒风寒？"

宋徽宗答道："朕正因身体违和，不得不加调摄，所以要回宫去。"宋徽宗要马上回宫正中了李师师的下怀，她只是曲意逢迎一下宋徽宗。李师师担心的其实是一直藏在床下的周邦彦呢。

虽说李师师的这一番做戏，满心底是为了快快送走宋徽宗，把周邦彦从床底下解脱出来，可是躲在床底的周邦彦，一点没领会李师师的意思，反而以为李师师故意这样做，不为自己着想，在床底下就吃起醋来。

李师师把周邦彦从床下拉出来，周邦彦怀着醋意，立即写了一首《少年游》，暗指你李师师对皇帝老儿太好啦，明知道我在床底下苦等，你还和他你侬我侬，相比起来对我是不是有点薄情寡义了。

我们来读一下这首《少年游》：

少年游

周邦彦

并刀如水，吴盐胜雪，纤指破新橙。锦幄初温，兽香不断，相对坐调笙。

低声问：向谁行宿？城上已三更，马滑霜浓，不如休去，直是少人行。

"并刀如水，吴盐胜雪，纤指破新橙。"就是写李师师为宋徽宗剥橙子。简单一事，文字用得如此华美。

"锦幄初温，兽香不断，相对坐调笙。"说两人刚温存罢，正在回味，双双相坐，李师师为宋徽宗唱曲。

"低声问：向谁行宿？城上已三更，马滑霜浓，不如休去，直是少人行。"后面这几句表面是在写李师师对宋徽宗的体贴有加，其实是在谴责李师师怎么还要留皇帝住在这里，被皇帝回绝之后，还要情意绵绵地挽留。

如此酸醋之言，却是精致之词。那么读起来，便果真是毫无意境可言，情感虽真，但是不纯不深，不足以撼人心、摄人魂，只是觉得皇帝如此风流，感叹这些文人也是风流如此。

此时的周邦彦都已经是六十多岁的老头了，心思还宛若怀春少女，真是叫人唏嘘不已。

而此等诗词，也怪不得王国维说他创调之才多，创意之才少耳。

但是值得注意的是，王国维在其后作品《遗事》中就提到："词中老杜，断非先生不可。"这时又将周邦彦提到了和杜甫一样的高度了。

王国维对周邦彦写的某些艳词不中意，觉得犹如是词中之娼妓，《人间词话》后面的内容，对周邦彦写景的词却是非常赞同的。

王国维治学三境界

 解成 ── 有执着的追求，登高望远，瞰察路径，明确目标与方向，了解事物的概貌。

出自晏殊《蝶恋花》

 第一种境界：昨夜西风凋碧树，独上高楼，望尽天涯路。

 原意

昨天夜里西风惨烈，凋零了绿树。我独自登上高楼，望尽那消失在天涯的道路。

 解成 ── 必须坚定不移，经过一番辛勤劳动，废寝忘食，孜孜以求，直至人瘦带宽也不后悔。

出自柳永《凤栖梧》

 第二种境界：衣带渐宽终不悔，为伊消得人憔悴。

 原意

眼看着衣带渐宽，我也绝不后悔，情愿天天想她，哪怕就这样消瘦下去。

 解成 ── 最后必须有专注的精神，反复追寻、研究，下足功夫，自然会豁然贯通，有所发现，有所发明。

出自辛弃疾《青玉案》

第三种境界：众里寻他千百度，蓦然回首，那人却在、灯火阑珊处。

原意

我在人群中寻找她千百回，猛然一回头，不经意间却在灯火零落之处发现了她。

在《文学小言》一文中，王国维又把这三境界说成"三种之阶级"。并说："未有不阅第一第二阶级而能遽跻第三阶级者，文学亦然，此有文学上之天才者，所以又需莫大之修养也。"

语妙不必代

　　词忌用替代字。美成《解语花》之"桂华流瓦"境界极妙。惜以"桂华"二字代"月"耳。梦窗以下，则用代字更多。其所以然者，非意不足，则语不妙也。盖意足则不暇代，语妙则不必代。此少游之"小楼连苑"、"绣毂雕鞍"所以为东坡所讥也。

　　宋俞文豹《吹剑三录》云："东坡问少游别后有何作？少游举'小楼连苑横空，下窥绣毂雕鞍骤。'坡曰：'十三个字只说得一个骑马楼前过'。"此事另见《花庵词选》和《历代诗余》卷五引曾慥《高斋诗话》："少游自会稽入都见东坡。东坡问……"

　　王国维反对在作词的时候，选用代替字。反对用"桂华"代替"月"，更反对秦观的"小楼连苑横空，下窥绣毂雕鞍骤"这句，连苏轼都讥笑秦观这句词，说他写了十三个字，不过就是写了一个人骑马楼前过而已。

　　王国维一向主张诗词有真情实感，并强调词要不隔为好，在词中用代替词，教人在理解中，还要在脑海里换算一次，削弱了对词意的直观感受。

水龙吟

秦观

　　小楼连苑横空，下窥绣毂雕鞍骤。朱帘半卷，单衣初试，
清明时候。破暖轻风，弄晴微雨，欲无还有。卖花声过尽，
斜阳院落，红成阵、飞鸳甃。

　　玉佩丁东别后。怅佳期、参差难又。名缰利锁，天还知道，

和天也瘦。花下重门，柳边深巷，不堪回首。念多情，但有
当时皓月，向人依旧。

对于王国维反对秦观词中的
代替字，我是深深赞同的。一读秦
观这首《水龙吟》，读第一句的时
候，突觉脑袋似乎变得如斗大，佶
屈聱牙的几个字下来，顿时堵得我
再读下去的兴趣全无，换上来的是
内心深深的自卑，立马觉得自己文
化知识没有学好，甚至连字都认不
完，还品什么词呢？

看到王国维也如此批评，心
中大快，是呀，不就是骑个马过个
街道而已，整这么复杂干什么？难
写难认，毫无美感，难不成觉得自
己字认得多，隔三岔五地要拿出来
晒晒不成？

使用代字，很多时候给人以
掉书袋之嫌，似有卖弄之意。

使用代字，也没有完全地表达出原本字的意思，也就自然造成读者理解上的误会。

代字的使用，既不能给人以具体的美感，也不生动形象，也阻碍作者表达真情实
感，故在文学中一向主张求真的王国维是反对用代字的。

"其所以然者，非意不足，则语不妙也。"就是说那些使用替代字的，如果不是
因为词人本身的思想感情不强，就是词人没有高超的语言技巧，所以要用替代字，故
弄玄虚。

我在读这一节时，很为王国维批评秦观的《水龙吟》中使用代字解恨，但是对于
有些词中使用代字，我又觉得似乎是原字比不上的。

此节王国维所举的第一个反面例子，美成即是周邦彦，周邦彦的《解语花》中的
"桂华流瓦"，恰恰是因为用了"桂华"代替"月"，反而境界才极妙。

解语花

周邦彦

风销焰蜡，露浥烘炉，花市光相射。桂华流瓦。纤云散，耿耿素娥欲下。衣裳淡雅。看楚女、纤腰一把。箫鼓喧、人影参差，满路飘香麝。

因念都城放夜。望千门如昼，嬉笑游冶。钿车罗帕。相逢处、自有暗尘随马。年光是也。唯只见、旧情衰谢。清漏移、飞盖归来，从舞休歌罢。

前句："风销焰蜡，露浥烘炉，花市光相射。"讲的的确是月下之闹市，灯火通明，人来人往如织，热闹的元宵之夜的场景。

但是后面紧接着的一句"桂华流瓦"，似乎所写的不仅仅是月亮的皎洁，更多的似乎在映射此时的月亮之美，已如婉转纤腰女子，乃是嫦娥之美，因为当时是元宵佳节，月亮是非常圆润的，而此时圆润的月亮恰似佳人，词人在后面就提到了"看楚女、纤腰一把"。

"桂华流瓦"不仅写出了月亮的皎洁，还写出了月色的香气，"华"乃是光华，而"桂"乃是香气，月宫中有桂花树，桂子飘香，洒向人间的皎皎月光，自然也是满含香气的。一片玉色之光，满带香气地流淌在这琉璃碧瓦之上。那么前面所写的元宵之热闹，不过是环境的一个铺垫，他真正要营造的是这样一个良辰佳节的浪漫气氛。

"桂华流瓦"写出月亮的色香兼备，还是为了下一个意境的铺垫。周邦彦要继续写月亮，他要把月亮中的仙子嫦娥，写得美轮美奂，超凡脱俗。

"纤云散，耿耿素娥欲下。衣裳淡雅。"纤云散，薄薄的云层消散，才渐渐看到月亮的真面目。月中仙子翩翩而至，一片朦胧月光正如她那淡雅衣裳。

所以前面写月色之香，实质是写嫦娥的香气，正是未见其人，先闻其香。待到云层消散，犹如女子揭去面纱，才渐渐地看到了月拥云簇之佳人的真面目。

如若将"桂华流瓦"以不能用替代字的原因换成"月华流瓦"，就生硬起来了，没有了这般如醉月色之仙境中的韵味。

不可滥用代字

沈伯时《乐府指迷》[1]云："说桃不可直说破桃，须用'红雨'、
'刘郎'等字。咏柳不可直说破柳，须用'章台'、'灞岸'等字。[2]"
若惟恐人不用代字者。果以是为工，则古今类书具在，又安用词为耶？
宜其为《提要》所讥也。

此节王国维的口气松
了，不可滥用代替字。

不可滥用，也就包含
了用的可能性，可用的合
理性。

此节提到，沈伯时《乐
府指迷》云："说桃不可
直说破桃，须用'红雨'、
'刘郎'等字。咏柳不可
直说破柳，须用'章台'、
'灞岸'等字。"

这本书说，桃要用"红
雨"、"刘郎"替代，说柳
树要用"章台"、"灞岸"
来替代。

真是榆木脑袋，即便
如何追求词的含蓄和内敛，

---

①《乐府指迷》，南宋沈义父撰，沈字伯时。
②《四库提要·集部·词曲类二》沈氏《乐府指迷》条："又谓说桃须用'红雨'、'刘郎'等字，
说柳须用'章台'、'灞岸'等字，说书须用'银钩'等字，说泪须用'玉箸'等字，说发须用'绛云'等字，
说簟须用'湘竹'等字，不可直说破。其意欲避鄙俗，而不知转成涂饰，亦非确论。"

也不至于如此迂腐。

"红雨"指的是桃花零落，一地花瓣，就像是下了一场"红雨"。不可完全替代桃花之态，万一是"桃之夭夭，灼灼其华"呢，岂不自相矛盾了啊？

"刘郎"是指刘郎上山砍柴，在路上饿了，就吃桃子，后来就遇到了仙女。这里把"刘郎"作为桃花之替代，也太武断了一点吧。

"章台"指的是长安章台街上一名姓柳的歌女，怎么通指柳树？

"灞岸"是长安灞桥，唐朝人送别之地，虽说是折柳送别，但是在古代，哪里送别又不是折柳呢？

所以《四库全书总目提要》批评沈伯时说："其意欲避鄙俗，而不知转成涂饰，亦非确论。"

"涂饰"就是为了追求与众不同，而故意装扮，反而把之前真实的美也破坏了。

就是说，这个一门心思追求含蓄，所谓的不可说破的人，其实是一个偏执狂，不同事物，用一些固定字词替代，就是涂饰、呆板、做作了，蠢笨之极。

美成词得荷之神理

　　美成《苏幕遮》词："叶上初阳干宿雨。水面清圆，一一风荷举。"此真能得荷之神理者。觉白石《念奴娇》、《惜红衣》二词，犹有隔雾看花之恨。

　　王国维曾说周邦彦的词乃是倡伎之作，完全比不上秦观之词，秦观的词乃是淑女之相。

　　而在此处就带着极强的欣赏之心，肯定了周邦彦写荷之语："真能得荷之神理。"

与前面称赞冯延巳的"细雨湿流光"所用的"能摄春草之魂"一样，是第二次这么发自肺腑地夸奖了。

苏幕遮

周邦彦

燎沈香，消溽暑，鸟雀呼晴，侵晓窥檐语。叶上初阳乾宿雨。水面清圆，一一风荷举。

故乡遥，何日去？家住吴门，久作长安旅。五月渔郎相忆否？小楫轻舟，梦入芙蓉浦。

仔细读周邦彦的词，虽说里面多是庸俗之男女情事，但是提到写景之语，真是叫人心里灵动，寥寥数语，捕捉风貌，达到传神之境。

周邦彦此首《苏幕遮》上阕第一句就有了勾魂摄魄之感了，"燎沈香，消溽暑"写出是夏天早上，这早却是非常之早的，基本上是属于天刚蒙蒙亮，没有透晴遍地。而紧接之句"鸟雀呼晴，侵晓窥檐语"就更见风致了，鸟雀在太阳还没有出来，就开始鸣叫了，好像是鸟儿在呼唤阳光的挥洒，在夏日清爽的早上，鸟叫声破晓入侵美梦，醒来之人似乎在偷听鸟儿在屋檐下的话语。

真乃悠闲若仙的早晨。

"叶上初阳乾宿雨。水面清圆，一一风荷举。"此句最是绝佳，对荷的描写好到有种登峰造极，后人再难超越之势。

"叶上初阳乾宿雨"这里是再一次的时间变幻，初出的太阳已经将昨夜滴在荷叶之上的雨渐渐晒干了。而词句中说的是"叶上初阳"，表明是荷叶上的初出太阳，虽说是太阳晒干了昨夜之雨水，但是描写的主体却是荷叶。

也就是说尽管太阳叫荷叶由湿变干，可是如果不是写荷叶的话，你这太阳是根本不会被牵扯进来了。

"水面清圆",为什么水面变得"清圆"了呢?"清",一可指池水之清澈,二可指荷叶经过一夜雨水洗涤之后,颜色变得清脆了。"圆"指的是荷叶长得茂盛长得喜人。

"一一风荷举"到这里才是写出了荷的精神。"一一"是指的这里荷之多,依旧写的是荷的茂盛,夏季正是荷香阵阵的时光。"风荷举"是荷在风中的姿态,一个"举"字便绝后人之续也。

"举"字含有力度,即便是在风中,也是健壮的。这健壮又是极其妩媚的,风之浮动,荷之轻舞,而雨后之荷,更见清新、飞动。一个"举"真乃荷之神也。荷之美,本就是超凡脱俗之美,经水而出,沐浴了水的灵气。微风轻拂荷叶,增添了媚态,可这媚态,也是有着大家闺秀之风范的,她艳而不妖,自有清秀之力。

周邦彦此首《苏幕遮》之精华也就到此结束了,下阕依旧是男女之相思情意了。因为最美丽的地方,已经叫人记住了,其他的都是多余的了。

而王国维为此句所做对比的则是姜夔的《念奴娇》与《惜红衣》。这两首均是写荷之词,并且全词写荷之言颇多,却只是得荷之貌,而无荷之神也,所以王国维说犹有隔雾看花之恨。

再读姜夔的《念奴娇》：

念奴娇

姜夔

闹红一舸，记来时，尝与鸳鸯为侣。三十六陂人未到，水佩风裳无数。翠叶吹凉，玉容销酒，更洒菰蒲雨。嫣然摇动，冷香飞上诗句。

日暮。青盖亭亭，情人不见，争忍凌波去。只恐舞衣寒易落，愁入西风南浦。高柳垂阴，老鱼吹浪，留我花间住。田田多少？几回沙际归路。

船舸过荷红。来时，惊起对对鸳鸯。人还未到，尚在荷叶中穿行，恰似穿上翠之衣裳。荷风吹来，酒冷则已，荷珠纷落如雨，坠入杯中。荷花嫣然之动，冷香叫人起了诗兴。

下阕："日暮。青盖亭亭，情人不见，争忍凌波去。只恐舞衣寒易落，愁入西风南浦。高柳垂阴，老鱼吹浪，留我花间住。田田多少？几回沙际归路。"主要写日暮，时间已晚。荷叶掩盖了情人归去的身影。这密密麻麻的荷叶也迷茫了我归家的路。

惜红衣

姜夔

簟枕邀凉，琴书换日，睡余无力。细洒冰泉，并刀破甘碧。墙头唤酒，谁问讯、城南诗客。岑寂。高柳晚蝉，说西风消息。

虹梁水陌，鱼浪吹香，红衣半狼藉。维舟试望，故国眇天北。可惜渚边沙外，不共美人游历。问甚时同赋，三十六陂秋色。

上阕："簟枕邀凉，琴书换日，睡余无力。细洒冰泉，并刀破甘碧。墙头唤酒，谁问讯、城南诗客。岑寂。高柳晚蝉，说西风消息。"依旧是借荷叶来写因相思而无心睡眠，等待锦书到来之迫切。

"虹梁水陌，鱼浪吹香，红衣半狼藉。维舟试望，故国眇天北。可惜渚边沙外，不共美人游历。问甚时同赋，三十六陂秋色。"下阕是怀念以前和情人一起游历荷塘之美好情景，好宽心自慰。

在姜夔的荷词里面，所写之句，均是满满带着自己的情感。个人的情感是主要的，而荷塘不过是事情发生、情感延续的背景，似嫌个人情感太多，抢了景物的自然风致。

而周邦彦《苏幕遮》里的荷，或许恰是因为周邦彦词里的格调不高，而导致在景物上描写更加惬意轻松，景物也就更加真实自然，更能摄其物之魂也。

和韵似原唱

东坡《水龙吟》咏杨花，和韵而似原唱。章质夫词，原唱而似和韵。才之不可强也如是！

一唱一和歌咏杨花，章质夫唱，苏轼和。"唱和"乃是一主角一配角。可是这开始标榜着的一唱一和，到词成之后，读词之感，就觉得苏轼乃是唱，和的是章质夫。

所以王国维说："才之不可强也如是！"就是说一个人要凭借自己的才华作词，不然一比较，高下明辨，这结局就丢人了。

谁叫自己在唱词的时候，遇到了一个比自己强的对手呢。

苏轼的词在艺术上远远高过章质夫的词。

光说理论总是干瘪的，我们还是先将两首词品读一番。

先看章质夫的《水龙吟·杨花》：

水龙吟·杨花

章楶

燕忙莺懒芳残，正堤上柳花飘坠。轻飞乱舞，点画菁林，全无才思。闲趁游丝，静临深院，日长门闭。傍珠帘散漫，垂垂欲下，依前被、风扶起。

兰帐玉人睡觉，怪春衣雪沾琼缀。绣床渐满，香球无数，

才圆却碎。时见蜂儿，仰粘轻粉，鱼吞池水。望章台路杳，
金鞍游荡，有盈盈泪。

上阕："燕忙莺懒芳残，正堤上柳花飘坠。轻飞乱舞，点画菁林，全无才思。闲趁游丝，静临深院，日长门闭。傍珠帘散漫，垂垂欲下，依前被、风扶起。"

燕儿忙碌，黄莺慵懒，芳菲残。堤上，一片杨花飘坠。轻飞扬，乱飘舞，好似尽兴不思般地在青林之中作画。这等闲情起游丝，静临幽深之院，等待的白日总是过长，门紧闭。只是这傍晚的门帘随风而起，风似乎感受到了等待的凄苦，当门帘垂垂欲下，风将扶起。上阕写景悠长，晃悠悠地拉出了愁情与苦思，有了这情景的酝酿，才有了这漫长等待之人。

下阕："兰帐玉人睡觉，怪春衣雪沾琼缀。绣床渐满，香球无数，才圆却碎。时见蜂儿，仰粘轻粉，鱼吞池水。望章台路杳，金鞍游荡，有盈盈泪。"

天色已晚，盖住这望眼欲穿的等待。兰帐之玉人辗转难眠，这春衣，这绸缎，真是叫人身寒得惊醒睡意。这满床之馨香，这满枕之绣物，这才圆却碎的香球。那时见蜂儿缠绵于花，鱼儿吞吐于水。再望章台之路，总是送别之景，马儿游荡，纵不归还。

下阕写的是等待之人，尽管已是晚上，却是因相思难眠。自己孤独凄冷，却怪起了这春天的衣服锦被之单薄，无法给人以温暖。于是想到白天所见蜂儿与花、鱼儿与水之恩爱场景，自己却是望断章台之路，只见离愁别恨，不见故人，盈盈粉泪寄相思。

章质夫的词，读到上阕写杨花之时，觉得在抓杨花随风飘洒之优美飘逸，写得非常传神。然而在读到后面表现人之思情的时候，便觉得力道不够了。后面的情感是平的，和前面的景物一样，只是供其观赏，好似杨花般飘扬，无法落到实处，无撼人心之句。写景有余，而抒情不足。

读苏轼的《水龙吟》对比：

水龙吟·次韵章质夫杨花词

苏轼

似花还似非花，也无人惜从教坠。抛家傍路，思量却是，无情有思。萦损柔肠，困酣娇眼，欲开还闭。梦随风万里，寻郎去处，又还被莺呼起。

不恨此花飞尽，恨西园落红难缀。晓来雨过，遗踪何在，一池萍碎。春色三分，二分尘土，一分流水。细看来，不是杨花，点点是离人泪。

上阕一开始就写杨花之姿。是花，却又不是花，细吟此句"似花还似非花"，无须细细体会句意，只是开头这肯定又否定之情态，就有了莫名之惆怅在里面。真乃景入而情至。

下一句："也无人惜从教坠。"如若是花，却也没有人去珍惜，只是仅凭着它孤零飘落了。

落在路边，随处依傍，本是无情之举，却又是费人思量。一句："抛家傍路，思量却是，无情有思。"将杨花之飘落写得缠缠绵绵，孤独中自伤自怜之态，叫人读之不忍，我见犹怜。

前面写风中之杨花，实为后面写妇人之迷眼。"萦损柔肠，困酣娇眼，欲开还闭。"那么柔肠俱损的妇人，脸在微风之吹拂下，杨花无意之依傍下，惊醒了她的睡眠，娇眼微张，想睁开，却好似还沉浸在梦中不愿意醒来呢。

后面一句就说明了妇人不愿意醒来的原因，"梦随风万里，寻郎去处，又还被莺呼起"。因为自己在梦中已经随着风追万里，去追寻心上人的去处，眼看就要找到了，却被这一阵阵的黄莺的鸣叫声生拉硬扯回来，一场团圆梦成空。

下阕："不恨此花飞尽，恨西园落红难缀。晓来雨过，遗踪何在，一池萍碎。春色三分，二分尘土，一分流水。细看来，不是杨花，点点是离人泪。"

眼看一场相思梦圆，可惜了。不怨恨无尽飞舞之杨花，只恨西园里却无落红。明明今晓雨过，却毫无落英缤纷。看这一池的翠萍碎。这三分春色，二分是尘土，一分是流水。再细细一看，这不是杨花飞舞，而是离人不忍分别的眼泪。

下阕虽写女子表面上不说怨恨，却是时时在怨恨。心中相思难熬，眼中春色尽消。这一片片飞舞之杨花，都被这伤心之人看成是离人的眼泪。真是眼中之景，皆是心中之恨，相思摧心肝。

情景交融，情融于景，景消于情，具有生气淋漓，畅达之美。

所以章质夫之词，虽说写得精细，却好似织布绣花般死板僵硬，而苏轼之词，行云流水，情感细腻自然，景从情中来，情在景中显，自然更胜一筹。

无一语道著

　　咏物之词，自以东坡《水龙吟》为最工，邦卿《双双燕》次之。白石《暗香》、《疏影》格调虽高，然无一语道著，视古人"江边一树垂垂发"等句何如耶？

　　上一节中，王国维就肯定了苏轼的《水龙吟》。在这一节，苏轼又受到了王国维的表扬。

　　在此节里，王国维说，在咏物词中，苏轼的《水龙吟》是最厉害的，史达祖的《双双燕》相比起来就差了一点点。而姜夔的《暗香》、《疏影》，虽说写得格调很高，但是却没有写出梅花的内涵。所以，王国维批评姜夔虽然文字写得好，但是全写飞了，没有写出梅花的感觉。这也难怪，王国维一向主张诗词要不隔的，要求词形象鲜明自然，那些遮遮掩掩的词，自然不能入他法眼了。

　　在此节里，王国维最后提到了让他颇为满意的一句诗，里面的迂回，好似在词里面失望了好久，终于在诗里扒拉出来，于是心满意足地说，姜夔，你学习学习杜甫同学所写的"江边一树垂垂发"吧。

先看看史达祖的《双双燕·咏燕》：

双双燕·咏燕

史达祖

　　过春社了，度帘幕中间，去年尘冷。差池欲往，试入旧
巢相并。还相雕梁藻井，又软语商量不定。飘然快拂花梢，
翠尾分开红影。

　　芳径，芹泥雨润。爱贴地争飞，竞夸轻俊。红楼归晚，
看足柳昏花暝。应自栖香正稳，便忘了、天涯芳信。愁损翠
黛双蛾，日日画阑独凭。

　　上阕："过春社了，度帘幕中间，去年尘冷。差池欲往，试入旧巢相并。还相雕
梁藻井，又软语商量不定。飘然快拂花梢，翠尾分开红影。"

　　春社之节已过，春暖花开，正是燕子回来之时。燕子来回穿梭于帘幕之间。去年
那寒冬的灰尘，还贴在屋檐之上。燕子好像就想到这旧巢里居住，却又飞到雕梁和藻
井。到底是住以前的家呢，还是选择新居呢，两只燕子吴侬软语般亲热地商量不定。
一会它们又拂过花梢轻快地飞去了，燕尾一剪便分开了花影。

　　上阕写燕子，实质是在写人，燕子双双寻觅住处的情景，描写得俏丽机智，活泼
生气。写燕子双双而栖，实是人眼中之恩爱。

下阕："芳径，芹泥雨润。爱贴地争飞，竞夸轻俊。红楼归晚，看足柳昏花暝。应自栖香正稳，便忘了、天涯芳信。愁损翠黛双娥，日日画阑独凭。"

一路芳香，春雨滋润泥土湿润。燕子贴着地，追逐着春色，显示自己轻巧俊秀的身姿。晚归红楼，这燕子看足了柳暗花明，双双依偎巢中，酣香入睡。它们呀，只顾自己畅享春色，却是忘记了天涯游子带给佳人的相思意呀。这佳人得不到讯息，每天愁眉不展，独自凭眺栏杆。

下阕写燕子甜蜜美满，实质是想反衬妇人相思之苦，或许也是看到燕子的甜蜜才觉得内心有所安慰，希望自己和情人也能像燕子般恩爱快活，安慰之余，却又勾起心伤。更何况，燕子都知道在春天归来，而自己所想之人不知何处。此词文字朴实，却是一文一字皆是燕子之神。并且以燕子为喻，寄予了人的美好情感。实乃佳作。

再看不太受王国维中意的姜夔的两首词：

暗香
姜夔

辛亥之冬，予载雪诣石湖。止既月，授简索句，且征新声，作此两曲。石湖把玩不已，使工妓肄习之，音节谐婉，乃名之曰暗香、疏影。

　　　　旧时月色，算几番照我，梅边吹笛？唤起玉人，不管清寒与攀摘。何逊而今渐老，都忘却、春风词笔。但怪得、竹外疏花，香冷入瑶席。

　　　　江国，正寂寂，叹寄与路遥，夜雪初积。翠尊易泣，红萼无言耿相忆。长记曾携手处，千树压、西湖寒碧。又片片吹尽也，几时见得？

　　开头便是看到月色，回忆往昔。这月色，也算是旧相识了，曾经多次地照在我的身上，我在梅树下幽幽吹笛。这回忆一开始，就有了失意之感。月光下，梅树边，吹笛排遣愁情。唤起身边的玉人，不顾冬日清寒一起去攀摘梅花。我已经像何逊那般老了。那么年少的无边才华，都已经渐渐忘却。而今天，这竹外梅花暗香，袭入瑶席，似在安慰我心。

　　下阕："江国，正寂寂，叹寄与路遥，夜雪初积。翠尊易泣，红萼无言耿相忆。长记曾携手处，千树压、西湖寒碧。又片片吹尽也，几时见得？"

　　江水一片寂寞，枝梅难寄相思意，这苍茫之路，又被夜雪埋没。路已苍茫，再添雪霜，更难寻你踪迹。翠杯满酒，红梅相对泪无言。记得我们曾经携手游历之处，已是红梅压千树，西湖若碧玉寒彻。风起吹落这片片梅花，不知几时再见梅之妖娆，不知几时能见相思人之若梅脸庞。

　　其实，读完这首词，再对比苏轼的景融情显的《水龙吟》，姜夔的《暗香》所咏的梅花，情太盛，似乎仅仅就是情感开放于枝头，对梅无生动精致之描写，沉迷于个人的低落情感之中，整首词像杯没有化开的白糖水，梅之暗香，在字里行间始终没有出现。

　　第二首《疏影》也是如此。

疏影

姜夔

　　　　苔枝缀玉，有翠禽小小，枝上同宿。客里相逢，篱角黄昏，无言自倚修竹。昭君不惯胡沙远，但暗忆、江南江北。想佩环、月夜归来，化作此花幽独。

　　　　犹记深宫旧事，那人正睡里，飞近蛾绿。莫似春风，不

管盈盈，早与安排金屋。还教一片随波去，又却怨玉龙哀曲。

等恁时、重觅幽香，已入小窗横幅。

上阕轻描淡写，好像这样才能给人疏影的感觉。长满青苔的梅树枝上，好似翠上缀玉。那小小的青鸟而立，梅树枝上双宿。记得那日黄昏与君相逢无言，独自倚靠修竹。昭君不习惯胡沙之远，暗自相思江南之春。佩环叮当，月夜归来，恰似一阵花之幽香。

下阕写深宫之中的寿阳公主春梦中，一片梅花落眉际，妆点公主无限风姿。莫似春风无情，毫不怜惜梅花之艳丽，依旧雨打风吹随波去，玉龙响哀曲。等到那个时候，再去寻找梅花之香，恐已入小窗横幅。

其实《暗香》、《疏影》都是惊梅之美，可是在姜夔所写之梅中，只有无限愁情，却无梅之风姿。

尽管他一再地描写梅之姿乃疏影，梅之味乃暗香，但是文字中尽是自己之失意迷茫，对梅的美没有写到，这是叫人读词生隔之意。

也就是说姜夔所写之梅，并没有写到梅的神。

和裴迪登蜀州东亭送客逢早梅相忆见寄

杜甫

东阁观梅动诗兴，还如何逊在扬州。

此时对雪遥相忆，送客逢春可自由。

幸不折来伤岁暮，若为看去乱乡愁。

江边一树垂垂发，朝夕催人自白头。

而此节末尾之句，杜甫的"江边一树垂垂发，朝夕催人自白头"虽无李白的"白发三千丈，缘愁似个长"般豪放，但此时一读便觉得神采飞扬。

江边之树，本就是有随风随水之萧索，垂垂发，那长长的树枝好似人的长发，树像人一样披头散发，可见树边之人心之落魄。落魄之人见此落魄之境，叫人顿生华发，其愁何堪。

如雾里看花

　　白石写景之作，如"二十四桥仍在，波心荡、冷月无声"、"数峰清苦，商略黄昏雨"、"高树晚蝉，说西风消息"，虽格韵高绝，然如雾里看花，终隔一层。梅溪、梦窗诸家写景之病，皆在一"隔"字。北宋风流，渡江遂绝。抑真有运会存乎其间耶？

　　读词似恋爱。

　　有些词读起来融融怡怡、情意绵绵、两相怜惜，很快就进入佳境、情投意合。

　　有些词读起来遮遮掩掩，好似有层薄薄的窗户纸，两人的情感，一窗之隔，有意却难诉，只落得个两相徘徊，意兴阑珊。

　　王国维对姜夔的词，总是颇有微词的。

　　王国维先是赞姜夔的词格韵高绝。

　　其实读词犹如品人。

姜夔的词读来，似有清风游走文字之中，徐徐而来，渐觉渐寒之冷意。

姜夔的词比起宋词中的莺莺燕燕之艳丽风，自然是更显格调的。

姜夔或许是一个慢性子的人，连忧伤都似乎是优雅的，永远踩着不慌不乱的步子，尽管内心有些哀怨，脸上却总是能平静微笑，这微笑若风过池塘，表面浅淡，里面蕴藏着波涛汹涌。

更或许，慢性子的人，似乎都是城府极深之辈，不喜形于色，连喜怒哀乐都似乎比别人的反应要迟钝些。

然而，词毕竟不能和人的性格相比，一个人的性格好坏，和艺术无关。一个人的性格不好，便可以置之不理。而词，以文字吸引人的心灵，若是云里雾里，其美不现，那么读词之人，也就渐渐地失去了对它的兴趣。

古来喜欢姜夔之人，恐怕喜欢的都是他词里的那一份若水般清朗、雅致的忧郁。

这似乎不是姜夔词的风格，更像是姜夔为人的性格。读他之词，想象其人之貌，恐怕乃是文质彬彬之书生，含蓄内敛略有清高，眉宇之间墨香四溢，这墨香并非就是指他的才华，而是一个读书人的浓浓书卷味。

这文字，便是他的气质。

一蹴而就的是文字，而他的真实意图，似总不好意思表白，藏在文字的下面，迂回婉转于五脏六腑之间，宁愿暗伤，也不能释放出来。

先品姜夔《扬州慢》：

扬州慢

姜夔

淮左名都，竹西佳处，解鞍少驻初程。过春风十里，尽荠麦青青。自胡马窥江去后，废池乔木，犹厌言兵。渐黄昏清角吹寒，都在空城。

杜郎俊赏，算而今、重到须惊。纵豆蔻词工，青楼梦好，难赋深情。二十四桥仍在，波心荡、冷月无声。念桥边红药，年年知为谁生？

解鞍下马稍停留，只为竹西亭好住处，那淮河东边的繁华之地——扬州。昔日十里春风扬州路，今日荠菜麦子草青青。只怪金兵进犯长江，荒废池院，砍伐乔木，至今都还讨厌说起旧日用兵。天色已晚，黄昏已到。画角吹起，凄凄清寒，这被抢劫一空了的扬州城。

若是有着杜牧的才华，在现在，也会吃惊扬州此时的贫瘠。即便是豆蔻精词，青楼好梦，也难以表达出美丽的情怀。昔日二十四桥仍在，江波浩荡，冷月无声。看这桥边一年又一年的红芍药，年年盛放，它又是为了谁而怒放呢？

这首词主要运用了今昔对比以及用典和拟人的手法。波心荡、冷月无声。上下结合，俯拾相看，一片凄凉。即使如此凄凉，词也没有激烈情感的爆发，最后只是淡淡地问："念桥边红药，年年知为谁生？"

不过，这句词爆发的情感还是不如那句"年年岁岁花相似，岁岁年年人不同"来得真切和猛烈。

点绛唇·丁未冬过吴松作

姜夔

燕雁无心，太湖西畔随云去。数峰清苦，商略黄昏雨。

第四桥边，拟共天随住。今何许？凭阑怀古，残柳参差舞。

北燕悠闲，随云散在太湖西畔。清苦之数峰，商量着黄昏之雨。那家住在第四桥边的贤士，我希望能和他同往。我已临其地，而今贤士安在？只能凭栏怀古，看着残柳随风起舞。

读此词，文里字里，似有了仙风道骨，还怀着悲天悯人的凄苦心境。

读此词，眼中出现的画面，仿佛有一只闲云野鹤飞过，自由之思想，无边之开阔，清风拂面般之忧愁。

这样的画面，是对词的整体感觉，并且觉得这样的感觉不是从字里行间出来的，读完之后就有这样的妙意。

读他的词，觉得好像有些感觉被他写到了，但是一思索，便又觉得很渺茫。

这样的感受似乎还是和词的气质有关。

词的气质，更多的是词人的风格。

我总觉得姜夔之词，取其中一句单打独斗，是很难胜出的，因为闲散之自然，便是他的风格。

他的词，往往靠的是文字随着自己的情绪心性信走而成的魅力，他并不在词句的精雕细琢中下功夫。犹如一个天才的钢琴家，他有着别人没有的天赋，天生就会，上天就单单为他塑造了这样一种气质。这气质造就了他写词的能力，他天生就会为词拼凑文字。

品完这两首词，加上前一则的《暗香》、《疏影》，觉得姜夔这个人不仅是个慢性子的人，还是一个作词在手法上比较懒的人。似乎懒得再寻找另外的修辞手法，他的词里面颇多地运用了拟人手法。

"二十四桥仍在，波心荡、冷月无声。"将"桥""冷月"都当作了人来写。"数峰清苦，商略黄昏雨"也是将山峰当作人来写。姜夔在写景的时候，似乎比他人更直接，他就将他所见之景比作他的情感，他是什么情感，如果景物有心情的话，这景物也是这心情了。

其他词人在写景的时候，总是更加注意渲染衬托，借景抒情，融情于景，表达得温存贴切，情景互为一体。

姜夔在他的词里，好像少了一个融的过程，就是文人往往是触景生情，他在作词的时候，好像把这个欣赏风景、排遣愁情的环节省去了。更多的时候，他专注的是他的内心世界，徘徊于自己的内心世界难以走出，所以他笔下的景物，他写得很直接，直接之外，还很大众，

比如梅花的特色，香，他就直接说是香，比如说此时他心情寂寥，他就说冷月无声，好似景只是一种客观存在，他的情绪才是景的外在。

尽管这个人在词中显现出的是以个人内心为主，很多人可能要以为姜夔是个情绪化的人了。可是他并不这样，我们前面说过了，也可以从词里读出来，这个人似乎是有一种高雅的怠慢，或许叫从容的忧愁。

不注重外在景物的特征，也就是一个词人缺乏对景物、对一草一木、春花秋月的敏感程度，那么尽管词里透着那么一股贵族气，但终究是难掩其拙的。

姜夔在借词表达自己，自我的感受对外在景物拿捏不准，情与景又不能很好地融合，总觉得读起来，好像一个怕人诟病却又急于求医的病人般，交流起来，遮遮掩掩，不够敞亮似的扭捏。正所谓："皮之不存，毛将焉附。"传情尚且不畅，写景必是不能传神了。

情不正，则景不真。

或许，王国维开篇的境界之说，强调作者要有真切之感受也是这个原因。

《人间词话》中的人物

王国维的评论关于人物的各个方面，语言精辟而独到，观点鲜明而深刻。体现出王国维对历代文人及其作品的深度了解和探究，也体现出他的文学观、美学观和意境观。

贬低讽刺的

"梅溪（史达祖）、梦窗（吴文英）、玉田（张炎）、草窗（周密）、西麓（陈允平）诸家，词虽不同，然同失之肤浅。"

这几人的词作，或多或少都有意境上的弊病和缺陷，如吴文英所作之词字面华丽、意象密集，词的意境扑朔迷离、诡异迷幻。而王国维追求的意境是真实的意境。

既贬又扬的

王国维把史达祖放在"失之肤浅"之列的第一位，可谓是贬。但又说"咏物之词，自以东坡《水龙吟·咏杨花》为最工，邦卿《双双燕》次之……"可谓是扬。

王国维对于姜夔，说道"白石《暗香》、《疏影》格调虽高，然无一语道着"，可谓是贬。但王国维又说"……王无功称，薛收赋'韵趣高奇，词义晦远。嵯峨萧瑟，真不可言'，词中惜少二种气象……惟白石略得一二耳"，是对姜夔创作风格的肯定与褒扬，可谓是扬。

史达祖　　姜夔

充分赞赏的

后主（李煜）

正中（冯延巳）

美成（周邦彦）

永叔（欧阳修）

少游（秦观）

"词之最工者，实推后主（李煜）、正中（冯延巳）、永叔（欧阳修）、少游（秦观）、美成（周邦彦），而前此温、韦，后此姜、吴，皆不与焉。"

这几人受到王国维的褒赞，主要原因是他们真正地把词与意境结合起来。另外，不喜用替字——使词矫揉。词作也正是王国维大为赞赏的"不隔"之作。

"隔"与"不隔"

　　问"隔"与"不隔"之别，曰：陶、谢之诗不隔，延年则稍隔已。东坡之诗不隔，山谷则稍隔矣。"池塘生春草"、"空梁落燕泥"等二句，妙处唯在不隔，词亦如是。即以一人一词论，如欧阳公《少年游》咏春草上半阕云："阑干十二独凭春，晴碧远连云。二月三月，千里万里，行色苦愁人"，语语都在眼前，便是不隔；至云："谢家池上，江淹浦畔"，则隔矣。白石《翠楼吟》："此地，宜有词仙，拥素云黄鹤，与君游戏。玉梯凝望久，叹芳草、萋萋千里"，便是不隔；至"酒祓清愁，花消英气"，则隔矣。然南宋词虽不隔处，比之前人，自有浅深厚薄之别。

　　"隔"与"不隔"，似乎更多的是叫人"懂"与"不懂"。

　　隔不隔，懂不懂。

　　"懂"字若更文艺一点，还可以将此字换作"明了"、"透彻"。

　　读一首词，手握书卷，心与魂却已被这些文字完全勾去，只是随着这文字的牵引，寻它去了。这便是词最美的地方了，或者又说得文艺点，这便是文字最大的魅力。

　　那么要达到这样一个效果，就要看编织文字的人能力几何了。

　　王国维此节评价了很多词人，对比了很多词人，统统将他们分成了两类，觉得他写得好的，分到"不隔"一类，写得叫自己不是很中意的，分到"隔"一类。

"隔"不是朦胧，朦胧是一种美丽的意境。

"隔"不是含蓄，含蓄是一种内在的谦虚。

"不隔"也不是毫无修饰的赤裸裸，毫无修饰，全身赤裸那是拙。

"不隔"也不是一眼望穿，表面纯洁如水，能一眼望穿的，或许藏着更多的险恶。

王国维在《人间词话》中，总是强调着词要"不隔"，那些"隔"了的，也总是叫王国维耿耿于怀地计较着，经常一节接一节地被点名批评。

那么，什么才是"不隔"呢？

王国维说：陶渊明、谢灵运的诗是不隔，颜延之的诗是隔。

苏轼的诗词是不隔的，黄庭坚的诗词读起来有隔的感觉。

登池上楼
谢灵运

潜虬媚幽姿，飞鸿响远音。

薄霄愧云浮，栖川怍渊沈。

进德智所拙，退耕力不任。

徇禄反穷海，卧疴对空林。

衾枕昧节候，褰开暂窥临。

倾耳聆波澜，举目眺岖嵚。

初景革绪风，新阳改故阴。

池塘生春草，园柳变鸣禽。

祁祁伤豳歌，萋萋感楚吟。

索居易永久，离群难处心，

持操岂独古，无闷征在今。

昔昔盐
薛道衡

垂柳覆金堤，蘼芜叶复齐。

水溢芙蓉沼，花飞桃李蹊。

采桑秦氏女，织锦窦家妻。

关山别荡子，风月守空闺。

恒敛千金笑，长垂双玉啼。

盘龙随镜隐，彩凤逐帷低。

飞魂同夜鹊，倦寝忆晨鸡。

暗牖悬蛛网，空梁落燕泥。

前年过代北，今岁往辽西。

一去无消息，那能惜马蹄？

"池塘生春草"，"空梁落燕泥"这两句，妙就妙在不隔。春草生于池塘之中，这本是一句极其自然的话，一种自然却欣喜于春天之来变化的情感扣于句中，天衣无缝。"空梁落燕泥"，梁上空空，空到一个何等程度，燕子窝里的泥都落了下来。"落燕泥"，连燕子都已经很久很久没有回过窝了，窝里的泥已经干裂，开始从空空之梁上脱落。从眼前之境，读者马上就可以知道这里已经很久无人居住，是荒芜颓废之地。

王国维"不隔"的标准，指的是通过景物描写生动地传达写词之人的情意。

王国维举例子到这里，似乎还未尽兴，拿出欧阳修的一首词，与姜夔的一首词，分别证明词的隔与不隔。

先看欧阳修的《少年游》：

少年游

欧阳修

    阑干十二独凭春，晴碧远连云。千里万里，二月三月，
行色苦愁人。

    谢家池上，江淹浦畔，吟魄与离魂。那堪疏雨滴黄昏。
更特地，忆王孙。

    这几句是全词中被王国维看重之语，全是不隔之语。"阑干十二独凭春，晴碧远
连云。"开头之景，暗含了观景之人。凭遍了这十二栏杆，却是自己一个人孤单眺望
春色。"晴碧远连云"这句恰是观景之人看到的景物。晴朗碧空，白云遍连。这样的

天气正是行人出行的好时候。所以读了后面的句子，前面写这晴空，是含着怨恨的。若是下雨了，便不是离别日了。登高之人，并非是为了和天空白云挨得更近，欣赏大自然，而是为了把这千里万里的路望得更远，希望能够望见一个自己期盼的归来之人。可望见这千里万里的路上，都是面带愁容的赶路之人，依旧是离别场景一幕幕重演。

上阕中表达的情感自然真切，一气呵成，为不隔。

下阕："谢家池上，江淹浦畔，吟魄与离魂。那堪疏雨滴黄昏。更特地，忆王孙。"到这里，王国维就觉得隔了，因为欧阳修运用了典故。

"谢家池上"是对谢灵运"池塘生春草"这一典故的运用。

"江淹浦畔"是江淹《别赋》"春草碧色，春水绿波，送君南浦，伤如之何"中的句子。

欧阳修在这里运用这两个人的句子，是用典的手法。用这两人的诗句来代写春草。

但是我觉得在欧阳修的用典之中，并没有运用明显的典故，借他人之情表自己之意，终究是转了一个弯，不如上阕直接表达自己更真诚，读起来有不自然、不和谐之感。

这便是王国维所说的"隔"。

再看又一次被王国维点了名的姜夔，这次王国维表扬了姜夔《翠楼吟》的下阕中的某些部分，我们一起来看：

翠楼吟
姜夔

月冷龙沙，尘清虎落，今年汉酺初赐。新翻胡部曲，听毡幕元戎歌吹。层楼高峙。看槛曲萦红，檐牙飞翠。人姝丽，粉香吹下，夜寒风细。

此地。宜有词仙，拥素云黄鹤，与君游戏。玉梯凝望久，叹芳草、萋萋千里。天涯情味。仗酒祓清愁，花消英气。西山外，晚来还卷，一帘秋霁。

下阕前面部分"此地。宜有词仙，拥素云黄鹤，与君游戏。玉梯凝望久，叹芳草、萋萋千里"都是不隔之句，到了"叹芳草、萋萋千里"与"仗酒祓清愁，花消英气"就隔了。

前面写此处有词仙悠闲地拥着青云黄鹤，这般的生活状态必定是作者所向往的，所向往的正是现实生活得不到的。于是站在这个地方，凝望许久，无法排遣忧思，只望见这无边际的萋萋芳草。此时写下这些句子的姜夔，似乎感觉到他的内心萌动起来，这些景物带着他的生命活了起来。

而后面紧接的一句"伫酒祓清愁，花消英气"，这句是紧接着"叹芳草、萋萋千里"的愁情而来。虽说酒祓清愁，可是毕竟前面就已生愁情了，怎生的后面愁情以莫名之酒来祓？后面之愁对前面之愁，毫无增强加厚之意，只生突兀之感。"花消英气"也不能对这样的愁情有着更深的衬托作用。

因为到这个时候，情绪不能肆意流淌，生出有隔之感。

所以，正是比较了众词人的"隔"与"不隔"，王国维在此节说南宋词浅薄，北宋词深厚。

文到这里，该如何理解王国维所说的"不隔"呢？

在我看来，不管词人用何种手法，用典、拟人等，这些都不会是"隔"的罪过。诗词之中，锤炼文字和运用方法是词人成文的工具，关键是词人的功底。不管他用什么方法，他只要将文字编织在一起，这经过他编织之后的文字，能够将情感最真实、自然、真诚地呈现在读者面前，叫读者读后如临其境，感同身受，便是"不隔"。

年命如朝露

　　"生年不满百，常怀千岁忧。昼短苦夜长，何不秉烛游"、"服食求神仙，多为药所误。不如饮美酒，被服纨与素"，写情如此，方为不隔。"采菊东篱下，悠然见南山。山气日夕佳，飞鸟相与还"、"天似穹庐，笼盖四野。天苍苍，野茫茫，风吹草低见牛羊"，写景如此，方为不隔。

　　不隔，乃是亲切自然，犹如和一个知心知底的人娓娓交谈，窗前茶香袅袅，窗外行云流水。

　　不隔，乃是直抒胸臆的脱口而出，直陈风物的潇洒率真，毫无矫揉造作、东施效颦之粗糙。

　　不隔，乃是至情至性，写人性之清新，咏情怀之真诚，沁人心脾。

　　在此节，王国维为我们找了不隔的写情写景的示范诗词。

　　写情第一首乃是《古诗十九首·生年不满百》：

古诗十九首·生年不满百

生年不满百，常怀千岁忧。

昼短苦夜长，何不秉烛游？

为乐当及时，何能待来兹。

愚者爱惜费，但为后世嗤。

仙人王子乔，难可与等期。

　　这首诗的意思是提倡享乐主义，在人生中要狂放一些，乐天一些。

　　诗在开头就讽刺那些"惜费"之人的蠢笨。

　　关于"惜费"在《诗经·唐风·山有枢》一诗中有所讽刺："子有衣裳，弗曳弗娄（穿裹着）；子有车马，弗驰弗驱。宛其死矣，他人是愉。"讽刺的是那些只知道收敛钱财，不知道享受生活的人，或许，收敛钱财便是他们生活中最快乐的享受。

"生年不满百，常怀千岁忧。"一个人活的时间不过百岁，但是担心的却是千岁的事情。那些在世间为自己收敛钱财还嫌不够，还要为子孙后代收敛钱财的人们，其实百年之后，你哪里知道你的子孙过得如何呢？再说了，给子孙大量的钱财就一定是好的吗？人生中的诸多快乐、诸多兴趣，若只是为钱迷了心窍，少了轻松自在，就无从怡然自得。

　　开头两句就强调一个人应该放掉人生中名利的包袱，要享受心灵之纯粹的快乐。

　　"昼短苦夜长，何不秉烛游？"前文中要享受快乐的主张已经提出，在这一句里，更突出人生要纵情欢乐，要享受欢乐。每一天、每一夜都不要放过。白天时间太短，何不夜晚也拿去享受快乐呢，夜晚总是睡去，相当于另一种死亡不是很可惜吗？何不拿着蜡烛，及时行乐？

　　"为乐当及时，何能待来兹。"纵情享受快乐应该趁着当时，哪里能够等待？等待过久，快乐心境终会被时间消磨。

　　"愚者爱惜费，但为后世嗤。仙人王子乔，难可与等期。"蠢笨之人才为金钱所困，常为后世之人嗤笑。追求长生不老，明知是不可能，你能够把握住的只是当下的时光。如果让你现在的时光变得有价值，那便是快乐。

古诗十九首·驱车上东门

驱车上东门，遥望郭北墓。

白杨何萧萧，松柏夹广路。

下有陈死人，杳杳即长暮。

潜寐黄泉下，千载永不寤。

浩浩阴阳移，年命如朝露。

人生忽如寄，寿无金石固。

万岁更相送，圣贤莫能度。

服食求神仙，多为药所误。

不如饮美酒，被服纨与素。

驱车出东门，回首遥望城北墓地成群。潇潇白杨，傍路松柏。人死犹如终不会醒的彻底沉睡。阴阳移转，人命如早上的露水，人生如寄宿旅店，不像金石般坚牢。万岁易度，圣贤只有精神不死。那些惧怕死亡、服食仙药的人，只能更早结束自己的生命。与其执迷不悟，还不如喝点好酒、穿些好衣服，享受眼前快乐。

其实，两首诗的意思，还是在强调以率真之心享受快乐的生活，这和王国维主张的"不隔"、自然地生活、自然地写作是一个原则。

写景之诗，王国维喜欢的是陶渊明："采菊东篱下，悠然见南山。山气日夕佳，飞鸟相与还。"读罢这几句，会有舒展之意。写诗如说话，极尽自然，自然却又是自己质朴的情怀，轻快怡然。

写景之二，王国维举的例子是《敕勒歌》。

敕勒歌

北朝斛律金乐府

敕勒川，阴川下。

天似穹庐，笼盖四野。

天苍苍，野茫茫，风吹草低见牛羊。

读来，境界开阔，读之，便觉得一切是之。"天苍苍，野茫茫，风吹草低见牛羊。"草原就是这样的，雄浑浪漫。

虽高意境弱

　　古今词人格调之高，无如白石。惜不于意境上用力，故觉无言外之味，弦外之响，终不能与于第一流之作者也。

　　王国维一直对姜夔是有遗憾的，所以他对姜夔的感情，好像面对一个有天赋却不争气的学生一样，总是时时留恋牵挂。他遗憾的是这个人的词格调虽高，却无意境。也就是说，他的词空有其壳，尽管外表长得好看，却内涵不足，终难成为一流的作品。

　　文字是窥见一个人心灵的窗口。

　　读姜夔的词，剥去他的清空，剥去他的灵巧，总觉得他的词后面，是一颗很难直面众人的心。他的心似乎总是压抑着，压抑的是他内心所有的可以值得倾诉的一切情感。

　　他的词里面，似乎那些惊心动魄的情感，他从不愿意在词里表达出来，像害怕伤害到自己自尊一样地藏着掖着。

　　这清高空灵的外表下面是极其敏感而脆弱的灵魂。

　　不愿意以自己的真面目示人，也不愿意在人前流露自己最真实的喜怒哀乐。如把自己表达得过于直白，就好像是揭了自己的底。姜夔，是一个十分害怕面对自己最真实境遇的人。

也许宋朝里没有比姜夔更无作为的词人。

文人以修身齐家治国平天下为己任，为仕为官，方显男儿作为。

姜夔一生也积极考取功名，但是每次考都是名落孙山。打击是一把沉重的榔头，在它的敲击下，姜夔的信心全都消失了，对于做官，出于自尊，他便彻底地放弃了。

做官无望，文人一生再难施展才能。

放弃了这一样，但是手中还可以握着另外的寄托。

哪怕像"奉旨填词"的柳永，厚着脸皮打着皇帝的旗号，流连于歌伎酒院，即便一生穷困潦倒，也总算是尽显风流。

姜夔是放不开。他从来就放不开自己，蚕茧般包裹着内心，流露在脸上的总是一丝苦楚的清笑。

姜夔是书香门第出身，这是他身上总有贵族气质的原因。而他少年丧父，生活上终生困顿，甚至有时候到了食宿有上顿便无下顿的境况。在他的放不开里，或许还有着骨子里因为贫寒而深深的自卑。

少年丧父，是自卑的开端，若是在仕途上顺利的话，也许还能开拓他的心境若莲花绽开，可是命运于他，是太不公平了。

面对坎坷，他是不能呼号的。他若呼号，便是丧家之犬，会连书香门第最后的一点尊严都消失殆尽。

他习惯了隐忍，顺应于命运的流变。他始终只是满不在乎的表情，以清心寡欲的态度去面对。

这样或许能够保护仅存的尊严。

轻描淡写始终难掩心头落魄，却也能以清高之品格、清冷之心肠来抵挡。

在他的词里，几乎没有提及自己的情感。他不若苏轼般情深意浓，亡妻十年，还要："十年生死两茫茫，不思量，自难忘。"

他的妻子，从来没有出现在他的词中，想必他的婚姻生活也是不如意，难有文人应得的红颜夜伴书灯旁的浪漫生活。

"酒祓清愁，花消英气。"或许更多的是姜夔的一个生活状态，抑郁往回，始终都不能解脱，艰难不如意，已经是他的宿命。

这样的生活状态，已是难有所求，更何况，老天爷从未给予过他些许美好。

于是，三十多岁时，诗人萧德藻将自己的侄女嫁给了他。

不知道生活上一筹莫展的他，怎会如此轻易地答应了这门亲事，难不成他对这位女子一见钟情吗？那为什么他的词中从来没有妻子存在过的痕迹，也看不出他婚后精神状态的改变？还是仅仅为了感谢朋友的好意呢？不得而知。

读起来轻快的也便是类似于这样的情词：

琵琶仙
姜夔

双桨来时，有人似、旧曲桃根桃叶。歌扇轻约飞花，蛾眉正奇绝。春渐远，汀洲自绿，更添了、几声啼鴂。十里扬州，三生杜牧，前事休说。

又还是、宫烛分烟，奈愁里匆匆换时节。都把一襟芳思，与空阶榆荚。千万缕、藏鸦细柳，为玉尊、起舞回雪。想见西出阳关，故人初别。

从词的意境来说，想必那是他少年时期最为幸福的事情了——在合肥偶遇两名善弹琵琶的歌伎，两姐妹陪他漫游湖山，何等惬意，但是也很快在人生之漫漫路途分道扬镳。

似乎他人生最难忘的快乐，便是如此。此后他还写过几十首回忆合肥的情词，比如《鹧鸪天》："肥水东流无尽期，当初不合种相思。梦中未比丹青见，暗里忽惊山鸟啼。春未绿，鬓先丝。人间别久不成悲。谁教岁岁红莲夜，两处沉吟各自知。"根据词的序言，乃是元旦记梦之作，词中还流露出爱已成空，徒为相思之遗憾。

但是他的遗憾便只是遗憾，姜夔的性格注定了他人生有诸多悲剧色彩。

他没有勇气承担爱的责任，连自己

都承担不起的人，只活在清高孤赏的模具里，难能嗅爱之幽香。

而据说他的《暗香》和《疏影》也是写给歌伎小红的。小红曾是范成大家里的歌伎，姜夔造访范成大之时，两人情投意合，范成大便将小红送与姜夔。

当时姜夔带着小红回家的时候，还写了一首《过垂虹》以秀恩爱："自琢新词韵最娇，小红低唱我吹箫；曲终过尽松陵路，回首烟波廿四桥。"

但是最终，姜夔一如既往的贫困生活，还是把他重燃的爱情之火摧毁了。他不愿意小红和他受苦，便把她嫁给有钱人。小红哭喊着"不愿意"的时候，他便跪地求饶说："求你了，让我把你卖掉吧，卖了你，我就有银子买米了。"言及至此，伤人之心恐到了哀莫大于心死了吧，小红无语，只得无奈离去。

人穷总是志短，他的意境总难有辛弃疾、苏轼般豪壮开阔，哪怕是学，也只是学到皮肉，难学到骨。辛弃疾曾写《永遇乐·千古江山》，姜夔特地也和了一首《永遇乐·云隔迷楼》。其中："数骑轻烟，一篙寒汐，千古空来也。"虽句意开阔，但总是文字流于表面，缺乏武将豪壮之胸襟。

一个人外表清高，却难掩骨子里的软弱无奈。所以在词中，他的低吟浅唱，恰似一首为自己生活境况如此窘迫的辩护词，也是一座为掩饰自己自认为的卑下所竖立的牌坊。

有性情境界

　　南宋词人，白石有格而无情，剑南[1]有气而乏韵。其堪与北宋人颉颃[2]者，唯一幼安[3]耳。近人祖南宋而祧北宋，以南宋之词可学，北宋不可学也。学南宋者，不祖白石，则祖梦窗，以白石、梦窗可学，幼安不可学也。学幼安者，率祖其粗犷、滑稽，以其粗犷、滑稽处可学，佳处不可学也。幼安之佳处，在有性情，有境界。即以气象论，亦有"横素波、干青云"[4]之概，宁后世龌龊小生所可拟耶？

　　王国维对姜夔，总是耿耿于怀的。

　　看得出来，他是欣赏姜夔词中的格调的，但是总是在很多小节里面流露出一种对姜夔词意境不开阔的遗憾。这种遗憾，似乎成了王国维一提到南宋词人便会复发的心病了。

①陆游，号放翁，南宋诗人，有《剑南诗稿》、《放翁词》。
②颉颃，不相上下。
③辛弃疾，字幼安，号稼轩，南宋词人。
④萧统《陶渊明集》序："横素波而傍流，干青云而直上。"

而南宋词人，跟这个南宋王朝一样，天生便发育不全，不是少了这样，就是少了那样。

陆游作为爱国诗人的代表，王国维对他也是失望的。他有的正是姜夔没有的，而姜夔没有的，正是陆游有的。

姜夔缺乏气概，情感吞吐于胸臆，却难达于词中，他好似一个压抑者，最擅长的事情就是憋着。

而陆游恰是一个憋不住的人，他太直白了，一根肠子通到底，执着坚持，一个理想便能支撑一生的虚无时光。

在世的时候，他最关心的就是国家的统一。《示儿》中临死还牵肠挂肚地说："王师北定中原日，家祭无忘告乃翁。"

这样一个强烈忠贞的爱国情怀，是他做任何事，说任何话，也是写任何词的一个准则。哪怕和唐婉的感情再是凄苦难忘，在自己不可动摇的政治理想面前，感情也不过是短暂的伤害。唐婉因此郁郁而终，而他依旧在有生之年忧国忧民。

一个情感太固执的人，也好像是不适合玩文字的。一颗被人一眼望穿的心，少去了猜哑谜般的情趣，那便没有了文学给人的乐趣。

陆游的词，王国维认为"有气而乏韵"。有男儿气概，有生生之气，有熠熠精神，但是却没有文辞之美。

一片真情直直呈现，毫无婉转回旋之意，没有幽渺深远，甜就甜到腻，咸就咸得再也不能吃下一口。

犹如没有屏障遮挡之公园，一个故事你才看开头便被告知了结尾、球赛才开始看就被告知了胜负，如此索然无味。

而南宋词人中，真正有性情有境界的，可以和北宋相抗衡的词人，王国维欣赏的唯有辛弃疾。

好一个辛弃疾。

他不仅是南宋的真词人，还是南宋的真丈夫。他曾经快马挥剑，冲入敌营，砍杀叛徒，切割叛徒之头，一切事情都完成在一个晚上，滴水不漏。

如此豪情，词中哪里还会缺乏性情之言。

此节到这里，王国维又说出了一个观点，就是现代人模仿南宋词很容易，初写词之人总是把南宋词作为祖本，而不愿意学习北宋之词。其实这里的原因就是南宋的词之美不过是格式文辞之美，这是很好模仿的，而北宋的词之美是气象境界之美，不易学。

王国维提出："学南宋者，不祖白石，则祖梦窗，以白石、梦窗可学，幼安不可学也。学幼安者，率祖其粗犷、滑稽，以其粗犷、滑稽处可学，佳处不可学也。"

王国维所认为容易学的，不过是匠心，也就是辞藻的华丽，用词用句的手法可以学习，但是真正的意境是学不出来的。

所以那些境界不明的作品，是极好模仿的，学它就等于遣词造句，是外在的拼凑。

而有个人鲜明之境界特色的作品，要模仿几乎是不可能的。它在世界上就是唯一的，也是特别的，更是不可东施效颦的。

北宋词属于后者，所以不好学；南宋词属于前者，所以好学。重格调、重工巧，犹如姜夔、吴文英的词，好学；重境界、重性情、犹如辛弃疾的词，不好学。

辛弃疾之胸襟气度不好学，而他又是一个气场极强之人，词中的豪气干云天。硬生生地去模仿辛弃疾的词，就好像要把自己硬生生地装扮成他人，真豪迈和干嚎是有天壤之别的，即便再像，也无其风流。

因为赝品就是赝品，难比肩真迹之光芒。

豪词之胸襟

东坡之词旷，稼轩之词豪。无二人之胸襟而学其词，犹东施之效捧心也。

唐宋流行之文体，特殊之格式，诗庄词媚，恰似如此。

诗的格式，读起来觉得有充足的阳刚之气。

词的格式，长短之句，紧搭慢连，好似说话有了节奏，便委婉起来，读起来觉得它是柔的、是媚的。

而宋词的格式，我觉得，正是成就苏东坡、辛弃疾之妙处。

格式是柔的，而苏东坡和辛弃疾的字是刚的。

太柔，则阴气深沉，久读之似处雨季，身泛霉味；太刚，则阳气太盛，亮光灼人，久读之似觉身处烈日，缺乏温存。

苏东坡和辛弃疾之词，正是文字和格式的完美结合，刚柔相济。

虽然都属于豪放派，但是两人的感觉又是迥然不同的。

苏东坡是乐天旷达的，有儒家入世之为官的责任感，却也有道家出世之被贬的逍遥心。

词之于苏轼，还不能完全地读出他的性格。

脍炙人口的《赤壁赋》，便是他内心挣扎而终得解脱的一脉血性之流动。

主客的问答，骈文多采用的手法，就是苏东坡与自我的对话。

客曰之问，也是被贬的苏东坡自己的问题："'月明星稀，乌鹊南飞。'此非曹孟德之诗乎？西望夏口，东望武昌。山川相缪，郁乎苍苍，此非孟德之困于周郎者乎？方其破荆州，下江陵，顺流而东也，舳舻千里，旌旗蔽空，酾酒临江，横槊赋诗，固一世之雄也，而今安在哉？况吾与子渔樵于江渚之上，侣鱼虾而友麋鹿。驾一叶之扁舟，举匏樽以相属，寄蜉蝣于天地，渺沧海之一粟。哀吾生之须臾，羡长江之无穷。挟飞仙以遨游，抱明月而长终。知不可乎骤得，托遗响于悲风。"功名难立，英雄易老，时光易改，正是所有入世之人的烦恼。

下面的回答甚是精彩，这才是豪迈旷达之东坡。

"逝者如斯，而未尝往也；盈虚者如彼，而卒莫消长也。盖将自其变者而观之，则天地曾不能以一瞬。自其不变者而观之，则物与我皆无尽也，而又何羡乎？且夫天地之间，物各有主。苟非吾之所有，虽一毫而莫取。惟江上之清风，与山间之明月。耳得之而为声，目遇之而成色。取之无禁，用之不竭，是造物者之无尽藏也，而吾与子之所共适。"

这里更多的是在讲庄子的审美哲学。人活着，对于万事万物其实都可以审美。生和死不过是你生命中必须经过的阶段，应平等待之，既是苟念于活，又何惧于死? 活，不管是如何境遇，其实在死之前来回忆，它都是属于你的特殊之经历，既是如此，应皆赏之，既皆赏之，也乃美之。

他对儒家的体悟似乎比孔子多了一份逍遥：小隐隐于野、中隐隐于市、大隐隐于朝。

陶渊明归隐于野，看起来更像是不负责任地逃。他的逍遥不是陶渊明归隐田园的闲情雅致和沾沾自喜，他的逍遥就是内心的自由。

无论是做官还是被贬乡野，他的心境都是自然清新的。

他对道家的感觉似乎又比庄子多了一份对社稷苍生的责任。"也无风雨也无晴"的他，每在朝廷要用他的时候，他又是鞠躬尽瘁，死而后已。

辛弃疾更多的是血气方刚的豪迈、英雄主义的浪漫。军旅生涯为他的词注入了太多因坎坷而生的感叹，一腔忠心耿耿却难尽忠于国的愤怒，以慷慨之悲歌来散尽心中之郁结。

如果说苏东坡的豪迈还带着丝丝娟秀的文气，那么辛弃疾的豪迈便是完全的踏踏实实的英武之气。

难得一个堂堂武将，在武艺高超的同时，也能用词来把自己的情感表达得如此真实自然。

如果说苏东坡的词充满了哲人的智慧，那么辛弃疾的词就是英雄的壮歌。

写词便是写自己。

性格在一方面自然凌驾于文采之上，却又造就了这不朽之清歌。

所以，王国维要说如若没有苏东坡和辛弃疾这样的胸襟，而去模仿他们，就是东施效颦，只增笑耳。

观雅量高致

读东坡、稼轩词，须观其雅量高致，有伯夷、柳下惠之风[1]。白石
虽似蝉蜕尘埃，然终不免局促辕下。

在王国维的眼中，姜夔总是一个对
比苏轼和辛弃疾的反面教材。

《人间词话·未刊手稿》第四十八
则："东坡之旷在神，白石之旷在貌。
白石如王衍口不言阿堵物，而暗中为营
三窟之计，此其所以可鄙也。"

读苏轼和辛弃疾的词，感受到的是
高尚的人格魅力。"雅量高致"指的是
高风亮节，德行弥满。

读苏轼，叫人心中愉悦，看透烦恼，
从而超脱，并且积极。

读辛弃疾,叫人热血沸腾，情之兴兴,
志之勃勃。

在《孟子·尽心下》中是这样说的：
"圣人，百世之师也，伯夷、柳下惠是也。
故闻伯夷之风者，顽夫廉，懦夫有立志；
闻柳下惠之风者，薄夫敦，鄙夫宽。奋乎百世之上，百世之下闻者莫不兴起也。非圣
人而能若是乎？而况于亲炙之者乎？"

这段话的意思是，经常和圣人接触，能够感受到圣人的高贵品质，断绝自身的缺点。

读二人之词，犹如受着高贵人格的影响。

姜夔的词，虽说也有脱俗之感，却无两人的高度，词中少了鲜明的人格魅力，所

①伯夷、柳下惠，古代高风亮节之典型，语出《孟子·尽心下》。

以总是处处低他们一等。

论起词中的格调，王国维曾经说过："古今词人格调之高无如白石，惜不于意境上用力。"

"格调"是指在词的写作中，文字运用得高雅脱俗。

"格调"是外在的文采，是可以弥补的。

王国维还说："有境自成高格。"那可见，格调之高，并非只有靠文辞高雅脱俗一条路。词只要境界一高，格调自然清新。

王国维《人间词话·未刊手稿》第四十八则："东坡之旷在神，白石之旷在貌。白石如王衍口不言阿堵物，而暗中为营三窟之计，此其所以可鄙也。"

这一未刊手稿中的批评似乎苛刻了些。两个人旷达高雅之格调，苏轼是骨子里的，而姜夔只是流于表面。姜夔之旷，就像西晋的那个空谈老庄而闻名的王衍，嘴上不言钱，而暗地里收藏钱财。

这种只重形式，只做表面功夫的词，叫人鄙视。

指责姜夔之词，只有表面之旷，仅仅在用词炼句上是高雅的。就像现在婚纱馆的化妆师们，将一个个其貌不扬之人，修饰成一种典型的婚纱美女。

表面的高贵并不能掩盖一切粗糙，所以艺术照，它再美，却是不自然的。

看久了，千篇一律的审美疲劳。

在《人间词话·未刊手稿》第四十九则也单独提到了姜夔："纷吾既有此内美兮，又重之以修能。"文字之事，于此二者，不可缺一。然词乃抒情之作，故尤重内美。无内美而但有修能，则白石耳。

"纷吾既有此内美兮，又重之以修能。"此乃《离骚》屈原之句。

"内美"和"修能"是文章的两个方面，"内美"是文辞高雅，"修能"是词的品性。可惜姜夔之词，似乎过分地重视了词的"内美"，而忽略了词最重要的是以情感取胜，词之真切，词之诚挚，才是真的境界。

所以格调高雅并不等于境界深邃、感情真挚，对比苏辛，姜夔自然终不免局促辕下。

同归于乡愿

苏、辛，词中之狂。白石犹不失为狷①。若梦窗、梅溪、玉田②、草窗③、西麓④辈，面目不同，同归于乡愿⑤而已。

王国维对词人的要求似乎比词本身更高。

宛若对工艺品的欣赏，除了手工之外，更欣赏的是他的原材料。

对于王国维来说，他最厌恶"金玉其外败絮其中"。

欣赏不过是一种纯粹的美的享受。

对于词的欣赏，他好像也是这样理解的，所以，在词的鉴赏中，他有一种另类的道德洁癖。

苏、辛之词是狂。

"狂"乃进取，"狂者"乃是积极进取的人。

苏、辛之词的豪放，平常之心读之，读后便会随着词中之意，内心波澜壮阔，杜甫的诗句"漫卷诗书喜欲狂"可以比拟之。

姜夔，犹不失为狷。

"狷"乃不为，"狷者"乃是有所为有所不为的人。

姜夔之词，清冷空绝，本就是以一颗消极之心，掩饰自己的内心。王国维对他多发惜其才华而哀其不争之言，他唯一喜欢的不过是白石的一句，在《人间词话》未刊

---

①《论语·子路》："狂者进取，狷者有所不为也。"

②张炎，字叔夏，号玉田，南宋词人。

③周密，字公谨，号草窗，南宋词人。

④陈允平，字君衡，号西麓，南宋词人。

⑤乡愿，语见《论语·阳货》，引申为见识简陋。

手稿第一则：

> 白石之词,余所最爱者,亦仅二语,曰:"淮南皓月冷千山,冥冥归去无人管。"

姜夔之词,总是隐藏得太深,为了这隐藏的心迹,外在文字异常的清雅高贵。

或许在说与不说之间,姜夔的选择是不为。

何须说得太清楚,他的一生反正都是如此的不如意。与苏轼、辛弃疾的有所成就不同,他在政治上本就是毫无作为,不说还好,说得太清楚,不正是叫人觉得牢骚太多,倒还惹人耻笑。

沉默也是保持自身尊严的一种方式。

不说,至少可以不为,至少格调是高的,艺术的完美可以安慰自己。

王国维对姜夔还有着自己所认为的可取之处,那对下面的词人,就很不客气了:"若梦窗、梅溪、玉田、草窗、西麓辈,面目不同,同归于乡愿而已。"

乡愿是指表面上过得去,实际上是虚伪的,一副唯唯诺诺,人云亦云毫无个性,毫无作为,骨子里的投机取巧态。

他们更多的像是生活在人群中的循规蹈矩者,学习到很多的生存法则,便觉得自己的所作所为好似天经地义一般无可争议。

他们无法在思想上取得进步与突破,生活于他们是原地打转。

《孟子·尽心下》:"万字曰:'一乡皆称原人焉,无所往而不为原人,孔子以为德之贼,何哉?'曰:'非之无举也,刺之无刺也,同乎流俗,合乎污世,居之似忠信,行之似廉洁,众皆悦之,自以为是,而不可与入尧舜之道,故曰"德之贼"也。'"

此句是说吴文英、史达祖、张

炎、周密、陈允平等人的词，没有自己的特色，不过就是一些平庸之辈。

这则也反映出王国维对于南宋词人的失望，尊北宋而抑南宋，吴文英、史达祖、张炎、周密、陈允平等人的词，在内容和形式上更多的是沿袭前人的东西，词的辉煌时代已现，在他们这里，已经很难再有突破，所以南宋之词也越来越显露出形式主义的东西。

王国维曾在《人间词话·未刊手稿》中说："社会上之习惯，杀许多之善人，文学上之习惯，杀许多之天才。"

从这里的话，可以找到他对南宋末之词人不满的线索。

词中，"狂"乃最佳，因有其个性，用词表达自我；"狷"虽说有所偏颇，但仍有其美；"乡愿"则是依人而立，虽是写词，却已经是泯然于词矣。

王国维推崇的词人

《人间词话》："词之最工者，实推后主、正中、永叔、少游、美成……""有篇有句，唯李后主降宋后之作，及永叔、子瞻、少游、美成、稼轩数人而已。"

李煜

问君能有几多愁，恰似一江春水向东流。

南唐最后一位国君。其亡国后词作含意深沉，在晚唐五代词中别树一帜。

冯延巳

谁道闲情抛掷久？每到春来，惆怅还依旧。

字正中，南唐词人。其词在继承花间词传统的基础上，又有突破和创新，多写闲情逸致，文人的气息很浓。

欧阳修

人生自是有情痴，此恨不关风与月。

字永叔，北宋文学家。在宋代词史上，欧阳修是主动向民歌学习的第一人，由此造就了其词清新明畅的艺术风格。

秦观

金风玉露一相逢，便胜却人间无数。

字少游，北宋词人。秦观一生坎坷，所写诗词，高古沉重，寄托身世，感人至深。

周邦彦

并刀如水，吴盐胜雪，纤指破新橙。

字美成，北宋著名词人。婉约词之集大成者，创出整饬字句的格律派之风，使婉约词在艺术上走向高峰。

苏轼

大江东去，浪淘尽，千古风流人物。

字子瞻，宋代文学家，宋代文学最高成就的代表。苏轼用自己的创作实践表明：词是无事不可写，无意不可入的。

辛弃疾

欲说还休，却道天凉好个秋。

号稼轩，南宋词人。爱国主义思想和战斗精神是其词的基本思想内容。词以豪放为主，风格沉雄豪迈又不乏细腻柔媚之处。

是别有人间

　　稼轩中秋饮酒达旦，用《天问》体作《木兰花慢》以送月，曰："可怜今夕月，向何处、去悠悠？是别有人间，那边才见，光景东头。"词人想象，直悟月轮绕地之理，与科学家密合，可谓神悟。

木兰花慢

辛弃疾

　　中秋饮酒将旦，客谓：前人诗词，有赋待月，无送月者。因用《天问》体赋。

　　可怜今夕月，向何处、去悠悠？是别有人间，那边才见，光景东头。是天外，空汗漫，但长风、浩浩送中秋。飞镜无根谁系？姮娥不嫁谁留？

　　谓经海底问无由，恍惚使人愁。怕万里长鲸，纵横触破，玉殿琼楼。虾蟆故堪浴水，问云何、玉兔解沉浮？若道都齐无恙，云何渐渐如钩？

　　王国维在《人间词话·附录》第二十九则说：南宋只爱稼轩一人。

对辛弃疾之爱，王国维几乎到了精细入微的地步。

在辛弃疾的《木兰花慢》中，王国维读到了合乎现代的科学原理。

"可怜今夕月，向何处、去悠悠？是别有人间，那边才见，光景东头。"诗句隐射的月球的转动和现代的月球绕地球转动的道理是一样的。

于是，王国维称辛弃疾此时的想法是"神悟"。

这里的悟，更多的是辛弃疾的直觉反应。正因为是直觉，所以王国维才觉得神了。

虽说这样的发现，它的发现者更应该是科学家才对。

似乎这样的发现对于辛弃疾之词在文学的造诣上，并无多大的补充之处。

但是对词人想象力的丰富不得不做出一个很高的评价。

真所谓心游万仞，辽阔精骛。

相比起南宋词的孱弱，辛弃疾真乃是英雄横空出世，刚拙自信的气质，在坎坷的仕途之中几经颠簸，仍难消其英雄之气。

"道男儿到死心如铁。看试手，补天裂。"

——《贺新郎·同父见和再用前韵》

"天下英雄谁敌手，曹刘。生子当如孙仲谋。"

——《满江红·江行简杨济翁周显先》

仕途屡屡失意，却不能掩盖这样一个时刻以故国家园为理想抱负的忠诚之心，以致被折磨得华发苍颜，却还是壮心不已。

少年沙场点兵，虎啸生风；中年仕海沉浮，消尽狂傲；老年仍不忘故国旧恨，乡村之剪影难消一生抱负，六十八岁含恨而死。

他雄豪壮大的志向直指词中的审美意象，向我们展示了一个苦闷忧患却强烈执着的铮铮英雄。

　　此乃性情之词，词之豪迈乃英雄壮心难已之难。

　　在《人间词话·未刊手稿》第十八则，王国维有："稼轩《贺新郎》词'送茂嘉十二弟'章法绝妙，且语语有境界，此能品而几于神者。"

　　何为神者？

　　超越了平庸，心忧天下，是别有人间。

周旨荡史意贪

　　周介存谓："梅溪词中，喜用'偷'字，足以定其品格。[①]"刘融斋谓："周旨荡而史意贪。"[②]此二语令人解颐[③]。

　　词若人节。

　　周邦彦之词在王国维的前面几则词语里曾被评为娼妓之词。

　　此则，又将史达祖和周邦彦相提及，二人的格调乃是一致。

　　史达祖相比起姜夔，又被归为"乡愿"一类，那么周邦彦也便归入此类了。

　　王国维认为词中亦有君子小人之说。

　　将"偷"、"荡"、"贪"筹词贬义以评两人之词，可见是认为史达祖和周邦彦的词不过是小人庸俗之词，格调不好，不管在音律、造句上再精妙，也不过是意旨卑下。

　　或许是存着对南宋词人的偏见，但更是以境界作为评析词的标准的。

　　在王国维的眼中，史达祖和周邦彦是算不得上流词人的。

　　周邦彦一生风流，词中未免男女之情过于艳浓。

　　而史达祖本是风承姜夔，文学史上算是姜夔词一派之羽翼。姜夔讲求词之清空，史达祖却极其讲求炼句，在咏物上极有成就，比如也被王国维所认定的《双双燕》，堪称绝唱。

　　但是，词至此，词人过分执着于句式雕琢，境界便不浑成了。

---

　　①梅溪句可参阅周济《介存斋论词杂著》。

　　②刘熙载《艺概》卷四《词曲概》："周美成律最精审。史邦卿句最警炼。然未得为君子之词者，周旨荡而史意贪也。"

　　③解颐，大笑，语见《汉书·匡衡传》。

水光云影远

　　介存谓：梦窗词之佳者，如："水光云影，摇荡绿波，抚玩无极，追寻已远。"余览《梦窗甲乙丙丁稿》中，实无足当此者。有之，其"隔江人在雨声中，晚风菰叶生愁怨"二语乎？

踏莎行
吴文英

　　润玉笼绡，檀樱倚扇。绣圈犹带脂香浅。榴心空叠舞裙红，艾枝应压愁鬟乱。

　　午梦千山，窗阴一箭。香瘢新褪红丝腕。隔江人在雨声中，晚风菰叶生愁怨。

　　"隔江人在雨声中，晚风菰叶生愁怨。"此句愁情几许，都散却风雨之中。

　　风雨之中，愁情难寄。

　　浑然的清丽，正所谓柔美的只能感受，伸手一触摸便随风而散。

　　这恐怕是吴文英最清秀的句子了。

　　周济说吴文英的词如："水光云影，摇荡绿波，抚玩无极，追寻已远。"指的是吴文英的词水光云影共徘徊，若绿波之摇荡，抚玩不足以启远，追求难达于隽永。

　　王国维同意他的观点，但是只针对一句"隔江人在雨声中，晚风菰叶生愁怨"表达同意的态度。

这句写景写情，情景交融，情感真挚自然，正符合王国维的不隔之说。

而吴文英之词，整体来看似乎走不出南宋词在遣词造句上的局限，太过于修饰以及想寻找新奇之感，依旧在境界上难有突破。

而在词中，王国维看重的是词的品行，外在的修饰再华丽，也不过是个绣花枕头。

遣词造句向来是词人的本事，如果在句子里没有埋下高雅的灵魂，那无疑是在用文字的华美来欺瞒读者。

吴文英写词之时信誓旦旦，力求自成一家，可是由于自身条件不足，论胸襟比不上辛弃疾，才情天赋比不上姜夔，他的词往往在艺术技巧上追求新奇。

他喜搭配文字，写池水用"腻涨红波"，写云彩是"倩霞艳棉"，写花容"腴红鲜丽"。

初读之，觉得有些新意之感，可是再读之，便觉得装得厉害，好像女人的妆化得太浓，脸上尽是脂粉，漂亮却是不真实的空，看起来虚无得厉害，这样的假只会叫人望而生畏，不敢对她生情。

他喜好写幻觉，他的词总是似幻似真。

比如："黄蜂频扑秋千索，有当时、纤手香凝。"（《风入松》）黄蜂扑秋千，是眼前之景，已亡之美人的纤纤细手曾经在这秋千上留下过香气。黄蜂扑秋千的原因恰似扑寻曾经美人之香。这里真实和虚幻结合，化虚幻为真实。

比如："渺空烟四远，是何年、青天坠长星。"（《八声甘州·陪庾幕诸公游灵岩》）这里是化真实为虚幻，将灵岩山比作是从青天陨落的长星。

他的词多用此手法，一首词似乎过多地强调了修辞，依旧是缺少性情之感，多阅之，颇有文人卖弄文采之感。

张炎在《词源》中就批评他的词："如七宝楼台，炫人眼目，拆碎下来，不成片段。"

张炎指责吴文英的词缺乏逻辑性和连贯性，在文辞上却有描绘过甚、堆砌晦涩、故作新奇之弊。

犹似用盛装来掩盖天生的缺陷。

盛装若是卸下，缺陷便暴露无遗。

无境界之词，如无情之人。

思佳客·赋半面女骷髅
吴文英

钗燕拢云睡起时，隔墙折得杏花枝。青春半面妆如画，细雨三更花又飞。

轻爱别，旧相知。断肠青冢几斜晖。断红一任风吹起，结习空时不点衣。

词中依旧是以幻为真的手法，将一具恐怖女骷髅写成妙龄绰约之少女。

尽管词中文字华丽漂亮，它没有蒲松龄作品里鬼妖与人谈情说爱的浪漫，除了此人对着一具骷髅尽情地遐想之外，也再无其他东西，想想也就是想想罢了。

这具盛装之女骷髅，用来形容吴文英之词风或许也是极其恰当的。

外表再美丽，不过是装点而已，内里干枯，已无动人之姿。

心事已迟暮

梦窗之词，吾得取其词中一语以评之，曰："映梦窗，零乱碧。"玉田之词，余得取其词中之一语以评之，曰："玉老田荒。"

秋思

吴文英

堆枕香鬟侧，骤夜声、偏称画屏秋色。风碎串珠，润侵歌板，愁压眉窄。动罗簟清商，寸心低诉叙怨抑。映梦窗，零乱碧。待涨绿春深，落花香泛，料有断红流处，暗题相忆。

欢酌。檐花细滴。送故人、粉黛重饰。漏侵琼瑟，丁东敲断，弄晴月白。怕一曲《霓裳》未终，催去骖凤翼。叹谢客、犹未识。漫瘦却东阳，灯前无梦到得。路隔重云雁北。

祝英台近

张炎

水痕深，花信足。寂寞汉南树。转首青荫，芳事顿如许。不知多少消魂，夜来风雨。犹梦到、断红流处。

最无据。长年息影空山。愁入庾郎句。玉老田荒，心事已迟暮。几回听得啼鹃，不如归去。终不似、旧时鹦鹉。

读这两首词，恰有宋词迟暮之感。

词中之懒散无思，空凭这华丽言辞撑着门面。

好似一艳妇衣着华丽，却已经是哀若心死，美得毫无生气，美得老气横秋。

王国维很是喜欢在作者的作品之中选取一句作为对此词人的评价，颇具戏谑之意味。

在吴文英的《秋思》之中，那句所取评论"映梦窗，凌乱碧"中，"梦窗"恰是吴文英，"凌乱碧"暗指吴文英的词风。

在张炎的《祝英台近》中，那句所取评论"玉老田荒"中，"玉"、"田"正是张炎，"老"和"荒"指的是张炎的词风。

表面上看，这种仅凭着一句词就全部归纳了词人之风的方法的确有些武断，但是从他们的词来看，却也是这么回事。

从他评词的"不隔"之说，吴文英和张炎之词都属于南宋之词，并且在前面早就归入了"乡愿"之类，就是说他们的词在文辞上雕琢过甚，在意境之开拓上浅薄，格调不耐人寻思。

并且从词之自北宋发展繁荣至南宋凋敝，南宋之词人，表面功夫上的技巧过甚，于是便掩盖了写词之人的真性情。

南宋正是皇室衰败之时，文人前途一片迷茫，吴文英之词，极尽梦幻朦胧，似乎也是自身心理无所去处的一种表现，无所去处，正如心不知所属，路不知往何之困惑。

这困惑，似乎是吴文英之词中思绪不清，无所表达之心源。所以说"凌乱碧"，虽是碧玉，却是凌乱无章。

张炎生活在时代变革之中。元废南宋，亡国之奴张炎昔日乃是贵公子，而今却是无家可归。

他的词先是追求奢华之风，宋灭之后渐渐变得凄楚怨暮，流露出不尽的亡国之思。

即便如此，他的词之悲难超李后主之博大，他的词之豪不及辛弃疾半分，他的词之幽又难过李清照之余音，他的词之丽难胜柳永之清唱。

张炎始终没能在一个夕阳落尽的故国尾声，再为宋词开创出一个新的状貌，终是随着滚滚之时光涌流而"玉老田荒"。

夜深千帐灯

　　"明月照积雪"、"大江流日夜"、"中天悬明月"、"长河落日圆"，此种境界，可谓千古壮观。求之于词，唯纳兰容若塞上之作，如《长相思》之"夜深千帐灯"，《如梦令》之"万帐穹庐人醉，星影摇摇欲坠"差近之。

　　南宋摧枯拉朽般地倒塌，将词之命数也一并掩埋其中。那些惊心动魄的充满了才华的句子，掩埋之后就再难有人重现它的光芒，它的美丽渐渐地退隐到历史之中，在漫长时光中被世人记挂，想念这深刻的璀璨恰如烟花一瞬。

　　在黄沙尘土之中掩埋许久，直到清代词人纳兰容若的豪笔一挥，才将它从多年的沉寂之中唤醒，词在文学史中，再一次有了美丽如初的容颜。

　　王国维在《人间词话·未刊手稿》中说："境界为本也。气质、格律神韵，末也。有境界，而三者随之矣。"

岁暮

谢灵运

殷忧不能寐，苦此夜难颓。

明月照积雪，朔风劲且哀。

运往无淹物，年逝觉已催。

暂使下都夜发新林至京邑赠西府同僚

谢朓

大江流日夜，客心悲未央。

徒念关山近，终知反路长。

秋河曙耿耿，寒渚夜苍苍。

引领见京室，宫雉正相望。

金波丽鳷鹊，玉绳低建章。

驱车鼎门外，思见昭丘阳。

驰晖不可接，何况隔两乡。

风云有鸟路，江汉限无梁。

常恐鹰隼击，时菊委严霜。

寄言蹑罗者，寥廓已高翔。

使至塞上

王维

单车欲问边，属国过居延。

征蓬出汉塞，归雁入胡天。

大漠孤烟直，长河落日圆。

萧关逢候骑，都护在燕然。

"明月照积雪"、"大江流日夜"、"中天悬明月"、"黄河落日圆"，这些境界都是千古之奇观，壮阔浑然，若不是有着真切之体会，下笔难有此感慨。

长相思

纳兰性德

山一程，水一程。身向榆关那畔行，夜深千帐灯。

风一更，雪一更。聒碎乡心梦不成，故园无此声。

如梦令

纳兰性德

万帐穹庐人醉，星影摇摇欲坠。归梦隔狼河，又被河声
搅碎。还睡，还睡。解道醒来无味。

若在词中比较，只有纳兰容若的《长相思》之"夜深千帐灯"，《如梦令》之"万帐穹庐人醉，星影摇摇欲坠"两句。

读纳兰容若所作的《长相思》，觉得景象沧远，四野茫茫之心，却又流露着一丝婉转。

"山一程，水一程。身向榆关那畔行，夜深千帐灯。"山水之程已是路途遥遥，行迹千里。夜色深深，这千帐之灯在穹庐之下又是何等的壮观美丽。帐内之温暖，夜色之融融，在行路之人看来温情脉脉，但又有着怎样的酸楚。

"风一更，雪一更。聒碎乡心梦不成，故园无此声。"风雪相交，思念家乡连梦都不成，原本以为睡着了可以梦到故园得此安慰，可是现实太沉重，难入梦。若在故园哪里会有这样的声音？

读到纳兰容若之词，才觉得还原了词本来的清秀之貌，终于卸去了那些庸脂俗粉，看之爽心，阅之可口。

妆饰自然，修饰到位，那才是有品位的，也叫人心情愉快。

再读此则里提到的纳兰容若的第二首词《如梦令》："万帐穹庐人醉，星影摇摇欲坠。"万里帐篷都立在苍穹之下，浩浩一片，晚上饮酒放歌人已醉。如果真有在这草原躺过之经历，你会觉得星星离自己非常近，仿佛触手可及。

微醺之人，躺在这草原之上，习习凉风拂过脸庞，仰望星空，本就是醉眼惺忪，这天空之星，在眼中摇晃，仿佛就要坠落下来。这句的感觉非常好，星影摇摇，如梦似幻，朦朦胧胧，何等的诗意之情才能点燃这真实的浪漫。这样的浪漫，岂是现实之中点一蜡烛，送一打玫瑰可比及半分。

开头句子笔力强健飘逸，下面也就渐渐转入婉转。"归梦隔狼河，又被河声搅碎。还睡，还睡。解道醒来无味。"酒酣兴尽入睡，本想可以如梦归乡，可是晚上河水之淙淙声叫人从梦中惊醒。

醒来之后，一切暂时麻醉的东西都失去了效用，回到现实环境更加哀愁，强迫入睡，明日醒来之后又不知是何心情了。

　　我自己也有这样的感受，晚上怀着心事总是睡不好的，勉强入睡之后，本以为会忘记忧愁，可是一醒来，绝望也便随着眼睛睁开。

　　河水之声搅乱了归乡之梦。只能勉强入睡，可是醒来一切都似乎没有了味道。

　　后面的婉约之笔，可谓细腻动人。

　　感情抑郁蕴藉，词中悲壮却处处含有委婉之约，有苏轼之遗风，纳兰容若自然能入王国维之法眼。

尽在自然中

纳兰容若以自然之眼观物，以自然之舌言情。此由初入中原，未染汉人风气，故能真切如此。北宋以来，一人而已。

隐隐潺潺之心灵审美，如何才能够品其真谛？

美似乎很多，大千世界，欲海沉浮，在你喘气的时候，一片翠叶之新绿会叫你觉得这个世界美得如此真诚。

满怀欲望，所见尽是眼中之名利，自我内心的满足和失落，它不是美。

原本质朴自然之美，抛于利欲熏心之后，迷失也是自己的原因，一点都怪不得他人，惩罚来自于你的内心不宁。

纳兰容若的词，王国维说："以自然之眼观物，以自然之舌言情。"

眼睛没有遭受到污染，不矫饰做作，这是自然纯真之眼，所见便是人间自然之物。

舌头没有遭受规范，不听命于他人，这是自然纯真之舌，所言便是人间自然之真情。

感自己之感，言自己之言，不受外界潮流时政的限制，才能以所见之真，所感之实，所言之诚，撼其人心，去他人虚假之气，召回他人真实之心。

真实的美，往往具有教化人性、净化人心之作用。

"以自然之眼观物，以自然之舌言情"和"赤子之心"其实是如出一辙的。

有赤子之心，便会生自然之眼，长自然之舌。

"此由初入中原，未染汉人风气，故能真切如此。"此则此句，还强调了纳兰容若词之成功的第二个原因，他没有受到他人影响，他的自然完全是他自己的。

北宋南宋，时光纷飞流转，文人在国势如西天之日渐趋渐弱，他们的性子也渐渐随着词的柔媚，真情实感深藏内心，难言于口，故作无病之呻吟，词中虚伪之文辞争比华美。

词之到南宋灭亡，随着这帝国消尽最后一口气的同时，也便哀哀绝矣。

为何至清代才出一个纳兰容若将词再次发扬？

王国维所幸的是，纳兰容若并没有受到南宋词之不良风气之熏染。

清代的纳兰容若，他的眼从未受到过暮气沉沉之熏染，才有这颗自然之清新的赤子之心。

王国维还说过："政治家之眼，域于一人一事。诗人之眼，则通古今而观之。词人观物，须用诗人之眼，不可用政治家之眼。故感事、怀古之作，当与寿词同为词家所禁也。"

其实这里还是在强调词人身份的纯粹性。

词人在生活之中可以有很多身份，从政、从商、从学都是他们谋生的选择，但是词人在作词的时候，必须以诗人之眼，其他的身份都应该消失殆尽，这样写出的作品才不会受到人间世俗的熏染，才能断绝人间的烟火气，才有真挚的性情，以保持美的纯粹性。

对纳兰容若自然之说法，真情感人，也和隔与不隔是一个原则。也无怪乎，王国维欣赏"天苍苍，野茫茫，风吹草低见牛羊"的自然景观之率性了。

词不易于诗

　　陆放翁跋《花间集》，谓："唐季五代，诗愈卑，而倚声者辄简古可爱。能此不能彼，未易以理推也。"《提要》驳之，谓："犹能举七十斤者，举百斤则蹶，举五十斤则运掉自如。"其言甚辨。然谓词必易于诗，余未敢信。善乎陈卧子之言曰："宋人不知诗而强作诗，故终宋之世无诗。然其欢愉愁怨之致，动于中而不能抑者，类发于诗余，故其所造独工。"五代词之所以独胜，亦以此也。

　　记得有人说过："词乃诗之余也。"意思是诗写剩下的东西，便是词。

　　我虽在一定程度上认同这句话，但是也认为词当中的"余"也是诗所不能写出的东西。

　　陆游认为由诗及词，诗愈卑，词愈简古可爱，但是对于为什么词在诗卑之时，为什么词简古可爱，词渐渐取代了诗的地位，他也不知道为什么。

　　对于词取代诗，陆游也是只知道结果而不知道原因。

　　《四库提要》说："文体有高卑。能词不能诗的人乃是学历不足。"

　　这里是尊诗卑词。

　　王国维说，他不相信写词便是比写诗要容易得多。

　　王国维还找出陈子龙的观点佐证，陈子龙认为词乃是有情而发。由情而生，似乎对于任何一种文体的更替都是说得过去的。

　　情需诗发而诗兴，情需词发则词兴，情需曲发则曲兴。

　　王国维在《〈宋元戏曲史〉自序》中说："凡一代有一代之文学。"

诗庄词媚，也和唐朝的强大以及宋朝的孱弱对文人之影响有着关系。文学好像是潮流一样，随着时代变化，但是文学并非就如同时装一样会过时。

只是，这个时代当时最容易受到大家接受，并且用来表情达意最合适的文体，便成了当时的主流文学。

文体之不过时，比如纳兰容若在词沉寂两个朝代之后，又将词的风华兴盛了起来。比如我们现在还能欣赏汤显祖所写的昆曲《牡丹亭》，体会："情不知所起，一往而深，生者可以死，死者可以生。"

均是有情而发，恰如读之也是因情而需。

文体之变化，也是情感匮乏、才思枯尽之后，于是另外一种文体迅速地成了表情达意的新载体。

难以出新意

四言敝而有《楚辞》,《楚辞》敝而有五言,五言敝而有七言,古诗敝而有律绝,律绝敝而有词。盖文体通行既久,染指遂多,自成习套。豪杰之士,亦难于其中自出新意,故遁而作他体,以自解脱。一切文体所以始盛终衰者,皆由于此。故谓文学后不如前,余未敢信。但就一体论,则此说固无以易也。

任何一个朝代均是由繁盛到凋敝。

任何一个人也是由年轻之芳华走向垂垂之华发。

任何一种文体也是由盛到衰。

文学史的流变和任何一本有关自然进化的生物书中的原理是一样的。

"四言敝而有《楚辞》,《楚辞》敝而有五言,五言敝而有七言,古诗敝而有律绝,律绝敝而有词。"

一种文体凋敝之后,这个时代总会出现另外新的文体,成为人们书写的载体。

一种文体通行很久之后,犹如一条路从狭窄渐渐走得宽阔。宽阔之后的路,也便吸引得更多的人来行走,最终这条宽阔的路,在众人的拥挤中,也渐渐变得不堪重负,这条路也就堵成了烂路。

烂路之上,那些才情孱弱之人,依旧沿袭旧法,套习旧文,最后在这条路上走到尽头。

而那些才情极高之人,另辟蹊径,追寻新的表达方式,渐渐地就形成了新的文体,又有了一条新路可以去追寻。

繁生致死,死后又重生。

文学之进化，总是由真诚质朴到趋工趋巧。当某一文体中，主流表达已经成为雕刻之词，乏其真诚时，这便是一个文体消失之时。

　　文学之进化，总是受到时代之影响。时代的变幻，同时也对人的性格起到一定塑造作用，受到愈多人接受的东西，也是这个时代最重的东西，也是文学最深刻反映的东西。

　　时代、技巧，这些都是外在的东西，文学总是选择它得心应手的载体。

　　但是也有时代之天才，不拘泥于外在的束缚，运用旧文体仍能叱咤风云。

如观佳山水

诗之三百篇、十九首，词之五代、北宋，皆无题也。非无题也，诗词中之意，不能以题尽之也。自《花庵》①、《草堂》②每调立题，并古人无题之词亦为之作题。如观一幅佳山水，而即曰此某山某河，可乎？诗有题而诗亡，词有题而词亡，然中材之士，鲜能知此而自振拔者矣。

文若稚子之眼，若水般干净清爽。

文若赤子之心，若火般炽烈真诚。

稚子之眼，赤子之心，都是成字行文的基本，只有具备了这两项，你的文字才会自然如栩。

文字之美，这些还是其本。而其质，往往在于文字的张力。

要想文字的张力越大，需释放其力量，尽其本真。

犹如孩子一样，想要他越真实自然、活泼可爱，就越不能过于严加束缚，否则只会成为教条的牺牲品。

王国维在此则中强调诗词之无题的说法，提出："诗有题而诗亡，词有题而词亡。"

说到题目，似乎是一个仁者见仁智者见智的话题。

题目使得文字更具有中心，也更有主题。

①黄升，号玉林，又号花庵词客，南宋词人，编《花庵词选》，共二十卷。

②《草堂诗余》，词集，原编二卷，今传本前后二集，各二卷，题何士信编集，以宋人词为主，间有唐、五代作品。

若是所有文字在形成之前，便在题目的暗示下一一归位，那么题目便成了文字的枷锁。

文字的灵气便被题目所束缚。

犹如一个范围，被题目所限定了的文字，它的魅力似乎总局限在某一处。

比如李白的《赠汪伦》："李白乘舟将欲行，忽闻岸上踏歌声。桃花潭水深千尺，不及汪伦送我情。"

这首诗理解起来再容易不过了，而整首诗歌的情感也就局限在这里。

读这首诗，除了明白了汪伦对李白的深情厚谊之外，便什么感悟也没有了。

其实那些直白、浅露的诗词，固定上题目之后，写起来是非常方便的。

但诗词有了固定的题目之后，在立意、意境的开拓上就没有大的审美效果了。

严羽在《沧浪诗话》里就说过："盛唐诸公，唯在兴趣，羚羊挂角，无迹可求。故其妙处，透彻玲珑，不可凑泊，如空中之音，相中之色，水中之月，镜中之象，言有尽而意无穷。"

言有尽而意无穷，这不是一个题目可以归纳概括的。

言有尽而意无穷，恐怕也不是一个题目可以归纳概括的。

诗词的意境，往往也是"一千个观众眼中有一千个哈姆雷特"，更多的是读者自己感受到的意境，如果仅仅是局限于一个题目，那么不仅会局限于作者创作的发挥，束缚作者的思路和想象力，还会束缚读者读到文字后的想象力。

题目不仅会影响作者的创作，更会影响读者的欣赏程度。有了题目，犹如给马套上了缰绳，你还未在文字里任意驰骋，就被指明了奔跑的方向。

犹如你在欣赏一幅山水画，在为其中的意境深深陶醉之时，一人突然得意扬扬地告诉你："你知道吗？我画的是桂林山水甲天下啊。"

你本在意境之中，这意境或许不是绘画的原型"桂林山水"所给你的，你也仅仅就是被这幅画打动了，于是才深深沉醉。

可这个时候你的沉醉，被他人粗暴地打上烙印，你沉醉的就是"桂林山水"。如果你的沉醉和那个所谓的"桂林山水"扯上了关系，你顿时会觉得索然无味。

王国维与《宋元戏曲史》

王国维在完成《人间词话》之后，即将主要精力投身于戏曲资料的收集、考订、论述之中，并最终于1912年完成戏曲研究的标志性著作《宋元戏曲史》。《宋元戏曲史》的问世，标志着中国古代戏曲史的研究成为一门独立的学科。

"凡一代有一代之文学：楚之骚、汉之赋、六代之骈语、唐之诗、宋之词、元之曲，皆所谓一代之文学，而后世莫能继焉者也。"

——王国维

· 王国维主张上古的巫祝、春秋时期的俳优、北齐时期的《代面》《踏摇娘》等分别为戏剧的形成提供了歌舞因素、语言动作、故事情节等成分，构成古代戏剧的源头。

· 王国维对从上古到宋元戏曲由萌芽到成熟的发展过程作了详尽的考察，称赞元曲为中国戏曲发展的高峰，指出元曲之妙在其文章，其文章之妙则在有意境。

"王国维的《宋元戏曲史》和鲁迅的《中国小说史略》，毫无疑问，是中国文艺史研究上的双璧。不仅是拓荒的工作，前无古人，而且是权威的成就，一直领导着百万的后学。"

——郭沫若

现代文学家、历史学家、新诗奠基人之一——郭沫若

王国维的戏曲研究不仅延续着此前的词学研究的流脉，而且因为词与曲两种文体在体性上的彼此相关和时间上的前后承传，戏曲研究中的词学因素也是值得关注的。换言之，《国粹时报》本、《盛京时报》本《人间词话》与介于其间的《宋元戏曲史》，在学理上有着彼此依存的关系。

见真知者深

大家之作，其言情也必沁人心脾，其写景也必豁人耳目。其辞脱口而出，无矫揉装束之态。以其所见者真，所知者深也。诗词皆然。持此以衡古今之作者，可无大误也。

杜十娘爱上了李甲，以身相托。

孙富对李甲说："此乃真情，不可相负。"

任何一个读者的感受恐怕都和孙富一样，因为此乃真情，不可相负。

其实，这里还是提到了一个真情实意的问题。

孙富对浪荡子李甲的劝告，我们对杜十娘悲惨命运的同情，都出自于一个事实，那就是杜十娘对李甲的真情。

不管真情实意身后的那个人是谁，是端庄的大家闺秀，还是人所不齿的青楼妓女，只要是动了真情都一样能够打动他人。

此乃真情，不可相负。

能让我们动心，并且认可的，只有真情。

此则，王国维说："大家之作，其言情也必沁人心脾，其写景也必豁人耳目。其辞脱口而出，无矫揉装束之态。以其所见者真，所知者深也。"

好的作品，写感情一定沁人心脾，写风景一定豁人耳目。文辞都是脱口而出，毫无矫揉造作的感觉。对对象的描写深入细致，表现得真实而深刻。

写诗写词也是一样的道理，只要拿着真实自然这一准绳去衡量古今作者作品的优劣，一般是不会出大错的。

越是优秀的作品，越是真实自然的作品，越是情感表达真挚的作品。

只有如同真实生活的作品，才能够永远欺骗观众。

这里的"其辞脱口而出"和诗词有境界的要求是一样的。

真实不做作，才能有精妙的意境。

也只有在真实生活层面上的意境，才是我们能够真正感受得到的。

诗词贵自然

人能于诗词中不为美刺、投赠之篇，不使隶事之句，不用粉饰之字，则于此道已过半矣。

王国维所倾向的往往是自然之美。

他不喜欢诗词中用代字，滥用典故。

他厌恶歌功颂德做枪鼓手般的吹捧，他厌恶装作道德模范，讲一通人人都知道的大道理，并凭借这些正确的废话，站在道德的高度上沾沾自喜。

文章粉饰过重，恰恰说明它的内容是轻的，情感是贫乏的，粉饰过重，便是轻浮。

犹如一味强加妆饰的女子，如果不是不自信，那就一定是为了吸引别人的眼光，或者卖弄风骚。

真正的美是不和功利挂钩的，真情发自肺腑，是不假思索、脱口而出的自然。

王国维在《人间词话》中的言论，实质上都是在围绕着自然清新而抒发自己的情感，包括他提出的境界之说，强调诗词的气象之说，实质都是指向文学的自然和真诚。

王国维本就是一个极其干净的人，这个人的干净在生活上是这样的，那么在思想上更是如此，只有纯净的文字可以打动王国维，或许这也是他之所以也沉迷于《红楼梦》之中的原因。

不少小说总是沉迷于暴力的美学，比如《水浒传》里面梁山好汉中的英雄，杀人不眨眼，并非只是对贪官污吏。武松去杀蒋门神的时候，几乎是进门看见谁就杀谁，马夫、丫鬟、老妈子杀得一个不剩，最后还要心满意足地在墙上写：杀人者，打虎英雄武松也！何等的豪迈，何等的意气风发！里面写杀人之多之狠，只是一个句子就足以寒人之心了，句子中说武松杀人的时候把刀都砍缺了。

这样的暴力美学，更多的是对枭雄的崇拜，似乎谁有力量就去崇拜谁，那实质上也是皇帝的位置总是属于那些控制了力量的人。更何况，《水浒传》里的宋江也是个银样镴枪头的人物，反贪官却始终是归于皇帝，骨子里还是一个奴才，不过是凭借一个英雄的名号逞了自己的一时之快。

《三国演义》更是醉心于诡计多端、阴险狡诈的权术。《西游记》给我们讲述的还是一个富于反抗的英雄，但是这个英雄的反抗最后总会得到唐僧的收拾。

唐僧的收拾法则有两个，一个是温情主义，为悟空缝补衣服，嘘寒问暖；另一个就是撒手锏，念紧箍咒。

王国维喜欢《红楼梦》，里面是女子的世界，尽是青春期真挚的情情爱爱，儿女情长，柔情蜜意，鄙视功利，崇拜女性，悲悯万物。

在王国维评论《红楼梦》的专著里就这样说："宇宙一生活之欲而已，而此生活之欲之罪过，即以生活之苦痛罚之，此即宇宙之永远的正义也。"

这里的宇宙似乎不好定义，它好像是人生之漫漫，又可以认为是时光之无穷。人生看似漫漫，相比起无穷之宇宙，相比起无穷之时光，实则短暂。

如若人的现实生活过得干净，心灵必定是愉快的。

这人生的长度似乎在宇宙之中凝固了，或许漫长时光的流逝，它本身就是凝固的，消逝的时间无处停留，未来的时间抓捏不住。

这样一种混沌的状态，将我们包裹其中，我们再在里面生成各式各样的欲望。本是一片混沌，这一牢笼的包裹，生成的欲望是人情感的反应，自然之欲望，得失之悲喜，无穷无尽之烦恼，终了之时了无意。

王国维的悲天悯人就在这里，他欣赏李后主的"问君能有几多愁，恰似一江春水向东流"。

有个人之悲苦，却也是终生之悲苦，人人苦于自身之欲望，他的痛苦更多的是看清世事后的承载，他为自己承载，也为着所有人而承载。

这样的情感是纯粹的、自然的，乃是悲天悯人之真诚。

小玉报双成

以《长恨歌》^①之壮采，而所隶之事，只"小玉双成"四字，才有余也。梅村^②歌行，则非隶事不办。白、吴优劣，即于此见。不独作诗为然，填词家亦不可不知也。

"所隶之事"就是用典。

王国维向来主张"不隔"，也反对用典。

但是他并不是反对所有人的用典。

比如辛弃疾，辛弃疾的词往往用典甚多，然而却是深得王国维欣赏，可见如何用典才是被王国维欣赏的关键所在。

他欣赏《长恨歌》中白居易的两处用典，恰到好处地写出了诗要表达出来的意境。

他反对吴梅村的《圆圆曲》、《永和宫词》，这两首都是吴梅村的名作，但是用典过多，显得堆砌。

总结起来，王国维对于用典有如下的建议，用典

要少，但是要精，比如白居易的《长恨歌》中的用典，"金阙西厢叩玉扃，转教小玉报双成。"这里的"小玉"是吴王夫差女，"双成"是董双成，神话传说中西王母的侍女。"金阙西厢叩玉扃"这句写的是太真所居住的环境，金瓦玉门，华贵非凡，如此金贵之人，也只有吴王之女，西王母一般的侍女才能够伺候这里的主人了。在这里的典故就写出了贵妃的贵气，也为下文荡气回肠的爱情做了一个足以叫人扼腕叹息的铺垫。

王国维强调用典要精，要符合自己所想写出的意境。辛弃疾的用典，典典都是恰到好处。不管是诗人还是词人，当用典的时候，能够吸收、消化典故，并将其典故自然而然地运用到自己的诗词之中，不仅没有隔之感，反而为意境增色，这样的诗人词人才能够任意运用典故，使典故和自己的文字融为一体。

如果是没有辛弃疾那般用典才能的人，最好不用典，或者少用典。《人间词话·未刊手稿》第十五则"'西（当作秋）风吹渭水，落日（当做叶）满长安。'美成以之入词，白仁甫以之入曲，此借古人之境界为我之境界者也。然非自有境界，古人亦不为我用。"其"化"的意思就是融，融他人之典为自己之境，在"融"之前，先要确定自己之境，如果自己的文字本身就没有意境，也没有融合典故之意境的话，那么文字就显得生硬，感情的表达很自然就隔了。

文体尊卑论

近体诗体制，以五、七言绝句为最尊，律诗次之，排律最下。盖此体于寄兴言情，两无所当，殆有韵之骈体文耳。词中小令如绝句，长调似律诗，若长调之《百字令》、《沁园春》等，则近于排律矣。

或许读任何东西都出于人的感觉。

或者说感觉是靠人读出来的。

犹如你刚开始接触一件事物，不管如何，你是很难走进的，因为你在门外，里面风景如画，可是你也只能观望。

但是，感觉都是靠接触而来的。

比如，人与人相处久了，便生眷恋。

情感，经营得久了，便知冷暖进退。

那么文字也是一样。

王国维曾经反对文体尊卑论，反对诗比词要尊贵的看法，但是在这个地方，却将一些文体作了细细的比较。

　　他讲诗词并论，说小令如绝句，长调似律诗，特长调跟排律相近，他喜好小令、绝句，最后才是律诗长调。

　　这里看起来，好像和他前面的反对文体尊卑论是矛盾的。

　　其实不然。

　　反对文体尊卑论是个人对于文体的态度，而这里却是自己独自的喜好。

　　仅仅是喜欢，读的文字多了，自然会有喜欢的一些东西，更多合乎于个人口味的东西。

　　说成是个人偏见也无所谓，因为前提说过了，每个人都有自身特殊的偏好。

　　犹如一个班的学生，你对每个学生都是平等尊重的，你对每个学生毫无贵贱之分，尽管如此，你还是会情不自禁地更欣赏那些天赋好的优秀学生。

　　行为是一回事，个人骨子里的喜好又是一回事。

　　就是这样的逻辑。

　　或许，他对于小令的喜好更多的是因为其合乎他的境界说，小令更多的是言有尽而意无穷之文字。

　　触摸诸多，才懂得诸多，明白总有一种才恰似心头挚爱。

能入亦能出

诗人对宇宙人生，须入乎其内，又须出乎其外。入乎其内，故能写之。出乎其外，故能观之。入乎其内，故有生气。出乎其外，故有高致。美成能入而不能出。白石以降，于此二事皆未梦见。

不管是何文体，能入亦能出，是作为一个写作者最基本的能力。

很多的作者都具备"能入"这个能力。"能入"指的是你有一颗体验丰富的心灵。你懂得，特别是你写的那一个方面，你对于这样的情况深有体会，烂熟于心。或者说你正经受、承受它带给你的全部，不管悲喜，你都置身其中，你的感觉比谁都更强烈，这个时候你才具有了表达的资格。

优秀的作者往往有一颗七窍玲珑心。他感知万物，洞悉心灵，不管是对自己，还是对外界，他都有能力敏锐地对某一个事物或者某一件事情捕捉出自己深刻的感觉，这感觉于他是独特的，这感觉于所有人其实又是都有可能经历的。那么，在他绚丽多姿的笔下，个人的感觉对于大众读者就变成了他们情感表达的代言人。当大多数读者觉得你写出了他们的心声，读你的文字，他们也如临其中，被你的文字惹得荡气回肠、牵肠挂肚，在你文字的牵引下，他们的脑海中突然跳出了类似的回忆，他们读你的文字，频频点头，心领神会，好似被你看透了心事，这就是一个作者"能入"的能力。

当然了，完全从感受的角度去说的话，"能入"实质上很多人都能够办到。可是真正有水平的创作者并不多，可见"能入"这个标准对于创作者只不过是一个准入的门槛。

感受深刻，其实强调的更多的是生活中的经历。如果你经历了不平凡的事情，你遭受了人间磨难，历尽了人间悲喜，更或许你细心观察，留意身边的小事情，熟悉人们的生活，这些都会大大丰富你的人生阅历，这些都能够带你"入"。

要达到"能入"是简单的，犹如写作的技巧是可以经过训练而获得的。

但是要作品有格调，有境界，那就需要创作者"能出"了。

"能出"似乎和固定的训练是一点都不沾边的。也就是说，"能出"只有极少数的创作者能够拥有。

"能出"不是写作的技巧，什么样的写作技巧都不能达到这样的境界。犹如姜夔永远没有辛弃疾的胸襟气度。

是的，"能出"是从一个人的气度来说，或者更多的还受到性格的影响。

"能出"指的是，你深谙人性，你懂得这里面的深浅，但是你更知道自己如何面对。你的心释放了很多的束缚，于是你生活中便少了很多的负担。你知道物欲横流、世风日下，但是你更懂得天下人的痛苦，当一个人沉迷于自己的欲望，欲望不达，自己依旧深陷其中不能自拔的时候，他其实也在为他的欲望受苦。面对诱惑，很多人迷失了幸福的感觉，但是你更懂得自己需要的简单的快乐。

以"能出"之心态，做"能入"之事情，岂止是文字上有境界。你做任何事情，都是顺利的，哪怕你面对的是失败，有这样的心态，你在失败中也能领悟到道理，能够很快走出来，对生命一定会有更深刻的体会。

拥有这样心态的人，一定有高贵的灵魂，挥墨行文，无一不是人性光辉的展现，思想智慧的启迪。

于是，王国维才说："入乎其内，故能写之。出乎其外，故能观之。入乎其内，故有生气。出乎其外，故有高致。"

周邦彦这个仕途不顺、只好转向闺中，他的词虽然音律规整，内容上反映的也是他的风花雪月，但这些艳词大多格调不高，被王国维评为"郑卫之音"，也就是低级庸俗的东西。而《牡丹亭》当中也有极其艳丽的情节，写杜丽娘和柳梦梅梦中相见，一见钟情，两人干柴烈火，按捺不住青春之情，于是在山石后交合。可是在汤显祖的笔下，这段交合的文字，却是唯美唯幻、顺理成章，不这样发生简直就是不符合人之常情，叫人心生羡慕。这里也是"能入"和"能出"的问题。

能入而不能出，你的眼界是狭窄的，你看到的始终是你眼前的三寸之地，你能感受到的也只是凡夫俗子的平常心态，患得患失，小恩小惠，妄自尊大，自卑自负。在你的内心，你若沉迷不出，这些情绪就会被无限放大，你最终也就灭亡于此。

人生本如戏，能入不能出，也好似入戏太深，被塑造成了一个角色后，便再也无法改变，深陷其中，便成囚徒。

比如一直教我怀念的影视明星张国荣，我不知道陈凯歌的《霸王别姬》对于张国荣的一生，到底是成就还是毁灭。

比如一直活在自己虚幻文字中的三毛。在她的文字中，她走南闯北，她恋爱结婚，她失去丈夫，她用自己的文字虚构自己的一生，最后沉迷于自己虚构的文字中，用一条丝袜结束了自己的才华与生命。

在此则里，王国维又一次请出了反面教材的典型——姜夔。

在这两方面，姜夔哪一方面都不具备，他既不能入也不能出。这个因为家境中落而自卑敏感的自闭症者，除了有天才的文采之外，便再无其他方式可以用来掩饰他自己真实的内心世界。他对整个宇宙万物永远秉持一种拒绝的方式，一种无所谓的潜在清高，实质上就是绷紧了脸面的投降。

能入亦能出，应如苏轼，以入世之心做事，以出世之心做人。诗词幻化，以孔子的儒家心怀承天下之责任，却又有庄子的神仙逍遥之道家缥缈，也无风雨也无晴般地归去，终是乐观与旷达。

花鸟共忧乐

> 诗人必有轻视外物之意，故能以奴仆命风月。又必有重视外物之意，故能与花鸟共忧乐。

"诗人必有轻视外物之意"指的是诗人明白其中奥妙，懂得世事苍凉，阅尽风月，在这样的基础之上，诗人才轻视外物。

因为诗人懂得。

张爱玲曾经说过，因为懂得，所以慈悲。

慈悲，说起来更具女性的柔美和母性的宽容。他能包容一切事物，全因为他的理解。

诗人轻视外物，并非就是字面上的看不起。

用"看不起"来定义此则中的"轻视"是粗鄙的，甚至是毫不具备诗人之心的粗野表现。

"轻视"虽还没有达到张爱玲慈悲的高度，却也是知晓参透之意。

只有看破参透，诗人才具备了放浪形骸的基础，他才能够"上九天揽明月，下五洋捉鳖"。

只有看破参透，诗人才能够纵横五千年历史任意遨游，他才能够生出"浪淘尽，千古风流人物"的感叹。

看破参透，才能够驱风唤月，人生之惬意，最终获得心灵的至高享受。

只有轻视外物，诗人才能建立自己的主体地位，不为外物所束缚，才能把外物当作自己抒发情感的工具，不为外物所束缚，才能不因为外物的特征而改变自己的性质状态。

轻视外物乃是超然于物之外。

"诗人又必有重视外物之意"，指的是诗人对于外物明白理解，用心体会，融入客观外物。只有感知到外物，熟悉外物，诗人才能够找到一种最贴切的方式去表达内心的情感。

这个最贴切的方式就是以何种外物为寄托，诗人只有融入外物，与物共游共亲，其诗人之情乃出。

经由这样的过程，诗人之表达才具备大众的可读性，客观之外物才是诗人内在的情感表现。

也是这样，一切外物才能够皆为诗人所用，诗人才能够与花鸟共忧乐。

可以说，客观外物是诗人之内在情感的导火线，诗人之特殊情感是客观景物的客观抒发。

由此，文学乃成。

　　王国维在《人间词话·未刊手稿》第五十则中说："诗人视一切外物，皆游戏之材料也。然其游戏，则以热心为之。故诙谐与严肃二性质，亦不可缺一也。"

　　王国维视文学创作之为游戏，只说其中之"诙谐"与"严肃"。"诙谐"乃是轻松之心，也就是"轻视外物之意"。"严肃"乃是重视之心，也就是"重视外物之意"。

　　"轻视外物之意"即是以我为主之情感，"重视外物之意"是重视其创作之真实。

空床难独守

　　"昔为倡家女，今为荡子妇。荡子行不归，空床难独守"，"何不策高足，先据要路津？无为守穷贱，轗轲长苦辛"，可为淫鄙之尤。然无视为淫词、鄙词者，以其真也。五代、北宋之大词人亦然。非无淫词，读之者但觉其亲切动人。非无鄙词，但觉其精力弥满。可知淫词与鄙词之病，非淫与鄙之病，而游词①之病也。"岂不尔思，室是远而。"②而子曰："未之思也，夫何远之有？"恶其游也。

　　王国维不喜欢游词，游词是虚浮之词，文字总是虚浮在情感之外，不真不诚。

　　比如："岂不尔思，室是远而。"这句话，一人说："不是我不想你啊，而是我住得太远了。所以没有来看你。"

　　孔子评价说："看来没有真想啊，真想的话，恨不得马上见面，哪里还会觉得路途远呢？"

　　这便是游词的言不由衷，情虚意假。

　　明明就是假惺惺的，却还要装作真诚满怀，叫人厌恶和恶心。

古诗十九首·青青河畔草

青青河畔草，郁郁园中柳。

盈盈楼上女，皎皎当窗牖。

娥娥红粉妆，纤纤出素手。

昔为倡家女，今为荡子妇。

荡子行不归，空床难独守。

---

　　①金应圭《〈词选〉后序》："规模物类，依托歌舞。哀乐不衷其性，虑叹无与乎情。连章累篇，义不出乎花鸟。感物指事，理不外乎酬应。虽既雅而不艳，斯有句而无章。是谓游词。"

　　游词，浮而不实的话。唐刘知几《史通书志》："若乃前事以往，后来追证，课彼虚说，成此游词，多见其老生常谈，徒烦翰墨者矣。"

　　②《论语·子罕》："唐棣之华，偏其反而。岂不尔思，室是远而。子曰：未之思也，夫何远之有？"

这些句子，其实我们在前面已经分析过了。讲的是一个曾经为娼的女子从良后，丈夫久出未归，生出难守孤床之感慨。

这首诗曾被称为淫词，认为是淫词之人，恰是不能够正确面对自身情感之人，不能面对自身情感，也不能面对他人之美好情感。

丈夫久久不归，妻子孤枕难眠，对灯影共花烛之甜蜜生活难圆之遗憾，正是人之常情，人性情之表现，真情之凿凿，才言之凿凿。

古诗十九首·今日良宴会

今日良宴会，欢乐难具陈。

弹筝奋逸响，新声妙入神。

令德唱高言，识曲听其真。

齐心同所愿，含意俱未申。

人生寄一世，奄忽若飙尘。

何不策高足，先据要路津？

无为守穷贱，轗轲长苦辛。

这首诗写的是一个穷困潦倒之人，对于生活艰辛的抱怨。表面上看写的是这个人所想是钱，所图是利，是一个功利之人所感之言。

可是感言之真，"人生寄一世，奄忽若飙尘"。

贫困生活之艰辛体验起来是着实辛苦的，杜甫也写过："艰难苦恨繁霜鬓，潦倒新停浊酒杯。"

而他的"无为守贫贱，轗轲长苦辛"更是切身体会的辛酸之言了。正是因为这些艰辛，才发出了不如追求功名利禄的牢骚，这也是符合人之常情的。

人的肉体总是不如意志坚强，有此牢骚，正常之极。

如果捏紧裤腰带，只是一味地装高尚，就不真实了，就缺乏人血肉之躯的真实感受。

　　苏轼被贬黄州之时在《赤壁赋》中还牢骚满怀，兀自开解呢，不生心灵之障碍，何得挣脱之彻底超然？

　　因为，此则讲的还是：情之所至，乃真动人。

寥寥数语绝

"枯藤老树昏鸦。小桥流水人家。古道西风瘦马。夕阳西下。断肠人在天涯。"此元人马东篱①《天净沙》小令也。寥寥数语，深得唐人绝句妙境。有元一代词家，皆不能办此也。

王国维《宋元戏曲考》："《天净沙》小令，纯是天籁，仿佛唐人绝句。"

《天净沙》乃是曲之绝妙，此乃"有我之境"，却胜似"无我之境"，堪称意象排列之前无古人，后无来者。

"枯藤老树昏鸦，小桥流水人家。"前两句一读便是诗人身处异地之感。

"枯藤"、"老树"、"昏鸦"都是晦涩之意象，行游在外的清苦自然而现。

而紧接的句子，"小桥流水人家"，小桥潺潺流水，余烟袅袅一人家，这里就是另一番温情之景了，家乡如在眼前。

"枯藤老树昏鸦"是羁旅之景，"小桥流水人家"又是家乡之景。由羁旅之景想到家乡之景，对比明显，更显得对比之意象深刻，也更显得远游在外之凄苦。

"古道西风瘦马"这里的意象似乎完全是诗人形象的一种暗示了，古道之上，西风之中，瘦马一匹，在这黄昏之际，却不知何去何从。瘦马之形象，正是诗人漂泊迷茫中形销枯槁之貌。

①马致远，号东篱，元曲名家。

"夕阳西下，断肠人在天涯。"正是诗人有我之境的明晰表白，天涯之际，本就是伤心之人，面对此景，顿生断肠之情。

这首曲可谓是意象和情感融合的绝佳之作。

王国维说其曲寥寥数语，深得唐人绝句妙境。元代的词人再难达到如此高度。

王国维在《人间词话》五十九则就说："小令如绝句。"

小令似乎更容易驾驭，更能集中诗人强烈之情感，犹如素描，没有颜色，只有线条和浓淡，读起来却又极其立体。

各有能不能

白仁甫①《秋夜梧桐雨》剧，沈雄悲壮，为元曲冠冕，然所作《天籁词》，粗浅之甚，不足为稼轩奴隶。岂创者易工，而因者难巧欤？抑人各有能与不能也？读者观欧、秦之诗远不如词，足透此中消息。

此处将白仁甫的戏剧和词作对比，觉得白仁甫的戏剧是元曲的第一，而他的词和辛弃疾的词比起来，还不如辛弃疾的一根脚指头。

于是，王国维得出结论，一个人有能和不能，好的创作者并不是所有文体都能够写得很好的，"创者易工因者难巧"而已。

不过，这似乎是一个很浅显的道理，也并非就只是王国维发现的真理。

对于欧阳修和秦观的词写得甚好，而诗却不尽如人意的问题，王国维也终于从"各有所能"中找到了答案。

这样的理由有道理，但实质上是一个不争的事实。一个不争的事实，还要被人如此大肆地摆上案桌细细讲解，有啰唆之意。

人无完人，肯定是不能尽善尽美的。

这是很明显的，犹如中国人学习汉语明显就比外国人容易一样。

并且王国维还把元代的创作者拿去和宋代的创作者比词，这不是拿元代的弱项去比宋代的强项嘛。

后面的将宋代之词人拿去与唐代之诗人比诗，这也是不符合情理的。

---

①白朴，字仁甫，元曲名家。代表作《唐明皇秋夜梧桐雨》等，另有词集《天籁集》。

虽说文体并无贵贱，但是这样的比较明显就是不公平的。

不能将个人之成就，抛开大环境去作比较，尽管个人之成就在大环境大主流中还是有标新立异的清新表现，有反主流文体的佳作出现，比如清代纳兰容若的词就写得可以媲美词发展之巅峰期。但不能将个别现象当作普遍之现象，再放在普遍之现象中进行比较。

王国维学术三变

王国维一生的学术研究，有几个阶段的转变与变化，大致可分为三个阶段，也可以说王国维一生有"学术三变"的经历。

康德　叔本华　尼采

1907 年前主要是哲学研究

↓

主要是对康德、叔本华与尼采的介绍与研究

↓

通过几年的哲学研究，王国维对哲学有了新的认识。自谓："以余之力，加之以学问，以研究哲学史，或可操成功之券。然为哲学家，则不能；为哲学史，则又不喜，此亦疲于哲学之一原因也。"所以，他放弃哲学而转向文学领域。

1907 ～ 1911 年主要研究文学

↓

王国维将康德、叔本华、尼采的哲学、美学思想用于分析中国传统文学，写出《红楼梦评论》等重要理论著作。《红楼梦评论》、《人间词话》、《宋元戏曲史》这三部书集中代表了王国维文学研究的成就。

1912 ～ 1927 年主要研究文字学、古物学、史地学等

↓

甲骨四堂之一——王国维

从 1912 年起，王国维转向文字学、器物考释和古史等研究。王国维在用甲骨文考证古史方面做出了里程碑式的贡献，使甲骨文研究成为专门的学科。

下 篇

下篇所选的词是《人间词话》中被王国维亲手删除的部分，读这些被删除的文字，依旧可以把王国维拉回到我们的身边。

白石之慈悲

白石之词，余所最爱者，亦仅二语，曰："淮南皓月冷千山，冥冥归去无人管。"

这一次是姜夔唯一受到王国维表扬的一次。

踏莎行

姜夔

自沔东来，丁未元日至金陵，江上感梦而作。

燕燕轻盈，莺莺娇软，分明又向华胥见。夜长争得薄情知，春初早被相思染。

别后书辞，别时针线，离魂暗逐郎行远。淮南皓月冷千山，冥冥归去无人管。

这句："淮南皓月冷千山，冥冥归去无人管。"字面上依旧是清冷高绝，可是却是深情凄苦，强压悲伤故作镇静之无奈，读之更叫人心之不忍。

难舍之情，难割之爱，割舍不下，却又能如何呢？除却折磨自己之外，只能眼睁睁看着情人若时光般溜走，伸出双手却又挽留不住。

"离魂暗逐郎行远"，

相思甚重，不觉魂魄已经随着他而去。人一入情，情深义重之时，就难以控制自己，仿佛魂魄离体，只是魂牵梦引，跟随自己的心而去，自己的心早已被这个人牵扯到不知何处去了。

这首词是姜夔为一歌女所写，此等心高气傲之人，对一歌女竟于人生中达到此种境界，也算是真心动情了。

在他的词中，有关此歌女的词就有十九首，可见这段情在姜夔心目中刻骨铭心之深重。

既然是与此歌女有关的词如此之多，为何王国维独独欣赏这首呢。

这首词读起来叫人懂得。

张爱玲有句话：因为懂得，所以慈悲。

也正是因为懂得，所以文字入眼，情便入心，无须点拨，沁人心脾，惹人神伤。

"燕燕轻盈，莺莺娇软，分明又向华胥见。夜长争得薄情知，春初早被相思染。"陷入思念的女子，体态轻盈，又一次在梦中和情郎相见了。她在那寒暖不明的春夜，相思难眠。

尽管前面的文字，都是以女子的身份在思念，但是所写之真，女子之思念，正是姜夔之思念，女子之遗憾，正是姜夔之遗憾。

正是情之依依离别催。

"别后书辞，别时针线，离魂暗逐郎行远。"这里有一个很小的细节，往往是最细微的事情，最能流露出一个人的深情。从别后的书信里，想到了离别之时，女子的一针一线，满满情意密密织。

其实，女人对男人的情意越深，她待他就越像是在待自己的孩子。这里的行为和"临行密密缝，意恐迟迟归"的母亲情意深重、宽容博大的心不是一样的吗？

情深到一定程度，尽管内心波潮涌动，但是更多的时候，它就是一种情不自禁的单纯。

正是因为已成为一种单纯的情意，正是因为已成为一种情不自禁的情意，才会魂化出窍，心境大开，哪怕是不得之悲凉，却也别有一番滋味。

"淮南皓月冷千山，冥冥归去无人管。"梦中与佳人细诉情意，梦醒时徒见佳人的书信在侧，沾满情意的衣物线脚在身，暗香犹在，如倩影离魂不远千里相陪。皓月之下，渭南千山冷冷清清，伊人独自悄然归去无人照管。这是姜夔心境融于词中，最真实的句子了。这样的滋味，有悲凉，有无奈，俨然之意，却是万千愁苦，而万千愁苦却又是迷茫的，这迷茫恰是人生之虚无，这悲伤介于生死之间，生之困惑，死之畏惧。

这里的愁苦已经不仅仅是相思之愁了，人生无常，命运难握，生之疾苦，死之悲哀等，别时容易见时难，时光消逝，万千难留，这一个受难的心灵，尽管是清冷之表面，却是满含人生之凄凉无奈之悲苦，这悲苦却又难以言说。

所以，姜夔的爱情被赋予了更大的寄托和难以言明的意义，而或许，爱情又是能够承载人生中虚无和苦难最多的一种情感。

张狂之微笑

　　双声叠韵之论，盛于六朝，唐人犹多用之。至宋以后，则渐不讲，并不知二者为何物。乾嘉间，吾乡周松霭[1]先生著《杜诗双声叠韵谱括略》，正千余年之误，可谓有功文苑者矣。其言曰："两字同母，谓之双声，两字同韵，谓之叠韵。"余按：用今日各国文法通用之语表之，则两字同一子音者，谓之双声。（如《南史·羊元保传》之："官家恨狭，更广八分"，官、家、更、广四字，皆从 k 得声。《洛阳伽蓝记》之"狞奴慢骂"，狞、奴两字，皆从 n 得声。慢、骂两字，皆从 m 得声是也。）两字同一母音者，谓之叠韵。（如梁武帝[2]"后牖有朽柳"，后、牖、有三字，双声而兼叠韵。有、朽、柳三字，其母音皆为 ou。刘孝绰[3]之"梁皇长康强"[4]，梁、长、强三字，其母音皆为 ang 也。）自李淑[5]《诗苑》伪造沈约[6]之说，以双声叠韵为诗中八病之二，后是诗家多废而不讲，亦不复用之于词。余谓：苟于词之荡漾处多用叠韵，促结处用双声，则其铿锵可诵，必有过于前人者。惜世之专讲音律者，尚未悟此也。

　　有时候读《人间词话》，便会发觉王国维这个固执率性的老文人，有着非常可爱的一面。

　　喜弄文字之人，专注于此，其心就如孩子一样天真。从最末两句便可觉出王国维在读词后发现这样的道理，沾沾自喜的小儿之情就像一个大孩子。

　　专注某一个事情，认真的态度，往往会叫人显得天真单纯。

---

①周春，字屯兮，号松霭，清代学者。
②梁武帝，名萧衍，南朝梁代诗人。
③刘孝绰，名冉，南朝梁代诗人。
④葛立方《韵语阳秋·卷四》引陆龟蒙诗序："叠韵起自如梁武帝，云'后牖有朽柳'，当时侍从之臣皆倡和。刘孝绰云'梁王长康强'，沈少文云'偏眠船弦边'，庾肩吾云'载碓每碍埭'，自后用此体作为小诗者多矣。"
⑤李淑，字献忠，北宋文学家，著有《诗苑类格》。
⑥沈约，字休文，南朝梁代文学家。

王国维在这则文章里，前面将双声和叠韵讲得甚多。但是前面所讲的东西都是铺垫，好像一个孩子在大人面前强调自己的功劳之大，却不直接告诉你他的成就，而要将成就的由来一一道出。由此，这成就也就显得更是成就。

他在前面引经据典，不惜大费笔墨，非要使你明白何为"双声"和"叠韵"。

此则中提到，乾嘉年间，吾乡周松霭先生著《杜诗双声叠韵谱括略》，甚力正千余年之误，可谓有功文苑者矣。其言曰："两字同母，谓之双声，两字同韵，谓之叠韵。"

那么双声，就是词的两个字中，声母相同便是双声，比如"学习"这个词，"学习"的声母都是"x"。

那么叠韵，就是词的两个字中，韵母相同便是叠韵，比如"窈窕"这个词，"窈窕"的韵母都是"ɑo"。

古人在写诗词的时候，讲究音韵，旨在叫诗词读起来如歌般更上口，具有音乐之美。

把双声和叠韵费了一大通笔墨讲清楚之后，王国维才压抑住得意之情，溢于言表地说："余谓苟于词之荡漾处多用叠韵，促结处用双声，则其铿锵可诵，必有过于前人者。惜世之专讲音律者，尚未悟此也。"

就是说，他研究词发现了一个用"双声"和"叠韵"来加强情感表达的方法。

在词的荡漾之处，用叠韵。荡漾之处，总是情感缠绵温柔的，用叠韵更显得情意深沉，叠韵强调在韵母上，两个韵母相同就有着加重情感之意，而两个韵母相同，发音的时候也将尾音强调拖长，吐出来的语言更绵长，也更显得情深义重。

这样的方式，在现代诗人徐志摩的《再别康桥》里面都有体现。

在词的促结之处，用双声。促结之处，总是情感紧凑不张的，用双声更显得收紧难驰，声母的发生都是极其短的，两个声母相同，强调之意，紧张之意，便在读音中彰显出来。

连这样细致的地方，都被王国维发现了。

其实，真正该发现这方法的人，应该是研究音律之人。

一个读词之人，连这些细微的地方都能精致成文，不得不佩服他读词之细，做事之投入和认真。

那么他天真的略带张狂的欣喜，更是叫人为他而微笑。

叠韵不平仄

昔人但知双声之不拘四声，不知叠韵亦不拘平、上、去三声。凡字之同母者，虽平仄有殊，皆叠韵也。

一般人只知道双声不拘于平上去入四声，但是不知道叠韵也不拘执于平上去三声。凡是字的韵母相同，虽然平仄不同，但也是属于叠韵。

笔者对声韵知识不甚了解，不敢妄加言说，在此不表。

诗词之盛衰

诗至唐中叶以后，殆为羔雁[①]之具矣。故五代、北宋之诗，佳者绝少，而词则为其极盛时代。即诗词兼擅如永叔、少游者，词胜于诗远甚。以其写之于诗者，不若写之于词者之真也。至南宋以后，词亦为羔雁之具，而词亦替矣。此亦文学升降之一关键也。

诗词之盛衰，直接反映了文人对它们的热情的高低程度。

唐中叶以后，诗为羔雁之具，也就是应酬之作。所以在五代、北宋的诗歌，优秀的很少，就是因为这个时候处于词的鼎盛时代，一种已经不被重视的文体，一种已经随着大唐之盛世渐渐衰落的文体，在宋朝之柔风媚骨的吹拂下，自然很难再有优秀作品了。

到南宋之后，词为羔雁之具，也成为应酬之作。昔日的壮志难酬与征路漫漫，充沛的风花雪月与清歌慢唱，在金人的铁骑蹂躏下只剩下亡国之无限悲恨，元朝建立者的粗犷，使得词失去了时代滋长的土壤，也渐渐衰亡。

所以，总的来说，文学总是时代之特征，文学是时代特征的反映。

---

①羔雁，小羊和大雁。古代卿大夫相见时所执的礼品，后泛指应酬礼物。

天乐殊笑人

曾纯甫①中秋应制，作《壶中天慢》词，自注云："是夜，西兴亦闻天乐。"②谓宫中乐声，闻于隔岸也。毛子晋③谓："天神亦不以人废言。"近冯梦华复辨其诬。不解"天乐"两字文义，殊笑人也。

曾纯甫的这首《壶中天慢》（此进御月词也。皇上大喜曰："从来月词不曾用'金瓯'事，可谓新奇。"赐金束带、紫番罗、水晶碗。上亦赐宝盏。至一更五点回宫。是夜，西兴亦闻天乐焉。）此词是在中秋之夜，为讨好皇帝的应酬之作。

壶中天慢

曾纯甫

素飙漾碧，看天衢稳送，一轮明月。翠水瀛壶人不到，
比似世间秋别。玉手瑶笙，一时同色，小按霓裳叠。天津桥上，
有人偷记新阕。

当日谁幻银桥，阿瞒儿戏，一笑成痴绝。肯信群仙高宴处，
移下水晶宫阙。云海尘清，山河影满，桂冷吹香雪。何劳玉斧，
金瓯千古无缺。

皇帝听后，尤其喜欢最后一句："何劳玉斧，金瓯千古无缺。"夜空如洗，云影流光，满眼山河浩瀚，月影暗香浮动，不须玉斧修月，那盈圆如杯盏的圆月泛着金晕千古无缺。此进御月词赏景同时暗颂疆土完整之意，寓意新颖，令龙颜大悦。皇帝说，将月亮比作金瓯，在词作者中，曾纯甫恐怕还是第一个，真是新奇极了。

---

①曾觌，字纯甫，南宋词人。

②冯煦《宋六十一家词选》序："曾纯甫赋进御月词，其自记云：'是夜，西兴亦闻天乐。'子晋遂谓天神亦不以人废言。不知宋人每好自神其说。白石道人尚欲以巢湖风驶归功于平调《满江红》，于海野何讥焉？"

③毛晋（字子晋，明末藏书家）跋《海野词》："进月词，一夕西兴，共闻天乐，岂天神亦不以人废言耶？"

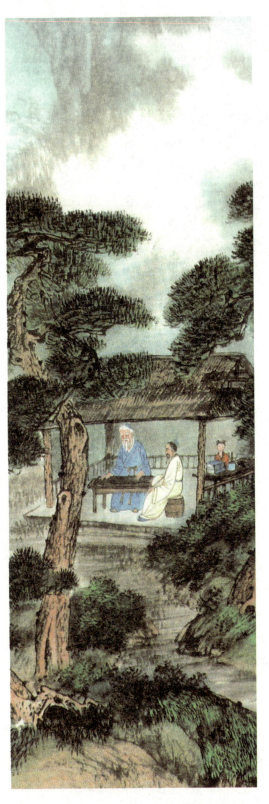

应酬之作，绞尽脑汁地为了讨一个人的欢心，那么在词的真情实意上也就有所限制了。情感是最怕虚伪的，诗词的所指已经偏离了正轨，情感只能是附庸。

从曾纯甫在此诗的注释上所写的内容，就能够感受到他受到了皇帝表扬后暗自窃喜的心情。

此进御月词也。上皇大喜曰："从来月词不曾用'金瓯'事，可谓新奇。"赐金束带、紫番罗、水晶碗。上亦赐宝盏。至一更五点回宫。是夜，西兴亦闻天乐焉。

文章是说：皇帝读了曾纯甫写的词，异常高兴，为了奖赏他的才华，赐了他金束带、紫番罗、水晶碗。这些皇帝奖赏的富贵玩意，在他看来，都是可以标榜他身份的东西，于是一一列举，乐不可支。

我读曾纯甫的《壶中天慢》，并无皇帝的欣喜之感。其实，只要是鉴赏过一些词的人，对这首《壶中天慢》都不会认为有多少艺术感觉。这首词有的是文字感觉，并无艺术感觉。人在思想上已是纯粹的奴仆，不管在文字上如何精雕细琢，在艺术上又能有多大的造诣呢？

前面说了那么多，在这则里，王国维关注的也并不是这首词。他是想取笑一个人。

曾纯甫作《壶中天慢》词，自注：

"是夜，西兴亦闻天乐。"这里的意思就是说在隔岸也能听到宫中的音乐声啊。

毛子晋谓："天神亦不以人废言。"是在批判曾纯甫，说老天爷真是不知道人的好坏，像曾纯甫这样的人，还让他听到天上的仙乐。

毛子晋对曾纯甫的注中"天乐"直接理解为"天上的仙乐"，这样的说法，便逗人笑话了。

冯熙《宋六十一家词选》序言："曾纯甫赋进御月词，其自记云：'是夜，西兴亦闻天乐。'子晋遂谓天神亦不以人废言。不知宋人每好自神其说。"冯梦华也说，宋人喜好将自己称其为神仙，那么曾纯甫的"天乐"也就不言而喻了。

从此则，也可以看出，王国维喜好纠人之错，每每纠错之后，便会心生颇有成就之感。

方回少真味

北宋名家以方回为最次。其词如历下[①]、新城[②]之诗，非不华瞻[③]，惜少真味。

读到这一则的时候，王国维对贺铸的批评，叫我有些迷惑了。他觉得贺铸的词和明清的两个一般词人的水平一样，不过是玩弄些语言文字上的技巧，词在内容上缺乏真情实感。

在大学，读过贺铸最出名的《青玉案》，那时还怀揣着少女心事，读到"试问闲愁都几许？一川烟草，满城风絮，梅子黄时雨"这里，我是暗自欣喜，很为这个有一番温柔之心的人记挂几许。"试问闲愁都几许？一川烟草，满城风絮，梅子黄时雨"此句以闲愁试问，以不尽一川之烟草，满城漫天之风絮，梅子黄时的细雨作答。不答闲愁，所出之景，尽是无边之轻愁，这样的愁，恰似少女之愁、伤春之愁，也正是唯美之愁。

有着这样一颗善于捕捉细腻的温柔之心的人，到底是一个怎么样的人呢？

贺铸似乎和温庭筠有些相似之处，虽说怀着一颗温柔的才子心，却是相貌丑陋，有"贺鬼头"的外号，就是说贺铸的这个头丑得和鬼没什么分别。

而在文学史上，贺铸应该算得上是文学大家、北宋词人，按照王国维尊北贬南的观点，贺铸这个时候竟然落到了和明清词人相提并论的地位，我真是有点不理解王国维此时的想法。

王国维觉得贺铸的词缺少真情，恰恰相反，我觉得贺铸的词是情深义重，大概是性格的原因，贺铸外表粗犷，性格上颇有侠义之感，或许正是这外在的大大咧咧，导致词人有些细腻的情感只能含蓄表达，情真却不外露。

我们来欣赏他的名作《踏莎行》：

①李攀龙，历下（今山东济南）人，明代诗人。
②王士禛，新城（今山东桓台）人，清代诗人。
③华瞻，言文学作品辞藻富丽多彩。

踏莎行

贺铸

杨柳回塘，鸳鸯别浦，绿萍涨断莲舟路。断无蜂蝶慕幽香，红衣脱尽芳心苦。

返照迎潮，行云带雨，依依似与骚人语。当年不肯嫁东风，无端却被秋风误。

真乃锦口绣心，能够将自己的心思写得如此含蓄，尽管是含蓄却又是如此的真实。这般真实的幽怨，即便面前是个丑姑娘，你也会不好意思去拒绝她的心意的。因为这里面的情感含蓄不造作，真诚倾吐的交谈怎会叫人心生反感呢？

这里实写是在歌咏荷花，口吻却似一个怨女。

"杨柳回塘，鸳鸯别浦，绿萍涨断莲舟路。"前三句写荷花的生长之地在杨柳之地，杨柳之地本就是离别伤心之地，后面的鸳鸯别浦也进一步加强了离别的伤心之意。"绿萍涨断莲舟路"再一次强调了这里不仅是离别的伤心之地，还说明到这个地方的来路也已经艰难了。更见其荷花的生长地之幽僻。"断无蜂蝶慕幽香，红衣脱尽芳心苦。"那么下文的荷花盛开不被人欣赏，也就是必然的了。狂蜂浪蝶自是不会欣赏荷花的幽香，那么荷花只有褪去红衣，芳华老去了，红衣脱尽，花后的莲子本身就是苦的。这里贺铸非常巧妙地将外物本身和情感结合得天衣无缝。

"返照迎潮，行云带雨，依依似与骚人语。"荷花好像在和诗人倾诉自己的经历，这里其实想倾诉的恰恰是诗人自己，借荷花之口，将自己的心事阐述出来。

"当年不肯嫁东风，无端却被秋风误"的幽怨之意，借着荷花之口道出来。不愿意在争荣的时节去谋取，而自身的才华也被自己的这一种洁身自好而耽误了。只落得花残叶尽的凄凉。这一份被误解了的高洁，在这混沌浊世举步维艰。说到举步维艰，实质是还未行远，就已经被阻断步伐了。这样的幽怨是别样珍贵的，很多人会将贺铸的这份精神，联系到屈原的高洁。

还有一首贺铸的《鹧鸪天》，同样是悼念亡妻的词，比起苏轼悼念亡妻的《江城子》毫不逊色：

鹧鸪天

贺铸

重过阊门万事非，同来何事不同归？梧桐半死清霜后，
头白鸳鸯失伴飞。

原上草，露初晞，旧栖新垅两依依。空床卧听南窗雨，
谁复挑灯夜补衣？

全词用语也并非就如王国维所说的华瞻，反而用词是极其朴素的。

最打动人心的是最后一句："空床卧听南窗雨，谁复挑灯夜补衣？"在这样一个孤寂的雨夜，想起了妻子以前帮自己挑灯补衣的场景。文字丝毫没有华丽之感，但是一读起来，便觉得双泪流。

比起苏轼的"小轩窗，正梳妆"更具有浓烈的生活气息，苏轼的怀想更多的还是浪漫的性质，而贺铸的更多的是患难夫妻的恩爱之深。贺铸怀想的能够给予自己这样一份情意的那个人已经永远地不在了。

创作之难易

　　散文易学而难工，骈文难学而易工。近体诗易学而难工，古体诗难学而易工。小令易学而难工，长调难学而易工。

　　凡是规矩较多讲究很多的文体，都是易学的，因为它死板，容易按照它的模式去装填文字。那些规矩较少不讲究的文体，看起来容易，要写好它却是非常之难的，因为它飘逸空灵不易捕捉。

诗词鸣不平

古诗云："谁能思不歌？谁能饥不食？"诗词者，物之不得其平而鸣者也。[①] 故"欢愉之辞难工，愁苦之言易巧"。[②]

谁能思不歌？谁能饥不食？《乐府诗集》中的句子，其实恰恰说明人之生活的欲求，如果一个人可以思不歌，那么他一定不能饥不食。

《乐府诗集·子夜歌》中写道："谁能思不歌？谁能饥不食？日冥当户倚，惆怅底不忆？"

王国维提出的观点：诗词者，物之不得其平而鸣者也。这句话是从韩愈的文章里来的。

王国维强调诗词的内容，往往是作者心中不平，愤愤难安，于是便在诗词之中表现出来。

不平则鸣，指的是人受了委屈，心中觉得不舒服，压抑，郁闷，那么就需要另外一种方式发泄出来。

人总是渴望交流和理解，并且在人群中实现自我的。

这样一种强烈的表现自我、实现自我的渴求，如果遇到打击，遇到不平，想让他不鸣，就犹如让你饥渴了不要吃东西。

所以，古典诗词，其实也更多的是士大夫们的牢骚之作，怀才不遇、壮志未酬的不平之作。

---

①韩愈《送孟东野序》："大凡物不得其平则鸣。"
②韩愈《荆谭唱和诗序》："夫和平之音淡薄，而愁思之声要妙，欢愉之辞难工，而穷苦之言易好也。"

人生不如意之事十之八九，人的一生中的不平太多了，所以文人们总是很容易就不平则鸣了。

人总是在乎自己的失去，对自己的获得总是缺乏珍惜。

人总是特别在乎自己个人情感的满足，所以总是觉得受到了伤害。

第一时间在乎的是自己的利益，不管是经济的，还是情感上的。人有这样的情绪，无论怎样都是正常的。因为即使依靠群体取暖，实质上他的生活是他个人的。即便是群体再冗长，他也是存活于个人感觉中，那么在乎自己的个人感觉又怎么会是不正常的呢？

过多的在乎，导致了过多的不平。

欣喜暗自在心头，而不平是受损后一定要发出声音来的。

所以，心思敏感的王国维便得出了这样一个结论：故欢愉之辞难工，愁苦之言易巧。

描写愁苦的文字比描写欢愉的文字要简单得多。因为人总是不平而鸣，而不总是欢欣而鸣。

难觅之真我

社会上之习惯，杀许多之善人。文学上之习惯，杀许多之天才。

何为社会杀人呢？

其实，人的一生就是一段被社会渐渐杀死的过程，只是强弱不同而已。

我们从出生开始，就被社会所要求了。

按照社会所规定的方式去生活，道德、规则以及知识的充实。

道德、规则定义了我们生活的方式。

知识的学习是我们混入社会的培土。

从出生开始干净如水，到最后具备种种本领，生活在这个相处太近就生刺，相处太远就觉冷的社会。

社会不仅仅是杀善人，习惯也不仅仅是杀天才。

不管是善人，还是天才，归根结底，他都是符合了社会价值需求的。在这样一个被规定的大环境中，我们都被改变、塑造成社会"需求"的不同个体。

也就是，其实你并不是你，你以为你是，其实，你并不是。

你的父母按照社会惯常的方式来培养你，你所拥有的一切都是按照这样的要求来努力寻求的。

原本真真实实的自我，其实是不存在的，现实中的你就是社会上各种生活习惯和思想时尚的综合体。

烦躁的生活，不管是谁，总会某天无端地心慌，这样的心慌其实也是一种迷茫，他不知道自己为何如此生活。

按部就班的生活，到底是为什么呢？

我为何又会成为我？

如今的我，又是如何成就的呢？

他者，对于现在的我，又有何意义？

焦虑、迷茫，有宗教总是好的，因为这样会给你信仰。你的眼神才不会因为不知如何而活变得空洞。

这是整个社会大环境对人的改变。

或许这样说更合适，社会大环境对人生成的规划。

人在这样一个总体的规则中生活着，在这样的规则之内，出现了平庸者和出类拔萃者。

王国维在这里所说的："社会上之习惯，杀许多之善人。文学上之习惯，杀许多之天才。"就是说，世间的恶行陋习会扼杀许多内心善良的人，而文学的约定俗成也会毁掉很多身负才情的人。在世事习俗的双重逼迫下，人们在不断妥协中丧失真我，磨灭了应有的灵性。

其实，不管是大环境还是小环境，都难觅真我。

因为，这样一种绝对的真我是不存在的。

这则所写之内容似乎和王国维此则文字所谈的写作关系不大。他强调的是写作上，社会习惯对人的影响。

实质上，谁不是被社会所影响、塑造的呢？

人的哪一个方面又不是被社会所影响、塑造出来的呢？

万千河流归大海。

终归于同。

景语皆情语

> 昔人论诗词，有景语、情语之别。不知一切景语，皆情语也。

一切景语皆情语。

当任何文字只要以表达的形式表现出来，它便有了情感。

也就是说，当文字承载了交流内容的时候，它便是感情的底蕴。

诗词自然是人之情感集中所发。诗文之中所写之字，自然是包含作者情感之言。

一些故作聪明者，将里面的写景写情的文字一一划分开来，其实不知道，写景就是写情，一切景语都是情语，因情而生之语，吐之肺腑，便是情意。借景抒情，融情于景等，其实都是废话，一切景语皆情语。

不过，话又说回来，任何文字其实都是自身的一种表达，或隐蔽、或真实，隐蔽也是另外的一种真实的体现。

尽君今日欢

　　词家多以景寓情。其专作情语而绝妙者，如牛峤①之"须作一生拼，尽君今日欢"、顾琼之②"换我心，为你心，始知相忆深"、欧阳修之"衣带渐宽终不悔，为伊消得人憔悴"③、美成之"许多烦恼，只为当时，一饷留情"，此等词，求之古今曾不多见。余《乙稿》中颇于此方面有开拓之功。

　　东方式的表达向来是含蓄的，在古典诗词里面更是如此。

　　固定的意象总是能够营造一些固定的意境。王国维也说：词家多以景寓情。

　　词家多以景寓情，也就是说，他们不喜欢直白地表达自己的情感。

　　中国当代受到西方影响，渐渐才有直白表达自己情感的方式。但是，中国人事复杂，国人言语一向是含蓄委婉，和国外直肠子的表达方式是迥然不同的。其实越是压抑的，越是需要表达和倾听。这个时候作家琼瑶仿若横空出世，将爱情满满当当地放置在国人面前，国人在这样炽烈的爱情

　　①牛峤，字松卿，五代前蜀词人，有《牛给事词》，词格类温庭筠。
　　②顾琼之，五代后蜀词人。善填各种结构上迥然不同的词，词风绮丽却不浮靡，意象十分清新生动，情致极其悱恻缠绵。《花间集》收夐词五十五首，有《顾太尉》词。
　　③柳永《凤栖梧》"衣带渐宽终不悔，为伊消得人憔悴。"词又误入《欧阳文忠公近体诗乐府》及《醉翁琴趣外编》。

故事里大解了一把如何表达爱意的馋。
正是因为对情感饥渴得太久，所以琼瑶
的腻，正补了国人的缺。在琼瑶阿姨的
爱情故事里，"我好爱好爱你"，"我
好想好想你"，"我觉得我快要崩溃了"
这些句子极其裸露地展示了主人公的情
感，如果大张旗鼓、没羞没臊的表白在
演员闷骚的眼神笼罩下，观众被他们的
气场震得全身发冷，波涛汹涌的鸡皮疙
瘩教人全身发麻，听着这样的台词，我
觉得我也快要崩溃了。

其实，这样叫人瘆得慌的直白句子，
全是因为它来得太陡，如此饥渴的表白，前面没有一个来源于真实生活的铺垫，一下
子全出来了，叫人招架不住。

直抒胸臆的情感句子，能够打动人的，一定是应时应景、水到渠成的自然。读者
读起来要有好像如果是自己在现场，不这样直抒胸臆就不甘心一样。

这才是所谓的情真意切。

也只有情真才能意切，否则就是轻佻和造作。

其中被王国维赞扬的："须作一生拼，尽君今日欢。"此句是女子所说，就是说，
只要拥有过我们今天相处的快乐时光，哪怕舍弃我的一生都可以的。

读起来有些悲戚，这句话表面上看是奉献和付出，实质是贪婪的，人常常会为一
时的欢愉和欲望的满足，献上自己的灵魂。

这里的女子已经完全地把自己交付了出去，下定了决心，要成就这一晌贪欢。

此刻的付出，如此无怨无悔，不知道实现了这片刻的理想之后，在以后的岁月是
否就真能够在内心风轻云淡，拿得起放得下。

可是这个时刻，女子对爱情的献身却是真真实实的，她如此浓烈若火般燃烧的爱
情，足以焚烧此中男子的任何意志。

是的，人生苦短，恩情易逝。唯一能抓住的就是现在。

细读牛峤的《菩萨蛮》：

菩萨蛮

牛峤

玉炉冰簟鸳鸯锦，粉融香汗流山枕。帘外辘轳声，敛眉含笑惊。

柳阴烟漠漠，低鬓蝉钗落。须作一生拼，尽君今日欢。

"玉炉冰簟鸳鸯锦"，玉炉生香烟。冰簟也就是凉席。冰簟上放着鸳鸯被。鸳鸯被，就是供给两个人盖的大被子。这里刻意以"鸳鸯"写被，暧昧的意味就暗生了。

好床好被，因有玉人，屋自生香。

而玉人是怎样的呢？"粉融香汗流山枕"，玉人香汗淋淋，脸上的脂粉都被冲淡了，流在两端高起的枕头上。这里又是很有意味的，为何枕头以山修饰呢？因为头枕在上面，中间松软部分被压下去，自然两边就是如山了。前面已经说过是鸳鸯被了，那么这枕头的形状，就暗示了玉人在床上的姿势是躺着的。玉人横躺，香汗淋淋，这里又是如何的浓艳和暧昧呢？

"帘外辘轳声，敛眉含笑惊。"前面写欢情之浓烈，帘外响起辘轳声，这辘轳声也就表明天快亮了。这外面早起之人活动的声音，惊扰了女子的笑意，眼角眉梢的快乐还没有褪去，马上皱起眉头，担心即将要来的离别了。

下阕首句写景"柳阴烟漠漠"，写到烟柳这个意象即是表明分别在即。

"低鬟蝉钗落"女子头上的发钗滑落下来，是因为女子低头的动作。女子低头是因为有话要告诉即将离去的人。

她说的是："须作一生拼，尽君今日欢。"

这句话的意思是：只要你今天尽兴，我这一辈子都无所谓了。

临别之际，这等自轻自贱的热烈表白，也正是说明了自古以来爱情都是女人的要害。

顾琼之："换我心，为你心，始知相忆深。"更多的其实还是在强调自己对爱情的珍惜。

欧阳修的"衣带渐宽终不悔，为伊消得人憔悴"的确写出了自己为了感情形消体瘦，但是细读其实还有一点炫耀和要挟之意，就是说我为你都成这样了，你看我对你的情感多深啊，那你又应该怎样对我呢？欧阳修的句子叫人觉得他在爱情面前尽管付出得自己已经憔悴了，却还是矜持的。说白了，也就是说欧阳修无论怎么坠入情网，他都是端着的，他放不开。

而美成的"许多烦恼，只为当时，一饷留情"，这句话的确应该看作是周邦彦的肺腑之言，处处留情，为情所困。经历的情事多了，自然就会悟出这些烦恼都是来源于当初自己的多情，如果没有情感，也就没有烦恼，正所谓无爱一身轻。

周邦彦的爱情直白之语里，少了情意，多了计较。谁爱谁多一些，谁就更受苦一些。唉，这个爱情的功利主义者，就是没觉悟，所以他不管怎么写，王国维都觉得他境界不高嘛！

王国维侨居日本后的学术转向

1911 年 10 月 10 日，武昌起义爆发，随后全国 14 个省先后宣告"光复"和独立。11 月 1 日，刚出台不到半年、主要由满族王公、亲贵组成的"亲贵内阁"宣布辞职。

几经研究

此刻的王国维，仍然坚持去学部图书局按时签到，所谓签到，其实不过是例行公事罢了。心情焦虑的罗振玉找到王国维，两人几经商量、研究，决定出走日本。

东渡日本

于是，王国维、罗振玉携带各自家眷，于 1911 年 11 月 27 日从天津搭日轮"温州丸"抵神户。随后，王国维等人暂居在日本京都乡下田中村。次年 4 月移居京都吉田町神乐冈八番地。从此侨居日本达 5 年之久。

经此巨变，王国维"尽弃前学，专治经史"。这与罗振玉的影响有很大关系。罗振玉把平时收藏的甲骨、青铜器等古器物、敦煌文物、字画、碑帖、古籍等带到日本，王国维帮助他整理，而走上史学研究道路。

研究甲骨文

考究王国维一生所坚持的学术思想，可以发现，真正促使王国维转向史学，是他出于对传统文化瓦解的担忧。进一步说，王国维希望通过自己"专研国学"的努力，挽救中国的文化精神。这才是他追求学术转向的内在动力。

侨居日本时，王国维与罗振玉朝夕相处，也结识了几位外国学者。当时王国维主要的著作除《宋元戏曲史》一书外，另集两年所作诗二十首成册，名曰《壬癸集》，还与罗振玉合著《流沙坠简》，并写《殷墟书契》两卷译文等。

境阔与言长

词之为体，要眇宜修。[①]能言诗之所不能言，而不能尽言诗之所能言。诗之境阔，词之言长。

诗、词这两种文体，由于受到唐宋朝代的影响，一个端庄，一个柔媚。

很奇怪的两种文体，恰似一对情侣，它们的性格是互补的。

词能言诗所不能言的地方，却不能完全代替诗歌所有的一切。当然诗歌也一样，诗所说的剩下的，便是词所言说的。

诗歌的境界开阔，词的境界总是情深意长。

---

①屈原《楚辞·九歌·湘君》："君不行兮夷犹，蹇谁留兮中洲，美要眇兮宜修。"

不如言境界

言气质，言神韵，不如言境界。境界为本也；气质、格律、神韵，末也。有境界，而三者随之矣。

王国维颇沾沾自喜自己拈出的"境界"一说。境界乃是最根本的东西，其他的一切都是附带的。只要诗词达到了一定的境界，那么神韵、气质也就随之而至了。

境界是豁达融贯的感觉，整首词的感觉都要从此而出，懂得了诗词的境界，基本上也就懂得了整首诗词。

气质和神韵都是次于境界的，境界于一首诗词来说是最重要的。

境界总是像一个盛大的、悠远的、阔达的整体。

但是仔细感觉，你却也并不觉得它若非是盛大悠远阔达，你就摸不着它了。

它牵引你入境，犹如一条密密石子路，走过去之后就是眼界开阔。境界将你整体地带入诗词其中，你的感觉在诗词里面，好像是触摸得到一样。

所以，境界给人的感觉是融。

而气质和神韵的提法，尽管也是对诗词整体感觉上的概括，但是都没有说到实质内容。

气质，从对诗词的欣赏来说，尽管已经是在往诗词欣赏的内在里走，但是总觉得还是在其表面，没有真正融入。

一个人的气质也是表面上给人的感觉，是模糊的，是一个大概的印象。

　　神韵，似乎比气质更深入一些，但是神韵，比起境界来说又太过于集中，有些过于执着之感。过于执着，就会忽略了欣赏途中的美景，也就是融入境界的一个过程。

　　境界是一个整体包容的过程，是一个读者融入诗词内里的探究，所以，只有领悟了境界，气质和神韵也就跟着清楚了。

借古人之境

"秋风吹渭水，落叶满长安。"美成以之入词，白仁甫以之入曲，此借古人之境界为我之境界者也。然非自有境界，古人亦不为我用。

　　这里其实再一次提到的是用典的问题。从王国维的"隔"与"不隔"的问题中，可以知道他是向来反对用典的，因为用典用得不好就是"隔"了。

　　这里被王国维点到名的周邦彦和白仁甫，在各自的词和曲中，都化用了贾岛《忆江上吴处士》中的名句"秋风吹渭水，落叶满长安"一句。

忆江上吴处士

贾岛

闽国扬帆去，蟾蜍亏复圆。

秋风吹渭水，落叶满长安。

此夜聚会夕，当时雷雨寒。

兰桡殊未返，消息海云端。

　　但是在周邦彦和白仁甫的所用之处，并无"隔"之感，反而是水到渠成的自然之感。

　　王国维说这里两人用典用得好的原因就是，周邦彦和白仁甫在用典的时候，已经用了自己独特的意境，所以典故便是对自己所营造意境的一个推波助澜，而不会喧宾夺主。

　　其实周邦彦是一直不被王国维所赞许的，这次的活用典故除外。

　　不过从贾岛的这句"秋风吹渭水，落叶满长安"诗句的本意来理解，就是讲的秋意凄楚之感。

　　若将它化用，其意只要是跟萧瑟、凄楚的秋天相关就可以了。

　　所以，在周邦彦和白仁甫的词曲里面，他们最开始营造的氛围就是秋天的萧瑟之意，那么再化用典故来相称，就是相得益彰了。

齐天乐 · 秋思

周邦彦

绿芜凋尽台城路，殊乡又逢秋晚。暮雨生寒，鸣蛩劝织，深阁时闻裁剪。云窗静掩。叹重拂罗裀，顿疏花簟。尚有綀囊，露萤清夜照书卷。

荆江留滞最久，故人相望处，离思何限？渭水西风，长安乱叶，空忆诗情宛转。凭高眺远。正玉液新篘，蟹螯初荐。醉倒山翁，但愁斜照敛。

双调 · 得胜乐

白朴

玉露冷，蛩吟砌。听落叶西风渭水。寒雁儿长空嘹唳。陶元亮醉在东篱。

梧桐雨 · 普天乐

恨无穷，愁无限。争奈仓促之际，避不得蓦岭登山。銮驾迁。成都盼。更哪堪泸水西飞雁，一声声送上雕鞍。伤心故园，西风渭水，落日长安。

谁最工长调

    长调自以周、柳、苏、辛为最工。美成《浪淘沙慢》二词，精壮顿挫，已开北曲之先声。若屯田之《八声甘州》，东坡之《水调歌头》"中秋寄子由"，则仁兴之作，格高千古，不能以常词论也。

此则中，王国维特意提到了长调。

王国维赞许周、柳、苏、辛四人的长调最为工整。

其中周邦彦的《浪淘沙慢》精壮顿挫，开了北曲之先声。

浪淘沙慢

周邦彦

    晓阴重，霜凋岸草，雾隐城堞。南陌脂车待发，东门帐饮乍阕。正拂面、垂杨堪揽结。掩红泪、玉手亲折。念汉浦离鸿去何许，经时信音绝。

情切。望中地远天阔。向露冷风清，无人处，耿耿寒漏咽。嗟万事难忘，唯是轻别。翠尊未竭，凭断云、留取西楼残月。

罗带光销纹衾叠。连环解、旧香顿歇。怨歌永、琼壶敲尽缺。恨春去、不与人期，弄夜色、空馀满地梨花雪。

浪淘沙慢

周邦彦

万叶战，秋声露结，雁度沙碛。细草和烟尚绿，遥山向晚更碧。见隐隐、云边新月白。映落照、帘幕千家，听数声、何处倚楼笛？装点尽秋色。

脉脉。旅情暗自消释。念珠玉、临水犹悲感，何况天涯客？忆少年歌酒，当时踪迹。岁华易老，衣带宽、懊恼心肠终窄。

飞散后、风流人阻。兰桥约、怅恨路隔。马蹄过、犹嘶旧巷陌。叹往事、一一堪伤，旷望极。凝思又把阑干拍。

之后提到柳永的《八声甘州》：

八声甘州

柳永

对潇潇暮雨洒江天，一番洗清秋。渐霜风凄紧，关河冷落，残照当楼。是处红衰翠减，苒苒物华休。惟有长江水，无语低流。

不忍登高临远，望故乡渺邈，归思难收。叹年来踪迹，何事苦淹留。想佳人、妆楼颙望，误几回、天际识归舟。争知我、倚阑干处、正恁凝愁。

"对潇潇暮雨洒江天，一番洗清秋。"开头便是开阔之境，吟读之时是何等的壮美萧楚，潇潇暮雨一洒江天，将清秋洗尽。

"渐霜风凄紧，关河冷落，残照当楼。是处红衰翠减，苒苒物华休。惟有长江水，无语低流。"壮阔之后便是一番轻愁，这番愁恰似万古文人都会有的感叹，感叹时光荏苒，唯一能安慰自己的便是这无语低流之长江。

《八声甘州》的下阕太失意，比不上上阕的风度气魄，上阕气魄轩昂，落落低回，叫人吟之壮怀胸臆，一思泪流。

而苏轼的《水调歌头》一扫悲怀婉转，只是温柔以待。醉酒通宵，心最柔时，情才真时。

水调歌头

苏轼

丙辰中秋，欢饮达旦，大醉，作此篇，兼怀子由。

明月几时有？把酒问青天。不知天上宫阙，今夕是何年？
我欲乘风归去，又恐琼楼玉宇，高处不胜寒。起舞弄清影，
何似在人间！

转朱阁，低绮户，照无眠。不应有恨，何事长向别时圆？
人有悲欢离合，月有阴晴圆缺，此事古难全。但愿人长久，
千里共婵娟。

"明月几时有？把酒问青
天。不知天上宫阙，今夕是何年？
我欲乘风归去，又恐琼楼玉宇，
高处不胜寒。起舞弄清影，何似
在人间！"

上阕同样是感叹时光，却是
如神仙般的飘飘然，这人间已然
是仙境了。

"转朱阁，低绮户，照无眠。
不应有恨，何事长向别时圆？人有悲欢离合，月有阴晴圆缺，此事古难全。但愿人长
久，千里共婵娟。"

下阕的辗转回首，这人生之悲欢离合，恰如这月的阴晴圆缺，这似乎已经成为普
遍的一条人生定理。既然人生已是如此，遗憾从来是不可能被改变的。只有期盼着人
生长久、千里共婵娟了。

所以苏轼《水调歌头》的这颗温柔之心，被王国维称为格高千古，不能当作一般
长调看待。

后人不能学

稼轩《贺新郎》词"别茂嘉十二弟"，章法绝妙。且语语有境界，此能品而几于神者。然非有意为之，故后人不能学也。

贺新郎·别茂嘉十二弟

辛弃疾

绿树听鹈鴃。更那堪、鹧鸪声住，杜鹃声切。啼到春归无寻处，苦恨芳菲都歇。算未抵、人间离别。马上琵琶关塞黑，更长门、翠辇辞金阙。看燕燕，送归妾。

将军百战身名裂。向河梁、回头万里，故人长绝。易水萧萧西风冷，满座衣冠似雪。正壮士、悲歌未彻。啼鸟还知如许恨，料不啼清泪长啼血。谁共我，醉明月？

辛弃疾的这首《贺新郎·别茂嘉十二弟》，被王国维称为是神品，后人是如何都学不来的。

"绿树听鹈鴂。更那堪、鹧鸪声住，杜鹃声切。啼到春归无寻处，苦恨芳菲都歇。算未抵、人间离别。马上琵琶关塞黑，更长门翠辇辞金阙。看燕燕，送归妾。"上阕用典颇多，我一向比较害怕读用典较多的词，一是自己才疏学浅，识典不多；二是一读典便是要将这意思再换转一次，委实有些觉得已不再有最初之真的感觉。

但是读辛弃疾的词，你在读的时候，即便是你不知道这些典故，但是你依旧能够一气呵成般的顺畅而下，这便是辛弃疾用典的神奇之处，也是他写词的自然之气。

"绿树听鹈鴂。更那堪、鹧鸪声住，杜鹃声切。"前面几句写到了三种鸟儿的叫声，这些鸟儿的叫声都是凄凉的，你方叫罢它响起，三种声音轮番响起，叫人心中更是不忍。

"啼到春归无寻处，苦恨芳菲都歇。"这些凄楚的叫声，即便是春天似乎也寻觅不到明媚，遗憾这凄楚叫这芳菲歇尽。此句化用的典故是《离骚》："恐鹈鴂之先鸣兮，使夫百草为之不芳。"此句的意思依旧是鸟儿的凄楚之声，叫百花不再芬芳了。和辛弃疾此时此词的心境是如出一辙的，虽说辛弃疾身为武夫，但他的才华并不逊色于他的武艺，他的内心也对这千秋之家国充满了凝愁重恨。

"马上琵琶关塞黑"所用典故是王昭君出塞；"更长门翠辇辞金阙"所用典故是陈后被黜于长门宫辞别汉武帝刘彻之事；"看燕燕，送归妾"所用典故即是载卫庄姜送戴妫陈事。这些所用典故，都是美人失意，表面上是写美人失意，实质是暗喻自己不被重视，一腔忠心都被付诸东流之恨。

"将军百战身名裂。向河梁、回头万里，故人长绝。易水萧萧西风冷，满座衣冠似雪。正壮士、悲歌未彻。啼鸟还知如许恨，料不啼清泪长啼血。谁共我，醉明月？"

"将军百战身名裂"其中"将军"是指汉将军李陵，本是一心为了国家的将军，在战败之时为了保住全部将士投降匈奴，这一举动导致将军身败名裂。"向河梁、回头万里，故人长绝。"这里的故人是苏武，苏武牧羊不忘故里。"易水萧萧西风冷，满座衣冠似雪。正壮士、悲歌未彻。"荆轲刺秦之义举，悲歌啸西风。这四个典故所引之人都是忠肝义胆却无好下场之壮士，万古英雄，一腔悲歌。和辛弃疾恰似如出一辙的，他在了解别人，替他人倾诉的同时，也是在倾诉自己。

"啼鸟还知如许恨，料不啼清泪长啼血。"从这么多的壮怀激烈的英雄悲歌中由人及己，听到这鸟啼之声，想到如果鸟儿也能够了解这些许家仇国恨的话，那么恐怕所啼的就不再是清泪，而是血泪了吧。这里很自然地又引入了另一个典故：杜鹃啼血。开篇便闻鸟啼之声，此时随着词的层层推进，杜鹃啼血更显思想之深刻。

"谁共我，醉明月？"词到这里才表明其意，其词是一首送别之词，十二弟与我的分别，正是我这前面的愁情之来由。英雄人间知己少，十二弟一走，我还能和谁诉衷肠，醉明月呢？

全词用典颇多，但是却自然流畅，毫无"隔"之感，反而加深了词中感情的表达。这样的功力，正是王国维欣赏的地方。

开通押之祖

稼轩《贺新郎》词："柳暗凌波路。送春归、猛风暴雨，一番新绿。"又《定风波》词："从此酒酣明月夜，耳热。""绿"、"热"二字，皆作上去用。与韩玉《东浦词·贺新郎》以"玉"、"曲"叶"注"、"女"，《卜算子》以"夜"、"谢"叶"节"、"月"，已开北曲四声通押之祖。

这里又讲到了押韵。

以往的北方方言讲平、上、去、入。而我们现在的普通话虽说是从北方方言发展而来的，却没有入声。

在宋代最开始的时候，压仄声韵的词，通压的只有其同韵部的上声韵和去声韵。

在南宋时候，北曲流行，平、上、去、入四声都可以通压了。

我们看到被王国维提及的四首词，就可以举出例子：

贺新郎

辛弃疾

柳暗凌波路。送春归、猛风暴雨，一番新绿。千里潇湘葡萄涨，人解扁舟欲去。又樯燕、留人相语。艇子飞来生尘步，睡花寒、唱我新番句。波似箭，催鸣橹。

黄陵祠下山无数。听湘娥、泠泠曲罢，为谁情苦。行到东吴春已暮，正江阔、潮平稳渡。望金雀、觚棱翔舞。前度刘郎今重到，问玄都、千树花存否？愁为倩，幺弦诉。

定风波

辛弃疾

金印累累佩陆离，河梁更赋断肠诗。莫拥旌旗真个去。何处？玉堂元自要论思。

且约风流三学士，同醉。春风看试几枪旗。从此酒酣明月夜。耳热。那边应是说侬时。

贺新郎·咏水仙

韩玉

绰约人如玉。试新妆、娇黄半绿，汉宫匀注。倚傍小阑闲凝伫，翠带风前似舞。记洛浦、当年俦侣。罗袜生尘香冉冉，料征鸿、微步凌波女。惊梦断，楚江曲。

春工若见应为主。忍教都、闲亭邃馆，冷风凄雨。待把此花都折取，和泪连香寄与。须信到、离情如许。烟水茫茫斜照里，是骚人、九辨招魂处。千古恨，与谁语？

卜算子

韩玉

杨柳绿成荫，初过寒食节。门掩金铺独自眠，哪更逢寒夜。

强起立东风，惨惨梨花谢。何事王孙不早归？寂寞秋千月。

辛弃疾的《贺新郎》和《定风波》中，"绿"和"热"应为入声，在这里按照押韵的规则，就不再读成入声，只是读成上声或是去声。

韩玉的《贺新郎（咏水仙）》中以"玉"、"曲"读为入声与"注"、"女"押韵。《卜算子》中的"夜"、"谢"读去声，与"节"、"月"读入声押韵。

这便是王国维所说开四声押韵之祖。

不足比容若

谭复堂①《箧中词选》谓："蒋鹿潭②《水云楼词》与成容若、项莲生③，二百年间，分鼎三足。"然《水云楼词》小令颇有境界，长调惟存气格。《忆云词》精实有余，超逸不足，皆不足与容若比。然视皋文、止庵辈，则倜④乎远矣。

谭复堂称蒋春霖、项鸿祚和纳兰容若在这二百年间在词的造诣中分鼎三足。

在王国维看来，蒋项二人难以和纳兰容若媲美。像张惠言、周济之辈，差纳兰容若就更远了。

纳兰容若的词向来是行云流水，自述个人之性情，在上篇对纳兰容若的词已有分析。

王国维指出的是：《水云楼词》小令颇有境界，长调唯存气格。但是一和纳兰容若的相比起来，便是精实有余，超逸不足。

何为超逸不足？也就是在气度上，是怎么样都赶不上纳兰容若的，少了潇洒之气，只剩下解不开的郁结之心，这样心境作出来的词，自然也就境界不开阔了。

①谭献，号复堂，近代词人，选辑清人词为《箧中词选》，另著有《复堂词》。
②蒋春霖，字鹿潭，清代词人，有《水云楼词》。
③项鸿祚，字莲生，清代词人，有《忆云词甲乙丙丁稿》。
④倜，远离的样子。

清尊北宋词

　　词家时代之说，盛于国初。竹垞[①]谓："词至北宋而大，至南宋而深。"后此词人，群奉其说。然其中亦非无具眼者。周保绪曰："南宋下不犯北宋拙率之病，高不到北宋浑涵之诣。"又曰："北宋词多就景叙情，故珠圆玉润，四照玲珑。至稼轩、白石，一变而为即事叙景，故深者反浅，曲者反直。"[②]潘四农德舆[③]曰："词滥觞于唐，畅于五代，而意格之闳深曲挚，则莫盛于北宋。词之有北宋，犹诗之有盛唐。至南宋则稍衰矣。"刘融斋熙载曰："北宋词用密亦疏，用隐亦亮，用沈亦快，用细亦阔，用精亦浑。南宋只是掉转过来。"[④]可知此事自有公论。虽止庵词颇浅薄，潘刘尤甚。然其推尊北宋，则与明季云间诸公，同一卓识也。

　　云间诸公，指明末词人陈子龙、宋征舆、李雯，三人皆为松江华亭（今上海松江，云间为松江别称）人，时称"云间三子"。

　　此则列举了很多清代评论家对宋词的评价，不管其理论粗浅，都一致推崇北宋的词。

　　这里对北宋之词的推崇，和王国维的论点是一致的。其中王国维推崇北宋词，在上篇已有详细说明。

---

　　①朱彝尊，号竹垞，清代词人，其《词综·发凡》："世人言词，必称北宋。然词至南宋始极其工，至宋季而始极其变。"
　　②保绪语见周济《介存斋论词杂著》。
　　③潘德舆，号四农，清代诗人，其语见《养一斋集》卷二十二"与叶生名澧书"。
　　④刘融斋语见刘熙载《艺概》卷四《词曲概》。

子龙彩花耳

　　唐五代、北宋之词，何谓"生香真色"①。若云间诸公，则采花耳。湘真②且然，况其次也者乎？

　　"生香真色"是从王士禛《花草蒙拾》中拾掇出来的四个字，被王国维用来形容唐、五代、北宋词的特色，王国维用词乃真情之作，最初的观点再一次地肯定了唐、五代、北宋的词。

　　"云间诸公，则采花耳。"这里是王国维揶揄陈子龙的作品，说他的作品不过如同彩花。作品如同彩花，就是徒有其表，实质上并没有生命力。

---

①　"生香真色"语出王士禛《花草蒙拾》。
②　湘真，指陈子龙词集《湘真阁》。

浅论《衍波词》

《衍波词》之佳者，颇似贺方回。虽不及容若，要在浙中诸子[①]之上。

《衍波词》中的佳作，和贺铸的作品相似，虽然比不上纳兰容若的词，但是和朱彝尊、陈维崧这些人比起来，王士禛就很厉害了。

一直都佩服王国维思维上的跳跃性，他往往能够随意拈出两人就做比较，不管这两个人是否有几千岁、几百岁之差别。

在读到《人间词话》下篇的时候，我觉得王国维在将这些被他挑选出来的人进行比较的行为中，似乎模糊了进行比较的一个标准，或许文学的感觉是无法用标准来衡量的，王国维在这几则中给我们的似乎更多的，还是他个人纯粹的感觉。

明末清初的诗人王士禛，在诗歌上主张要有"神韵"，推崇清幽淡远、含蓄深蕴，言有尽而意无穷。但是历来的评论家对他擅长的小令的评价是含蓄之味多，沉厚之旨少，和朱彝尊、陈维崧比起来，也未必比得上。

不管他人如何言说，我们还是自己先来品鉴一番。

浣溪沙

王士禛

北郭青溪一带流，红桥风物眼中秋，绿杨城郭是扬州。

西望雷塘何处是？香魂零落使人愁，澹烟芳草旧迷楼。

---

①浙中诸子，指清代词人朱彝尊、陈维崧诸人。

白鸟朱荷引画桡，垂杨影里见红桥，欲寻往事已魂消。

遥指平山山外路，断鸿无数水迢迢，新愁分付广陵潮。

只要读过唐诗之后，再读其他人的诗歌，自然而然便会觉得其诗底气不足，似乎好诗都被唐朝人写尽了。读王士祯的这首《浣溪沙》，我才真是有只是文字的堆砌，情感犹如鸡肋之感。情感在文字的游走中明显的有力不从心之感。

这首《浣溪沙》将清溪、枫叶、芳草等等意象组织起来，情感抒发不过就是"使人愁"、"已魂消"、"新愁"等词语贯穿其中，便称其为诗了，实质上很有老生常谈之感，也并不能感觉到神韵之类的。

再读朱彝尊：

卖花声·雨花台

朱彝尊

衰柳白门湾，潮打城还。小长干接大长干，歌板酒旗零落尽，剩有渔竿。

秋草六朝寒，花雨空坛。更无人处一凭栏。燕子斜阳来又去，如此江山。

文人悲苦多，感叹江山几何。读这首词，依旧是文人对家园河山的感叹，不过在气势上颇为委婉，欲说还休，几番唱回，借凋残的意象来加以衬托，昔盛今衰，一句"如此江山"将满腔悲哀以如此含蓄的方式表达出来，更是摧人心肝。

再欣赏陈维崧：

醉落魄·咏鹰
陈维崧

寒山几堵，风低削碎中原路。秋空一碧无今古。醉袒貂裘，略记寻呼处。

男儿身手和谁赌？老来猛气还轩举。人间多少闲狐兔？月黑沙黄，此际偏思汝。

此词为咏物词，咏物多是借物抒怀。

上阕开篇写鹰在高空所俯之景，但是"堵"、"削"等用字极为精练，写出鹰之英雄气度。

下阕"男儿"起句，豪迈气势已是将己比鹰，所写豪迈之气中，语言中不乏天下不识英雄，英雄无用武之地的悲愤之意。

读陈维崧的词，能够识得他的勇猛之气，却又从他的勇猛之气中看得他的天真，有些初生牛犊不怕虎的冲动。

三人的诗词，偶择其一读之，我不能仅仅从自己所读的一两篇作品去评价诗人的风格。只是这一路读出，我最喜欢的还是陈维崧的《咏鹰》，此篇亦是天真可爱的文字。

论近人之词

近人词，如《复堂词》之深婉，《彊村词》①之隐秀，皆在吾家半塘翁②上。彊村学梦窗而情味较梦窗反胜。盖有临川③、庐陵④之高华，而济以白石之疏越者。学人之词，斯为极则。然古人自然神妙处，尚未梦见。

这则的意思是，近代词人，比如谭献的《复堂词》的深宏婉约之处，朱孝臧的《彊村词》中隐利闺秀之处，都在王鹏运之上。朱孝臧学习吴文英，在情味上反而比他高明，并且句子具有王安石和欧阳修的精妙，而又兼备了姜夔的俊朗，学习古人写词句子能写到这等高妙地步，已经是到极点了。可是朱孝臧只是学习句子的写法，自然之情感和诗歌之神韵，没有办法从他的诗文中领略到。

这则提到了近代的很多诗人，王国维本就处于清末时代，把近代诗人所写之词拿来评价一番，也是人之常情。看起来好像比较了很多诗人的风格，具体点评不过是朱孝臧的词。

朱孝臧在近代词人中是比较有名的，与王鹏运、况周颐和郑文焯合称"清季四大词人"，这样的封号颇有

---

① 朱孝臧，一名祖谋，号彊村，近代词人，有《彊村词》。
② 王鹏运，号半塘老人，又号鹜翁，近代词人，有《半塘定稿》、《鹜翁词》等。
③ 王安石，临川人，北宋文学家。
④ 欧阳修，庐陵人，北宋文学家。

才子的意味了。

　　王国维最欣赏北宋之词，他一直认为北宋的词比南宋的词要精妙。离开两宋，王国维欣赏的词人只有纳兰容若，从塞外而入的纳兰容若，丝毫没有背负宋词遗留下来的辉煌，反而在词的创作上写出了后主之风。而深受宋词成就之影响，对宋词的优秀作品反复临摹，对其个人风格反复揣摩，好似邯郸学步，忘却了自己对词真正的感觉，所以王国维对其他只知道遣词造句的词人的评价都很低，基本上都认为他们不过是填词匠。

　　读了朱孝臧的词，觉得王国维这样的感觉一点都没错。

　　看到此人所作之词二首：

浣溪沙

朱孝臧

　　独鸟冲波去意闲，瑰霞如赭水如笺。为谁无尽写江天。

　　并舫风弦弹月上，当窗山髻挽云还。独经行处未荒寒。

浣溪沙

朱孝臧

阻风滋味暂时生，翠阜红厓夹岸迎，水窗官烛泪纵横。

禅悦新耽如有会，酒悲突起总无名。长川孤月向谁明？

有些人对这两首词的评价是看不懂，也就是不明其意。我读了之后也是一头雾水。第一首，起句"独鸟冲波去意闲"有着孤寂清闲之感，但是后句便觉晦涩了，"瑰霞如赭水如笺"，霞光好似玫瑰之色，但是和前句所营造的孤寂清闲之感有何关系呢？"水如笺"怎么突然又生了水如信纸的意思呢？后面一句"为谁无尽写江天"，有着叹惋时光流逝之感，但是这样的感觉似乎也很牵强，好似只是故意为了情感而情感，那么也就是为了文字而文字了。

"彊村学梦窗，而情味较梦窗反胜。盖有临川、庐陵之高华，而济以白石之疏越者。"读这两首词，确实有此感，但是词无真情，纯粹遣字，文字再精美，也不过是一朵绣屏上的鲜花罢了。

两首《蝶恋花》

宋直方《蝶恋花》："新样罗衣浑弃却，犹寻旧日春衫著。"谭复堂《蝶恋花》："连理枝头侬与汝，千花百草从渠许。"可谓寄兴深微。

王国维在这两首词中，分别拈出两句，发出"寄兴深微"之叹。

先看第一首：

蝶恋花

宋征舆

宝枕轻风秋梦薄，红敛双蛾，颠倒垂金雀。新样罗衣浑弃却，犹寻旧日春衫著。

偏是断肠花不落，人苦伤心，镜里颜非昨。曾误当初青女约，至今霜夜思量著。

被拈出之句："新样罗衣浑弃却，犹寻旧日春衫著。"从此刻穿在身的新衣服上，却还想嗅到旧衣服的味道，生活在明末清初时代的宋直方，暗含着对前朝的怀念。

再看第二首：

蝶恋花

谭献

帐里迷离香似雾，不烬炉灰，酒醒闻馀语。连理枝头侬与汝，千花百草从渠许。

莲子青青心独苦，一唱将离，日日风兼雨。豆蔻香残杨柳暮，当时人面无寻处。

被拈出之句："连理枝头侬与汝，千花百草从渠许。"暗含不会舍弃以前的东西，以前的东西都是千丝万缕，已经和现在的自己息息相关了。

下阕似乎更悲戚，情感也更明显。莲子表面看起来青青的，实质上它的内心却是苦的。歌罢将离别，离去自是匆匆，一天天的路程风雨相交。只剩下这豆蔻残香，日暮之柳，而昔日的人早已无处追寻，抱怨、不满之意溢满全词。

　　谭献和宋直方一样都是生活在改朝换代的时代。谭献生活在清末，所寄托的，也就是不会忘记前朝，眷恋清朝时代的辉煌。

　　而王国维独独欣赏这两句，或许跟词里面寄托的情绪有关，要知道王国维生活的时代更是乱世，这样的世界和他的理想之国是相差甚远的。他在欣赏两位词人的这两句词的时候，对于他自己此时的心境，何尝又不是一种寄兴深微呢。

民国清华五大导师

1925 年，王国维受聘任清华国学研究院导师，与梁启超、陈寅恪、赵元任、李济被称为"五星聚奎"，桃李门生、私淑弟子遍充几代中国史学界。

王国维是中国近、现代相交时期享有国际声誉的著名学者。

赵元任是中国现代语言和现代音乐学先驱。

李济是人类学家、中国现代考古学家、中国考古学之父。

李济

陈寅恪

王国维

赵元任

梁启超

梁启超是近代中国的思想启蒙者，深度参与了中国从旧社会向现代社会的变革。

陈寅恪是中国现代最负盛名的历史学家、古典文学研究家、语言学家。

清华园中，只要看到背影就知道王国维，辫子是他最好的标志。

1914 年清华建校 3 年时，梁启超到清华演讲，引用《易经》里的话勉励清华学生要做君子，树立"完整人格"："天行健，君子以自强不息；地势坤，君子以厚德载物。"他这次演讲对清华优良学风和校风的养成产生了深远的影响。此后，清华把"自强不息，厚德载物"八字定为校训。

清华国学研究院虽然仅存在短短 4 年，却开创出一股研究国学的新风气。研究院四届共毕业 74 人，其中 50 多人成为我国 20 世纪人文学术的中坚力量。

令人不能怀

　　《半塘丁稿》中和冯正中《鹊踏枝》十阕，乃《鹜翁词》之最精者。"望远愁多休纵目"等阕，郁伊惝恍，令人不能为怀。《定稿》只存六阕，殊为未允也。

　　王鹏运《半塘丁稿》中的《鹜翁词》有十阕和的是冯正中《鹊踏枝》，这所和冯词的十阕，正是《鹜翁词》中最精者。

　　这精妙的十阕，在《定稿》里存在六阕。

　　我们可以略略读一下这被称为最精的十阕：

鹊踏枝

王鹏运

　　冯正中《鹊踏枝》十四阕，郁伊惝恍，义兼比兴，蒙耆诵焉。春日端居，依次属和。就均成词，无关寄托，而章句尤为凌杂。忆云生云："不为无益之事，何以遣有涯之生？"三复前言，我怀如揭矣。时光绪丙申三月二十八日。录十。

其一

　　落蕊残阳红片片，懊恨比邻，尽日流莺转。似雪杨花吹又散，东风无力将春限。

　　慵把香罗裁便面，换到轻衫，欢意垂垂浅。襟上泪痕犹隐见，笛声催按梁州遍。

其二

　　斜日危阑凝伫久，问讯花枝，可是年时旧？浓睡朝朝如中酒，谁怜梦里人消瘦。

香阁帘栊烟阁柳，片霎氤氲，不信寻常有。休遣歌筵回舞袖，好怀珍重春三后。

其三

谱到阳关声欲裂，亭短亭长，杨柳那堪折。挑菜湔裙春事歇，带罗羞指同心结。

千里孤光同皓月，画角吹残，风外还呜咽。有限坠欢真忍说，伤生第一生离别。

其四

风荡春云罗衫薄，难得轻阴，芳事休闲却。几日啼鹃花又落，绿笺莫忘深深约。

老去吟情浑寂寞，细雨檐花，空忆灯前酌。隔院玉箫声乍作，眼前何物供哀乐？

其五

漫说目成心便许，无据杨花，风里频来去。怅望朱楼难寄语，伤春谁念司勋误？

枉把游丝牵弱缕，几片闲云，迷却相思路。锦帐珠帘歌舞处，旧欢新恨思量否？

其六

昼日恢恢惊夜短，片霎欢娱，那惜千金换。燕晼莺翚春不管，敢辞弦索为君断？

隐隐轻雷闻隔岸，暮雨朝霞，咫尺迷云汉。独对舞衣思旧伴，龙山极目烟尘满。

其七

望远愁多休纵目，步绕珍丛，看笋将成竹。晓露暗垂珠簏簌，芳林一带如新浴。

檐外春山森碧玉，梦里骖鸾，记过清湘曲。自定新弦移雁足，弦声未抵归心促。

其八

谁遣春韶随水去？醉倒芳尊，望却朝和暮。换尽大堤芳草路，倡条都是相思树。

蜡烛有心灯解语，泪尽唇焦，此恨消沈否？坐对东风怜弱絮，萍飘后日知何处？

其九

对酒肯教欢意尽？醉醒恢恢，无那忺春困。锦字双行笺别恨，泪珠界破残妆粉。

轻燕受风飞远近，消息谁传，盼断乌衣信。曲几无憀闲自隐，镜奁心事孤鸾鬓。

其十

几见花飞能上树，难系流光，枉费垂杨缕。筝雁斜飞排
锦柱，只伊不解将春去。

漫诩心情黏地絮，容易飘颺，那不惊风雨。倚遍阑干谁
与语？思量有恨无人处。

在王鹏运晚年自删的《半塘定稿·鹜翁集》中存《鹊踏枝》六首，删除了第三、
第六、第七、第九等四首。

王国维所欣赏的"望远愁多休纵目"这一首，他引用王鹏运自己所作之序中对冯
延巳词的评价"郁伊惝怳"来形容王鹏运的词。王国维一向喜欢用作者自己的话来评
价作者的词，这次也不例外，但是在后面，他还加了一句"令人不能为怀"。

下面我们来具体分析这被王鹏运所删除的第七首，在什么地方令人不能为怀。

其七

望远愁多休纵目，步绕珍丛，看笋将成竹。晓露暗垂珠
簌簌，芳林一带如新浴。

　　　　檐外春山森碧玉，梦里骖鸾，记过清湘曲。自定新弦移

　　雁足，弦声未抵归心促。

　　上阕："望远愁多休纵目"，行人远望，却早已是双目含愁，尽管双眼含愁却还
"休纵目"。那么这样一个已是伤心之人，为何还要频频地望远，做出伤心之事呢？
"步绕珍丛"正是紧接上阕的伤心之意，本已是伤心之人，看花丛之明媚，更增内心
之忧伤，于是绕过花丛。"看笋将成竹"即便是绕过花丛，尽管双目所见之景是春天
刚刚破土而出的竹笋，但是一看到这竹笋便想到在过往的岁月中，它即将长成茂密的
修竹，更是感叹时光之飞逝。

　　"晓露暗垂珠簁簁，芳林一带如新浴。"再看这清晨之中的芳林，美得好似刚刚
出浴，但是这垂挂的露珠恰似暗自垂泪啊。所见美景却暗自垂泪，正是这一路的愁心
使然。

　　下阕："檐外春山森碧玉，梦里骖鸾，记过清湘曲。"春山恰似碧玉，梦中好似
仙人驾鸾，自在之云游，只记得听闻了湘水之曲。"清湘曲"暗含过湘水就能回到家
乡，词人的家乡就在漓江边，灵渠连接了湘水和漓江。

　　"自定新弦移雁足，弦声未抵归心促。"上句已经写到了梦中都渴求回到家乡，
下句紧接的更是对这心思的直接表露，归心似弦声，声声催归急。

　　整首词给人思归之感浓烈，词中之意是归家，但从词意中表现得更深的是内心的
焦急和此时处在现实中的不安。所以，这里的归家，更强调的是年岁已过，却无法寻
找到内心的安处。

　　整首词感情真挚，其中的抑郁惆怅迷茫和冯延巳之词浑然天成。对比阅读一下，
可能对王鹏运的词感触更深。

陷深文罗织

　　固哉，皋文①之为词也！飞卿《菩萨蛮》、永叔《蝶恋花》、子瞻《卜算子》，皆兴到之作，有何命意？皆被皋文深文罗织。阮亭《花草蒙拾》谓："坡公命宫磨蝎②，生前为王珪、舒亶③辈所苦，身后又硬受此差排。"由今观之，受差排者，独一坡公已耶？

　　皋文就是张惠言，他在自己的著作《词选》中评价飞卿《菩萨蛮》、永叔《蝶恋花》、子瞻《卜算子》，都是抒发怀才不遇的作品。王国维批评张惠言读诗读词读成了死脑筋，受到屈原香草美人喻君王，自己是不受美人待见，喻自己失意于朝廷这一典型比喻的影响，只要在词中一见到描写美人的内容，就认为该作者怀才不遇。

菩萨蛮
温庭筠

　　小山重叠金明灭，鬓云欲度香腮雪。懒起画蛾眉，弄妆
梳洗迟。

　　照花前后镜，花面交相映。新帖绣罗襦，双双金鹧鸪。

　　这首词读完很明显，词里写的是女子化妆的诸多细节，词里也没有流露出失意之情。在张惠言的《词选》中评论："此感士不遇也，篇法仿佛《长门赋》。'照花四句'，《离骚》初服之意。"读到美人之词，便把屈原、《离骚》搬了出来，不知道张惠言为何如此生搬硬套，乱作解释，真是毫无道理，读书读傻了的书呆子。

　　再看欧阳修的《蝶恋花》，后来有人考证说这首词也可能是冯延巳的作品：

----

　　①张惠言，字皋文，曾辑唐、五代、宋词四十四家共一百一十六首为《词选》，但对前人词作索隐过甚，而且多有迂腐的所谓"微言大义"的评注，实为其弊。
　　②命宫磨蝎，命运不佳，倍遭磨难。
　　③王珪、舒亶，北宋词人、翰林学士。

蝶恋花

欧阳修

庭院深深深几许？杨柳堆烟，帘幕无重数。玉勒雕鞍游冶处，楼高不见章台路。

雨横风狂三月暮，门掩黄昏，无计留春住。泪眼问花花不语，乱红飞过秋千去。

张惠言在《词选》中是这么评的："庭院深深，闺中既以邃远也。楼高不见，哲王又不寤也。章台游冶，小人之径。雨横风狂，政令暴急也。乱红飞去，斥逐者非一人而已，殆为韩范作乎？"

本词也是写的女子伤春悲春。张惠言提到："乱红飞去，斥逐者非一人而已，殆为韩范作乎。"暗指韩琦和范仲淹都是曾经遭受到贬谪的人，这里将欧阳修与二人相提并论，也是说欧阳修此词乃是借女子伤春悲春表达官场失意，教人觉得此人固执迂腐得不可理喻。

卜算子

苏轼

黄州定慧院寓居作

缺月挂梧桐，漏断人初静。谁见幽人独往来，缥缈孤鸿影。

惊起却回头，有恨无人省。拣尽寒枝不肯栖，寂寞沙洲冷。

张惠言也在《词选》中评："此东坡在黄州作。鲔阳居士云（《唐宋诸贤绝妙好词选》卷二）：缺月，刺明微也。漏断，暗时也。幽人，不得志也。独往来，无助也。惊鸿，贤人不安也。回头，爱君不忘也。无人省，君不察也。拣尽寒枝不肯栖，不偷安于高位也。寂寞沙洲冷，非所安也。此词与《考槃》诗极相似。"

　　苏东坡曾遭贬谪于黄州，按照张惠言的逻辑，只要是苏东坡在被贬谪的地方所写之词，一定是与官场失意有关的。

果然，这人就开始断章取义，并且按照自己的逻辑，在苏东坡的词中找证据，并且还搬出了《唐宋诸贤绝妙好词选》来佐证。按照《唐宋诸贤绝妙好词选》卷二里面的解释，将"缺月"理解为刺明微也。将"漏断"理解为暗时也。前面两个已经叫人觉得好笑了。但是后面的理解，更加令人捧腹，"幽人"理解为不得志也，"独往来"理解为无助也。连"惊鸿"都要理解为贤人不安也。"回头"自然就是念念不忘国君，恰似对美人的相思之意了。"无人省"自然就是国君不理解自己的一片苦心和忠心了。"拣尽寒枝不肯栖"理解为苏轼即使身居重臣高位，可并没有沉迷于物质上的满足。"寂寞沙洲冷"也就是内心困顿不安。

仔细看来，觉得这是一个读书读得异常迂腐的混蛋，很像《牡丹亭》里的陈最良。

张惠言评论总是喜欢掉书袋，这不又掉了一次，最后，他把《考槃》拿出来，说苏东坡写的这首词就和《考槃》是一个意思。《考槃》源于《诗经·卫风》，乃是隐逸诗之宗祖。但是诗中的隐逸之情和苏轼词中的情感也是不一致的，一个乐观，一个清幽，不知道张惠言怎么会把三个并无太大关系的事情全部扯到一起呢？

王士禛在《花草蒙拾》中揶揄道："仆尝戏谓：坡公命宫磨蝎，湖州诗案，生前为王珪、舒亶辈所苦，身后又硬受此差排耶？"

"命宫磨蝎"就是命运多舛的意思。苏轼生前反对王安石变法，被王珪、舒亶等辈陷害而被贬黄州，这就是湖州诗案。苏轼受到政治牵连，已经是很不幸的事情了，但是自己的词还要被别人因为这样的事情胡乱理解，这些人真是无聊啊！

显然王国维找出王士禛的这段话是来支持自己的观点的。用如此牵强附会的方式来理解词，而不从诗词的真性情好意境中去领会，实在是暴殄天物、蠢笨之极。

画工化工殊

　　贺黄公[1]谓："姜论史词，不称其'软语商量'，而称其'柳暗花暝'，[2]固知不免项羽学兵法之恨。"然"柳暗花暝"，自是欧、秦辈从属，前后有画工化工之殊。吾从白石，不能附和黄公矣。

　　贺裳和姜夔在不同的时代，都欣赏了史达祖的词《双双燕》。姜夔说此词的妙句在"柳暗花暝"。贺裳后来读了这首词，也看到了姜夔的评价，就嘲笑姜夔说，这个姜夔就跟项羽这个莽夫学习兵法一样，无法体会其真，词的感觉并不是在"柳暗花暝"上，而是在写燕子的"软语商量"上。

　　有时候觉得王国维这个小老头实在可爱，他就这样静静地观望这个年代差距甚远的不同朝代的两个人的争论，然后很冷静地说，从词的境界来讲的话，我更赞同姜夔的观点，不同意贺裳的观点。

　　我们一起来读读史达祖的代表作，这首咏燕的名词：

双双燕·咏燕

史达祖

　　过春社了，度帘幕中间，去年尘冷。差池欲住，试入旧巢相并。还相雕梁藻井，又软语商量不定。飘然快拂花梢，翠尾分开红影。

　　芳径，芹泥雨润，爱贴地争飞，竞夸轻俊。红楼归晚，看足柳昏花暝。应自栖香正稳，便忘了、天涯芳信。愁损翠黛双蛾，日日画栏独凭。

---

①贺裳，字黄公，清代词人，语见《皱水轩词筌》。
②姜夔论史词，见《中兴以来绝妙词选》卷七所引。

　　"过春社了"，"社"是土地之神，"春社"就是春季祭祀土地神的日子，指的是在春光绚烂之时，正是燕子回归之际。"度帘幕中间，去年尘冷。"燕子飞回，巢里是去年冷尘。"帘幕无重数"燕子的主人家里帘幕重重，似乎春天的脚步还没有走近。所以下句"差池欲住，试入旧巢相并"，燕子才会犹豫是否进屋。

　　"还相雕梁藻井，又软语商量不定。"见主人凄清孤冷，疑是春天未至，燕子绕梁而飞，商量不定。这里是拟人的写法，写出燕子的叫声是"软语"。吴侬软语，多么温柔轻巧的声音，正是以女子之态写燕子，更见生动。燕子之间的对话是如此的温柔委婉，更显出主人的落寞。

　　"飘然快拂花梢，翠尾分开红影。""飘然"写出燕子飞得轻盈，不仅轻而且还快，燕子轻拂在花梢。"红影"与"翠尾"，怡红快绿。"分开"还是在写燕子的轻巧灵动。

　　"芳径，芹泥雨润，爱贴地争飞，竞夸轻俊。"此句紧接上意而来，燕子在春光中追逐。"爱贴地争飞，竞夸轻俊。"是燕子灵巧的进一步展现，这样的惬意的追逐中，还有燕子在春光中欢快。"红楼归晚，看足柳昏花暝。"燕子在外玩得太久，才回到"红楼"，这里的"红楼"就是前面提到的"帘幕中间"。"柳昏花暝"乃是春天的傍晚，清爽悠远之景。"应自栖香正稳，便忘了、天涯芳信。"玩累了，便酣然入梦，竟然忘记了回来的真正任务，就是为帘幕中间的人送信。这抱怨的口吻，使得帘幕中间的人之后便"愁损翠黛双蛾，日日画栏独凭"。

读到这里，我们便恍然大悟，原来这思妇独守空闺已经等待了许久。

全词大部分的篇幅都是在写燕子之间软语亲热，在春天里更是恩爱异常。运用反衬手法，最后几句才点明女子触景伤心，思已成怨。

如果此词从侧重咏物的方面来评的话，"软语商量"准确地抓住了燕子的特征，"软语"不仅仅是抓住了燕子的叫声动听委婉，"商量"还更准确地表现了燕子之间的恩爱。

但是咏物词，往往是借物抒情，所以，王国维称"软语商量"是"画工"，"画工"就好像画师绘画，以形传神。

对"柳暗花暝"，王国维称其是"化工"，这里有以景传情之意，"柳暗花暝"暗指的是这一天的春光已到日暮，柳色花艳都隐入了昏暗，这里也恰恰是闺中女子看着燕子的归巢，当时心情的一个转换，之后便是本词借咏燕子，实质上衬托女子的思怨之情。

此则，王国维对此词中的"软语商量"、"柳暗花暝"两个句子，做出"画工"和"化工"精细区别的点评，真乃天赋已极高，心细亦如发也。

不乐闻此语

"池塘春草谢家春，万古千秋五字新。传语闭门陈正字，可怜无补费精神。"此遗山①《论诗绝句》也。梦窗、玉田辈，当不乐闻此语。

王国维善于在古典诗词名家里面找寻自己的知己。

元好问《论诗三十首》中的第二十九首里的观点，王国维颇为赞同。

不过，王国维只是赞成元好问的观点，元好问是讽刺陈师道②。大概像陈师道那般迂腐呆痴的人是入不了王国维的法眼的，所以他借元好问的话来批评梦窗和玉田的词风。

不管是元好问所嘲笑的陈师道，还是被王国维点了名的梦窗和玉田，他们的词都是在词的创作上仅仅局限于词句上的锻造，而缺乏诗词的真情实意。

梦窗就是吴文英，字君特，号梦窗，晚年又号觉翁。玉田就是张玉田，即词人张炎。两人诗词上的特色已经在上篇介绍过了。

先把元好问的四句评论看懂，"池塘春草"在他《登池上楼》中，原句是这样的"池塘生春草，园柳变鸣禽"，登上楼台，望见一片青青秀草，便顿时觉得园子里的鸟叫声都动听了起来，又发现这柳枝抽嫩绿，给人带来更多春天的惊喜。"池塘春草谢家春"是说谢灵运的诗歌中描写的春天，

①元好问，号遗山，金代文学家，著有《论诗三十首》。
②陈师道（1053～1102），北宋诗人。字履常，一字无己，号后山。汉族，彭城（今江苏徐州）人。

327

叫人如沐春风，身临其境。正是因为谢灵运描写春天随性而发，读起来才清新自然。所以元好问才以"谢家春"来赞美谢灵运对春天描写的特色。

"万古千秋五字新"，进一步赞美谢灵运所写的五言诗，不管是什么时候读起来都是自然真实的，给人春天的清新之意。

"传语闭门陈正字，可怜无补费精神。"前面这句话是对谢灵运的赞美，赞美的目的主要是为嘲笑陈师道，因为陈师道写诗词有个特色，就是喜欢把自己关在屋子里，闭门造句。

这里元好问又引用了黄庭坚、王安石的诗句，语含讽刺，就是说快把我的话转告给陈师道，不要再一门心思地闭门苦吟了。这样下去，不仅没有好的诗词出来，反而是耗费自己的精力！

从元好问的讽刺中，我们已经可以看出陈师道的迂腐，诗词是个人感觉和灵动的东西，怎么能像挖地一样地埋头苦作呢？

不过从元好问的这四句诗里，了解到了陈师道这个人，觉得此人很有意思。

他实质上是一个对待生活非常认真的人，不管对什么都是一板一眼的认真。

他很崇拜苏东坡。苏东坡知道了陈师道对他的仰慕之意后，便打算收他为徒，但是陈师道说："向来一瓣香，敬为曾南丰（即曾巩）。"就是说我早就已经是曾巩的弟子了，不好再拜在您的门下。这里的原因有两个，一个是陈师道不愿意对不起曾巩，曾巩对他也是多番照顾，曾经要破格提拔他，但也是被有道德洁癖的陈师道拒绝了。另外一个原因是陈师道爱惜名誉，正是因为苏轼名气太大，怕别人说自己要靠苏东坡的名气来炒作自己。

如果和陈师道交往的话，你就会发现他是一个非常忠贞的有正义感的朋友。苏轼

被贬的时候，他特意去送苏轼，后来被当作苏轼余党贬官归田，穷困潦倒。

陈师道立志在诗词的创作上一定要有所建树，于是便成了元好问嘲笑的对象，太过于固执的人，心眼是死的，死心眼怎么会写出有灵性的活东西呢？他长期闭门写诗，只

要他写诗的热情一发作，他的家人就自动静音，如果有小孩吵闹的话，便马上抱到邻居家去玩耍，以免打断陈师道的灵感。

陈师道写好诗词之后，自己觉得不满意的就立马烧掉。尽管他对自己如此苛刻严格，也没能写出脍炙人口的名作。

还有他的死因也叫人觉得悲哀。天冷的时候，陈师道没有衣服穿，妻子就向妹夫赵挺之借了一件皮袄，赵挺之是李清照的公公。但是陈师道觉得赵挺之是个没有素质的人，就不愿意穿这件衣服。结果冷病了，第二年春天就病死了。

唉！这个固执的、有道德洁癖的人，这样的人要是做了大官，应该会是清廉的官员，只是这样死板的清廉，到底又能有什么作为呢？

也怪不得，王国维根本就不提及陈师道，只是笑着将元好问这些话送给吴文英和张炎。

吴文英和张炎也是追求字词的新奇，但至少也成就了一朵艳丽的却毫无生命的塑料花，而陈师道却是因词成痴，却又因痴化石。

有词却无句

　　朱子①《清邃阁论诗》谓："古人有句，今人诗更无句，只是一直说将去。这般一日作百首也得。"余谓北宋之词有句，南宋以后便无句。②如玉田、草窗之词，所谓"一日作百首也得"者也。

　　朱熹在《清邃阁论诗》中讲道："古人有句，今人诗更无句，只是一直说将去。这般一日作百首也得。"

　　王国维把朱熹的话引用在对北宋词和南宋词的评价上，说北宋词中有佳句，而南宋词只具备了词的形式，却没有了词的灵魂，全是一些华丽的死句子。比如像玉田、草窗这样靠雕琢句子写出来的词，一天就可以写一百首的。

　　被写死了的南宋词，犹如一种充满张力和无穷想象的文体被写成了公文，按照格式一板一眼去写去套，自然是一日百篇的。

――――――――――

①朱熹，号晦庵，南宋理学家，有《清邃阁论诗》。
②王国维在词上尊北宋抑南宋。

草窗玉田词

朱子谓："梅圣俞诗，不是平淡，乃是枯槁。"余谓草窗、玉田之词亦然。

"草窗玉田枯槁词"，这里，王国维揪住那些靠雕琢文字的人不放了。再一次用朱熹的话批评草窗、玉田的词毫无生气，干枯无聊。

不值许费力

"自怜诗酒瘦，难应接许多春色"、"能几番游，看花又是明年"，
此等语亦算警句耶？乃值如许费力！

此则的意思是："自怜诗酒瘦，难应接许多春色"，
"能几番游，看花又是明年。"这两句算是佳句吗？
需要如此劳神费力地将此句雕琢出来吗？

凡是情感不真，只局限于卖弄文采而读起来生涩
做作的诗词，都会被王国维狠狠地羞辱和鄙视。

"自怜诗酒瘦，难应接许多春色。"此句来自史
达祖《喜迁莺》。

喜迁莺

史达祖

月波疑滴，望玉壶天近，了
无尘隔。翠眼圈花，冰丝织练，
黄道宝光相直。自怜诗酒瘦，难
应接、许多春色。最无赖，是随
香趁烛，曾伴狂客。

踪迹。谩记忆。老了杜郎，
忍听东风笛。柳院灯疏，梅厅雪
在，谁与细倾春碧。旧情拘未定，
犹自学、当年游历。怕万一，误
玉人夜寒帘隙。

月色如玉被词人写得很经典的案例很多，而史达
祖的词里好似有一种故意要写得与众不同的意思。

比如开句的"月波凝滴","凝滴"月色浓得好像快要滴落下来,意境上并不如月色温柔,这样的月色是凝重,"凝滴"好似面粉稀汤,这样来修饰月色并没有起到剑走偏锋的效果,反而给人感觉极不自然。而后句:"望玉壶天近,了无尘隔。"却又说是自己离月亮非常近,好像绝了尘世。既然是绝了尘世,正是逍遥洒落之境,和前面的凝成滴的厚重月色,形成不一致的感觉。

整首词的气韵不够,缺乏自然情感。好像一个装扮异常艳丽的妇人,却丝毫没有气质和内涵。读起来就如同钻进了化妆间,满鼻子的香气,却只是脂粉味,而不是清新的体香。

"能几番游,看花又是明年。"

出自张炎《高阳台·西湖春感》。

高阳台·西湖春感

张炎

接叶巢莺,平波卷絮,断桥斜日归船。能几番游,看花又是明年。东风且伴蔷薇住,到蔷薇、春已堪怜。更凄然,万绿西泠,一抹荒烟。

当年燕子知何处?但苔深韦曲,草暗斜川。见说新愁,如今也到鸥边。无心再续笙歌梦,掩重门、浅醉闲眠。莫开帘,怕见飞花,怕听啼鹃。

如果说上一首史达祖的词太过雕琢,那么这一首词又太过于平庸。读张炎词,读后便会觉得此人是个无才之人,在作词上面缺乏天赋,和名家相差的距离不是凭借一己的努力就能够拉拢的。放在今天来说的话，就好比是一个勉强能用汉语完成一篇合格的高考作文的学生。

"能几番游，看花又是明年。""莫开帘，怕见飞花，怕听啼鹃。"这样的句子，读起来都缺乏词的诗情画意，干瘪得很，好像张炎不能完全地用文字来表达自己的内心一样，他缺乏对生活和春天的感觉，缺乏对心灵感觉的灵性表达。

整首词伤春惜春的感觉，还不如一句"年年岁岁花相似，岁岁年年人不同"来得逼真和伤感，哪里还需张炎在此饶舌。

文山之风骨

　　文文山①词，风骨甚高，亦有境界，远在圣与、叔夏、公谨诸公之上。亦如明初诚意伯词，非季迪、孟载诸人所敢望也。

　　此则，王国维先将文天祥和南宋词人王沂孙、张炎、周密相比，称文天祥在他们之上；再将文天祥和明初词人刘基、高起、杨基相比，称这三人就算踮起脚都望不到文天祥的高度。

　　王国维肯定的是文天祥词的风骨甚高，并且词中更有境界可观。

　　①文天祥（1236～1283），汉族，吉州庐陵（今江西吉安县）人，民族英雄，初名云孙，字天祥。选中贡士后，换以天祥为名，改字履善。宝祐四年（1256年）中状元后再改字宋瑞，后因住过文山，而号文山，又号浮休道人。文天祥以忠烈名传后世，受俘期间，元世祖以高官厚禄劝降，文天祥宁死不屈，从容赴义，生平事迹被后世称许，与陆秀夫、张世杰并称为"宋末三杰"。圣与、叔夏、公谨，分别指南宋词人王沂孙、张炎、周密。

风骨是文风，文如其人，骨格风高，文章才至真至诚，方能不隔；境界是作词者的功力，两者都居，那便是名篇佳句了。

其实，最应该和文天祥作对比的，应该是辛弃疾。

"国家不幸诗家幸"，两人都生于乱世怀才不遇，空生这忧国忧民之心，辛弃疾的词更倾向于英雄之豪，而文天祥的词更多地倾向于文人之秀。

文天祥写得比较好的是诗歌，他前期的作品比较平庸，在宋末抗元时期，从戎的命运叫他备尝坎坷，他的诗歌里也有了动人心魄的力量。

他出使元营直至慷慨就义，在《过零丁洋》里悲怆激奋，格高千古：

过零丁洋
文天祥

辛苦遭逢起一经，干戈寥落四周星。
山河破碎风飘絮，身世浮沉雨打萍。
惶恐滩头说惶恐，零丁洋里叹零丁。
人生自古谁无死？ 留取丹心照汗青。

"人生自古谁无死，留取丹心照汗青！"高风亮节千古绝唱，刚毅正大的人性风华！山河如柳絮般在狂风肆虐中支离破碎，身世如浮萍般在冷雨摧残下颠沛流离。昔日兵败时的惶恐依旧，人生孤苦，固有一死，若能用我的赤胆忠心照耀青史则死而无憾。

沁园春 · 至元间留燕山作
文天祥

为子死孝，为臣死忠，死又
何妨。自光岳气分，士无全节，

君臣义缺，谁负刚肠。骂贼睢阳，爱君许远，留得声名万古香。后来者，无二公之操，百炼之钢。

人生翕欻云亡。好烈烈轰轰做一场。使当时卖国，甘心降虏，受人唾骂，安得留芳。古庙幽沉，仪容俨雅，枯木寒鸦几夕阳。邮亭下，有奸雄过此，仔细思量。

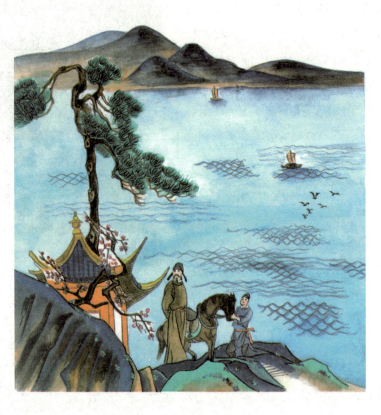

"好烈烈轰轰做一场"便是开阔意境，高格风骨。

"古庙幽沉，仪容俨雅。"指的是宋亡后，亡国之臣也要保持自己的尊严。"枯木寒鸦几夕阳"，这一句更是不胜悲凄之意，本就是枯木，只有寒鸦相伴，可是这样的枯木连夕阳都不能再享受多时了，真是国之垂垂朽矣。

"邮亭下，有奸雄过此，仔细思量。"最后一句更显得词人的爱国之深。国破家亡，自己之命尚不保，却还一腔悲愤地谴责导致国家如此下场的奸臣贼子！爱国如斯，却是心痛如何，下场又如何？

和凝《长命女》

　　和凝①《长命女》词："天欲晓。宫漏穿花声缭绕，窗里星光少。冷霞寒侵帐额，残月光沈树杪。梦断锦闱空悄悄，强起愁眉小。"此词前半，不减夏英公《喜迁莺》也。此词见《乐府雅词》，《历代诗余》选之。

　　夏竦的《喜迁莺》上篇已经提过，尽管是应景之作，词中之奇思妙语仍讨得龙颜大悦。

　　王国维很喜欢将词作分人别类，这里借夏竦的作品来评和凝的作品。和凝的《长命女》和夏竦的作品一样，也不过是应景之作，并且上半阕并不逊色于夏竦的《喜迁莺》。

　　夏竦的《喜迁莺》其词平平，唯一的惊喜之句："三千珠翠拥宸游，水殿按凉州。"也是有气势，却无实质。

　　奏响了凉州舞曲，美人歌舞在月色之下，好似水晶月宫，人间仙境。用极其漂亮的文笔写出了皇帝欢娱的奢华之美。如此弄臣，难怪皇帝要龙颜大悦了。

　　和凝的《长命女》上阕中的"宫漏穿花声缭绕"，妙语天成不减夏竦的《喜迁莺》，而情感上却更胜一筹。

　　"天欲晓。宫漏穿花声缭绕，窗里星光少。"宫里的更漏之声穿过花丛，萦绕而来，敲破了欲晓黎明的轻悄。窗外欲明，窗内星光少。宫女的寂寞和辛苦，如同那清冷的早晨，细碎的更漏声似乎敲打的更多的是宫女年华的落寞。

---

　　①和凝，字成绩，五代后晋词人，有词集《红叶稿》。著作甚多，有《演纶》、《游艺》、《孝悌》、《疑狱》、《香奁》、《籝金》等集，今多不传。现存有《宫词》百首等。作品流传和影响颇广，故契丹称他为"曲子相公"。

若梅溪以降

宋李希声①《诗话》曰："古人作诗，正以风调高古为主。虽意远语疏，皆为佳作。后人有切近的当、气格凡下者，终使人可憎。"余谓北宋词亦不妨疏远。若梅溪以降，正所谓"切近的当、气格凡下"者也。

引用《诗话》的论点以及史达祖的作品，王国维进一步地深译了："切近的当、气格凡下。"

"切近的当、气格凡下"指的是写东西写得很真实，但是却无灵性、无美感。

王国维提倡行文乃真，写文章要真实不要矫情做作。

这里的"真"，不是复制得毫无差错，复制这个功能，复印机就可以做到。

"真"更多的是真诚之心、挚诚之情，这样的文字方有血有肉，读起来生动灵性，而不是硬套，虚有其表。

"切近的当、气格凡下。"只有说明文似的真实，而不注重内在，没有灵性的文字，仅靠其外在的东西，是无法打动人内心的。

因为心灵都是靠真诚的情感来交流的。只有充满了真实、真诚、灵性的文字，才能够给人以阅读的快感、心灵的启迪。

所以说："切近的当、气格凡下。"王国维说这是使人可憎的文字。

王国维曾在上篇引用周济《介存斋论词杂著》中的话："毛嫱、西施，天下美妇人也。严妆佳，淡妆亦佳，粗服乱头，不掩国色。飞卿，严妆也。端己，淡妆也。后

①李锜，字希声，北宋诗人。

主，则粗服乱头矣。"虽说在引用中，王国维误解了周济的话，但是最终王国维的意思和周济的观点是一致的。

李后主的文字最能打动人心的原因是情感真挚、文字质朴。所以说粗服乱头，不掩国色。

所谓的粗服乱头，并非就是邋遢，而是不去刻意地装扮和修饰。但是真正的美丽，充满了灵性的美丽，往往是不会被朴素所掩盖，朴素反而把本真的美衬托得更真实动人。

此则的"切近的当、气格凡下"中的"真"，是粗鄙之真、丑陋之真、不知廉耻礼仪之真、毫无气质内涵之真、缺乏天赋灵气之真。

后人群附和

自竹垞痛贬《草堂诗余》而推《绝妙好词》，后人群附和之。不知《草堂》虽有袭谬之作，然佳词恒得十之六七。《绝妙好词》则除张、范、辛、刘[1]诸家外，十之八九，皆极无聊赖之词。古人云：小好小惭，大好大惭，洵[2]非虚语。

《草堂诗余》一书当成于庆元（南宋宁宗年号，（1195～1200）以前，南宋何士信所编之词选，词作多宋词，兼得小部分唐、五代词。据《四库全书总目提要》考证："王茂《野客丛书》作于庆元间，已引《草堂诗余》张仲宗《满江红》词证蝶粉蜂黄之语。"

《绝妙好词》为词总集，南宋词人周密编。

竹垞就是朱彝尊，清代著名词人、学者，字锡鬯，号竹垞，晚年号小长芦钓鱼师，又号金风亭长，浙江秀水（今浙江嘉兴市）人。

所谓"自竹垞痛贬《草堂诗余》而推《绝妙好词》"，就是朱彝尊《书〈绝妙好词〉后》："词人之作，自《草堂诗余》盛行，屏去《激楚》《阳阿》，而《巴人》之唱齐进矣。周公谨《绝妙好词》选本虽未尽醇，然中多俊语，方诸《草堂》所录，雅俗殊分。"

---

①张、范、辛、刘指张孝祥、范成大、辛弃疾、刘过。
②洵，诚然，确实。

朱彝尊贬低《草堂诗余》，推崇《绝妙好词》，众人都以他的观点作为对两本书的看法。

而实质上，在王国维看来："不知《草堂》虽有亵诨之作，然佳词恒得十之六七。《绝妙好词》则除张、范、辛、刘诸家外，十之八九，皆极无聊赖之词。"

王国维在此则生气的并不是众人对这两本书的看法和朱彝尊的看法一致，而是生气读者人云亦云，自己没有真正去鉴赏词本身，而不明白词真正的妙处。

词的真味不能被读者理解玩味，好词也就失去了真正的价值。

王国维引用韩愈《与冯宿论文书》中的话："时时应事作俗下文字，下笔令人惭。及示人，则以为好。小惭者亦蒙谓之小好，大惭者则必以为大好矣。"

也就是说，人们对好的作品，往往没有自己的见解，时下流行什么样的文风，人们就觉得什么样的词就是好的，总是迷信别人的说法，而不相信自己所读的感受。

王国维的教育观浅析

　　王国维是中国教育史上第一个明确提出培养完全人格——体、智、德、美四育的教育主张的人，还提出了"完全之知识"的论述及师范教育、高等教育方面的论述，对中国近代教育产生了深远影响。

关于智育

　　王国维认为智育是一种重要的理论知识教育，对实践知识的发展有重要作用。他主张教授学生中外古今方方面面的知识，尤其是给学生传授最新的科学技术和思想文化知识。

关于德育

　　王国维指出，德育是整个教育事业的中心。如果"有知识而无道德，则无以得一生的福祉"。那些只有知识而没有道德的人，并不是"完全之人物"。

关于美育

　　王国维认为，美育的重要性不在德育、体育、智育之下。他认为，美育自身就是以发展人的情感为目标，同时美育又是智育和德育的手段和方法。

词失之肤浅

梅溪、梦窗、玉田、草窗、西麓诸家，词虽不同，然同失之肤浅。虽时代使然，亦其才分有限也。近人弃周鼎[①]而宝康瓠[②]，实难索解。

顺上则的意思，依旧是对人们品鉴词好坏的不解。

在王国维的眼中，梅溪、梦窗、玉田、草窗、西麓等人词的风格虽然不同，但都是属于工于字词，辞藻浮华，缺乏真情的词。虽说和行文浮华功利的时代风气有关，然而更多的主要还是词作者缺乏才情所致。

而往往文辞华丽、花哨的词为人所喜爱，那些文字质朴、真正具有境界的词却得不到人的认同。这样的欣赏方式就犹如丢弃真正的宝贝，而去捡拾糟糠，太让人费解了。

读到此则，我不由得会心微笑，王国维品词真是痴了。他以自己品鉴诗词的标准去要求世人也这样品鉴诗词，为那些肤浅之词被人喜欢而折磨自己。喜好品肤浅之词的人，正是肤浅之人。

和任何一个朝代一样，品词亦如品人生，王国维鉴词之"真"，正是世人弃之如敝屣的东西。浮华如是，熙熙往往，皆为利也，说"真"阅"诚"，才是如寻珍宝。

---

①周鼎，指周代传国宝器，比喻高贵的人和物。
②康瓠，已经破裂的空瓦壶，比喻庸才。语见《史记·屈原贾生列传》。

友人沈昕伯

　　余友沈昕伯①自巴黎寄余蝶恋花一阕云："帘外东风随燕到。春色东来，循我来时道。一霎围场生绿草，归迟却怨春来早。锦绣一城春水绕。庭院笙歌，行乐多年少。著意来开孤客抱，不知名字闲花鸟。"此词当在晏氏父子②间，南宋人不能道也。

这一则叫人实在不能理解王国维所举之词的妙处。

友人所寄给王国维的词，实在叫人品读不出它高明的地方。

这则里的记录，更像是王国维对友人情谊的爱惜，而过分地拔高了这首词的分量。

　　①沈绂，字昕伯，王国维就读于东文学社时同学。
　　②晏氏父子，指北宋词人晏殊及其子晏几道。

用诗人之眼

"君王枉把平陈业，换得雷塘数亩田"①，政治家之言也。"长陵亦是闲邱陇，异日谁知与仲多"②，诗人之言也。政治家之眼，域于一人一事。诗人之眼，则通古今而观之。词人观物，须用诗人之眼，不可用政治家之眼。故感事、怀古等作，当与寿词同为词家所禁也。

举例之目的依旧是讲求诗人行文之真。

诗人行文必须用诗人之眼，而杜绝政治家之眼。

政治家的眼中看到的总是利与弊，所见受到限制，所写也缺乏浑成大气。

政治家是求实际现实功利的，文学家是纯粹审美超越功利的。

王国维在自我精神的文学王国试图建立一个纯粹的文学世界，反对功利主义对文学的侵蚀，把文学上升为精神上给人指引的信仰。他曾说："生百政治家，不如生一大文学家。"

眼睛直通内心，眼睛是内心的显现。王国维对诗人要求极高，诗人必须具备一颗干净得不染人间烟火的心，有这样的心，生出的才是一双清澈的眼，哪怕是诗人经历了人生坎坷，人生的坎坷正是磨炼诗人心灵的必经之路。

只有眼睛清澈悲悯的诗人，才能以奴仆命风月，与花鸟共忧乐。

---

①罗隐，唐代诗人，有诗集《甲乙集》传世，其《炀帝陵》："入郭登桥出郭船，红楼日日柳年年。君王忍把平陈业，只博雷塘数亩田。"

②唐彦谦，唐代诗人，其《仲山（高祖兄仲隐居之所）》："千载遗踪寄薜萝，沛中乡里旧山河。长陵亦是闲丘陇，异日谁知与仲多？"

诗人的眼必须悲悯众生，才能通观今古，发慷慨之歌，抒人生之阔。

文学家摆脱了社会的功利，尝遍了世间百态，拥有一颗宁静的心，就得到一双平和安静的观察世界的眼睛。那么诗人就具有了叔本华所说的"卓越的静观能力"，内心平静方能将世间外物复杂之牵绊，用文字细细分理清楚，再用文学的优美形式表现。心中所见，笔下所写，无一不是文学真诚的艺术境界。

所谓的"诗人之眼"也就是"诗人之心"，就是诗人的一颗对俗世能入能出、毫无功利的赤子之心。

那么，"诗人之眼"就是强调摈弃功利、超脱俗世的审美观了。

小说不足信

　　宋人小说[1]，多不足信。如《雪舟脞语》谓：台州知府唐仲友眷官妓严蕊奴。朱晦庵系治之。及晦庵移去，提刑岳霖行部至台，蕊乞自便。岳问曰："去将安归？"蕊赋《卜算子》词云："住也如何住"云云。案此词系仲友戚高宣教作，使蕊歌以侑觞者，见朱子《纠唐仲友奏牍》。则《齐东野语》所纪朱、唐公案，恐亦未可信也。

　　宋人所写的传记、传说或者笔记之类的，多数不值得相信。

　　王国维得出这样的结论，来自一首乌龙词，其词的作者在此则第一个故事里与南宋歌伎严蕊有关。

卜算子

严蕊

不是爱风尘，似被
前缘误。花落花开自有
时，总赖东君主。
　　去也终须去，住也
如何住，若得山花插满
头，莫问奴归处。

　　陶宗仪《说郛》卷五十七引《雪舟脞语》："唐悦斋仲友字与正，知台州。朱晦庵为浙东提举，数不相得，至于互申。寿皇

___
　　[1]此小说系指记述传说、轶闻之类的笔记，非指文学体裁的彼"小说"。

问宰执二人曲直。对曰：秀才争闲气耳。悦斋眷官妓严蕊奴，晦庵捕送图圄。提刑岳商卿霖行部疏决，蕊奴乞自便。宪使问去将安归？蕊奴赋《卜算子》，末云：'住也如何住，去又终须去。若得山花插满头，莫问奴归处。'宪笑而释之。"

资料所含的意思就是：

据《雪舟脞语》记载，朱熹和唐仲友不合，此事还被皇帝宋孝宗知道了，就问宰执这两人怎么回事，宰执就说："文人相轻是常事，这是他们在正闲气罢了。"后来两人矛盾的受害者，变成了唐仲友所喜欢的歌伎严蕊。朱熹把严蕊抓进了大牢，当朱熹被调往他地之后，严蕊就祈求新来巡查的官吏放她出来。新来的官吏岳霖问："我放你出来可以啊，但是你出来后要去哪里呢？"

严蕊就作词一首："不是爱风尘，似被前缘误。花落花开自有时，总赖东君主。去也终须去，住也如何住，若得山花插满头，莫问奴归处。"

区区一官妓以极其智慧的方式在官员面前展示了自己的才华，讨得了官吏的欢心，于是严蕊就被释放了。

而在朱熹的《朱子大全》卷十九"按唐仲友第四状"中记载此词的作者却又不是严蕊，原文见下："五月十六日筵会，仲友亲戚高宣教撰曲一首，名《卜算子》，后一段云'去又如何去，住又如何住。待得山花插满头，休问奴归处。'"

这是朱熹在宋孝宗面前告唐仲友不知检点，和官妓严蕊私通的第四状。但按此状，文中记载此词乃是高宣教所作。

而周密《齐东野语》书中考证古义颇多，记南宋旧事尤多，其卷十七《朱唐交奏本末》中又是另外一种详尽的说法。说的先是唐仲友和陈亮不和，陈亮和唐仲友长期在情场争风吃醋。陈亮还以才疏学浅被唐仲友嘲笑。怀恨在心的陈亮便在朱熹面前说唐仲友的坏话，这便是朱熹对唐仲友不喜的来由。原文见下："朱晦庵按唐仲友事，或言吕伯恭尝与仲友同书会有隙，朱主吕，故抑唐，是不然也。盖唐平时恃才轻晦庵，而陈同父颇为朱所进，与唐每不相下。同父游台，尝狎籍妓，嘱唐为脱籍，许之。偶郡集，唐语妓曰：'汝果欲从陈官人耶？'妓谢。唐云：'汝须能忍饥受冻仍可。'妓闻大恚。自是陈至妓家，无复前之奉承矣。陈知为唐所卖，亟往见朱。朱问：'近日小唐云何？'答曰：'唐谓公尚不识字，如何作监司？'朱衔之，遂以部内有冤案，乞再巡按。既至台，适唐出迎少稽，朱益以陈言为信。立索郡印，付以次官。乃摭唐罪具奏，而唐亦以奏驰上。时唐乡相王淮当轴。既进呈，上问王。王奏：'此秀才争闲气耳。'遂两平其事。详见周平园《王季海日记》。而朱门诸贤所作《年谱道统录》，乃以季海右唐而并斥之，非公论也。其说闻之陈伯玉式卿，盖亲得之婺之诸吕云。"

由一首词难知其主，一向求真的王国维叹息宋人的笔记真是不值得相信，因为一件事情的真相记载竟然有诸多版本。

王国维品词较真较得天真。

实质上人总是喜欢潜在地为自己辩护。任何文字在承载表达的同时，都是自己一种私人的表达，不信的话，请诸位自问其心，自己脱口而出的话语，是不是总是隐隐地含着自我维护或者自我辩护的意思。

诗词之工拙

　　《沧浪》①、《凤兮》②二歌，已开《楚辞》体格。然《楚辞》之最工者，推屈原、宋玉，而后此王褒、刘向之词不与焉。五古之最工者，实推阮嗣宗、左太冲、郭景纯、陶渊明，而前此曹、刘，后此陈子昂、李太白不与焉。词之最工者，实推后主、正中、永叔、少游、美成，而前此温、韦，后此姜、吴，皆不与焉。

　　这似乎是个很普遍的一般定律，尽管不乏特殊的情况。

　　王国维从各种文体中归纳出来，每种文体创作的优秀者，总是在文体自身发展的成熟时期走上前台。

――――――――
　　①《孟子·离娄上》有《孺子歌》曰："沧浪之水清兮，可以濯我缨。沧浪之水浊兮，可以濯我足。"
　　②《论语·微子》："楚狂接舆歌而过孔子曰：'凤兮！凤兮！何德之衰？往者不可谏，来者犹可追。已而！已而！今之从政者殆而！'"

词家有篇句

唐五代之词，有句而无篇。南宋名家之词，有篇而无句。有篇有句，唯李后主降宋后之作，及永叔、子瞻、少游、美成、稼轩数人而已。

此则的意思王国维在上篇也强调过，他觉得写得好的宋词，都集中在唐五代和北宋，最好就是在北宋，具有明显的尊北抑南倾向。比如五代、北宋词中的大家有李煜、苏轼、秦观、欧阳修、周邦彦等人。

唐、五代的词，仅有一些好的句子，真正的名篇很难找。而南宋，似乎词已经写得泛滥了，只是有篇而无真正的词味了。

南宋俗子词

唐五代、北宋之词家，倡优也。南宋后之词家，俗子也。二者其失相等。然词人之词，宁失之倡优，不失之俗子。以俗子之可厌，较倡优为甚故也。

倡优乃是台上戏子，俗子乃是庸俗之人。

将唐、五代、北宋的词家比作是台上戏子，将南宋的词家比作是凡夫俗子。

王国维在《人间词话》上篇尊北宋抑南宋，称冯延巳"开北宋一代风气"。"词至李后主而眼界始大、感慨遂深。"肯定秦观、苏轼、周邦彦等人。

对南宋词，除了给辛弃疾很高的评价之外，对姜夔、吴文英、史达祖、张炎等人诸多批评，"白石有格却无情，剑南有气而乏韵"。"梅溪、梦窗诸家写景之病，皆在一隔字。"

如果按照大众对倡优和戏子的理解，似乎王国维在此则的说法里有些偏激，并且和上篇严谨庄重的批评态度有些矛盾。

俗语说戏子无情，因为戏子带着感情入戏，戏演完了，赚得观众的眼泪之后，戏子的情感也就结束了。明明王国维是极其欣赏北宋之词的，以倡优作比较，明显有不太尊重之意。

但是王国维向来就自视颇高，后来又受到西方哲学的影响，超越了哲学的玄思，厌弃人世的庸俗，文学成为他思想上安身立命的净土，他的文学世界是一个纯粹的、完全超越功利的、寄托高尚嗜好的、慰藉心灵的唯美世界。

词人之词虽好，但是在思想高度上很难达到王国维完全的超越功利的唯美要求。

所以，王国维在欣赏的同时，对词的艺术境界要求甚高，那么五代、北宋词作者达不到王国维所要求的这样一个精神高度，王国维从骨子里泛出的轻蔑之意也就是人自然的性情流露。

当然，这也是由于自身个性的局限性。

王国维所说的是唐、五代、北宋词，将其比作倡优，是对这些词的一个大的概括。唐、五代、北宋

词注重词的真情实感，正是词从兴起到繁盛时期的一个被王国维所看重和欣赏的显著特色。

文体"始盛终衰"，古代的文学家们多与政治有染，在运用文体的时候，往往受到儒家功利主义的侵蚀，文体也渐渐变成美刺投赠、攀缘邀誉的工具。王国维曾经说诗至唐中叶以后殆为羔雁之具，至南宋以后，词亦为羔雁之具。"羔雁"，就是小羊和小雁，是古代卿大夫相见时赠送的礼物。

诗歌成为作家之间礼物的时候，也就是诗歌沦落的时候，那么也是北宋词兴起的时候。到南宋，词又沦为文人之间的礼物，成为文人附庸风雅的方式，于是词这种文体又堕落了。

这样，也就很容易理解王国维将南宋之词称作"俗子之语"了。

王国维强调："然词人之词，宁失之倡优，不失之俗子。以俗子之可厌，较倡优为甚故也。"

北宋词和南宋词，何为宁失之倡优，不失之俗子。实质上虚情假意的戏子，庸愚势利的俗人，都是一样叫人厌恶的。但是倡优和俗子相比起来，还是倡优要好些。

此则说话方式明显欠文雅的态度，和王国维视自己为天才的高傲有关，其真实目

的不过还是王国维在强调写词需要境界，而真正的境界是依靠真切之情来辅佐的。

在"工"和"真"之间，王国维更强调要在词中看见"真"，不计工拙只求真感情真景物。

其实，若已有真，何需工拙?

六一《蝶恋花》

《蝶恋花》"独倚危楼"一阕,见《六一词》,亦见《乐章集》。

余谓:屯田①轻薄子,只能道"奶奶兰心蕙性"耳。

柳永仕途坎坷,考取功名颇费工夫,几次不中。一次通过考试,却因《鹤冲天》中有"忍把浮名,换了浅斟低唱"句得罪了皇帝老儿,在思想政治上存在严重的问题,北宋仁宗批评他:"此人好去'浅斟低唱',何要'浮名'?且填词去。"因此,柳永为官的名字被抹去。而柳永呢,也就自我解嘲便自称:"奉旨填词。"举着这面皇帝所赐之大旗,混迹于妓院酒馆之间,却填出了千古绝唱的《雨霖铃》。

柳永所填之词,性情至真,儿女情长,凄婉缠绵却不庸俗下作靡靡。"教坊乐工,每得新腔,必求永为词,始行于世。"流行程度极其广泛,是北宋词人中的大家。

然而柳永在王国维眼中,却是属于不入流的词家。

此则,王国维说从柳永的词《玉女摇仙佩》中看出柳永是个轻薄之人,只能讨好歌伎,把歌伎喊成"姑奶奶",并愿"姑奶奶兰心蕙性"。

---

①柳永,(约987~约1053),字耆卿,汉族,崇安(今福建武夷山)人。北宋词人,婉约派最具代表性的人物之一,代表作《雨霖铃》。原名三变,字景庄。后改名永,字耆卿。排行第七,又称柳七。宋仁宗朝进士,官至屯田员外郎,故世称柳屯田。他自称"奉旨填词柳三变",以毕生精力作词,并以"白衣卿相"自许。

玉女摇仙佩

柳永

飞琼伴侣，偶别珠宫，未返神仙行缀。取次梳妆，寻常言语，有得几多姝丽。拟把名花比。恐旁人笑我，谈何容易。细思算，奇葩艳卉，惟是深红浅白而已。争如这多情，占得人间，千娇百媚。

须信画堂绣阁，皓月清风，忍把光阴轻弃。自古及今，佳人才子，少得当年双美。且恁相偎倚。未消得、怜我多才多艺。愿奶奶、兰心蕙性，枕前言下，表余深意。为盟誓，今生断不孤鸳被。

柳永自从被皇帝逐出仕途，他所谓的奉旨填词，不过也是他最后的生活出路。他混迹于妓院酒馆，为歌伎们填词的同时，也得到了歌伎的崇拜和救济。

柳永一生穷困潦倒，他死后是歌伎们出钱将其埋葬的。柳永在歌伎们心目中的地位极高，如果得到柳永的垂怜，哪怕是被皇帝召去宫里当妃子都是不愿意的。

比起官场的黑暗和虚情假意，柳永在妓院里得到的真情更多，这也是柳永与歌伎们情深意重的原因。而这真情，恰恰是《雨霖铃》之所以流传千古的原因。

　　既然是真情意切，柳永喊自己喜欢的歌伎一声"愿奶奶，兰心蕙性"，又如何呢？

　　在上篇，王国维曾赞美："昔为倡家女，今为荡子妇。荡子行不归，空床难独守"、"何不策高足，先据要路津？无为守穷贱，坎坷长苦辛"，因为里面所流露出的真情实感，而并不被人们认为是淫词和鄙词。

　　下篇都是王国维所删之稿，那么也可看出王国维后来也意识到并丢弃了一些不严谨的东西。

　　不过，在《人间词话》中，总会看见王国维对词中一些轻薄之语生出的不悦之意。

　　越是深入了解王国维，就越会发现此人除了身上的才学和悲天悯人的心性外，还是一个有道德洁癖的人。和他对文学唯美纯粹的要求一样，当柳永的词流露出风月之场的放荡，便是犯了王国维审美标准的大忌了。

　　"愿奶奶，兰心蕙性。"从这句话里可以想象，一个文人在妓院里拜倒在歌妓的石榴裙下，还要像孙子一样对着歌伎说着逗她开心的奉承话，在生活中和学术上一样干净的王国维面对柳永这样一句略有轻浮的词，那一定觉得柳永有辱读书人的斯文。

　　王国维是一个矛盾的人。他说："余之性质，欲为哲学家则感情苦多，而知力苦寡；欲为诗人则又苦感情寡而理性多。"他的睿智深刻是理性，然而他的理性还不足以让他去做纯粹的哲学，因为他觉得那样太枯燥。他的敏锐审美是感性，可他的感性又不能让他完全放纵自己的性情，他总是时刻地自律着，这一点从生活中毫无绯闻就可以看出。

王国维视文学为人生的永恒意义。他在《去毒篇》中说："感情上之疾病非以感情治之不可，必使闲暇之时心有所寄而后能得以自遣。夫人之心力不寄于此则寄于彼，不寄于高尚之嗜好则卑劣之嗜好所不能免矣。而雕刻、绘画、音乐、文学等，彼等果有解之之能力，则所以慰藉彼者世固无以过之……而美术之慰藉中尤以文学为尤大。"这段话的意思就是说，感情上的疾病必定是需要感情来医治的，那么一定要让你的心没有空闲时间去忧伤，如果把情感投入到另外的事情中，你也就能借这个事情来排遣自己的愁情了。所以人的心啊，不是投入在这个地方就是投入在那个地方。人的心啊，不是以高尚作为寄托，就是以卑劣作为嗜好。雕刻、绘画、音乐、文学等等，都是能够让心有高尚寄托的地方，可以慰藉你的心灵，一辈子都不会觉得空虚。艺术当中最能慰藉人心灵的就是文学。

王国维认为只有文学才能够担当慰藉心灵的重任，只有文学才能够指引精神向上。如果以消遣娱乐的态度对待文学，那么王国维必定是反对的了。

不可儇薄语

读《会真记》①者，恶张生之薄倖而恕其奸非。读《水浒传》者，恕宋江之横暴而责其深险。此人人之所同也。故艳词可作，唯万不可作儇薄②语。龚定庵诗云："偶赋凌云偶倦飞，偶然闲慕遂初衣。偶逢锦瑟佳人问，便说寻春为汝归。"其人之凉薄无行，跃然纸墨间。余辈读耆卿、伯可③词，亦有此感。视永叔、希文小词何如耶？

此则承接上篇而来，但是此则的意思却更加明显，王国维要求词人对待词的态度要严谨庄重，不可轻薄，以免失了自己的身份。

《会真记》就是《西厢记》的前身，《会真记》中张生考中状元之后并没有回来成就崔莺莺佳人才子的美梦，而是始乱终弃，为求富贵，抛弃了崔莺莺。面对这个故事，人们往往痛恨张生的薄情负心要多于张生的虚伪功利。

---

①《会真记》，即传奇《莺莺传》，作者为唐人元稹（779～831），字微之，别字威明，河内（今河南洛阳）人。后世戏曲作者以其故事人物创作出许多戏曲，如金代董解元《西厢记诸官调》和元代王实甫《西厢记》等。龚自珍，字定庵，清代思想家、文学家，是近代思想家、文学家及改良主义的先驱者。他对清朝的思想统治不满，不愿和统治者合作，终于在鸦片战争前一年辞官回家。他的诗文主张"更法"、"改图"，揭露清统治者的腐朽，洋溢着爱国热情。此引为《己亥杂诗》第三百一十五首，见《定庵续集》。

②儇薄，轻薄浮滑。

③康与之，字伯可，南宋词人。南渡后居嘉禾（今浙江嘉兴）。依附秦桧，为秦门下十客之一。其词多应制之作，歪曲现实，粉饰太平，但音律严整，讲求措辞。代表作为《卜算子》、《玉楼春令》、《长相思》、《金菊对芙蓉》、《风流子》、《减字木兰花》、《满江红》、《忆秦娥》、《昨梦录》等。

《水浒传》中的老大宋江，性格暴躁残忍，不信且看宋江杀阎婆惜那一段描写：
"宋江狠命只一拽，倒拽出那把压衣刀子在席上，宋江便抢在手里。那婆娘见宋江抢
刀在手，叫'黑三郎杀人也！'只这一声，提起宋江这个念头来。那一肚皮气正没出
处，婆惜却叫第二声时，宋江左手早按住那婆娘，右手却早刀落；去那婆惜颡子上只
一勒，鲜血飞出，那妇人兀自吼哩。宋江怕他不死，再复一刀，那颗头伶伶仃仃落在
枕头上，连忙取过招文袋，抽出那封书来，便就残灯下烧了；系上鸾带，走下楼来。"

　　不管这妇人如何对他宋江不起，作为一个男人，宋江也不该杀昔日的情妇阎婆惜
杀得如此薄情寡义、酣畅淋漓，脸不变色心不跳的理所当然。

　　宋江不仅残暴，城府却极其深险，明明是造反，却只反官不反帝，被皇帝招安，
害得自己的弟兄尸横遍野。面对宋江，人们最反感的就是他的深险，而不是他的残暴。

　　王国维从这两则故事中，告诉大家一个道理，人们记忆深刻的总是你做得最恶劣
的事情。

　　从这个朴质的道理中，可以看出读者是极其善良和宽容的。王国维于是奉劝那些
写艳词的词人，你们写艳词就写艳词吧，可是千万不要在词中写一些轻浮的言语，这
样便会教词品格低劣。

比如龚定庵诗云："偶赋凌云偶倦飞，偶然闲慕遂初衣。偶逢锦瑟佳人问，便说寻春为汝归。"最后两句，诗人说他出去闲逛，遇到美人问他干什么去了，他就说我出去寻找春天，结果遇到了你这位美人，你比春天更风情万种，我是为了你而回来呀。

这两句读起来的确是有些不忍。遇见佳人便胡乱挑逗，感觉龚自珍不像个文人，而像是见美就起色心的流氓。怪不得王国维要说"其人之凉薄无行，跃然纸墨间"。

这也是柳永不被王国维所喜欢的原因。

"余辈读耆卿、伯可词，亦有此感。视永叔、希文小词何如耶？"王国维说他读柳永和康与之的词也是这样的感觉，并在此句中也列出了正面教材欧阳修、范仲淹作对比。

王国维在境界之说里面就强调情景须真。他说的真，不仅仅是自己一时的情感之真，比如此则龚自珍的诗，就是他遇到佳人一时性情所至的真情实感，不管怎么轻薄，都是此时他的感受。但是这样的真情实感和王国维境界说中的真情实感是有区别的。

王国维在境界说中所说的真，更多的还是"以赤子之心"、"以血书者"感情的崇高之真，是让文学上升为哲学的高度，以文学情感之真，对人生本质、人类命运的终极关怀，是用自己真实的情感和人类的痛苦相通相融，最终依靠文学的修为和表达，解决人类的思想问题，摈除所有人的人生烦恼和痛苦。

文学在王国维看来承载了伟大的力量，如圣女般高洁尊贵，是不可随意侮辱戏谑的。

词人须忠实

词人之忠实，不独对人事宜然。即对一草一木，亦须有忠实之意，否则所谓游词也。

笔下的文字，是人心灵世界最直接的反映。

往往分析文字，比看人的五官外貌更准确。一个人的文字里流淌的更多的是他的性格或者心情。

内心所想，正是文字所写，哪怕你再掩饰，犹如女子化妆，从修饰的方法去看，总能够寻到根源。妆容修饰之处，正是想要掩饰之处，刨开掩饰的外在，我们能够寻找到它真实的面目。

掩饰，哪怕是再漂亮、再完美，可是它终究是假的。女子化妆白天容光焕发、光彩照人，可是一卸下妆呢，便暴露殆尽，两下对比，唯一被证实的东西，就是化妆技术的高超。所以，朴素之美，莫与之争。清水出芙蓉的娇美更迷人，这样的美也更叫人尊重和欣赏。

文学诚然是来于生活、高于生活，所以，文字的真诚真实才是最高超的再造生活之手段。这样的再造本身就含有了修饰和虚构成分，所以文学的内容更多的不是真实。

文学的内容可以不真实，唯一能够真实的，就是创作者在文字中的一颗真诚的心。这样的文学虚构和创作才能够永远地欺骗读者。

王国维对词人的要求很高。词人的真诚，不仅仅是对人和事情，对花草树木也是如此。

这里的忠实，实质就是词人的真诚。

以怎样的心去写作，那么我们就能够感受到一颗怎样的心。

如果没有真诚之心，内心被欲望所堆积，内心被欲望所控制，这样的话，就连自己都没有办法尊重了，所发之言尽是轻佻之语，比如花言巧语、毫无真情的游词。

王国维强调词人对人事花草都要以诚相待，实质上就暗含着我们每个人对万事万物都要有一颗悲悯的心。

王羲之说过："仰观宇宙之大，俯察品类之盛。"面对广阔的宇宙，繁盛的万物，顿觉人之渺小，人的妄自尊大，越是无知，越是狂妄，内心才会像吹气一样膨胀，面对时间之永恒，万物之博大，人宛如风中尘埃，转瞬即逝。

内心谦卑，眼界才能广阔。

眼界开阔了，人生的欲望才能够——纯净，才能够享受有生之时光，真正地笑看云起。

词集之格调

　　读《花间》、《尊前集》，令人回想徐陵《玉台新咏》。读《草堂诗余》，令人回想韦縠《才调集》。读朱竹垞《词综》，张皋文、董子远《词选》，令人回想沈德潜《三朝诗别裁集》。

　　《玉台新咏》是南朝徐陵所编选，收集了从先秦至南朝梁的宫体诗。是在《诗经》、《楚辞》后出现的一部经典的诗歌总集。它保存了大量汉魏六朝的诗歌，像《古诗为焦仲卿作》、《上山采蘼芜》、《陌上桑》、《羽林郎》、《日出东南隅行》、《皑如山上雪》、《越人歌》这样的名篇都是出于此集，诗集多艳情闺情之作。

　　《花间》是后蜀人赵崇祚编辑的一部词集，集中收录了晚唐至五代 18 位词人的作品，温庭筠是花间派的始祖，他们刻意模仿温庭筠的艳丽词风，形成了花间词派。《尊前集》的歌都是供宴席歌唱的，辑唐、五代三十六家词 260 首，编者佚名。

《花间》、《尊前集》和《玉台新咏》的风格类似，词风香艳，所以王国维能够把他们联想到一起。

《才调集》收录的是唐代各时期诗作，共十卷，五代后蜀韦縠编。其诗风："韵高而桂魄争光，词丽而春色斗美。"

《草堂诗余》是南宋何士信编辑的词选，词作多为宋词，有一小部分唐、五代词，诗风情思深重。

王国维将这两部风格类似的作品联系在一起。

《词综》为前二十六卷为朱彝尊编，后十卷为同时人汪森增补，共选录唐、五代、宋、金、元词六百余家，

一共收录 2253 首词。主张词风醇雅，不要多硬语、新腔。

《词选》为清代张惠言编选。张惠言（1761 ~ 1802），字皋文，江苏武进（今常州市）人。张惠言在选录时，认为"可谓安蔽乖方，迷不知门户"，对入选的作品偏且严，强调词要有比兴寄托，注意词作内容的现实意义，并要求词的地位应该"与诗赋之流同类而风诵"，选了苏轼、秦观、周邦彦、辛弃疾、张孝祥、王沂孙等人的词。张惠言死后，他的外孙董毅继续编了《续词选》。《续词选》相比起《词选》的风格有所变化，其入选风格要求作品"醇雅"，相比起《词选》，其更接近于《词综》。王国维所归类的应该是《续词选》和《词综》。

沈德潜，字确士，号归愚，谥文悫，清代诗人，强调诗为封建政治服务，在《说诗晬语》中开头就说："诗之为道，可以理性情，善伦物，感鬼神，设教邦国，应对诸侯，用如此其重也。"同时提倡"温柔敦厚，斯为极则"，鼓吹儒家传统"诗教"。他讲究词风要有"格调"，他的诗论被称为"格调说"。编选有《三朝诗别裁集》，分别是《唐诗别裁》、《明诗别裁》、《清诗别裁》。

《词综》、《词选》、《三朝诗别裁集》都有词风"醇雅"之说，更多的是儒家功利主义的审美标准。王国维将它们联系到一起。

明清人论词之失

　　明季国初诸老之论词，大似袁简斋之论诗，其失也，纤小而轻薄。
竹垞以降之论词者，大似沈归愚，其失也，枯槁而庸陋。

　　明季国初之诸老就是指陈子龙、李雯、朱彝尊、汪森、宋征舆等。王国维说他们论词就如同袁枚论诗，失之于纤小轻薄。

　　袁枚（1716～1797），清代诗人、诗论家，字子才，号简斋，又称随园主人、随园老人。袁枚在诗学上倡导"性灵说"，主张文字要顺从人的自然本性，文字是人内心情感的真实流露，不是发自内心而言，就不能下笔成文，并认为："自三百篇至今日，凡诗之传者，都是性灵，不关堆垛。"但是袁枚的作品在突出人内心的神韵情趣的同时，忽略了社会现实，太过于张扬个性，题材的涉及面狭窄。

　　王国维对袁枚的评价："纤小而轻薄。"就是说袁枚太过于强调抒写人的内心情感，而忽略了诗词形式上的美感。

　　"竹垞以降"就是指张惠言、周济、谭献、冯煦等。竹垞就是朱彝尊，朱彝尊是清初浙西派的代表，他们奉姜夔、张炎为词坛正宗，主张词风"清空"。

　　浙西派和沈德潜都主张诗词要为封建政治服务，他们的词都好发空言，讲求形式，无真情实感，所以王国维说他们的词"枯槁而庸陋"。

王国维要求学生"六不"

王国维在清华国学院任教时，要求他的学生要做到"六不"：

王力在清华国学研究院上的第一堂课便是王国维的《诗经》。王力发现，每当碰到某些问题时，王国维常以"这个我不懂"一句就带了过去，有时一节课下来竟要说好几个"我不懂"。起初王力不理解，觉得这与其大师的身份不般配。后来与王国维接触的增多，王力才逐渐体会到，这正是王国维治学严谨的表现——做学问的人，不懂就是不懂。没有必要不懂装懂，自欺欺人。

1 不放言高论。

2 不攻击古人。

3 不议论他人短长。

4 不吹嘘。

5 不夸渊博。

6 不抄袭他人言论。

语言学家王力回忆

治学严谨的表现

王力

其实，王国维说"不懂"并非真的不懂。课后有学生问及他说"不懂"的地方，他都能说出自己的见解。他之所以在课堂说"不懂"，一是出于立言的谨慎，认为见解尚未十分成熟，不宜做结论；二是出于培养学生独立思考的能力和实事求是的治学态度，鼓励学生去探索和研究尚未定论的问题。

王国维生性淡泊，不喜与人交游，在清华时除了教书授课以外，他一般不主动去跟学生谈话。从来都是上完课就走人，回到西院住所，钻进书房潜心研究学术。但是如果有人登门拜访或致函，不管是求教还是论辩，他从来都是热情接待，不分名节尊卑，不分老幼贵贱，而且是知无不言，言无不尽。

白石旷在貌

东坡之旷在神，白石之旷在貌。白石如王衍[1]口不言阿堵物[2]，而暗中为营三窟[3]之计，此其所以可鄙也。

都是对人生的洒脱。

都是面对人生态度的乐观和旷达。

王国维说苏轼的旷达在骨子，在神；而姜夔的旷达在面子，在貌。

苏轼有："大江东去，浪淘尽千古风流人物。"

姜夔有："酒祓清愁，花消英气。"

大江东去，是时间之流逝，生命之消亡更替，多少风流人物，也难敌时光之磨砺。

何等之悲壮，却又是何等之洒脱。

酒祓清愁，花消英气，酒和花都是消磨意志之物，姜夔告诉我们的是，纵情花和酒，他就解脱。

醉酒之后便忘忧愁，面对长江畅想历史，心境自然开阔。两个词人都在寻找叫自己解脱的方式，不同的是，姜夔的解脱是借助于外物醉酒和赏花，但赏花，似乎在才子的风流里还有另外的一层纵情声色的暧昧之意。

苏轼的解脱是心灵的，只有解决了自己内心的问题，才能够真正宽容博大。

姜夔的解脱是暂时的，醉酒只是短暂的忘却，赏花若无真诚怜悯之心，也就无法

---

①王衍，字夷甫，西晋政治家，以清谈老庄而闻名天下。
②阿堵物，阿堵，即"这个"，后代称"钱"。
③营三窟，指事先安排避祸求安的藏身之所，典出《战国策·齐策四》："冯谖客孟尝君"。

认识到花美之真谛。

心灵解脱，才能达到审美的天真，才能拥有一颗童心。所以说，苏轼的旷达是骨子里的，在他的文字里，有一颗宽广的心，可以感受到不凡的气质。

犹如与人接触，日久见人心，文字也是如此。

姜夔的文字，无一不是写自己的清高，人们向来觉得古今只有他格调最高，姜夔的确是格调最高，清冷高绝。

但是他永远在清冷高绝这样的一个位置上再也下不来了。

苏轼的文字，都是他心理的变化，《赤壁赋》就是活生生的例子，自己的不断认识和解脱。

人人皆为凡夫俗子，若是内心不成长的话，文字就会显得憋屈和生硬。

一个老是保持一个调子的人，一定是不愿意叫别人察觉出他的内心，不愿意敞开心扉说明不能够面对，不能够面对就是在逃避、在掩饰，逃避的同时，还要用清高、高绝的姿态，为自己讨一个好名声。

所以，王国维很鄙视地对姜夔说："白石如王衍口不言阿堵物，而暗中为营三窟之计，此其所以可鄙也。"

实质上，这就是装。

装，就是不真诚，字到情不到。

词尤重内美

　　"纷吾既有此内美兮，又重之以修能。"①文字之事，于此二者，不可缺一。然词乃抒情之作，故尤重内美。无内美②而但有修能，则白石耳。

　　"纷吾既有此内美兮，又重之以修能"本是屈原《离骚》中的一句话，被王国维直接地运用到了诗人所具备的修为上，这里强调的是诗人既要有内在的修为，又要有外在的修养。

　　如果词是抒情之作的话，那么就尤须注重内在的修养。高尚的人格方能驾驭超凡脱俗的意境与文学。诗言情，其品性不正，那么抒发出来的情感也必定是不正的。犹如一个人的眼神，内心是邪恶的，那么眼神所散发出来的光芒也不会有多纯洁。

　　没有内在的修为，而外在的修养却非常不错的，只有一个人，那就是姜夔。

　　对于姜夔，他的词和性格，我们在上篇已经分析得很多了，表面的清绝高冷，恰恰是为了掩饰自己内心的放不开。所以，白石的词，你看到的就是一个穷酸秀才，为了遮掩自己的窘迫，而对你表现出面子上的彬彬有礼。

　　这样的彬彬有礼，其实是异常尴尬的。

---

　　①"纷吾"句出自屈原《离骚》。
　　②内美，指高尚的人格。修能，指卓越的才能。

从王国维对姜夔的要求，也可以看出王国维对内美的要求是非常高的。

他眼中的内美，更像是一种高洁，这样的高洁还需要有文学天赋的人继承。在上篇中，他对李后主、纳兰性德给了很高的评价，说李后主是："词人者，不失其赤子之心者也。"说纳兰性德是："以自然之眼观物，以自然之舌言情。"一是才华高绝，二是因为他们都有内美。

内美是天生的，也就是天才之禀赋。

王国维在《叔本华与尼采》中便说过："天才者，不失赤子之心者也。"就是说凡是天才，总是具

备着赤子之心，也就是童心，童心就是天真无邪之心，不受世俗熏染之心。

而修能呢，就是指后天的修养了。诗人在后天的内在修养，要求"入乎其内"，去体验欲望带来的痛苦，"出乎其外"，就是能够摆脱折磨心灵精神之欲望，物我两忘，静观大人生，达到大境界。

诙谐与严重

诗人视一切外物，皆游戏之材料也。然其游戏，则以热心为之，故诙谐与严重①二性质，亦不可缺一也。

如何才能成为一个诗人？

怎样才能进行完美的创作？

在《人间词话》中，王国维边品边谈，为我们讲解了关于创作者所应当具备的修养和态度。

诗人视一切外物，皆游戏之材料也。也就是说诗人必须怀着一颗童心，在创作的时候，必须怀着游戏之心去创作，那么创作出来的作品就会更加诙谐，给人欣赏感觉上的轻松和惬意。

但是这颗游戏之心，却必须是一颗真心。

那么游戏和真心之说，是不是有些矛盾？

①严重，此处指严肃、庄重。

所谓游戏，也就是说作品中要有轻松，但绝不是轻浮。有轻松的时刻，便有严肃的时刻。

正是因为有轻松，那么严肃的时刻才能正经。

在上篇第六十则的时候，王国维也说："诗人对宇宙人生，须入乎其内，又须出乎其外。入乎其内，故能写之。出乎其外，故能观之。入乎其内，故有生气。出乎其外，故有高致。"

能入和能出，轻松和庄重，似乎是相对应的。

诗人在创作的时候，有对生活的理想，却又不仅仅是只执着于自己的理想，他更多的时候，是在创作中圆满了自己的理想。

入乎其内才能写之，出乎其外尽情观之。观之是为了写之。观之时，

诗人的态度应该是轻松的；写之时，诗人的态度却又是庄重严肃的。

西方文艺向来就有将艺术起源说成是游戏的起源之说，席勒将其理论加以组织，正式提出文学起源于游戏说。

文学的游戏说，和王国维的此则说法是相契合的。

诗人视其一切外物皆为游戏之材料也，正是王国维所说的能出。

然其游戏须以热心而为之，正是说的能入。

这样，诗人才能以奴仆命风月，与花鸟共忧乐。

王国维在《文学小言》中说："文学者，游戏的事业也。"这句话的意思就是，人生存于现实生活之中，现实有诸多牵绊，人无法真实表达自己的情感，而在文学中，以咏物写景将真感情寄托倾吐发泄出来，这就是文学。混迹于现实生活之中拥而有超脱之心，文字中显出撼人心魄之境，这便是文学的美和真。

附　录

人间词顾序

作序难，为佳书作序尤难。盖书既佳，则读者具眼，自能领略之，不必待序之说明与吹嘘。况乎珠玉在前，率尔成篇，必贻佛头着粪之讥。或者自家有一段意思，藉为书作序尔发，借花献佛，亦自可喜，顾随今者则又无有。然而启元师兄校注《人间词》及《人间词话》行将出版，顾随终于为之序者，则以一者师兄前次曾以序嘱，亦即诺之，若不作，则是不信，二者顾随平日喜读此二书，兹欲假一序结香火因缘。三者尔来坊间翻印旧书，或加标点，或加

笺注，尔句读往往讹谬，文字往往错植，每一翻阅，心目俱为之不快，师兄此书，标点正确，笺注详明，校对更为仔细，出版后以一册置案头，明窗净几之间，时一浏览，亦浮世偷生之赏心乐事，故益乐为之序。若夫静安先生之创作与议论，则又何需说明与吹嘘乎？兹亦不赘云。二十二年十月顾随序于旧京东城之萝月斋。

人间词甲稿序

王君静安将刊其所为人间词，诒书告余曰，"知我词者莫如子，叙之亦莫如子宜。"余与君处十年矣，比年以来，君颇以词自娱。余虽不能词，然喜读词，每夜漏始下，一灯荧然，玩古人之作，未尝不与君同，君成一阕，易一字，未尝不以讯余，既而暌离，苟有所作，未尝不邮以示余也；然则余于君之词，又乌可以无言乎？

夫自南宋以后，斯道之不振久矣。元明及国初诸老，非无警句也，然不免乎局促者，气困于雕琢也；嘉道以后之词，非不谐美也，然无救榆浅薄者，意竭于摹拟也。君之于词：于五代喜李后主、冯正中，于北宋喜永叔、子瞻、少游、美成，于南宋除稼轩白石外，所嗜盖鲜，尤痛诋梦窗、玉田，谓梦窗砌字，玉田垒句，一雕琢，一敷衍，其病不同，而同归于浅薄，六百年来，词之不振，实自此始，其持论如此。及读君自所为词，则诚往复幽咽，动摇人心，快而能沈，直而能曲，不屑屑于言词之末，而名句间出，殆往往度越前人。至其言近而指远，意决而辞婉，自永叔以后，殆未有工如君者也。君始为词时，亦不自意其至此，而卒至此者，天也，非人之所能为也。

若夫观物之微，托兴之深，则又君诗词之特色，求之古代作者，罕有伦比。呜呼，不胜古人，不足以与古人并，君其知之矣。世有疑余言者乎？则何不取古人之词，于君词比类而观之也。光绪丙午三月山阴樊志厚叙。

【原文】

如梦令

点滴空阶疏雨，迢递严城更鼓。睡浅梦初成，又被东风吹去。无据，无据，斜汉垂垂欲曙。

【今译】

渐渐沥沥的春雨、点点滴滴，洒向空阶，更鼓声声，从高城之上远远传来，愁肠百结难以成眠，好不容易略有睡意，却又被一阵东风吹醒，唉，梦本来就是不可靠的，睡不着就睡不着吧，窗外，银河已经西斜，天也渐渐亮了。

【原文】

浣溪沙

路转峰回出画堂，一山枫叶被残阳，看来浑未似秋光。

隔座听歌人似玉，六街归骑月如霜：客中行乐只寻常。

【今译】

小路沿着山势回环，徜徉在这弯弯的小路上，几经曲折，一方画塘蓦然呈现眼前，一山红彤彤的枫叶，背映着夕阳的余晖，这美丽的景色，哪里有一点秋天的萧瑟味道啊！

邻座有如玉般的美人在歌唱，听歌罢，人马踏着霜冷皎洁的月色归去，唉，作客他乡，即使是及时行乐，也不过如此罢了。

【原文】

临江仙

过眼韶华何处也？萧萧又是秋声。极天衰草暮云平，斜阳漏处，一塔枕孤城。

独立荒寒谁语？蓦回头宫阙狰狞：红墙隔雾未分明，依依残照，独拥最高层。

【今译】

美好的时光如白驹过隙匆匆而逝，春往何处去了，很快就又听到这萧瑟的秋声？极目远眺，凋零的秋草一直延伸到天边，与平展的晚云接了起来，云层中一道斜阳漏了出来，正照在孤城外的宝塔上。

独自徘徊在这荒寒的天地中，此情此景有谁可以诉说？回头只能隐约看到那峥嵘的宫阙，可是隔着迷茫的青烟薄雾，红墙都犹未分明，只有那夕阳的残晖，还依依不舍的照在宝塔的最高层上。

【原文】

浣溪沙

草偃云低渐合围，琱弓声急马如飞，笑呼从骑载禽归。

万事不如身手好，一生须惜少年时，那能白首下书帷！

【今译】

草原广阔，劲风折草，野旷云低，一场围猎开始了，弓弦声急，骏马如飞，一阵忙碌后，欢笑着，招呼随从的马骑捡拾落禽，满载而归。

世间的万事万物，都不如练就一身高强的身手，人生在世，必须惜取少年的时光，切莫虚度，怎么能钻进书帷，皓首穷经呢？

【原文】

浣溪沙

霜露千秋木叶丹，远山如在有无间，经秋何事亦屡颜？

且向田家挤泥饮，聊从卜肆憩征鞍，只应游戏在尘寰。

【今译】

寒霜洒落在浓密的树林里，树叶全红了，遥望远山，隐隐约约，如在有无之间，我不禁感叹：山啊，你经历了无数个这样冷峻的秋天，为什么依然能这样高高地耸立？

姑且在农夫家里开怀畅饮，不惜一醉；在占卜的铺子里解下征鞍，安心的休憩吧，人生也就是这样了，在尘寰中偶然的游戏罢了，何必太认真呢？

【原文】

好事近

夜起倚危楼，楼角玉绳低亚，唯有月明霜冷，浸万家鸳瓦。

人间何苦又悲秋，正是伤春罢；却向春风亭畔，数梧桐叶下。

【今译】

独自难以成眠，只好起来凭依在

高楼阑干,但见玉绳两星低垂在楼角,澄明的月色和凄冷的寒霜,浸透了千家万户的屋瓦。

人总是用情太多,刚刚为春去而伤心,现在却又要为匆匆而过的秋凉而悲愁,唉,不去想它了,还是对着春风亭畔,数一数掉落的片片梧桐树叶吧。

【原文】

好事近

愁展翠罗衾,半是余温半泪。不辨坠欢新恨,是人间滋味。

几年相守郁金堂,草草浑闲事。独向西风林下,望红尘一骑。

【今译】

愁绪锁在脸上,摊开翠色的锦被,上面半是身体的余温,半是零落的泪痕,分不清哪是往昔的欢情,哪是新生的幽怨,反正总是人间的种种滋味。

几年来的两相厮守的日子,平平淡淡的就过去了,当时没有什么感觉,而今一个人独守空房,却是无限的怀念,一个人去西风林下再等着吧,红尘中的那一骑什么时候才能归来?

【原文】

采桑子

高城鼓动兰釭炮,睡也还醒,醉也还醒,忽听孤鸿三两声。

人生只似风前絮,欢也零星,悲也零星,都作连江点点萍。

【今译】

高高的城楼上,暮鼓声声,灯烛已经残了,睡下,感觉还是醒着,醉了,却也感觉还是很清醒,忽然听到天边的孤雁的三两声的悲鸣。

人生就好比风中飘飞的柳絮,不管是欢乐还是悲哀,都是破碎不全的,这一切,最后也不过都化作连江水面上的点点浮萍罢了。

【原文】

西河

垂柳里，兰舟当日曾系。千帆过尽，只伊人不随书至。怪渠道著我侬心，一般思妇游子。昨宵梦，分明记：几回飞度烟水，西风水断，伴灯花，摇摇欲坠，宵深待到凤凰山，声声啼鴂催起。

锦书宛在怀袖底，人迢迢，紫塞千里。算是不曾相忆！倘有情，早合归来，休寄一纸无聊相思字！

【今译】

堤岸上垂柳依依，千缕万缕，当日载着那人的船就是从这里起航的，眼前过尽了千只帆万条船，但是那个人却一直没有随着书信归来，怪不得在信中他能说出我的心思：原来正是同样的思妇之心游子之情。我还清楚的记着昨夜的梦境，多少次，我飞越这茫茫的烟水去寻他，不料却被西风吹断了我的魂梦，醒来时，灯花已经摇摇欲坠，本来准备深夜做梦时梦到故乡的凤凰山，可却又被杜鹃的啼鸣催醒。

他寄来的书信我一直珍藏在怀袖中，但是他人却在相隔千里的塞外，就算他没有想我吧，如果真的想我的话，他应该早早归来，光寄这些无聊的相思书信有什么用？

【原文】

摸鱼儿

问断肠，江南江北，年时如许春色。碧阑干外无边柳，无落迟迟红日。长堤直，又道是连朝塞雨送行客，烟笼数驿。赕今日天涯，衰条折尽，月罗晓风急。

金城路，多少人间行役？当年风度曾识，北征司马今头白，唯有攀条战臆。都狼藉，君不见舞衣寸寸填沟洫，细腰谁惜？算只有多情，昏鸦点点，攒向断枝立。

【今译】

我想知道，在春来江南江北相送的时候，也是这样令人肠断的景象吗？碧绿的栏杆外，是无边的垂柳，在风中依依起舞，使那迟迟的红日也随之舞动而渐渐西沉了，在那笔直的长堤上，又要冒着寒雨相送行客，浓重的烟霭笼罩了目力所及的驿站，如今流落天涯，一如眼前见到的被折尽了枯枝断条的杨柳，在斜月西沉时的秋风中颤抖。

在金城路上，古往今来多少人曾因服役而辛劳跋涉，想当年，也曾经欣赏它壮美的风度，而如今，北征的桓司马将军头发都白了，只能静视着飘动的柳枝，泪流满面。秋柳的枝叶早已随风飘零狼藉一片，您看到了吗，这不正像寸寸破碎的舞衣，填了沟壑吗？舞女呢，还有谁喜欢他们纤细的腰肢？算来恐怕也只有那多情的点点昏鸦，聚在残断的柳枝上。

【原文】

蝶恋花

谁道人间秋已尽？衰柳毵毵，尚弄鹅黄影。落日疏林光炯炯，不辞立尽西楼暝。

万点栖鸦浑未定，潋滟金波，又幂青松顶。何处江南无此景，只愁没个闲人领。

【今译】

谁说人间的秋天已经过尽？你看衰柳淡黄细长的枝条，还在秋风中摆弄着它的影子，斜阳反照着疏林，闪着炯炯的光辉，我真想在这西楼上站着直道天黑，一直欣赏这美丽的景色。

林中树上的点点昏鸦，还没有安定下来，这时如金波般流泛的月光，又已经笼罩的青松的树顶了，在江南这地方，哪里没有这样的美景呢，只是恐怕没有谁会有这份闲心去欣赏领略它罢了。

【原文】

鹧鸪天

列炬归来酒未醒，六街人静马蹄轻。月中薄雾慢慢白，桥外渔灯点点青。

从醉里，忆平生，可怜心事太峥嵘。更看此夜西楼梦，摘得星辰满袖行。

【今译】

　　与朋友宴饮结束，在成行的灯烛中归来，酒意还没醒，大街上静悄悄的，只有轻轻的马蹄声。透过月色，望去是泛着淡淡的白色的一片薄雾，小桥外的水面上，闪着点点青光的渔灯。乘着酒兴，回想平生的遭遇，最令人难过的是，少年时心气太高，以致终老都难以实现，更不用说夜里在西楼的梦境，摘得满袖的星辰，傲然而行了。

【原文】

点绛唇

　　万顷蓬壶，梦中昨夜扁舟去。萦回岛屿，中有舟行路。

　　波上楼台，波底层层俯。何人在？断崖如锯，不见停桡处。

【今译】

　　昨夜梦中，我自己驾了一叶扁舟，去了万顷碧波中的蓬壶仙境，那里的岛屿星罗棋布，海水萦绕，中间是曲曲折折的船行之路。烟波上面有浩渺的亭台楼阁，海水清澈，俯视波底能看到楼阁的倒影，一层又一层，是谁在这里居住呢，我想停船上岸一探究竟，然而这里到处是如锯齿般参差的断崖，我怎么也找不到泊船的地方。

【原文】

点绛唇

高峡流云，人随飞鸟穿云去。数峰著雨，相对青无语。

岭上金光，岭下苍烟沍。人间曙，疏林平楚，历历来时路。

【今译】

峡谷高峻，烟云缭绕，人随着峡中的飞鸟，在云中穿梭而去，那几座雨后的青峰，相对而立，寂然无语。

岭上是雨后初霁的金光，岭下却是凝集的浓雾，人间已经曙色迷离，但遥望那疏林外的平原，却可以清清楚楚地看到我来时的道路。

【原文】

踏莎行

绝顶无云，昨宵春雨，我来此地闻天语。疏钟暝直乱峰回，孤僧晓度寒溪去。

是处青山，前生俦侣，招邀尽人间庭户。朝朝含笑复含颦，人间相媚争如许。

【今译】

昨天夜里曾经下了一场透雨，但是此刻山顶之上早已云影全无，我爬到山顶，仿佛听到天公之语。黄昏后，山寺里响起稀稀疏疏的钟声，在乱峰之间回荡，拂晓时，孤独的僧人只身涉过寒冷的溪水去了。

这里的青山，是我前世的好伴侣，我把它请到清闲的院落里继续相依相伴，朝来暮去，青山一直对我含笑含颦，人间所谓的情谊哪能与这相比啊！

【原文】

清平乐

樱桃花底，相见额云鬓，的的银釭无限意，消得和衣浓睡。

当时草草西窗，都成别后思量；遮莫天涯异日，转思今夜凄凉。

【今译】

在樱桃花下面见到她时，她含着羞低着头，笼着一头黑发的发鬓也微微有些歪了，回来后，对着闪烁的灯火，突然感到无限的思念，和衣而卧，难以成眠。

当时在西窗下匆匆的聚首，如今都成了别后无尽的相思，我不想用天涯他日如何来安慰自己，我只为这个长夜相思的凄凉而忧心叹息。

【原文】

浣溪沙

月底栖鸦当叶看，推窗跕跕坠枝间，霜高风定独凭栏。

为制新词髭尽断，偶听悲剧泪无端；可怜衣带为谁宽。

【今译】

月色之下，把栖息在树梢的乌鸦看成了叶子，刚一开窗，它们就跕跕的飞落到树枝里面去了，霜夜高寒，风定了，一个人凭栏凝望，思绪万千。

为了咏吟新词，真的像古人那样把髭须都捻断了，偶尔去看场悲剧的时候，也会无端的潸然泪下，可怜自己为谁消瘦，以致衣带渐宽呢？

【原文】

青玉案

姑苏台上乌啼曙，剩霸业，今如许。醉后不堪仍吊古，月中杨柳，水边楼阁，犹自教歌舞。

野花开遍真娘墓，绝代红颜委朝露。算是人生赢得处：千秋诗料，一抔黄土，十里寒螿语。

【今译】

姑苏台上，一只乌鸦从夜里一直啼叫到天明，当年吴王夫差的霸业，到如今却只有一片如此荒凉的情景，想到此，即便醉意已经很浓，但仍觉得难以释怀，一种吊古之悲涌上心头，仿佛那月中的杨柳，水边的阁楼，依然有人在轻歌曼舞，一如千年以前。

真娘的墓前开满了野花，这位绝代佳人，就这样如朝露般委顿在这里，她的身后，总算是得到了这样的结果：成为千百年来文人墨客的舞弄的诗料，委身于一抔黄土之中，还有周围十里的寒蝉的悲鸣。

【原文】

少年游

垂杨门外，疏灯影里，上马帽檐斜。紫陌霜浓，青松月冷，炬火散林鸦。

归来惊看西窗上，翠竹影交加。跌宕歌词，纵横书卷，不与遣年华。

【今译】

在杨柳垂落飘洒的门外，在依稀的疏灯暗影里，上马时的抖动把帽檐弄斜了，上马后一路行一路望，但见郊野的道路秋霜正浓，青松上笼罩着清冷的月色，游人打的炬火惊起了林中栖息的乌鸦，四散飞去。

尽兴而归后突然发现，月亮在西窗上投下了翠竹纵横交错的影子，那跌宕蓬勃的诗词，纵横几案的书卷，都不能与我消遣这美好的年华啊。

【原文】

满庭芳

水抱孤城，云开远戍，垂柳点点栖鸦。晚潮初落，残日漾平沙。白鸟悠悠自去，汀州外，无限蒹葭。西风起，飞花如雪，冉冉去斜帆。

天涯，还忆旧；香尘随马，明月窥车。渐秋风镜里，暗换年华。纵使长条无恙，重来处，攀折堪嗟。人何许？朱楼一角，寂寞倚残霞。

【今译】

江水环绕着孤城，浮云开处，正好可以望见远处的庶地，近处，垂柳中栖息着点点昏鸦，晚潮初落，残日的余晖荡漾在平坦的沙滩上，白鸟悠悠的飞去，一直到远处汀州外一望无际的芦苇丛中，伴着西风，芦苇的飞絮如雪花般飞舞，远去的船帆正倾斜着缓缓前行。

如今作为游子流落天涯，往事一幕幕的从眼前滑过，带着花香的轻尘，被马扬起缓缓随行，初生的明月偷偷地窥视者车中的美人，可是这些都是过去了，经历了几番秋风秋雨后，再揽镜自照时，惊觉美好的年华已经不再，就好像柳条依然长如往昔，但是再来攀折的时候，即便物还是旧，但毕竟人已非昨，我要去往何处？只见那一角红楼，寂寞的偎依在残霞的光影里。

【原文】

蝶恋花

阅尽天涯离别苦，不道归来，零落花如许。花底相看无一语，绿窗春与天俱莫。

待把相思灯下诉，一缕新欢，旧恨千千缕。最是人间留不住，朱颜辞镜花辞树。

【今译】

我早已历尽了天各一方的离别之痛，但是没想到归来时，却正好赶上百花凋零的情景，我们在花底黯然对视无语，窗外的春景，也和落日后的天一样同时迎来了迟暮。

本来准备在夜色阑珊的灯下，把心中的相思之苦一吐为快，但是这一点点新的欢愉却又勾起了无穷的旧恨，人世间最难留住的，恐怕就是那镜子里用不再回的青春和离开了树枝飘零的落花吧。

【原文】

玉楼春

今年花事垂垂过，名岁花开应更蕣！看花终古少年多，只恐少年非属我。

劝君莫厌金罍大，醉倒且拚花底卧。君看今日树头花，不是去年枝上朵。

【今译】

今年的花事已经渐渐过去了，明年花开也许会更繁盛吧，自古以来，赏花游乐的总是少年人的事情，只是恐怕少年时代再也不属于我了。

不要再推辞说酒杯太大了，还是痛饮一醉吧，最后就在花下树下沉沉地睡过去，你知道吗，今天在枝头的花儿，已经不是去年枝头上的那些了。

【原文】

阮郎归

女贞花白草迷离，江南梅雨时，阴阴帘幕万家垂，穿帘双燕飞。

朱阁外，碧窗西，行人一舸归。清溪转处柳阴低，当窗人画眉。

【今译】

女贞子树上开满了小小的白花，远远望去，烟草迷离，眼下正是江南的梅雨季节，每家每户都垂下了隔雨用的垂帘，这时忽然看到一对燕子，穿帘飞去。

在红楼之外，碧窗以西，远行的人乘着小船回来了，而那清溪转弯的地方，柳荫低垂，有佳人正在当窗画眉梳妆。

【原文】

阮郎归

美人消息隔重关，川途弯复弯。

沈沈空翠压征鞍，马前山复山。

浓泼黛，缓拖鬟，当年看复看。

只馀眉样在人间；相逢艰复艰。

【今译】

想知道美人的消息但却隔着重重关山，路途曲折难行，马的前面是一座又一座的山，漫山的翠绿好像要沉沉的压到征鞍上。

沿途的山色，浓浓的翠绿好像泼翻了的黛墨，绵缓的山势，又像拖拽着的云鬟，当年这样的景象我看了一遍又一遍，可如今只剩了这青青的眉样留在人间，要相逢就难上加难了。

【原文】

浣溪沙

天末同云黯四垂，失行孤雁逆风飞，江南寥落尔安归？

陌上金丸看羽落，闺中素手试调醯，今宵欢宴胜平时。

【今译】

灰色的云层阴阴地伸向遥远的天边，离群的孤雁正在逆风飞翔，在这个寥落的江湖上，你要飞向何方呢？

突然，一颗弹丸射过来，孤雁羽毛纷飞，颓然下坠，闺中的女子正在用她的纤纤素手往锅里加着调味品，今天夜里宴饮的欢乐肯定要胜过平时了。

【原文】

浣溪沙

山寺微茫背夕曛，鸟飞不到半山昏，上方孤磬定行云。

试上高峰窥皓月，偶开天眼觑红尘，可怜身是眼中人。

【今译】

山的高处，能隐隐约约地看到山寺，背向着夕阳的余晖，鸟还没飞到半山的时候，天色已经暗下来了，这时，从寺中传来孤寂的磬声，行云仿佛也为之凝然不动了。

尝试登上高峰，一探皎洁之月，偶然睁开天眼，遥远望见熙攘的红尘，可怜的是，连我自己也是天眼所见中的尘世之人！

【原文】

青玉案

江南秋色垂垂暮，算幽事，浑无数。日日沧浪亭畔路：西风林下，夕阳水际，独自寻诗去。

可怜愁与闲俱赴，待把尘劳截愁住。灯影幢幢天欲曙。闲中心事，忙中情味，并入西楼雨。

【今译】

江南的秋色已经渐渐的接近垂暮，但是细算来的话，这时览胜探幽的事情依然不少，每天走到沧浪亭边的路上，在西风吹拂的树林中，在夕阳反照的流水外，独自去寻找创作的灵感。

最令人难为的是，忧愁伴随着闲适的生活同时到来，我想用忙碌的俗务把忧愁堵截住，夜来的时候，空对着幢幢的灯影，天也快亮了，无论是闲时的心事，还是忙时的情味，都伴随着西楼的雨声一起涌上心头。

【原文】

浣溪沙

昨夜新看北固山，今朝又上广陵船，金焦在眼苦难攀。

猛雨自随汀雁落，湿云常与暮鸦寒，人天相对作愁颜。

【今译】

昨天刚游览了壮丽的北固山，今天一早又登上了去扬州的客船，金山和焦山就在眼前了，却无法攀登，这是很让人遗憾的。

一阵暴雨随着沙汀上的雁阵降落，浓浓的云层下有回巢的乌鸦在盘旋，让人更觉荒寒凄凉，人和天，在这一刻无言相对，都充满了浓重的愁绪。

【原文】

鹊桥仙

沈沈戍鼓，萧萧厩马，起视霜华满地。猛然记得别伊时，正今夕邮亭天气。

北征车辙，南征归梦，知是调停无计。人间事事不堪凭，但除却无凭两字。

【今译】

远处传来沉沉的戍边的鼓声，马厩中的马发出萧萧的悲鸣，起来时，发现地上铺满了一层洁白的霜，突然想起当初跟她分别的时候，也是和今天夜旅宿邮亭一样的天气。

车辙在向北伸展，归梦却在向南方飞翔，我深知这样的事情是没有办法能解决的，人间的事事其实都是很虚幻很难凭的，也许只有"无凭"两个字，才能称得上是真的。

【原文】

鹊桥仙

绣衾初展，银釭旋剔，不尽灯前欢语。人间几岁似今笑，便胜却貂蝉无数。

霎时送远，经年怨别，镜里朱颜难驻。封侯觅得也寻常，何况是封侯无据？

【今译】

铺开锦绣的被褥，挑亮了桌上的银灯，说不尽灯前欢乐的话语，让人不由感叹：如果人生年年都能像今夜这样的话，那么什么高官厚禄、加官晋爵也就都不是什么值得艳羡的东西了。

可是，相见总是太匆匆，没多久便要分别远去，接着便又是一年又一年的哀伤离别，青春的容颜不可能年年常驻镜中，这样看来，就算万里封侯也没有什么了不起啊。更何况现在连封侯一事的影子都还没有呢。

【原文】

减字木兰花

皋兰被经，月底栏杆闲独凭。修竹娟娟，风里时闻响佩环。

蓦然深省，起踏中庭千个影。依旧人间，一梦钧天只惘然。

【今译】

水泽中的兰草已经把路都遮住了，在月明之夜，独自悠闲的凭栏四顾，但见修长的绿竹婷婷秀丽，微风不时送来像环佩碰撞一样的响声。

突然触动了自己内心深刻的醒悟，起来踏着庭院中的数千竹影徘徊，原来眼前所见的依然是原来的人世，那美好的钧天之梦醒来时，只有带着惘然的惆怅。

【原文】

鹧鸪天

阁道风飘五丈旗，层楼突兀与云齐，空余明月连钱列，不照红蕖倒井批。

频摸索，且攀跻，千门万户是耶非？人间总是堪疑处，唯有兹疑不可疑。

【今译】

栈道上的风吹动五丈的大旗，层楼高高耸立，上与云齐，只见高楼中上下一片珠光宝气，一排排的银灯灿烂辉煌，但却照不到藻井上倒披下来的红莲花了。

我不断地摸索着前进，努力的向上攀登，不过眼前这千门万户到底是真的还是虚幻，我却没有一点底，人世间总有许多值得怀疑的事情，大概也许只有这个难以解释的疑团是实在的，不能质疑的吧。

【原文】

浣溪沙

夜永衾寒梦不成，当轩减尽半天星，带霜宫阙日初升。

客里欢娱和睡减，年来哀乐与词增，更缘何物遣孤灯？

【今译】

长夜漫漫，独拥寒衾，难以成眠，看着小轩前半天的星星也逐渐暗淡消失，在带着霜的宫阙上升起了朝阳。

身为客中人的欢愉和睡眠的时间一样在逐渐减少，年来的哀乐之情也随着词作的数量的增加而增加，如今还有什么能排遣一下独自面对孤灯一盏时的愁绪呢？

【原文】

浣溪沙

画舫迸筵乐未停，潇潇暮雨阖闾城，那堪还向曲中厅。

只恨当时形影密，不关今日别离轻：梦回酒醒忆平生。

【今译】

在画舫中设下了离别的筵席，曲子一首首的演奏着，这时，正在暮雨潇潇的苏州城外，怎能再听那一曲离别之声呢？

只恨我们当时形影不离，友情太深，不关今日的离别容易，当在夜里酒醒梦回的时候，就会回忆起平生之事了。

【原文】

浣溪沙

才过苕溪又霅溪，短松疏竹媚朝晖：去年此际远人归。

烧后更无千里草，雾中不隔万家鸡：风光浑异去年时。

【今译】

刚过了苕溪，又来到了霅溪，眼前低矮的松树，稀疏的竹林，在朝晖中更让人觉得美丽，去年的这个时候，远方的游子回到他的故乡来了。

野火之后，一望无际的青草没了，但家家户户的鸡声，却透过了浓雾远远地传了过来。今日的风光已经和去年完全不同了。

【原文】

贺新郎

月落飞乌鹊，更声声，暗催残岁，城头寒柝。曾记年时游冶处，偏反一栏红药，和士女盈盈欢谑。眼底春光何处也？只极天野烧明山郭。侧身望，天地窄。

遣愁何计频商略？恨今宵，书成空拥，愁城难落。陋室风多青灯炧，中有千秋魂魄，似诉尽人间纷浊。七尺微躯百年丽，那能消，今古闲哀乐！与蝴蝶，蘧然觉。

【今译】

夜已阑珊，月也西斜，乌鹊惊飞，更有城头上的声声寒柝，透过寒气穿了过来，仿佛在暗暗催促这一年赶快过去，曾记得年少时游玩嬉戏的地方，花园里一栏艳艳的芍药在风前起舞，我和我的男女玩伴们一起自由的戏谑玩闹，可如今，以往尽收眼底的春光哪里去了？只有那延伸到天边的野火，把整个山郭都烧了个通亮，转身眺望，觉得天地都变窄了。有什么办法能排遣这些愁绪？我思考了很长的时间，只恨我今天晚上簇拥着书城，却始终无法攻下愁城，在我的陋室里，阴风阵阵，青灯也将残，明灭闪烁之间，仿佛有若干历经千年的精魂，向我诉说着人世间的污浊，以人的七尺之躯，在短促的不足百年的时间里，怎么能受得了古今千年如此多的哀与乐的刺激啊，人生在世，不过也像庄子的一场蝴蝶梦吧，很快就惊觉了。

【原文】

人月圆

天公应自嫌寥落，随意著幽花。月中霜丽，数枝临水，水底横斜。

萧然四顾，疏林远渚，寂寞天涯。一声鹤唳，殷勤唤起，大地清华。

【今译】

老天也许是觉得过于寂寞的缘故吧，随意在大地上种上了这幽洁的梅花，在明月中，在清霜里，有几枝靠近水边，在水底映出横斜有致的疏影。

回望萧索的四方，只见稀疏的林子和远方的江渚，天涯一片寂寥的情调。

【原文】

卜算子

罗袜悄无尘，金屋浑难贮，月底溪边一晌看。便恐凌波去。

独自惜幽芳，不敢矜迟莫，却笑孤山万树梅，狼藉花如许。

【今译】

她像一位水中的仙子，穿着洁净无尘的罗袜悄然的走来，世间的金屋怎么能把她留住呢，在月下，在溪边，充满爱恋地看了她一会，真怕她突然就凌波而去了。

独自在这里爱惜这幽洁的花儿，不敢去矜怜她年华迟暮，却笑那孤山中的万树寒梅，只是已经残花狼藉了。

【原文】

八声甘州

直青山、缺处倚东南，万堞浸明湖。看片帆指处，参差宫阙，风展旌旗。向晚橹声渐数，萧瑟杂菰蒲。一骑严城去，灯火千衢。

不道繁华如许，游万家爆竹，隔院笙竽。叹沈沈人海，不与慰羁孤。膳终朝襟裾相对，纵委蛇，人已厌狂疏。呼灯且觅朱家去，痛饮屠苏。

【今译】

连绵不断的青山向东南伸展，在这里出现了开阔的平野，春城万堞的影子，正倒浸在明丽的湖中，看那片船帆一叶驶向的地方，正见参差的宫阙，春风吹展着旌旗，黄昏已近，归来的航船橹声越来越密，其间夹杂着茭白和蒲草丛中传来的萧瑟的风声。

我骑着马进入城中，正是华灯初上之时，千百条大街上灯火通明，真没想到这里是如此的繁华，万家燃放爆竹的声音、隔院里悠扬的笙竽的乐声也传了过来，不过这么多的人，却没有一个人能慰藉我作客他乡的愁绪，我孤身一个人，终日里形影相吊，即使勉强去应付那些事物，别人感觉到自己的应付后也会心生讨厌之情，唉，不考虑这些不快之事了，还是叫人打上灯笼，去找那些市井的豪爽之士来，一起痛饮新春的屠苏美酒，一醉方休吧。

【原文】

浣溪沙

曾识卢家玳瑁梁，觅巢新燕屡回翔，不堪重问郁金堂。

今雨相看非旧雨，故乡罕乐况他乡！人间何地著疏狂。

【今译】

那觅巢的新燕，好像对卢家的玳瑁梁似曾相识，在这里飞来飞去，它们哪里知道，一切都已经变了，怎么还能再找寻到旧日的郁金堂呢。和燕子差不多，我茫然对着新交的朋友，找不到一点旧友的感觉，即使在故乡都没有多少快乐可言了，更何况如现在流落他乡呢，茫茫人世间，哪里能安置下我这么疏狂的人呢？

【原文】

踏莎行

绰约衣裳，凄迷香麝，华灯素面光交射。天公倍放月婵娟，人间解与春游冶。

乌鹊无声，鱼龙不夜，九衢忙杀闲车马。归来落月挂西窗，隣鸡四起兰釭灺。

【今译】

游人们穿着华美的衣服，到处弥漫着似有还无的芳香，华灯的清辉与素面的光彩互相映射，老天仿佛使月光加倍的清丽皎洁，地上的人们也知道要趁这芳春的美景愉快的玩乐。

黄昏过后，乌鸦已经悄然无声，灯火通明的街上鱼龙变幻，那些闲人的车马川流不息，归来时月亮正挂在西窗之下，四邻家的鸡已经开始啼叫，灯也将灭了。

【原文】

蝶恋花

急景流年真一箭，残雪声中，省识东风面。风里垂杨千万线，昨宵染就鹅黄浅。

又是廉纤春雨暗，倚偏危楼，高处人难见。已恨平芜随雁远，暝烟更界平芜断。

【今译】

急促的时光，流逝的年华，真像箭一样快，在残雪融化的声音中，已经能够窥见春天的面目了，在春风中，那飘拂着的千万缕垂杨，昨天夜里染上了浅浅的鹅黄色。

转眼又是细雨迷蒙的春雨天气，独自倚遍了楼上的栏杆，可是人太远，纵便在高处也难以望见，不由得对随着飞雁伸向远方的平原起了恨意，而黄昏时的荒烟更加过分，直接把平原界断了。

【原文】

蝶恋花

窣地重帘围画省，帘外红墙，高与青天并。开尽隔墙桃与杏，人间望眼何由骋？

举首忽惊明月冷，月里依稀，认得山河影。问取嫦娥浑未肯，相携素手阆风顶。

【今译】

那低垂至地的重帘围绕着尚书省的厅堂，帘外的四面都是红墙，巍峨高耸，几乎可与银河相并，隔着红墙，一春的桃花和杏花都开尽了，可是，一般的人哪能去放眼观赏呢？

举首翘望，忽然觉得明月太冷了，在月影里还依稀认得山河之影，试问嫦娥，能否携着她的纤纤素手登上层城之顶呢，她定然未肯答应吧。

【原文】

蝶恋花

昨夜梦中多少恨，细马香车，两两行相近。对面似怜人瘦损，众中不惜搴帷问。

陌上轻雷听渐隐，梦里难从，觉后哪堪讯？蜡泪窗前堆一寸，人间只有相思分。

【今译】

从昨天夜里的梦里，生发出多少幽恨来，我骑着马儿，她乘着香车，相对渐行渐近，走得更近了，她迎面而来，好像是怜悯我的消瘦憔悴的模样，因而不惜在人群中掀起车帏殷勤相问。

听着轻雷似的车声在路上渐行渐远，连在梦中都难以追上，醒后又能如何呢？醒后看窗前的摇曳的风烛，已经堆起了一存多高的蜡泪，可怜在我人世中也只能相思了。

王国维入值南书房的经历

升允

王国维一生潜心学术，心无旁骛，和清廷并没有太密切的关系。他和逊清最亲密的一次接触，是 1923 年春因前清封疆大员升允的举荐，任了末代皇帝溥仪的南书房行走。1924 年 11 月 5 日，冯玉祥派鹿钟麟带兵入紫禁城，逼溥仪离宫。王国维的入值南书房这段经历自动终止了。

康熙在南书房

南书房设于康熙十六年（1677 年），康熙帝为了与翰林院词臣们研讨学问，吟诗作画，在乾清宫西南角特辟房舍以待，名南书房。在翰林等官员中，"择词臣才品兼优者"入值，称"南书房行走"。

入值南书房者，主要陪伴皇帝赋诗撰文、写字作画，有时还秉承皇帝的意旨起草诏令，"撰述谕旨"。由于南书房"非崇班贵檏、上所亲信者不得入"，所以入值南书房一直是清朝文人的最高荣誉。

撰述谕旨

王国维

王国维有入值南书房的经历，与溥仪也不乏交流。但另一方面，他却始终在政治的边缘徘徊游走，"虽然算是前清官僚，但是在真正的政治运动中毕竟属于边缘阶层"。结果是，在很大程度上，王国维都以一个仿佛与政治无涉的书斋学者的形象出现在后世的历史之中。

【原文】

蝶恋花

独向沧浪亭外路，六曲栏干，曲曲垂杨树，展尽鹅黄千万缕，月中并作蒙蒙雾。

一片流云无觅处，云里疏星，不共云流去。闲置小窗真自误，人间夜色还如许。

【今译】

独自走在沧浪亭外的小路上，在那六曲阑干边，曲曲都是垂杨树，新发的千万缕淡黄的杨枝，在月色中化成了蒙蒙的雾霭。

一片薄薄的浮云飘过，再也寻不到了，可是，云里的稀疏的星星却并不随云流去，这样的美景之夜，还关上门窗憋在房里的话，可真是误了自己啊，你看这夜色是多么的美丽！

【原文】

浣溪沙

舟逐清溪弯复弯，垂杨开处见青山，毵毵绿发覆烟鬟。

夹岸莺花迟日里，归船萧鼓夕阳间：一生难得是春闲。

【今译】

小船沿着弯弯曲曲的清溪曲折前行，两岸是浓密的垂杨，枝条垂下，仿佛丝丝绿发披拂着女子的鬓鬟，偶尔有风吹过，拂开枝条的时候，从中可以窥见远远的青山。

夹岸莺歌燕舞，鲜花怡人，在这迟迟的春日里，在斜阳西下的水面上，归来的船上吹箫击鼓，一生最难得的恐怕就是这春天的闲暇了吧

【原文】

临江仙

闻说金微郎戍处，昨宵梦向金微。不知

今又过辽西，千屯沙上暗，万骑月中嘶。

郎似梅花侬似叶，竭来手抚空枝。可怜开谢不同时，漫言花落早，只是叶生迟。

【今译】

听说金微是郎君戍守的地方，昨天夜里我就在梦里去了那里，可不知道他如今已经过到辽西了，我在梦里看到沙漠中分布着千百个营帐，万马的月色中嘶鸣，真不知道该如何才能寻到我的郎君。

郎君好比梅花，我好比绿叶，可到来时却只有手抚着空枝，可怜我们开与谢都不同时啊，所以没有必要怨恨花落得太早，只是怪叶生的太迟了。

【原文】

南歌子

又是乌西匿，初看雁北翔，好与报檀郎：春来宵渐短，莫思量！

【今译】

又到了太阳西下时分，初见雁行向北飞去，代我告诉我的心上人啊：春来夜晚渐短，还是不要思量了。

【原文】

荷叶杯·戏效花间体六首

手把金尊酒满，相劝。情极不能羞，乍调筝处又回眸。留摩留！留摩留！

矮纸数行草草，书到。总道苦相思，

朱颜今日未应非。归摩归！归摩归！

无赖灯花又结，照别。休作一生拼，明朝此际客舟寒。欢摩欢！欢摩欢！

谁道闲愁如海，零碎。雨过一池沤，时时飞絮上帘钩。愁摩愁！愁摩愁！

昨夜绣衾孤拥，幽梦。一霎钿车尘，道旁依约见天人。真摩真！真摩真！

隐隐轻雷何处，将曙。隔牖见疏星，一庭芳树乱啼莺。醒摩醒！醒摩醒！

【今译】

她手持金杯，盛满了美酒相劝，感情到极点就顾不得害羞了，正在调古筝时又回眸相盼：留下吗？留下吧！留下吗？留下吧！

终于接到了那人的来信，在短短的纸上草草地写了几行字，说的都是相思之苦，如今那人的容颜大概还没什么改变吧，归去吗？归吧！归去吗？归吧！

挑了又挑，但灯焰上还是结了灯花，却在照人离别，你还是不要拼出这一生吧，明天这个时候我已经在凄寒的客船上了，今夜尽欢吗？尽欢吧！今夜尽欢吗？尽欢吧！

谁说闲愁如海一般宽广，它只是零零碎碎地不断袭来，雨过后，满池塘中都泛起泡沫，纷飞的柳絮不时扑上帘钩，感到忧愁吗？忧愁啊！感到忧愁吗？忧愁啊！

昨天夜里独自簇拥着锦被，做了一回幽梦，梦到她的香车轻驶过来，卷起尘土，我在路边隐约地看到了这位天仙般的佳丽，是真的吗？是真的。是真的吗？是真的。

那如轻雷般隐隐的车声如今哪里去了？天色将明，隔着窗户看着外面稀疏的星星，群莺已经在庭中的树上啼鸣了，醒来了吗？醒来了。醒来了吗？醒来了。

【原文】

蝶恋花

窈窕燕姬年十五，惯曳长裾，不作纤纤步。众里嫣然通一顾，人间颜色如尘土。

一树亭亭花乍吐，除却天然，欲赠浑无语。当面吴娘夸善舞，可怜总被腰肢误。

【今译】

　　那位窈窕的燕姬年方十五，她总是拖拽着长裙，没有那种做作的纤纤细步，她在众人中嫣然一笑，顾盼相通，人世间其他的美色真的就如尘土般了。

　　她像一株亭亭玉立的树，刚吐露出芬芳的花朵，除了"天然"这两个字外，再也没有其他能修饰她的语言了，想想那当面自夸善舞的吴娘，就未免给人感觉作态，失却了天然的风韵了。

【原文】

玉楼春

　　西园花落深堪扫。过眼韶华真草草。开时寂寂尚无人，今日偏嗔摇落早。

　　昨朝却走西山道，花事山中浑未了。数峰和雨对斜阳，十里杜鹃红似烧。

【今译】

　　西园中，落花铺满了一地，几乎能扫成堆，让人不由得感叹这过眼的春光实在是太匆匆了，花开的时候，园子里还寂寂无人，如今春已去花已败，人们却又嗔怪花开得太早。

　　昨天早晨我来到西山道上，山中的花依然在开放，几座山峰在细雨中遥对着斜阳，十里路中的杜鹃花红的像火一样。

【原文】

蝶恋花

辛苦钱塘江上水，日日西流：日日东趋海。
终古越山溪洞里，可能销得英雄气？

说与江潮应不至，潮落潮生，几换人间世！
千载荒台麋鹿死，灵胥抱愤终何是。

【今译】

钱塘江上的水是何等辛苦啊，日日向西回流，
日日又流向东海，千百年来，越山就在这弥漫无
际的水流中，它怎么能消尽英雄之气呢？

我想告诉钱塘江潮，不用再这么辛苦的来来
回回吧，潮起潮落，潮落潮生，而世间早已经换
了多少朝代，时过千年，姑苏台早已经荒废了，
原来游走于台畔的麋鹿也早就死去了，伍子胥的
灵魂抱着亘古的幽愤又还有什么意思呢？

【原文】

蝶恋花

谁道江南春事了？废苑朱藤，开尽无人到。
高柳数行临古道，一藤红偏千枝杪。舟舟赤云将
绿绕，回首林间，无限斜阳好。若是春归归合早，
余春只搅人怀抱。

【今译】

谁说江南的花事已经过去？看那边荒废的苑
子中，开满了朱藤却没有人来观赏，几行高高的
柳树正临着古道，仅仅一株藤花就使得千百枝头
都红遍了。

那红色的云霞冉冉的旋绕着绿树，回望林间，
斜阳正无限美好，可是如果春天真要归去还是早
些吧，这残春只会让人欲罢不能而徒增烦恼。

【原文】

水龙吟·杨花用章质夫苏子瞻唱和韵

开时不与人看，如何一霎蒙蒙坠！日长无绪，回廊小立，迷离情思，细雨池塘，斜阳院落，重门深闭。正参差欲住，轻衫掠处，又特地、因风起。

花事阑珊到汝，更休寻满枝琼缀。算来只合，人间哀乐，者般零碎。一样飘零，宁为尘土，勿随流水。怕盈盈、一片春江，都贮得、离人泪。

【今译】

花开的时候没有让人看到，为什么霎时间却又蒙蒙飘坠？春日渐长，思绪全无，小立在回廊前看它的时候，突然升起了迷离的情思，在细雨迷蒙的池塘边，在斜晖荡漾的庭院里，正是重门深闭的时候，它却高飞低舞，当它马上要落地的时候，行人的轻衫掠过时带起的微风又把它吹起来了。春天的花事，轮到杨花的时候已经是残春将尽，所以也就没有必要指望回寻到枝头上缀满鲜花的情景了，细细算来，这杨花正像人间的乐与哀一样的零碎，既然同样是飘零的命运，那么我宁可化作尘土，也决不逐水漂流，因为我害怕那盈盈的春江中，流淌的是离人的泪水。

【原文】

点绛唇

暗里追凉，扁舟径掠垂杨过。湿萤光大，一一风前堕。

坐觉西南，紫电排云破。严城锁，高歌无和，万舫沉沉卧。

【今译】

在幽暗的夏夜里追凉，驾着一叶扁舟，直掠垂杨而过，在潮湿的夜气中，萤火虫的光更加明亮了，它们一个个在风前飞落。

渐渐感觉在西南方的天空中，电光撕裂了厚厚的云层，照射下来，入夜后，城门关了，我放声高歌也没有人唱和，所见只有无数的小船，沉沉的躺在河面上。

【原文】

蝶恋花

莫斗婵娟弓样月！只坐蛾眉，消得千谣诼。臂上宫砂那不灭？古来积毁能销骨。手把齐纨相决绝，懒祝秋风，再使人间热。镜里朱颜犹未歇，不辞自媚朝和夕。

【今译】

不要再把黛眉描得弯弯的，去与那弓样的月牙儿斗美了，光是为了这蛾眉，就得受尽千般的造谣毁谤，胳膊上鲜红的宫砂哪能不灭呢？自古以来，都知道积毁销骨的道理。

我手持齐纨扇誓言相决，懒得再去祝祷秋风再使人间变热，试看镜中，青春容颜尚在，我宁愿独自度过朝夕，自我欣赏。

人间词乙稿序

去岁夏，王君静安集其所为词，得六十余阕，名曰"人间词甲稿"，余既叙而行之矣。今冬复橐所作词为乙稿，丐余为之叙，余其敢辞，乃称曰：

文学之事，其内足以摅己而外足以感人者，意与境二者而已。上焉者，意与境浑，其次或以境胜，或以意胜，苟缺其一，不足以言文学。原夫文学之所以有意境者，以其能观也，出于观我者，意余于境；而出于观物者，境多于意。然非物无以见我，而观我之时，又自有我在。故二者常互相错综，能有所偏重，而不能有所偏废也。文学之工不工，亦视其意境之有无与其深浅而已。

自夫人不能观古之人之所观，而徒学古人之所作，于是始有伪文学。学者便之，相尚以辞，相习以模拟，遂不复知意境为何物，岂不悲哉。苟持此以观古人之词，则其得失可得而言焉：温韦之精艳，所以不如正中者，意境有深浅也。珠玉所逊六一，小山所以愧淮海者，意境异也。美成晚出，始以辞采擅长，然终不失为北宋人之词者，有意境也。南宋词人之有意境者，唯一稼轩，然亦若不欲以意境胜。白石之词，气体雅健耳，至于意境，则去北宋人远甚。及梦窗玉田出，并不求诸气体，而惟文字之是务，

于是词之道息矣。自元迄明，益以不振。至于国朝，而纳兰侍卫以天赋之才，崛起于方兴之族，其所为词，悲凉顽艳，独有得于意境之深，可谓豪杰之士，奋乎百世之下者矣。同时朱陈，既非劲敌；后世项蒋，尤难鼎足。至乾嘉以降，审乎体格韵律之间者愈微，而意境之溢于字句之表者愈浅，岂非拘泥文字而不求诸意境之失欤？抑观我观物之事，自有天在，故难期诸流俗欤。

余与静安均夙持此论。静安之为词，真能以意境胜。夫古人词之以意胜者莫若欧阳公，意境胜者莫若秦少游，至意境两浑，则唯太白、后主、正中数人足以当之。静安之词，大抵意深于欧，而境次于秦。至其合作，如甲稿《浣溪沙》之"天末同云"，《蝶恋花》之"作夜梦中"，乙稿本《蝶恋花》之"白尺朱楼"等阕，皆意境两忘，物我一体，高蹈乎八荒之表，而抗心乎千秋之间，骎骎乎两汉之疆域广于三代，贞观之政治隆于武德矣。方之侍卫，岂徒伯仲？此固君所得于天者独深，抑岂非致力于意境之效也。

至君词之体裁，亦与五代北宋为近。然君词所以为五代北宋之词者，以其有意境在。若以其体裁故，而至遽指为五代北宋，此又君之不任受，固当与梦窗玉田之徒专事模拟者同类而笑之也。光绪三十三年十月山阴樊志厚叙。

【原文】

浣溪沙

七月西风动地吹，黄埃和叶满城飞，征人一日换缁衣。

金马岂真堪避世？海鸥应是未忘机，故人今有问归期。

【今译】

初秋七月的北国，西风早已动地劲吹，黄尘混杂着枯叶，满城乱飞，远道而来的人，一天就要换过被尘土污染的衣服。

京城中的金马门难道真的是避世之所吗？我想起在海上的海鸥，也许此日尚未忘记吧，老朋友们已经在询问我的归期了。

【原文】

浣溪沙

六郡良家最少年，戎装骏马照山川，闲抛金弹落飞鸢。

何处高楼无可醉？谁家红袖不相怜？人间那信有华颠。

【今译】

那些出身六郡良家的少年们，身着戎装，骑着骏马，光彩照耀山川，他们闲来无事，抛掷金弹，射落飞鸢。

何处的高楼不可以供他们欢醉？那家的少女不对他们起爱慕之心，而他们又怎么会知道，人世间还有年老白发之事呢。

【原文】

浣溪沙

城郭秋生一夜凉，独骑瘦马傍宫墙，参差霜阙带朝阳。

旋解冻痕生绿雾，倒涵高树作金光，人间夜色尚苍苍。

【今译】

秋天来到了京城，一夜凉生，清晨时独自骑着瘦马沿着宫墙缓行，那铺满了清霜的参差殿阙，反射着清晨的朝阳。

没过多久，草木上的霜痕消释，升起一阵绿色的青雾，朝阳倒射在高树中，散出万道金光，而回视城中的千万户人家，却发现那里依然是夜色苍苍。

【原文】

点绛唇

厚地高天，侧身颇觉平生左。小斋如舸，自诩回旋可。

聊复浮生，得此须臾我。乾坤大，霜林独坐，红叶纷纷堕。

【今译】

置身于高天厚地之间时，我会渐渐地觉得自己平生似乎事事都不顺，不过好在我还有个小船般的书斋，在其中可以信马由缰，任我发挥。

姑且在这浮幻的人生中，暂时地获得了真正的自我，天地如此之大，我独自坐在经霜后的树林中，看那些红叶纷然坠落。

【原文】

扫花游

疏林挂日，正雾淡烟收，苍然平楚。绕林细路，听惜惜落叶，玉骢踏去。背日丹枫，到眼秋光如许。

正延伫，便一片飞来，说与迟暮。

　　欢事难再溯，是载酒携柑，旧曾游处。清歌未住，又黄鹂趁拍，飞花入俎。今日重来，除是斜晖如故。隐高树。有寒鸦相呼俦侣。

【今译】

　　秋天的傍晚，稀疏的树枝上挂着一轮斜阳，远望苍茫辽阔的原野时，已是雾淡烟收。小路曲曲折折绕着树林，静听那惜惜之中的落叶声，我骑着马儿踏叶归去，背对着阳光的枫叶，就是这样让人更觉艳红，满眼的秋光，就是这样让人欣赏赞叹不已。我正流连忘返之际，一片枯叶迎面飞来，好像要和我诉说年华的迟暮。

　　少年时的欢乐事已经再也追不回来了，这是我当年带着美酒和双柑清游的地方，那时候，佳人的清唱尚未停歇，黄莺儿已经迫不及待的应和着节拍开始啼鸣，乱花也凑热闹般地往筵席里钻，而今我故地重游，只有夕阳的斜晖还像过去那样，其他早已寻不到了，这时，高树上传来了寒鸦的阵阵悲啼，它们正在呼朋引伴呢。

【原文】

蝶恋花

满地霜华浓似雪，人语西风，瘦马嘶残月。一曲阳关浑未彻，车声渐共歌声咽。

换尽天涯芳草色，陌上深深，依旧年时辙。自是浮生无可说，人间第一耽离别。

【今译】

满地寒霜凝结，浓得像敷上了一层白雪，人们站立在西风中话别，瘦马也向着残月不断的发出悲鸣，送别时，一曲《阳关》还没奏完，离人就已经出发了，咿呀的车声仿佛应和着歌声，在痛苦的呜咽。

天涯芳草的青色此时已经换作枯黄，可是陌上深深的车辙却依然是我来时的模样，这飘忽不定的人生还有什么好说的呢，在人间最令人伤心的事情莫过于离别了。

【原文】

蝶恋花

陡觉宵来情绪恶，新月生时，黯黯伤离索。此夜清光浑似昨，不辞自下深深幕。

何物尊前哀与乐？已坠前欢，无据他年约。几度烛花开又落，人间须信思量错。

【今译】

夜里突然感觉情绪有些恶劣，每当新月初生，更为自己离群索居而黯然神伤，今夜清亮的月光还如昨夜，可是我却放下了这深深的帘幕而宁愿把自己隔绝起来。

当日在离别筵席间的哀乐之情，现在想来又算得了什么呢，昨天的欢乐都已经逝去，明年的佳约现在看来还遥遥无期，只好独坐灯前，看着烛花多少回接了又落，要知道，在人世间的苦苦相思，终归会酿成错误。

【原文】

祝英台近

月初残，门小掩，看上大堤去。仆御喧阗，行子黯无语。为谁收拾离颜，一腔红泪，待留向孤衾偷注。

马蹄驻，但觉怨慕悲凉，条风过平楚。树上啼鹃，又诉岁华暮。思量只有人间，年年征路，纵有恨都无啼处。

【今译】

明月初残，闲门半掩，看着他走到大堤上去，随行的几个仆夫吵吵嚷嚷的，而他却黯然无语，在这别离的时候，有能为谁装扮好容颜？只好忍着满腔的悲泪，待到今宵别后，偷偷地在被窝里流吧。

马儿也驻足不前，只感到心中充满着悲凉的怨恨，忽然一阵风卷过原野的草木，树上的杜鹃鸟声声悲啼，好像在诉说年华迟暮，想起来，大概只有人生在世间才年年踏上征程，即使有恨也无处宣泄。

【原文】

浣溪沙

乍向西邻斗草过，药栏红日尚婆娑，一春只遣睡消磨。

发为沈酣从委枕，脸缘微笑暂生涡。这回好梦莫惊他。

【今译】

她刚来过西邻，跟女孩子们愉快的玩斗百草的游戏，当红日已经移向芍药栏边还依依不愿离去，如今她困酣娇眼，大概要在睡梦中消磨着春日吧。

她睡得太熟了，长发铺散在枕畔，她的脸上挂着微微的笑，最后形成了一个笑靥，她肯定在做一个甜甜的梦呢，不要惊醒了她。

【原文】

虞美人

犀比六博消长昼，五白惊呼骤。不须辛苦问亏成，一霎尊前了了见浮生。

笙歌散后人微倦，归路风吹面。西窗落月荡花枝，又是人间酒醒梦回时。

【今译】

人们竞相玩六博的游戏来消磨漫长的时光，掷子时的呼喊之声此起彼伏，不绝于耳，不用辛辛苦苦地追寻人生的成败了，在筵席前的一刹那间便能清清楚楚地看到浮生的真相。

当筵席散去，人也都有些困倦了，在回家的路上，阵阵凉风拂面，西窗外，落日的余晖斜照着颤动的花枝，这已经是人间酒醒梦回的时候了。

【原文】

减字木兰花

乱山四倚，人马崎岖行井底。路逐峰旋，斜日杏花明一山。

销沈就里，终古兴亡离别意。依旧年年，迤逦骡纲度上关。

【今译】

乱山从四面挤压过来，人马的崎岖的山谷中如行驶在井底，小路绕着山峰左右回旋，斜阳照射着烂漫的杏花，一山都亮起来了。

多少年来，说不尽的兴亡离别之意，都消沉在此中了，可是，人们却依旧年复一年的赶着骡队，一路曲曲折折的度岭过关而去。

【原文】

蝶恋花

连岭去天知几尺，岭上秦关，关上元时阙。谁信京华尘里客，独来绝塞看明月。

如此高寒真欲绝，眼底千山，一半溶溶白。小立西风吹素帻，人间几度生华发。

【今译】

巍峨不断的山岭离天还有几尺？岭上是秦时的关口，关上是元代的城阙，我这个沾满了京华尘土的游子，竟然一个人来到遥远的塞上，欣赏着塞外的月色了。

这样高寒的境界真是世所罕见，眼底的崇山峻岭，多半都融进了皎洁的月光中，小立片刻，西风吹拂着我头上洁白的帽巾，人生中又添了多少白发啊！

【原文】

蝶恋花

帘幕深深香雾重，四照朱颜，银烛光浮动。一霎新欢千万种，人间今夜浑如梦。

小语灯前和目送，蜜意芳心，不放罗帏空。看取博山闲袅凤，蒙蒙一气双烟共。

【今译】

在深深的帘幕中笼罩着重重香雾，四面的银烛照着她美丽的容颜，光影迷离浮动，在这一瞬间，从心底生发出千万种新的欢意，人间今夜，就恍如在梦中似的。

在灯前窃窃私语，目送柔情，心盈蜜意，真的不肯让这罗帐中的良宵虚度，看吧，那博山炉中的凤凰，吞吐着两股浓浓的香烟，最后合成一气袅袅的升起。

【原文】

蝶恋花

手剔银灯惊炷短，拥髻无言，脉脉生清怨。此恨今宵争得浅？思量旧日深恩遍。

花影一帘和月转，直恁凄凉，此境何曾惯。故拥秀衾遮素面，赚他醉里频频唤。

【今译】

亲手剔亮了银灯，突然惊觉灯柱已经快燃尽了，捧持着发髻，默默无言，暗生幽怨，在今天夜里，怎么能稍减我的幽怨，忍不住一遍遍地回想起他旧日的深恩。

一帘花影随着清冷的月华悄然转动，这样凄凉的情境叫我怎能习惯呢，只好簇拥着绣衾遮住我的额脸，就等他在醉里频频呼唤我的名字吧。

【原文】

蝶恋花

黯淡灯花开又落，此夜云踪，知向谁边著？频弄玉钗思旧约，知君未忍浑抛却。

妾意苦专君苦博，君似朝阳，妾似倾阳藿。但与百花相斗作，君恩妾命原非薄。

【今译】

黯淡的残灯中，灯花结了又落，在这个夜里，他如云般无定的行踪，究竟会停歇在哪里呢？我不住地抚弄着头上的玉钗，想起旧时咱们在一起时的誓约，我知道，你是不忍心把它全部都背弃的。

我的缺点是用情太专一了，而你却是用情太广泛，你就像光辉灿烂的朝阳，而我则像专门向阳的葵藿，可我如今却只有和百花一起消磨时光，不过我深信，不管是你的恩情还是我的命运，都不会那么单薄的。

【原文】

虞美人

碧苔深锁长门路，总为蛾眉误，自来积毁能销骨，何况真红一点臂砂娇。

妾身但使分明在，肯把朱颜悔，从今不复梦承恩，且自簪花坐赏镜中人。

【今译】

浓绿的苔藓封锁住了通往长门宫的道路，只因为有着美丽的容颜而受到人们的妒忌，积毁销骨是从来就有的事实，更何况是我洁白的肌肤上那一点鲜红的守宫砂呢。

我只要使自己清清白白地活着，怎么会悔恨生就这美好的容颜？从此以后，承恩之事连梦也不在去做了，自己簪花打扮一下，对着镜子好好地欣赏自己的容颜不也很好吗?

【原文】

蝶恋花

临大道,楼外轻雷,不间昏和晓。独倚阑干人窈窕,闲中数尽行人小。

一霎车尘生树杪,陌上楼头,都向尘中老。薄晚西风吹雨到,明朝又是伤流潦。

【今译】

那百尺高的红楼,正临着宽阔的大道,不过是黄昏还是清晨,楼外总是传来轻雷似的车声,那位窈窕的佳人,孤独地凭依着楼畔的阑干,细数着路上一个个的行人来打发着无聊的时光。

霎时间车马驶过,卷起的飞尘扑向树梢,路上的行人和楼上的女子,也就在这飞扬的尘土中不知不觉地老去了。傍晚时分,西风挟裹着冷雨吹过,明天应当更为路上积满的雨水而忧伤吧。

【原文】

浣溪沙

掩卷平生有百端,饱更忧患转冥顽。偶听鹈怨春残。

坐觉无何消白日,更缘随例弄丹铅:闲愁无分况清欢!

【今译】

合上了书本,会想起平生,不禁百感交集,我已经饱经忧患,现在反而变得冥顽不灵了,偶然听到杜鹃的啼叫,才想起要为春天的逝去而感怀。

我渐渐觉得再也没有什么办法能消磨漫长的日子,只好随例作些点校文字的工作,连闲愁都没有福分消受的人,还有什么资格谈清欢呢!

【原文】

浣溪沙

似水清纱不隔香，金波初转小回廊，离离丛菊已深黄。

尽撤华灯招素月，更缘人面发花光，人间何处有严霜？

【今译】

如水一般透明，又像水一般荡漾，轻盈的纱帐隔不断袅袅的幽香，溶溶的月色，刚转过回廊那畔，一丛丛深黄色的菊花，正开得烂漫。

把花灯全部撤走，让月色更显其皎洁，正因为有了佳人的靓妆，才映得秋花更加灿烂，现在看来，在这里美好的人世间，哪里会有肃杀的严霜呢？

【原文】

蝶恋花

冉冉蘅皋春又暮，千里生还，一诀成终古。自是精魂先魄去，凄凉病榻无多语。

往事悠悠容细数，见说来生，只恐来生误。纵使兹盟终不负，那时能记今生否？

【今译】

长满芳草的水泽边，随着时光流逝，芳春已暮，我从千里之外活着赶回来的，但是，与她这一诀别之后，这一生就再也不能相见了，大概是她的灵魂比她的精魄更早地离开了形体的缘故吗，我们在病榻中相对凄凉，却没有多少言语。

遥远的往事还可以一一细说，但说到来生的话，则只怕来生已误，就算我们的来世的誓言能够实现，但真到了来生的话我们还能记起今生吗？

【原文】

菩萨蛮

高楼直挽银河住，当时曾笑牵牛处。今夕渡河津，牵牛应笑人。

桐梢垂露脚，梢上惊乌掠。灯焰不成青，绿窗纱半明。

【今译】

层楼高耸，仿佛真的要把银河挽住，那是我们曾经在七夕窃笑牛郎的地方，可是，今天夜里却见牛郎渡过了河津，与织女相会去了，他应该会反过来笑我的孤寂了吧。

从梧桐树梢上撒下滴滴的凉露，树梢上掠过了受惊的乌鸦，夜已将尽，灯焰也暗淡无光，绿窗纱上正抹上朦胧的曙色。

【原文】

应天长

紫骝却照春波绿，波上荡舟人似玉。似相知，羞相逐，一晌低头犹送目。

髻云欹，眉黛蹙，应恨这番匆促。恼一时心曲，手中双桨速。

【今译】

　　紫骝马徘徊在岸边，翠绿的春波照见少年的身影，波上泛着一叶扁舟，荡桨的姑娘如玉般美丽，他好像似曾相识的样子，我又羞于尾随他而去，只好低下头来，偷偷地目送他和马远去。

　　云鬟略微倾斜了，蹙锁着含情的黛眉，只能怨恨这次相遇有些太匆匆了，一时芳心被搅得不成样子，手中的双桨不知不觉划的也更快了。

【原文】

菩萨蛮

　　红楼遥隔廉纤雨。沈沈暝色笼高树，树影到侬窗，君家灯火光。

　　风枝和影弄，似妾西窗梦。梦醒即天涯，打窗闻落花。

【今译】

　　遥望你住的红楼，却阻隔着纤纤的细雨，黄昏后夜色沉沉，笼罩着庭前的高树，你屋里透出的灯火的光辉，把树影洒在我的窗前。

　　清风摆弄着树枝的影子，摇动不定，仿佛我在西窗下迷离的梦境，只是梦醒时，人已远隔天涯，只有一阵阵的落花飘落窗上的声音不时地传来。

【原文】

菩萨蛮

　　玉盘寸断葱芽嫩，鸾刀细割羊肩进。不敢厌腥臊，缘君亲手调。

　　红炉颒素面，醉把貂裘缓。归路有余狂，天街宵踏霜。

【今译】

　　白玉盘中盛着柔嫩的葱芽，操着鸾刀，细细割开鲜美的羊肩进奉，我怎么能说这羊肉有腥臊味道而厌弃它呢，这是你亲手调制的啊。

红泥火炉的热气把我的脸烘得红通通的，趁着醉意解开了身上的貂裘，在桂路上仍然有很多未尽的余狂，我真想把它们撒在霜夜的大街上。

【原文】

鹧鸪天

楼外秋千索尚悬，霜高素月慢流天；倾残玉碗难成醉，滴尽铜壶不解眠。

人寂寂，夜厌厌，北窗情味似枯禅。不缘此夜金闺梦，那信人间尚少年！

【今译】

楼外还挂着春日里秋千的绳索，可是如今已经又到了寒霜高爽的时节，皎洁的月亮正转过中天，喝光了杯中的美酒却依然难以成醉，听尽了铜壶滴漏，却依然无法成眠。

人是如此的寂寥，而夜又如此的宁静，独坐北窗下的感觉真像老僧参禅，如果不是夜里曾经梦见金闺之事，怎么会相信自己还年华未老呢？

【原文】

清平乐

垂杨深院，院落双飞燕，翠幕银灯春不浅；记得那时初见。

眼波屈晕微流，尊前却按凉州，拚取一生肠断，消他几度回眸。

【今译】

绿杨袅娜的深院中，飞来了双双归燕，让人不由得想起当时两个人初次见面的情景，那时重重的帘幕遮蔽着室内的银灯，此中有多少浓郁的春意！

她的脸颊泛起了红晕，暗地里送来一轮眼波，可是在灯前却奏起了一曲幽怨的《凉州》，我早就已经心死，甘愿一生痛苦憔悴了，可是现在看来，我又能经得住她几回的回眸流盼呢？

王国维的辫子

周传儒记述王国维道："不知底细的人，但看衣饰相貌，很可能错误判断把他当作乡下佬。头戴红顶瓜皮帽，背后拖着不长不大的小辫，青马褂，蓝长衫、布裤，扎着腿头，布鞋布袜，面黄肌瘦，行动迟缓，说话满口宁波腔。"

王国维在日本时已声名日隆，常有日本学者慕名来访。一次，日本学者青木正儿来访，看见"垂着辫子、相貌丑陋的乡下人"（王国维）出现在门口，感到震惊。他说："曾经接触过西方新文明的先生，在壮年时还顽固地留了发辫，即便是我也不能不感觉到有一点儿滑稽。"

不少人被北大的学生剪了辫子，王国维也常出入北大，却安然无恙。原因大概是他有一种不怒而威的外貌，学生们认识他的也不少，大部分又都是仰慕他、爱戴他的。况且一条辫子并不能代表他的一切，所以没有人会忍心侵犯他的尊严。

有一次，夫人对王国维说："人家的辫子全都剪了，你留着做什么？"王国维的回答很值得玩味，他说："既然留了，又何必剪呢？"从他保守而固执的个性来看，以不变应万变是最自然的事。这或许是他回答夫人的话的含义吧！

"清华园中，有两个人只要一看到背影，就知道是谁，一个当然是父亲，辫子是他最好的标志。另一个是梁启超先生，他的两边肩膀，似乎略有高低，也许是曾割去一个肾脏的缘故。"

——王国维儿子王东明

【原文】

浣溪沙

花影闲窗压几重，连环新解玉玲珑，日长无事等匆匆。

静听斑骓深巷里，坐看飞鸟镜屏中，乍梳云髻那时松？

【今译】

　　幽静的窗畔落下了几重花影？她那双妙手刚解开了玲珑的玉连环，日长无事，何必匆匆度日呢？

　　留神静听深巷里是否传来了马嘶声，坐下来细看镜子中掠过的飞鸟的影子，这时才发现，新梳的云髻实在有些太蓬松了。

【原文】

浣溪沙

爱棹扁舟傍岸行，红装素莒斗轻盈，脸边舷外晚霞明。

为惜花香停短棹，戏窥鬓影拨流萍，玉钗斜立小蜻蜓。

【今译】

　　她喜欢拨一叶小船傍岸而行，这位红装素裹的女子和洁白的荷花各自亭亭玉立，斗丽争艳，在她的脸边，在船舷外，是一片明亮的晚霞。

　　为了欣赏花香而暂时停桨不前，轻轻地拨开浮萍窥看水中的鬓影，一只小蜻蜓正斜斜的停歇在她的玉钗上。

【原文】

浣溪沙

漫作年时别泪看，西窗蜡炬尚汍澜，不堪重梦十年间。

斗柄又垂天直北，客愁坐逼岁将阑，更无人解忆长安。

【今译】

　　静夜无人时的悲啼，请不要

当成是年时的别泪，你看西窗的蜡炬，在风中犹自纵横泪下，十年间的感情，怎么受得了在这一夜之间重梦一遍呢？

北斗七星的斗柄又垂在天空的正北面了，作客他乡的愁绪，在这一年将尽时感受也愈加强烈，现在已经没有谁还会怀念身在京城的我了。

【原文】

蝶恋花

忆挂孤帆东海畔，咫尺神山，海上年年见。几度天风吹棹转，望中楼阁阴晴变。金阙荒凉瑶草短，到得蓬莱，又值蓬莱浅。只恐飞尘沧海满，人间精卫知何限。

【今译】

想当年，我在东海边挂起高高的风帆，那蓬莱仙山只在不远的海中，年年都可以望见，可是，多少回猛烈的天风，把我的船头吹转，原来视野中清晰可见的仙台楼阁，也开始阴晴交替，不再清晰。

神仙的宫阙一片荒凉冷落，瑶草也已经凋零了，想不到来到蓬莱，却正赶上这水浅的季节。我只怕一旦发生沧桑巨变，东海尘飞，谁知道在人世间有多少矢志不移的精卫鸟啊！

【原文】

谒金门

孤篝侧，诉尽十年踪迹。残夜银釭无气力，绿窗寒恻恻。

落叶瑶阶狼藉，高树露华凝碧。露点声疏人语密。旧欢无处觅。

【今译】

在孤灯畔，自诉十多年来的飘零踪迹，秋夜将残，灯火也暗淡无光了，绿窗底吹来阵阵牵人愁绪的清寒。

白石台阶畔落叶纵横，高树的露珠在绿叶上晶莹闪耀，露滴的清响越来越稀疏，而屋外行人的语声越来越密，从前的欢乐，看来是再也找不回来了。

【原文】

喜迁莺

秋雨霁，晚烟拖，宫阙与云摹。
片云流月入明河，鸂鶒散金波。

宜春院，披香殿，雾里梧桐一片。
华灯簇处动笙歌，复道属车过。

【今译】

秋雨新晴，晚烟成带，宫阙高耸直入云霄，片云月明，流入银河，鸂鶒观中散发着如金波般的月色。

宜春院里，披香殿上，在烟雾中洒落一叶梧桐，华灯密集的地方，笙歌动地，高楼间架空的通道中，皇帝的车辇又轰隆隆的经过了。

【原文】

蝶恋花

翠幕清寒无著处，好梦初回，枕上惺忪语。残夜小楼天欲曙，四山积雪明如许。
莫遣良辰闲过去，起瀹龙图，对雪烹肥羜。此景人间殊不负，檐前冻雀还知否？

【今译】

垂下翠色的帷幕，遮挡黎明的清寒，好梦初醒，姑且在床上惺忪自语，夜色将残，小楼外已经露出曙光了，把四周围山岭的积雪，映照的如此明亮。

不要让美好的日子就这么白白地度过了，起床来泡一杯佳茗，对着雪烹煮鲜美的肥羊，人们真的没有辜负这美景啊，可是屋檐前面的冻雀能理解其中的乐趣吗？

【原文】

苏幕遮

倦凭阑，低拥髻，丰颊修眉，犹是年时意。昨夜西窗残梦里，一霎幽欢，
不似人间世。恨来迟，防醒易，梦里惊疑，何况醒时际？凉月满窗人不寐，
香印成灰，总作回肠字。

【今译】

她困倦地依着阑干，低着头捧持着发髻，丰满的脸颊，修长的双眉，这一切，都好似年时的情意，在西窗下，昨夜梦中短暂的幽欢，全不似在人间的那样。

怕她来得太迟，更怕自己醒得太容易，在梦里都暗自惊疑担心，更何况是在清醒时分。凉月照进窗间，愁人不能成寐，印香快要烧成灰烬了，那袅袅的香烟，幻出回肠九曲的字样。

【原文】

浣溪沙

本事新词定有无？这般绮语太胡卢，灯前肠断为谁书？

隐几窥君新制作，背灯数妾旧欢娱：区区情事总难符。

【今译】

新词中所写的是不是实事呢，这样的绮语实在是太可笑了，但灯前被悲切切的，是为谁而写的呢？

凭在案几旁偷看你写的新词，背着灯暗暗地细数我们旧日的欢情，这一桩桩的事跟你写的怎么一点都不相符啊。

【原文】

虞美人

弄梅骑竹嬉游日，门户初相识。未能羞涩但娇痴，却立风前散发衬凝脂。

近来瞥见都无语，但觉双眉聚。不知何日始工愁，记取那回花下一低头。

【今译】

想起儿时青梅竹马一起嬉戏的日子，那时当门对户，相识还未久，她还不懂得羞涩，只是一味地娇痴，故意在风前站立，让飘飞的黑发映衬她洁白的肌肤。

现在突然看到她的时候，忽然发现彼此竟然都无语了，只觉得双眉绞得越来越紧，不知道她是什么时候开始懂得春愁，我还记得那次我们在花前相遇，她含情低下头来。

【原文】

齐天乐·蟋蟀用姜石帚原韵

天涯已自悲秋极，何须更闻虫语。乍响瑶阶，旋穿绣闼，更入画屏深处。喁喁似诉。有几许哀丝，佐伊机杼。一夜东堂，暗抽离恨万千绪。

空庭相和秋雨。又南城罢柝，西院停杵。试问王孙，苍茫岁晚，那有闲愁无数？宵深谩与！怕梦稳春酣，万家儿女。不识孤吟，劳人牀下苦。

【今译】

　　流落天涯，已经为秋节而感到无限的悲愁了，更哪堪听到这鸣虫悲秋的哀鸣呢，蟋蟀的鸣声骤然间在石阶前响起，接着穿过锦绣的房门，更进入画屏的深处，它像在细语诉说着什么，有多少哀切的弦声，伴随着闺中人的机杼声，一夜间，像在东堂中暗暗抽引着千丝万缕的离恨。

　　空庭中悲切的虫声，和着淅沥的秋雨，南城上不再响起更柝声，西院中砧杵的声音也停歇了，试问远方的游子，在这情境苍凉的岁暮，谁有无尽的闲愁去听它呢。夜深了，随便的吟几句诗，只怕那些沉酣在春梦中的万家儿女，还不懂得劳人在床下的孤咏之苦吧。

【原文】

点绛唇

　　波逐流云，棹歌袅袅凌波去，数声和橹，远入蒹葭浦。

　　落日中流，几点闲鸥鹭，低飞处，菰蒲无数，瑟瑟风前语。

【今译】

　　清波像在追逐着流逝的云影，船歌声中，一叶扁舟缓缓地凌波而去，几声桨荡水的声音传来，船驶进了远处的芦苇荡中。

　　落日时分，遥望江中有几只悠闲的鸥鹭，它们低飞歇息之处，有无数的菰蒲，在风中发出萧瑟的响声，如相共语。

【原文】

蝶恋花

　　春到临春花正妩，迟日阑干，蜂蝶飞无数。谁道一春抛却去，马蹄日日章台路。

　　几度寻春春不遇，不见春来，那识春归处？斜日晚风杨柳渚，马头何处无飞絮。

【今译】

春天来到临春阁中，盛开的花儿美丽娇艳，春日迟迟，在阑干外有无数的风蝶飞舞，是谁人抛弃了芳春而去？你看章台路上，马蹄日夜奔忙。

有多少次去找寻芳春却总是遇不见，不见春从何来又怎么知道春归何处？夕阳西下的时候，晚风吹拂着江渚的杨柳，行人的马头所向，到处都是蒙蒙的飞絮。

【原文】

蝶恋花

裊裊鞭丝冲落絮，归去临春，试问春何许？小阁重帘天易暮，隔帘阵阵飞红雨。

刻意伤春谁与诉？闷拥罗衾，动作经旬度。已恨年华留不住，争知恨里年华去。

【今译】

挥起轻柔的马鞭，冲落团团的飞絮，独自来到临春阁上，美好的春光如今又何在呢，小阁中垂着重重的帘幕，天时仿佛很快就到黄昏了，隔着重帘，院子里阵阵落花飞舞。

我为春天的逝去而悲伤，可是却没有人能够倾诉，只好闷闷地簇拥着罗衾，一天又一天无聊地度过。我已经恼恨留不住大好年华，可是怎么知道在恼恨中年华更悄然逝去？

【原文】

蝶恋花

窗外绿阴添几许？剩有朱樱，尚系残红住。老尽莺雏无一语，飞来衔得樱桃去。

坐看画梁双燕乳，燕语呢喃，似惜人迟莫。自是思量渠不与，人间总被思量误。

【今译】

看窗外的绿树，又添了多少浓荫，只剩下红艳艳的樱桃，似乎要把残春留住，当日的雏莺已经长成，它悄悄地飞来，不声不响把樱桃叼走了。

独自坐着，静看画梁上双燕在喂养雏鸟，燕语呢喃，仿佛在惋惜我已经迟暮的年华，不过我自己正在想念的他，燕子肯定是不懂的，人世间总被相思所误。

【原文】

点绛唇

屏却相思，近来知道都无益。不成抛掷，梦里终相觅。

醒后楼台，与梦俱明灭。西窗白，凉月，一院丁香雪。

【今译】

我决心摒弃相思了，因为近来更清楚地知道相思是无益的，可是相思是无法抛洒的，在睡梦里还是要寻找它。

残梦乍醒，望到远处依约的楼台，它跟我迷离的梦境那样若明若灭，溶溶的明月给西窗外洒了一片皎洁的白，正照在满院如雪的丁香花上。

【原文】

清平乐

斜行淡墨，袖得伊书迹。满纸相思容易说，只爱年年离别。

罗衾独拥黄昏，春来几点啼痕。厚薄不关妾命，浅深只问君恩。

【今译】

纸上一行行倾斜的文字，淡淡的墨迹，我把他的亲笔信郑重地放在怀袖里，他的相思之情充满了整封书信，随便说说自然是容易的，但他实际上却年年别我而去。

我独自簇拥着锦被，度过寂寞的黄昏，一个春天在这里留下了多少泪痕，是厚还是薄，固然只看我的命运，至于是深还是浅，就不必细问你的恩情了。

人间词后编

菩萨蛮

西风水上摇征梦，舟轻不碍孤帆重。江阔树冥冥，荒鸡叫雾醒。

舟穿妆阁底，楼上佳人起。蓦入欲通辞，数声柔橹枝。

蝶恋花

落落盘根真得地，涧畔双松，相背呈奇态。势欲拚飞终复坠，苍龙下饮东溪水。

西上平冈千叠翠，万树亭亭，争做拏云势。总为自家生意遂，人间爱道为渠媚。

醉落魄

柳烟淡薄，月中闲杀秋千索。踏青挑菜都过却：陡忆今朝，又失湔裙约。

落红一阵飘帘幕，隔帘错怨东风恶。披衣小立阑干角，摇荡花枝，哑哑南飞鹊。

虞美人

杜鹃千里啼春晚，故国春心断。海门空阔月皑皑，依旧素车白马夜潮来。

山川城郭都非故，恩怨须臾误。人间孤愤最难平，消得几回潮落又潮生。

鹧鸪天

绛蜡红梅兢作花，客中惊又度年华。离离长柄垂天斗，隐隐轻雷隔巷车。

斟绿醑，和尖叉，新词飞寄舍人家。可将平日丝纶手，系取今宵赴壑蛇。

百字令

楚灵均俊，数柴桑、第一伤心人物。招屈亭前千古水，流向浔阳百折。夷叔西陵，山阳下国：此恨那堪说。寂寥千载，有人同此伊鬱。

堪叹招隐图成，赤明龙汉，小刼须臾阅。试与披图寻甲子，尚记义熙年月。归鸟心期，孤云身世，容易成华发。乔松无恙，素心还问霜杰。

霜花腴

海滨倦客，是赤明延康，旧日衣冠。坡老黎邮，冬郎闽峤，中年陶写应难。醉乡尽宽，更紫萸黄菊尊前。赓沧江梦绕舻棱，斗边槎外恨高寒。

回首凤城花事，便玉河烟柳，总带栖蝉。写艳霜边，疏芳篱下，消磨十样蛮笺。载将画船，荡素波凉月娟娟。倩郇泉与驻秋容，重来扶醉看。

清平乐

蕙兰同畹，著意风光转，劫后芳华仍惋晚，得似凤城初见。

旧人惟有何戡，玉宸宫调曾谙，断肠杜陵诗句，落花时节江南。

少年游

垂杨门外，疏灯影里，上马帽檐斜。紫陌霜浓，青松月冷，炬火散林鸦。

酒醒起看西窗上，翠竹影交加。跌宕歌词，纵横书卷，不与遣年华。

浣溪沙

已落芙蓉并叶凋，半枯萧艾过墙高，日斜孤馆易魂销。

坐觉清秋归荡荡，眼看白日去昭昭，人间争度渐长宵！

蝶恋花

月到东南秋正半，双阙中间，浩荡流银汉。谁起水精帘下看？风前隐隐闻箫管。

凉露湿衣风拂面，坐爱清光，分照恩和怨。苑柳宫槐浑一片，长门西去昭阳殿。

菩萨蛮

回廊小立秋将半，婆娑树影当阶乱。高树是东家，月华笼露华。

碧阑干十二，都作回肠字；独有倚阑人，断肠君不闻。

王国维先生生平

1877 年，丁丑，光绪三年

12 月 3 日（旧历十月二十九日）出生于浙江省海宁州城（今海宁市盐官镇）双仁巷旧宅。初名国桢，后改国维，字静庵（安），又字伯隅，号人间、礼堂、观堂、永观、东海愚公等。海宁王氏乃当地书香世家。

1886 年，丙戌，光绪十二年，10 岁。

全家迁居城内西南隅周家兜新宅，此处后成为王国维故居纪念馆。少年时代即被誉为"海宁四才子"之一。

1892 年，壬辰，光绪十八年，16 岁。

7 月入州学，参加海宁州岁试，以第二十一名中秀才。

1893 年，癸巳，光绪十九年，17 岁。

3 月赴省城杭州应乡试不中，肄业于杭州崇文书院。

1894 年，甲午，光绪二十年，18 岁。

中日甲午战起，清军战败，极为震动。始知世有"新学"。

1895 年，乙未，光绪二十一年，19 岁。

11 月与莫氏成婚。

1897 年，丁酉，光绪二十三年，21 岁。

9 月赴杭州再次参加乡试，不中。从 1895 年至此，撰成《咏史》诗二十首。1928 年始发表于《学衡》第 66 期，吴宓称之"分咏中国全史，议论新奇正大"。年底，与同乡张英甫等谋创海宁师范学堂，并上呈筹款缘由，未果。

1898 年，戊戌，光绪二十四年，22 岁。

2 月，至上海任《时务报》书记。此举为其一生行事之始。26 日罗振玉等创办的东文学社开课后,王氏入学学习,受业于藤田丰八等,渐为罗振玉所知。7月因患脚气病,回籍治疗。10月返沪,《时务报》因戊戌变法失败而遭关闭,罗振玉引之入东文学社,负责庶务,免缴学费,半工半读。是年,撰《曲品新传奇品跋》、《杂诗》三首。

1899年,己亥,光绪二十五年,23岁。

春,东文学社迁至江南制造局前之桂墅里,王氏学监,其与同学关系不洽,旋免职,但薪俸照拿。学社除日文外,始兼授英文及数理化各科。王氏攻读甚勤。从日本教员田冈文集中,始知汗德(即康德)、叔本华,并萌研治西洋哲学之念。是年,河南安阳小屯发现殷商甲骨文。代罗振玉为日本人那珂通世所撰、东文学社影印之《支那通史》撰序、为日本人桑原骘藏《东洋史要》撰序。

1900年,庚子,光绪二十六年,24岁。

夏,庚子事变发生,东文学社因之而提前让学生毕业,秋即停办。王氏毕业返里,自习英文。秋,返沪,罗振玉请其译编《农学报》,自谓译才不如沈纮而荐其任之,自己则协助译日本农事指导。秋,罗振玉应张之洞之邀,至武昌任农务局总理兼农校监督,不久,召王国维等同至,任武昌农校日籍教员翻译。年底,由罗氏资助,东渡日本东京物理学校习数理。是年撰《〈欧罗巴通史〉序》,译《势力不灭论》(The Theorg of The Conservation of Energy)、《农事会要》。

1901年,辛丑,光绪二十七年,25岁。

春,在日本东京物理学校留学,夏归国,协助罗振玉编《教育世界》杂志,此后,其哲学及文学方面的撰述常刊载于此。是年,撰《崇正讲舍碑记略》,译《教育学》、《算术条目及教授法》。

1902年,壬寅,光绪二十八年,26岁。

春,始读社会学、心理学、论理学(即逻辑学)、哲学等书,尤关注人生问题。夏,张謇在通州(今南通市)创办通州师范学堂,欲聘一心理学、哲学、伦理学教员。经罗振玉推荐,王国维应其一年之聘。是年译《教育学教科书》。

1903年,癸卯,光绪二十九年,27岁。

3月,应聘至通州师范学堂任教,通读叔本华、康德之书。《铁云藏龟》影印刊行。

是年撰《哲学辨惑》、《论教育之宗旨》、《叔本华像赞》、《汗德像赞》。译《西洋论理学史要》。

1904 年，甲辰，光绪三十年，28 岁。

代罗振玉为《教育世界》主编，进行刊物改革。8 月，罗振玉在苏州创办江苏师范学堂，自任监督，藤田丰八为总教习，王国维来校任教。仍钻研叔本华思想，并深受其影响。是年撰《孔子之美育主义》、《就伦理学上之二元论》(后易名为《论性》)、《尼采之教育观》、《叔本华之遗传说》、《教育偶感二则》、《汗德之哲学说》、《汗德像赞》、《叔本华之哲学及其教育学说》、《国朝汉学派戴阮二家之哲学说》、《红楼梦评论》、《书叔本华遗传说后》、《叔本华与尼采》、《释理》。

1905 年，乙巳，光绪三十一年，29 岁。

致力于研读康德学说。9 月，汇编甲辰 (1904) 年以来刊于《教育世界》之文十二篇，为《静庵文集》。附古今体诗五十首，名《静庵诗稿》。11 月，随罗振玉辞职，赋闲家中。是年撰《周秦诸子之名学》、《子思之学说》、《孟子之学说》、《荀子之学说》、《论近年之学术界》、《论新学语之输入》、《论哲学家及美术家之天职》、《论平凡之教育主义》、《静庵文集自序》。

1906 年，丙午，光绪三十二年，30 岁。

春，随罗振玉进京，暂住罗家。4 月，集数年间 (1904 ~ 1906) 所填词 61 阙成《人间词甲稿》刊行。8 月，其父王乃誉病故，奔丧归里，并为之守制。是年撰《教育小言十二则》、

《奏定经学科大学文学科大学章程书后》、《教育家之希尔列尔 (即席勒) 传》、《德国哲学大家汗德传》、《墨子之学说》、《老子之学说》、《汗德之伦理学及宗教论》、《原命》、《去毒篇 (雅片烟之根本治疗法及将来教育上之注意)》、《孟子之伦理思想一斑》、《列子之学说》、《纪言》、《论普及教育之根本办法 (条陈学部)》、《教育小言十则》、《文学小言十七则》、《屈子文学之精神》。

1907 年，丁未，光绪三十三年，31 岁。

4 月，自海宁返京，住罗家。不久，经罗振玉引荐，得识学部尚书兼军机大臣荣禄，甚为其赏识，未几，得在学部总务司行走，任学部图书编译局编译，主编译及审

定教科书等事。6月发表《三十自序二》，言其由哲学转向文学，并有志于戏曲之研究，这标志着他学术研究的一次转折。7、8月，因其夫人莫氏病亡而归省，事毕即返京。11月，汇集 1906 年 5 月至 1907 年 10 月间所填词 43 阕，成《人间词乙稿》。是年撰《教育小言十三则》、《人间嗜好之研究》、《三十自序一、二》、《论小学校唱歌科之材料》、《教育小言十则》、《书辜氏汤生英译〈中庸〉后》、《孔子之学说》。

1908 年，戊申，光绪三十四年，32 岁。

1、2 月间，太夫人病故，奔丧返里。3 月，与继室潘夫人完婚。5 月，校《片玉词》。4 月，携眷北上返京，赁屋于宣武门内新帘子胡同。7 月，辑《唐五代二十家词辑》二十卷，对每家词数及其出处，均以按语说明。又辑《南唐二主词》。8 月，撰《词录》及《词录序例》，搜集词目，自宋迄元，存佚并录，且作考订。撰《〈词林万选〉跋》。9 月，辑《曲录》初稿二卷，为其研究戏曲史提供了材料。10 月，译著《辨学》（即逻辑学）一书刊出。11 月，在《国粹学报》刊出《人间词话》前 21 则，提出"境界"说。手录明抄本《录鬼簿》，并作《跋》。作《古代名家画册叙》（1909 年刊行时易名为《中国名画集》）。12 月，撰《曲品新传奇品跋》。

1909 年，己酉，宣统元年，33 岁。

1 月，撰《罗懋登注拜月亭跋》，《国粹学报》第 49 期刊《人间词话》第 23～39 则。2 月，《国粹学报》第 50 期刊登《人间词话》第 40～64 则。3 月作《雍熙乐府跋》。3、4 月间，前后作《〈梅苑〉跋》、辑校《聊复集》并作《跋》、《〈碧鸡漫志〉跋》、《〈蜕岩词〉跋》。4、5 月间，作《〈赤城词〉跋》、《南唐二主词补遗及校勘记》、《〈宁极斋乐府〉跋》、《〈欧梦词〉跋》、《〈花溪志〉跋》。6 月，辑《后村别词补遗》一卷，并作《跋》；又校《后村别词》，并作《校记》。又作《〈乐章集〉跋》。修订《曲录》成六卷，又成《戏曲考源》一卷、《跋吴起敌秦挂帅印杂居》。7 月，校《寿域词》，作校记、跋。9 月，校《石林词》，从《梅苑》中录得《孤雁儿》并序，补入《漱玉词》，并对原附《易安居士事辑》之讹进行辨误。10 月，校补《放翁词》，28 日，与罗振玉、蒋黼、董康访法人伯希和（Pelliot）。29 日，学部奏设编定名词馆，严复任总纂，王国维任名词馆协修。又校《片玉集》，并作跋。11 月，辑《优语录》一卷，搜集唐宋滑稽戏五十则，作《宋大曲考》、《录曲余谈》、《曲调源流表》。

1910 年，庚戌，宣统二年，34 岁。

2月，校《录鬼簿》。录《能改斋漫录》记杜安世一则，作《寿域词》补跋。3月，读《元曲选》，并以《雍熙乐府》校之，作《〈元曲选〉跋》。5月，所译《教育心理学》由学部图书编译局排印出版。6月译作《世界图书馆小史》始陆续刊出。9月，作《〈续墨客挥犀〉跋》、《盛明杂剧跋》、《录鬼簿》补跋。将已刊《人间词话》64则进行修订，并加附记（此稿由俞平伯于1925年标点，次年朴社出版。此为此书最早之单行本）。12月，草《清真先生遗事》、《古剧脚色考》。

1911年，辛亥，宣统三年，35岁。

1月，为《百川学海》本《晁氏客语》题跋。2月，为罗振玉创办之《国学丛刊》作《序》，提出"学无新旧、无中西、无有用无用"。校《梦溪笔谈》、《容斋随笔》，3月，校《酒边集》、《宾退录》，并分别作跋。校《大唐六典》，并作跋。春，撰《隋唐兵符图录附说》，此为其治古器物学之始（1917年又订正之，成《隋虎符跋》、《伪周二虎符跋》）。7月，见唐写本《太公家教》，作跋将近几年所作校书题跋集成《庚辛之间读书记》，10月10日辛亥革命爆发，12月，罗振玉、王国维各率全家避居日本，居京都田中村，侨居日本达五年之久。从此，其治学转而专攻经史小学。

1912年，壬子，民国元年，36岁。

罗振玉藏书运抵日本，存京都大学，王国维与其一同整理，并与日本学者相过从，专攻古史。春，草《简牍检署考》，夏，作《双溪诗余跋》。9月，撰成《古剧脚色考》，10月，《简牍检署考》撰成定稿。

1913年，癸丑，民国二年，37岁。

1月，撰成《宋元戏曲考》，并作序（后易名为《宋元戏曲史》）。春，撰《宋椠大唐三藏取经诗话跋》。5月，集1912年和1913年所作诗成《壬癸集》，着手草《明堂寝庙通考》。作《译本琵琶记序》。8、9月间，撰《释币》（原名《布帛通考》）、《唐写本兔园册府残卷跋》。9月辑《齐鲁封泥集存》，并作序。10、11月间，撰《秦郡考》、《汉郡考》（上、下），又草《两汉魏晋乡亭考》二卷（稿本）。

1914年，甲寅，民国三年，38岁。

2月，与罗振玉合撰《流沙坠简》，并为之作序，此为近代关于西北古地理的第一篇著作。4月又作《流沙坠简后序》，又成《补遗》一卷，附于书后。6月，代罗振玉撰《国学丛刊序》（后易名为《雪堂丛刊》）。草《宋代金文著录表》，并作序。7 月，读潘祖荫《攀古楼彝器款识》，并作跋。9 月，撰《国朝金文著录表》六卷，并作序。10 月，为罗振玉校写《历代符牌图录》、《蒿里遗珍》、《四朝钞币图录》。岁末，为罗振玉撰《殷虚书契考释》校写，并作序和后序。是年又作《邴阁考》。

1915 年，乙卯，民国四年，39 岁。

2 月，撰《殷虚书契前编》，一、二卷释文，作《洛诰解》。3 月，写成《鬼方昆夷〈犭严〉狁考》（初名《古代外族考》）。中旬，携眷返国扫墓，4 月 13 日罗振玉亦归国扫墓，二人会于上海。中旬，经罗振玉介绍与沈曾植相识于上海，多有往还，商磋古音韵之学。下旬，携长子随罗振玉往日本。撰《不期敦盖铭考释》、《三代地理小记》，其下包括《自契至于成汤八迁》、《说商》、《说毫》等数篇。8 月，撰成《胡服考》。10 月撰《元刊杂剧三十种序录》，又撰《古礼器略说》，其总题下分《说俎》、《说盂》等数篇。11 月，作《与林浩卿博士论洛诰书》，12 月，撰《生霸死霸考》。

1916 年，丙辰，民国五年，40 岁。

1 月，作《再与林博士论洛诰书》。决定春节后返国，《国学丛刊》停刊。王国维认为其寓居日本期间，乃"成书之多，为一生冠"。2 月，携长子回国，至上海，应哈同之聘，主持《学术丛编》。3 月，撰成《史籀篇疏证》及序、《流沙坠简考释补证》及序、《周书·顾命考》及序、《国学丛编序》。4 月，撰《殷礼征文》、《释史》、《乐诗考略》（含《释乐次》、《周大武乐章考》、《说勺舞象舞》、《说周颂》、《说商颂》、《汉以后的传周乐考》），草《毛公鼎考释》。5 月，作《大元马政记跋》，校《水经注》，《毛公鼎考释》定稿，并作序。下旬，始草《魏石经考》。8 月中旬，酝酿作《汉魏博士考》。9 月，《魏石经考》、《汉魏博士考》写定。10 月，撰《周书·顾命后考》及序，重订《汉魏博士考》成三卷。11 月，撰《汉代古文考》、《强村校词图序》、《元秘书监志跋》、《隋志跋》。12 月，草《尔雅草木虫鱼鸟兽释例》。

1917 年，丁巳，民国六年，41 岁。

1 月下旬，受罗振玉招至日本，2 月归国，始草《殷卜辞中所见先公先王考》，3 月成《太史公年谱》，并酝酿《殷卜辞中所见先公先王续考》及序。4 月，返海宁扫墓。5 月，撰《古要竹书纪年辑校》，并作《自序》，又撰《殷文存序》、《乡饮礼席次图》。6 月，撰《今本竹书纪年疏证》及序，编就《戬寿堂所藏殷虚文字》及序，作《戬寿堂所藏殷虚文字考释》、《释旬》、《释昱》。7月1日，张勋复辟。撰《周代金石文韵读》、《唐韵别考》。8月作《南越黄肠木刻字跋》、《玉溪生诗年谱会笺序》。9月，草成《殷周制度论》、《商三勾兵跋》、《〈汉书艺文志举例〉后序》、《〈周代金石文韵读〉序》。入秋，检古书古器物，题跋甚多，如《楚公钟跋》、《书论语郑氏注残卷后》、《唐尺考》、《裴岑纪功刻石跋》等。10月，撰《韵学余说》、《江氏音学跋》、《五声说》。11月，汇集近年间所撰文，成《永观堂海内外杂文》。12月，撰成《古本尚书孔氏传汇校》（稿本），据《唐语林》以校《封氏闻见记》。

1918年，戊午，民国7年，42岁。

1月，校《尚书孔传》、《方言》等。去年底，北京大学蔡元培托马衡与王国维联系，欲聘其往北大任教。经与罗振玉商量，今拒绝之。自本年起，任"仓圣明智大"经学教授，并撰《经学概论讲义》。2月，校《净土三部经音义》。3月以大徐《说文》音校《唐韵》反切，乃拟重订《唐韵校记》，4月校《一切经音义》，并作跋。6月，校陈辑本《苍颉篇》，抄毕并校定《唐写本唐韵残卷校记》，并附录《唐韵佚文》，作《匈奴相邦印跋》。7月，为罗振玉《雪堂校刊群书叙录》作序。再次辞谢北京大学邀任教授之聘。9月，作《释环玦》、《释珏释朋》、《释礼》、《重辑苍颉篇》及自序、《释由》。是月，日本京都大学教授欲延其赴校任教，为其婉辞。10月，撰《校松江本急就篇》及序。11月草《随庵吉金图序》。12月，改定前所撰《唐韵别考》、《音学余说》，合为《续声韵考》，以补戴氏《声韵考》。

1919年，己未，民国八年，43岁。

1月，撰《书郭注方言后》（一、二、三）、《书尔雅郭注后》。2月，撰成《书契后编》上卷释文、《齐侯二壶跋》。3月，校阅《徐俟斋先生年谱》，作《沈乙庵先生七十寿序》。4月，罗振玉携眷归国，与王国维会于上海。伯希和在上海与罗、王会见，商谈学术。校《一切经音义》，并作跋。7月，作《唐写本老子化胡经残卷跋》、《音学五书跋》。8月，作《九姓回鹘可汗碑跋》、《重校定和林金石录》、《九姓回鹘可汗碑图记》、《摩尼教流行中国考》、《敦煌石室碎金跋尾》（含《唐写本残职官书跋》）等十数篇跋，均为日人狩野直喜寄来其游欧时所录英国伦敦博物馆所藏敦煌残卷而作。9月，撰《西胡考》（上、下）及《续考》、《西域井渠考》、《曹夫人绘观音菩萨像跋》、《于阗公主供养地藏王菩萨画像跋》等。10月，为乌程蒋汝藻编撰其藏书志。是秋，因脚气病发作，赴天津罗振玉处养病，11月初始返沪，并接受《浙江通志》聘约，与张尔田共同负责寓贤、掌故、杂记、仙释、封爵五门的撰述，并似作《宋元浙本考》。作《高昌宁朔将军麹斌造寺碑跋》、《书虞道园高昌王世勋碑后》、《重辑仓颉篇自序》。

1920年，庚申，民国九年，44岁。

本年继续为蒋氏编藏书志，并校阅多种古籍，并作《天宝韵英陈廷坚韵英张戩考声切韵玄武之韵铨分部考》、《周玉刀考》、《顾刻广韵跋》、《某君像赞》、《徐母太□人像赞》、《敦煌发现唐朝之通俗诗及通俗小说》、《残宋本三国志跋》、《魏曹望憘造象跋》、《影宋本孟子音义跋》、《日本宽永本〈孔子家语〉跋》。

1921年，辛酉，民国十年，45岁。

年初，马衡受北京大学委托，再次来书邀王国维出任北大文科教授，为其所拒。继续为蒋编藏书。春，作《与友人论〈诗〉、〈书〉中成语书》（一、二）。5月，将数年间所写经史论文，删繁挹华，集成《观堂集林》二十卷，由乌程蒋氏出资刊行。9月，去年撰述之《西胡考》刊出，12月，撰《唐写本切韵残卷跋》。

1922年，壬戌，民国十一年，46岁。

年初，王国维充任北京大学研究所国学门通讯导师，以"无事而食，深所不安"，未受酬金。1月，作《宋刊后汉书郡国志残叶跋》、《兮甲盘跋》、《汉南吕编磬跋》等。2月，北京大学马衡集资影印王国维于上年所辑之《唐写本切韵残卷三种》。3月，撰《两浙古刊本考》及序，并校《水经注》。5月，顾颉刚来访，后多有书信往还问业。8月，草成《五代两宋监本考》，为乌程蒋氏撰《传书堂记》。致书马衡，询以研究科章程、研究生人数、研究项目等事。为罗振玉撰《库书楼记》。12月，为北京大学研究所国学门拟就《研究发题》寄沈兼士。不久，又致书马衡，建议大学开设"满蒙藏文讲座"并建议遣送有史学根基者出国深造。致书北大研究所国学门何之兼等同学，条陈所询事宜，是年校阅《蒙古秘史》、《龙龛手鉴》。

1923年，癸亥，民国十二年，47岁。

2月，为南陵徐氏所藏古器拓本作跋数则，如《剌鼎跋》、《父乙卣跋》等，撰《肃忠亲王神道碑》。寒假，仓圣明智大学解散，王国维所任《学术丛刊》编辑及该校教授至此结束。2月下旬一度返海宁故里。作《商鞅量跋》、《高邮王怀祖先生训诂音

韵书稿叙录》、《秦公敦跋》。4月16日，受命任逊帝溥仪"南书房行走"。为乌
程蒋氏编藏书志基本结束，历时近四载，编成经、史、子三部，集部至元末，明则为
草稿。5月离沪取海道北上入京，6月1日，觐见溥仪。7月初，撰《殷虚书契考释序》，
同时，始校《淮南鸿烈》，历时三月余。7月，作《梁伯戈跋》、《颂壶跋》、《唐
贤力苾伽公主墓志跋》，校《抱朴子》。始草《魏石经续考》。夏曾至天津罗振玉处
消夏。11月，受溥仪命，清理景阳宫等处藏书，作《肃霜涤汤说》、《明钞本北磵集跋》。
12月初，《观堂集林》二十卷样本印成，文二百篇，诗67首。

1924年，甲子，民国十三年，48岁。

3月，法人伯希和寄来《秦妇吟》全卷影印本，取与另本相校，作《唐写本韦庄
秦妇吟又跋》，撰《论政学疏》，作《聚珍本戴校水经注跋》。4月，与蒋汝藻书，
言及北京大学友人欲请其出任国学门研究室主任，而自己不愿就任。5月，撰成《明
内阁藏书目录跋》、《散氏盘考释》及跋。6月，作《金文编序》、《吴王夫差监跋》。
9月，罗振玉入直南斋，至京，住王国维家，后又与罗氏共检理内府藏书。近年，与
胡适往还书信，商讨学问。11月，冯玉祥部"逼宫"，命溥仪迁出紫禁城。王国维
随驾前后，并因此而"艰难困辱，仅而不死"之言。

1925年，乙丑，民国十四年，49岁。

2月，清华委任吴宓筹办研究院，并拟聘王国维为导师。王国维在请示溥仪后就
任。此后治学转入西北地理及元史。4月18日，移居清华园之西院。研究院同时还
聘请梁启超、陈寅恪、赵元任为教授。世称"清华四大教授"。另，聘李济为讲师。
4月23日梁启超到校，6月12日，赵元任到校，住清华园之南院。7月，清华国学研
究院录取新生，正取30名，备取2名。暑期，应学生会邀请向留校学生讲演《最近
二三十年中中国发现之学问》。9月8日，清华国学研究院举办第一次教务会议，梁
启超、王国维、赵元任、李济到会。会上公布各教授普通演讲的讲题（即所开课程）
与指导研究学科的范围。王国维任经史小学导师，普通演讲讲题有：古史新证，每周
1小时；《尚书》，每周2小时；《说文》练习，每周1小时，指导学生研究范围有：
《尚书》本经之比较研究（含句法比较、成语比较、助词比较），《诗》中状词研究（含
单字、联绵字、双字、双声字、叠韵字、其余），左礼器之研究，《说文》部首之研究，
卜辞及金文中地名或制度之研究，诸史中外国传之研究，元史中蒙古色目人名之划一
研究，慧琳《一切经音义》之反切与切韵反切之比较研究。9月14日，国学研究院

普通演讲正式开始，王国维讲《古史新证》。10 月 15 日，加授《尚书》课程。是月，草《鞑靼考》及年表，《元朝秘史地名索引》。11 月，撰《蒙文元朝秘史跋》。

1926 年，丙寅，民国十五年，50 岁。

2 月，撰《黑鞑事跋》，校阅《亲征录》。21 日，赴天津，为溥仪祝寿。4 月，撰《圣武亲征录校注序》，26 日，清华批准印其丛书，即《蒙古史料四种校注》，发表《耶律文正年谱余记》、《黑鞑事略序》。5 月，写定《长春真人西游记校注》及序，刊出《圣武亲征录校序》。6 月发表《鞑靼考》、《长春真人西游记注序》。7 月 26 日，为燕京大学校讲演《中国历代之尺度》。9 月上旬，研究院新学年开学，王国维每周讲演《仪礼》2 小时，《说文》1 小时；指导研究学科范围为：（1）经学（含《书》、《礼》、《诗》）；（2）小学（含训诂、古文字学、古音韵学）；（3）上古史；（4）金石学；（5）中国文学。10 月，因其长子病逝，与罗振玉发生误会。撰成《桐乡徐氏印谱序》。11 月下旬，为北京大学历史学会讲演《宋代之金石学》。

1927 年，丁卯，民国十六年，51 岁。

1 月，撰成《南宋人所传蒙古史料考》。2 月，撰《元朝秘史之主因亦儿坚考》。3 月，撰《金长城考》（后易名为《金壕界考》）、《水经注笺跋》。4 月，编撰《清华学校研究院讲义》。5 月 12 日，出席清华史学会成立会，并致辞。6 月 1 日，国学研究院第二班毕业，中午，参加研究院师生叙别会，午后访陈寅恪先生。6 月 2 日上午，告别清华园，到颐和园内的鱼藻轩前，自沉于昆明湖。在其内衣口袋内发现遗书，（背面书"送西院十八号王贞明先生收"）云：

五十之年，只欠一死，经此世变，义无再辱。我死后，当草草棺敛，即行槁葬于清华茔地，汝等不能南归，亦可暂于城内居住。汝兄亦不必奔丧，因道路不通，渠又不曾出门故也。书籍可托陈、吴二先生处理。家人自有人料理，必不至不能南归。我虽无财产分文遗汝等，然苟谨慎勤俭，亦必不至饿死也。

王国维死因之谜

"殉清"说

认为王国维为清朝遗老，对逊帝溥仪有国士知遇之感——溥仪曾破旧制召王国维直入南书房，逢"覆巢"之将再，以自杀而"完节"。

少年溥仪

"逼债"说

溥仪作《我的前半生》

溥仪在《我的前半生》中说：内务府大臣绍英委托王国维代售宫内字画，事被罗振玉知悉，罗振玉以代卖为名将画取走，并以售画所得抵王国维欠他债务，致使王国维无法向绍英交代，遂愧而觅死。

当时报纸还传，王国维曾与罗振玉合伙做生意亏本，欠罗振玉巨债。罗振玉在女婿（王国维长子）死后，罗、王已生隙，罗振玉令女居己家为夫守节，逼王国维每年供其生活费 2000 元。王国维一介书生，债务在身，羞愤交集，便萌生短见。

"谏阻"说

认为王国维投湖与屈原投江相类，是以"尸谏"劝阻溥仪听从罗振玉等人主意，有东渡日本避难打算。并认为王国维、罗振玉两人最后决裂的原因也缘于此因。

屈原

"文化殉节"说

陈寅恪认为，王国维是死于他自己的学术信仰——"盖今日之赤县神州值数千年未有之巨劫奇变，劫尽变穷，则此文化精神所凝聚之人安得不与之共命而同尽，此观堂先生所以不得不死，遂为天下后世所极哀而深惜者也"。

陈寅恪

大师带你品味诗词经典